宋代传奇与儒释道思想

严孟春 著

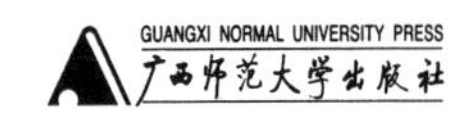

·桂林·

宋代传奇与儒释道思想
SONGDAI CHUANQI YU RUSHIDAO SIXIANG

图书在版编目（CIP）数据

宋代传奇与儒释道思想 / 严孟春著. --桂林 ：广西师范大学出版社，2021.1
ISBN 978-7-5598-3116-3

Ⅰ. ①宋… Ⅱ. ①严… Ⅲ. ①传奇小说－小说研究－中国－宋代 Ⅳ. ①I207.41

中国版本图书馆 CIP 数据核字（2020）第 150707 号

广西师范大学出版社出版发行
（广西桂林市五里店路 9 号 邮政编码：541004
网址：http://www.bbtpress.com）
出版人：黄轩庄
全国新华书店经销
广西民族印刷包装集团有限公司印刷
（南宁市高新区高新三路 1 号 邮政编码：530007）
开本：880 mm ×1 240 mm 1/32
印张：10.25 字数：260 千
2021 年 1 月第 1 版 2021 年 1 月第 1 次印刷
定价：48.00 元

序

孟春是我的博士生，她本来不是学习中国古代文学的，但她天资聪颖，又勤奋好学，所以，2014年她第一次参加博士生招生的考试，就一举成功，而且分数很高。

孟春入学以后，我在她身上看到了三个突出的特点。一是有悟性，是读书的好料子。虽然她硕士的专业不是中国古代文学，但她在复习考试阶段，就已经对中国古代文学的有关著作读得津津有味，很快就入了门，有了强烈的专业感。入学后，角色转换迅速，按照我的要求及课程的安排，她读了不少专业著作。这些著作，特别是一些原著，是有较大难度的，但她读得很专注。更为难能可贵的是，她肯动脑，勤于思考，不是死读书。所以，没有多久就写出了一篇学术论文，就陆游《钗头凤》中的“红酥手”提出新解，认为“红酥实指唐宋时期贵族妇女们制作的一种果品兼工艺品，因此，陆游所谓红酥手乃是赞许唐琬有一双点制红酥的巧手，是词人借以即景抒怀、回望从前的重要意象”。虽然观点不一定完全正确，但由此可见孟春读书的细心、敏锐以及不肯人云亦云的精神。二是勤奋，肯用功。孟春早已成家，但为了读好书，她抛开繁杂的家事，按照学校的要求，克服了许多困难，到桂林扎实地待了两年时间，完全脱产学习。她常说自己专业基础差，需加倍努力。所以，在这期间，她阅读了大量有关专业书籍。特别是确定了要研究宋代传奇后，对相关资料更是做了全面研究，用功之深，用心之细，令人赞叹。三是对人厚道诚恳。孟春待人之诚，不仅表现在对我，而且也表现在对其他老师及同学上。除了每逢节日的问候，在力所能及的范围内，她经常帮助他人。今年上半年，教研室的多位老师到海南参加集体活动，孟春竭诚款待，令老师们大受感动，回来后交口称赞。孟春家有年迈多病的婆婆，孟春极尽孝心，倾心相待，付出了大量精力。由此可见孟春的人品。

由于学习任务繁重，工作又有变化，家务也需操心，短短三年之间，孟春头上竟然有了少许白发！令人感慨，也令人心疼！

孟春早早就选定了宋代传奇作为自己的研究方向，所以，她在攻读博士学位期间，大部分精力都用在这一方面。通过多年的努力，终于撰成《宋代专奇与儒释道思想》，并顺利通过了博士论文答辩。再经修改后，拟正式出版，邀我为之作序。我于宋代传奇素无研究，但孟春是我学生，考虑再三，于是欣然从命。

传奇的研究，历来不是唐宋文学研究的重点，虽非显学，但是仍有不少学者涉足，并且取得了突出的成绩，唐宋传奇的各个方面都已有了比较深入的研究。在这种情况下，孟春选择传奇作为学位论文的研究方向，我是暗中捏一把汗的。孟春是那种有主见、有行动，言必行、行必果的人，既然她选定这一方向，一定有她的理由，也肯定有充分的把握。于是开题时，就以此为题，正式确定了研究方向和论文选题。

孟春研究传奇，没有选择已研究得比较充分的唐传奇，而是选择了研究相对薄弱的宋传奇。这是她的一个明智选择，这样，她研究的空间就相对大得多，而且也可以发挥她长于细读、心思细密的特点。

宋代传奇作品看起来似乎数量不多，但同样也已有了不少研究成果。从什么角度来进行研究，就在很大程度上决定了研究的空间与观点。孟春选择的是宋代传奇与宋代文化（主要是儒、释、道）之间的关系，从这一角度来研究。这应当说是宋代传奇研究中一个比较好的角度，因为在此之前虽有这方面的相关成果，但多为个别的、零星的，很少系统全面的研究成果。孟春由此切入，研究的空间也比较大。

孟春从宋代传奇的题材内容、主题表达、情节结构、人物塑造以及重要意象等五个方面入手，分别探讨了宋代传奇与儒家思想（特别是理学思想）、宋代传奇与佛教思想、宋代传奇与道教思想之间的关系。例如，在论述宋代传奇与儒学时，就分别从社会伦理及历史题材的选择，阐“道”述“理”的主题，平淡无奇的“传奇”叙事，节妇、义士和忠臣、孝子，书剑恩仇的意象等进行分述。这就抓住了儒家思想影响宋代传奇的主要问题。再如论述宋代传奇与佛教，孟春是从创作题材，因果报应和善恶劝惩，传奇情节的异型建构，僧尼众生相，莲花与梦的特殊意象等来阐述佛教对宋传奇的影响，也是纲举目张，抓住了重点。之所以主要从这五个方面入手，是基于孟春对传奇的认识。她认为，“传奇之所以为奇，奇就奇在它的故事、它的情节、它的人物，还有它的细节”。抓住“奇”字做文章，这是孟春此书的一个重要特点。

如果孤立地研究宋传奇，就无法凸显其特点，也影响研究的深度。孟春深知这一点，所以，她在研究宋传奇时，常常将其放在某种关系中、联系中去考察。将宋传奇的主要特点与儒、释、道联系在一起，这本来就是建立起一种关联，避免研究的孤立。除此之外，例如，孟春在谈到宋传奇的某一特点时，常常要追溯一下这一特点在前代文学中的表现，这就将宋代传奇与历史上的此类特点联系在一起了。如第四章《宋代传奇与道教》第四节《神鬼·仙妖·道士》一节中，先追溯前人的艺术积累，从庄子、屈原，再到唐传奇，然后再论述宋传奇中的神鬼仙妖，由此也就清楚地梳理出了宋传奇中神鬼仙妖与前代的联系与区别。再如，孟春常将宋传奇与唐传奇联系在一起，并加以比较，以此来突出宋传奇区别于唐传奇的特点。在《宋代传奇与儒学》一章中谈到宋传奇平淡无奇的“传奇”叙事时，先引用唐传奇《虬髯客传》为例，并对它进行了详细的分析，以此来说明“唐代传奇的艺术优长就是情节叙写的奇特曲折、宛转详尽，令人有惊奇之感”。在此之后，再申说“宋代传奇虽也忝称传奇，然而其中所缺少的，恰恰就是‘奇’，宋代传奇总体上给人以一种平淡的感觉”。认为宋代传奇作家“把心思放在了作品的‘思想’经营而不是‘艺术’经营上。……他们很在意在传奇中向人们传递了哪些知识、学问，或讲说了哪些思想与道理，以此显示写作的意义。由此导致艺术性的缺失，使作品‘味儿’不足，传奇不再‘奇’，而是趋于平淡”。两相比较，各自的特点一目了然。

孟春在研究宋传奇时，常能别具只眼，提出新说。例如论述儒学对宋传奇意象的产生时，特别拈出了“书”这一意象，认为读书是儒家的传统，“书籍成为延续儒家思想文化的纽带，成为儒生、儒士安身立命之本”。在此背景下，书就成了宋传奇中最常见的一个意象，即使作品中的主人公只是一个渔夫、商贾或者普通妇女，也要写到他们好读诗书，吟诗作对，甚至出现了《书仙传》这样的作品。这样的眼光、论述，是已有的宋代传奇研究成果中很少见的。书中类似的论述比比皆是。

孟春富于文学气质，书中优美的语言及富有诗意的叙述、精到的分析等，无不显露出这种气质，相信阅读此书的读者不难体会到。

孟春现已毕业，在新的工作岗位上辛勤工作，希望她以此书作为研究工作的新起点，不断取得新成绩！

王德明

2020年秋于桂林

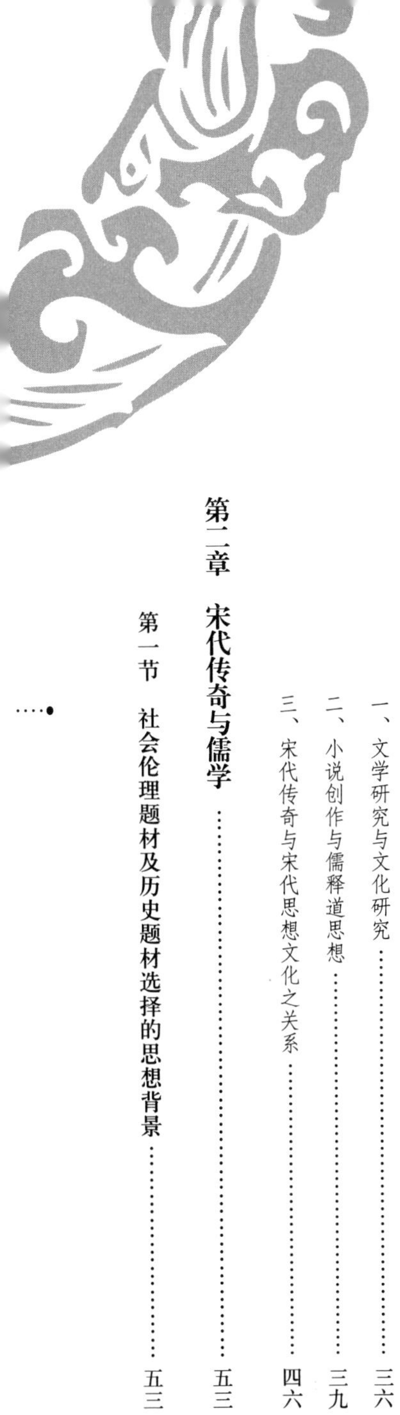

目录

绪　论

传奇得名于晚唐裴铏的文言短篇小说集《传奇》，本指唐人文言小说创作，后世出现的宋话本、宋元南戏、元杂剧、明清戏曲剧本乃至于明清章回小说等，皆被时人冠以传奇之名，形成了传奇概念的泛化现象。今人所谓传奇，在唐宋专指文言短篇小说，在明清专指长篇戏曲剧本，约定俗成，别无歧义。本书则基本上按此约定使用传奇概念。唐代传奇曾经标志着中国文言小说创作的成熟,《霍小玉传》《李娃传》《柳毅传》《莺莺传》《南柯太守传》《虬髯客传》……都是人们津津乐道的名篇佳作。那些叙述委曲详尽、情韵宛转绰约的文字读来美不胜收，确如文学的盛宴。然而，说到宋代传奇，人们却不免有些发怔：宋代也有传奇创作吗？这一疑问反映了唐宋传奇之间所存在的巨大差距。在一般的文学史书写中，对宋代传奇的记述总是付诸阙如，唐代传奇之后往往便是《剪灯新话》《聊斋志异》等明清文言小说的论述了。

毫无疑问，宋代传奇处在唐代传奇的阴影之下。其情形类似于唐宋诗歌，但落差却要远甚之。唐人写传奇有动力，有激情，特别是科举的行卷、温卷制度，对传奇写作的繁荣与成熟有着明显的激励作用。加上唐诗唐文的情韵浪漫、中唐古文的经验技巧，唐人在写作传奇时可谓得心应手、娴熟老练，颇多艺术创造性。唐代传奇能够在“粗陈梗概”的魏晋志怪之后，将文言小说创作迅速推向成熟和高潮，确立文言小说创作的丰碑，良有以也。

转而看宋代传奇，它实际上只是传奇写作的延续，是一种惯性的力量。科举制度进行了重要改革，行卷、温卷之风随之消失，文人们不再为了自己的前程而写作传奇，钻研情节的曲折性、叙事的技巧性、艺术的创造性，而是依样画葫芦，进行“懒汉”创作，复述所听闻的故事。这是就创作的内在动因一方面来说的。

从创作的外在文化环境上看，宋代传奇也和唐代传奇迥然。宋代的文化教育事业发达，无论是书院、印刷业，还是文献典籍的编纂整理，都是唐代所无法比拟的，由此带动了文化知识水平的整体提升。表现在文学创作、传奇创作方面，就是作家们在作品中呈现更多的，是知性的东西而不是情感的东西。严羽批评宋人“以才学为诗”[1]，即是此意。宋代传奇作品同样“尤务多闻”“博览该通”[2]，表现出和唐代传奇完全不同的风貌。简言之，我们阅读宋代传奇，感受到的是知识与见闻的增广，而不是情感的力量。

《毛诗序》说：“诗者，志之所之也，在心为志，发言为诗。情动于中而形于言，言之不足故嗟叹之，嗟叹之不足故永歌之，永歌之不足，不知手之舞之，足之蹈之也。”[3]文学的功能之一在于抒情，诗歌如此，作为叙事文学的小说也具有这项功能，并无改变。为了讲好一个动人的故事，令壮士生嗔，愚妇下泪，小说家需要充分地发挥想象力、创造力，调动情绪和精神，并把情绪和精神融注到小说的情节编造、小说的形象塑造之中去。可是，宋代传奇作家却没有在情感表达方面花功夫，在叙事艺术方面花功夫，只把小说故事当作见闻、掌故，客观地、冷静地“实录”之，从

1 ［宋］严羽：《沧浪诗话校释》“诗辨”，郭绍虞校释，北京：人民文学出版社1983年版，第26页。又：凡之后出现的同一版本同一本书，在本书引用时仅标注作者、著作名与页码，略去出版地、出版社与出版时间等。

2 ［宋］罗烨：《新编醉翁谈录》，沈阳：辽宁教育出版社1998年版，第3页。

3 ［汉］《毛诗·周南·关雎诂训传第一》，［汉］毛亨传，郑玄笺，见中华书局编辑部编《汉魏古注十三经》（上），据中华书局1936年版《四部备要》缩印，北京：中华书局1998年版，第1页。

而失却了小说创作的宗旨，削弱了传奇艺术所应有的感人力量和艺术魅力。

由于上述缘故，以及其他一些原因，宋代传奇不仅成为文言小说史上最为薄弱的环节，而且也是宋代文学诸多样式、品类中最容易被人忽视、遗忘的一种。即使是有关宋代文学的专门的断代文学史，也很少论及之。孙望、常国武主编的《宋代文学史》[1]（74万余字）目录中亦不见“传奇”二字。程千帆、吴新雷著的《两宋文学史》[2]论及宋代传奇的创作，可以说是为数不多的论述，应为我们所重视。该书第十二章第三节专论“文言小说”，其中有较大篇幅是讲宋代传奇的，命题曰“历史题材和现实题材的传奇”。这一命题反映了著者对宋代传奇题材内容的认识。除了讲题材内容，著者亦论述了宋代传奇的特点和缺点，探讨了其所形成的原因，以及在文学史上的地位与影响等，意在使读者对宋代传奇有一个全面、正确的认识。

这种论述的薄弱性，从横向上做一个比较，也是一目了然的。宋诗、宋词、宋文就不用说了，它们本就是文人驾轻就熟的文学体裁，其所取得的成就远在宋代传奇之上，并不可同日而语。即使同属于通俗文学范畴的宋话本、宋杂剧，也有诸多可圈可点之处。宋话本、宋杂剧在宋代可谓“朝阳文学”产业，其本身虽或未必可以挖掘出多少文学的意义，但它们开启了中国通俗文艺、白话文艺发展的新时代，带动了元明清数百年间小说、戏曲、说唱文学创作的蓬勃发展，却是不争的事实。后世论述中国通俗文艺、白话文艺之发展者，必定溯及宋话本、宋杂剧，这是宋话本、宋杂剧的魅力所在，是宋代传奇望尘莫及的。更何况，相对于宋代传奇而言，宋话本、宋杂剧因为有现实因素的强劲推动——如

1　孙望、常国武:《宋代文学史》，北京：人民文学出版社1996年版。

2　程千帆、吴新雷:《两宋文学史》，上海：上海古籍出版社1991年版。

同唐代传奇之植根于唐代社会的现实需要那样，其艺术性也还是不错的，值得后人去品鉴和学习。像《错斩崔宁》《碾玉观音》这样的宋话本小说，读后确实能令人精神为之一振。

总之，不管在哪个维度上审视，宋代传奇似乎都是一个“文学的洼地”，是无足轻重的文学史内容。事实上，现代学术界对于宋代传奇同样漠不关心，从而导致相关的研究简直就是一片空白。以下事实可以印证之。

鲁迅编《唐宋传奇集》，收录宋代传奇文十篇，在该书的卷七和卷八中；书末有“稗边小缀”，对有关事项进行了考述。又作《中国小说史略》一书，其中的第十一篇为“宋之志怪及传奇文”，论及宋代传奇创作。鲁迅第一次把“宋代传奇”这一课题引入学术史，予以关注，其研究具有开拓性意义。他的研究包括了辑录、考辨、论述等三个方面。

可是自此以后直至20世纪80年代，数十年间，关于宋代传奇的研究无人赓续，鲁迅的开拓堪称绝响。我们且看胡从经《中国小说史学史长编》第四章第三节“唐代传奇”的论述，便可窥其涯略：

> 唐代传奇文研究，自二十年代起始即成为小说史学领域中一个热门课题，截至四十年代末，大约有二十余篇较有分量的文章及一本断代的小说史研究专著问世。
>
> 揭开唐代传奇文研究序幕的是小说史家鲁迅……
>
> 研究唐代传奇文用力甚勤尚有汪辟疆（1887—1966）……
>
> 作为唐史专家的陈寅恪（1890—1969），亦有若干篇什论及唐人小说，且将该项研究推向新高度……
>
> 在陈寅恪、吴宓（1895—1978）的指导下，刘开荣于

> 四十年代中期，完成了在燕京大学历史研究所的毕业论文《唐代小说研究》，1947年11月由商务印书馆（上海）出版，成为有关唐代小说研究的第一本专著……
>
> 厕身唐代传奇文研究行列的学人尚有姜亮夫、赵景深、周潜、吴晗、孟森……
>
> 在断代的小说史研究中，唐代传奇文是被探究得较充分的领域，所涉猎的范畴，所开掘的深度，以及所构筑的框架，至今尚未见有大的突破；由此也反证二十世纪前半期的唐代传奇文研究者们，在开拓性的学术追求中，用功之勤，攀援之劲。[1]

唐代传奇研究成果之丰硕令人称道不已，反之，宋代传奇的研究则寥落至极，二者形同霄壤。学术资源分配显示了极大的不平衡性。然而问题是，宋代传奇创作果真如此萧条吗？

其实，如果我们对于宋代传奇抱持“同情的了解”，做一些深度的阅读与研究，那么，我们也许能够发现，宋代传奇还是有一些独特之处，有一些可爱的地方的。宋代传奇的创作规模、持久性、反映现实的深广度，及与宋话本等其他文学的联系、对后世文学的影响力等方面为我们展示了它的另一面。即使相较于唐传奇，宋代传奇在创作上也还是形成了自己的特点，有其独立的审美之价值的——对文学创作来说，有一句话可谓贴切：不怕有缺点，就怕没特点（有关宋代传奇创作特点的论述见本书第一章第一节之“创作特色”部分）。换言之，宋代传奇艺术性上的某些可能的“不足”实际上在别的地方得到了弥补。我们今天在宋代传奇研究问题上应该有所超越。

1 胡从经：《中国小说史学史长编》，上海：上海文艺出版社1998年版，第285—291页。

20世纪80年代以来，学术环境发生了很大的变化，学人蜂起，学术蔚兴，学者们始有余力来关注宋代传奇的创作，其研究工作进展表现在：

一、程毅中、李剑国等对宋代传奇的辑佚、整理工作卓有成效。李剑国辑录了两本跟宋代传奇有关的著作:《宋代志怪传奇叙录》《宋代传奇集》，所得宋代传奇作品达391篇之多，包括单篇传奇文、小说集中的传奇体作品及一般笔记中风格近传奇的作品等，数量远超鲁迅《唐宋传奇集》。其搜罗之富、用力之勤可见一斑。这两部著作不仅为我们阅读宋代传奇作品提供了极大的方便，而且为我们重新认识宋代传奇创作、思考其文学史价值打开了思路，使我们有了辩证看待宋代传奇的更大的回旋空间。李剑国先生所辑可谓丰赡，取得的巨大的进步是无疑义的。

二、有关宋代文学的断代史研究或有关小说（特别是文言小说）的专门史研究中，都有若干对于宋代传奇的论述，这些论述反映了宋代传奇研究的渐次深入，非常值得关注。有关宋代文学的断代史研究中，涉及宋代传奇的论述并不多见。相反，有关小说（特别是文言小说）的专门史研究中，基本上都会涉及宋代传奇，且时有真知灼见或新颖的看法。吴志达著《中国文言小说史》，薛洪勣著《传奇小说史》，萧相恺著《宋元小说史》，程毅中著《宋元小说研究》，赵明政著《文言小说》……对宋代传奇都有涉及。

吴志达《中国文言小说史》第三编第一章论“宋元传奇小说的演变”，一论宋人对唐传奇的保存与继承之功，二述宋代传奇三个阶段的发展演变，尤重宋代传奇特色的解说，三析宋代传奇的作家、作品。著者分析作家作品时以乐史及《洛阳搢绅旧闻记》《青琐高议》《云斋广录》《摭青杂说》等为支点，纲举目张。

薛洪勣《传奇小说史》第四章论宋辽金元的传奇小说，对宋代传奇创作亦有所发明，如标举宋代特定的文化背景（理学的创立、文学的成就、白话小说的成熟、社会的安定），把宋代传奇分作高雅传奇与通俗传奇两类等。著者比较重视宋代传奇作品、作品集的佚失问题，多有强调，认为在评价宋代传奇时应将此一情况考虑进去。

萧相恺《宋元小说史》第九章按时间顺序分别论述了北宋前期、北宋中后期和南宋的传奇创作，不仅勾勒了宋代传奇的发展线索，而且展示了不同时期传奇特点的演进，如北宋前期主要是继承晚唐五代的创作，北宋中后期在题材开拓方面有所创获，南宋则受市人小说的影响颇深。著者还把南宋传奇创作细分为“两种很不相同的流派”。

程毅中《宋元小说研究》“是一部宋元小说的史料长编”，著者立足于具体作品的分析，注重相关史料的考稽综核，立论坚实可信；又由点及面，兼作综合性的论述，得出一些颇有价值的结论，如就《云斋广录》所收作品，分析出北宋后期传奇有四个方面的新发展等。

赵明政《文言小说》有一个副标题：“文士的释怀与写心”。其所作分“本体论”“流变论”二编。本体论部分有若干文字涉及传奇（包括宋代传奇）艺术特质的描述，而流变论部分则直接说到宋代传奇，有“唐宋传奇小说的差异”“宋代传奇体与杂史杂传的结合”“宋代传奇小说的世俗化、话本化倾向”等三节文字可资参考。

研究宋代传奇，认识宋代传奇的价值，除了断代史视角、专门史视角外，当代学者还给我们提供了第三种视角。李桂奎著《传奇小说与话本小说叙事比较》，徐大军著《中国古代小说与戏曲关系史》，乃是用比较研究的方法，对传奇与其他文体（话本、戏曲）做平行研究，从而论定其价值。有比较才能有鉴别，宋代传奇价值几何，在这种比较研究——特别是宋代传奇对后世文学的影响研究——中，将变得更加清晰。

胡士莹的《话本小说概论》多处论及传奇（主要是唐代传奇）和话本的关系。这也是一种比较的研究，值得借鉴。

三、有了一些单篇研究论文，就宋代传奇创作中的专门问题进行探讨；近年来，还出现了个别以宋代传奇创作为研究对象的硕士、博士学位论文，说明一些年轻学者对此一问题的重视。

2013年6月，哈尔滨师范大学博士生王庆珍在导师张锦池教授、关四平教授的指导下，完成了博士学位论文《宋代传奇研究》，可以看作是关于宋代传奇研究最新的专项成果。该学位论文共分七章：

第一章　宋代传奇作家的文化心态
第二章　宋代传奇小说历史题材研究
第三章　宋代传奇小说婚恋题材研究
第四章　宋代传奇小说神怪题材研究
第五章　宋代传奇小说艺术论
第六章　宋代传奇的审美价值
第七章　宋代传奇小说通变论

涉及宋代传奇的作家心态（创作动机）、题材内容、艺术特质、审美价值（趣味）、发展通变等几个方面的问题，而在题材内容方面尤其浓墨重彩，着意经营，占了整整三章、全文一多半的篇幅。聚焦于宋代传奇创作本身，心无旁骛，不枝不蔓，这确实是该学位论文的优长、可贵之处，但考察宋代传奇的维度似乎可以更宽广些。

和著述中只部分地论述宋代传奇相比，单篇论文的撰写可谓更有针对性。它能就某个具体问题做较深入的阐述探讨，从而推动研究的进步。20世纪80年代以来，关于宋代传奇的单篇论文数量多起来了，时见刊载，但有几个情况需要指出来。一、论文的数量远远没有研究唐代传奇、六朝小说或《聊斋志异》的多，换言之，宋代传奇研究还比较冷门，尚未形成研究的热点。二、有力度、有分量的论文较少，研究没有重大的突破性进展。三、纯粹针对宋代传奇来进行研究的论文也较少，多是与志怪、笔记乃至话本混杂在一起进行论述的。

有几篇涉及宋代传奇的研究综述值得注意，它们对我们把握宋代传奇研究的进展、现状、问题、空白点及研究方向等大有裨益。李时人写的《20世纪宋元小说研究的回顾》，按白话小说和文言小说两条线索进行梳理，指出：宋代文言小说研究开始于20世纪70年代末，主要成果有李剑国《青琐高议考疑》（具体作家作品研究）、薛洪勣《略论宋人传奇》（宏观论述）、薛洪勣《宋人传奇选》（小说选本）、李剑国《宋代志怪传奇叙录》（综合性专著）等。赵章超《宋代志怪传奇小说研究百年综述》从宋代志怪传奇小说的地位和性质、分期、作家作品研究、宋代小说理论、文献的考辨辑录等五个方面进行综述，并指出研究中的若干不足与空白，如研究者对宋代传奇避而不谈或一味贬损，分期不合理，一些特色研究和必要研究还是空白，等等。刘达科《五十年来宋元小说研究文献叙录》梳理了1949年后五十年间问世的宋元小说（涵盖传奇、志怪、笔记、平话、话本等各类文言和通俗小说）研究方面的专著、史论、备本、选本和工具书等数十种（含1949年后再版或修订的民国书籍两种），为研究者提供了一些文献参考。

上面列举的综述皆备列宋元时期各体小说的研究文献和研究状况。时娜《20世纪80年代以来宋代传奇小说研究综述》则专对宋代传奇研究而作，可谓更能把号切脉，关乎题旨。文章从四个方面综述：一、传奇小说文体研究；二、宋代传奇在小说史上的地位；三、作品的辑佚、校勘和整理；四、对宋代传奇小说独特风格的体认。关于宋代传奇的地位，作者突出了两点：唐宋传奇“并足为贵，不可偏废”；宋代传奇的通俗化对明清通俗小说有启发意义。关于宋代传奇的风格，作者列举了三点：语言平实化、题材通俗化、议论道学化。

尽管20世纪80年代以来宋代传奇研究已取得不少成绩，而且有许多名家参与了进来，研究切入的角度也多种多样，但遗憾的是，至今尚无专门的研究著作发表。研究者或因研究文言小说、唐代传奇而及于宋代传奇，或因研究话本小说、宋代文学而及于宋代传奇，或因研究唐代传奇对后世小说、戏曲的影响而及于宋代传奇，诸如此类，由于不是专力研究，故而常有火候欠佳、力道不足之恨。相比而言，宋代传奇的辑录工作已远远地走在前面，《中国文言小说书目》（北京大学出版社，1981年版）辑录宋代传奇350种以上，李剑国《宋代传奇集》更多达391篇，在这样的情况下，研究环节的薄弱性就凸显出来了。再者，对学者们从不同的角度、在不同的方向上所做的研究需要进行整合、综括、加工，以彰显学术进步。我们不能停在八九十年代的水平上，更不能满足于鲁迅《中国小说史略》中对宋代传奇的论述而止步不前。

至于从儒释道思想文化的角度入手来研究宋代传奇创作，目前尚无专著、专文。个别著述因研究相关课题而时或有所涉及，如四川大学博士学位论文《宋代文言小说异类姻缘研究》（唐瑛，2006年）研究宋代文言小说异类姻缘故事，其中的第二章第三节题为“宋代异类姻缘故事与儒、道、释思想”，其论述即关乎本书之内容。该论文在论述“儒家思想与异类姻缘”的关系时指出：“宋代异类姻缘故事的兴盛与儒家礼教有一定的关系。”而这一点移用于论述“宋代传奇和儒家思想的关系”则真是再恰当不过的了。说到“道教思想与异类姻缘”的关系时，该论文特别举了作家李献民所写的宋代传奇《华阳仙姻》等例子进行分析，认为“道教的影响主要表现在对作家创作观的影响，以及道教徒们为了自神其教，借异类姻缘故事对道教功能的夸大两个方面”。该论文又认为：“佛教对异类姻缘的影响，主要体现在佛教观念对它的影响上，尤其是佛教中的果报观念和念咒诵经能解除人身上的灾难这两方面。”这些论述对于本书的写作是有一定的启示作用的。

其他一些论文，如关冰《〈夷坚志〉神鬼精怪世界的文化解读》、魏立艳《佛教文化与宋传奇——以宋佛教文化儒化的影响为重点兼及其他》、曹瑞娟《三教融合与宋代文学主题的演变》、陈强《宋传奇的理性特质——兼与唐传奇小说比较》等，都聚焦于宋代传奇和宋代文化的关系研究，可视作本书写作很好的参考资料。但仍有不足：一者，这些论文大多是从单一的思想文化入手研究宋代传奇，而缺少多视角的审读，以三教融合角度切入的，又把研究对象扩大到宋代文学的范围；再者，基本上属于学位论文，多未公开出版，在研究功力和学术分量上皆显得不够。

本书拟研究宋代传奇与宋代的儒释道思想文化之间的关系。

这是从文化学视角而不是从文学视角切入的研究。宋代传奇在艺术性上有所不足，前人说唐宋传奇“并足为贵，不可偏废”未免有些夸张，不足为凭，但若说其有可采可观之处却也可谓实情，并没有大错。而如果从文化学视角来看待唐宋传奇“并足为贵，不可偏废”的观点，则无疑是非常正确的。换言之，宋代传奇和宋代文化，特别是和宋代的思想文化之间存在着的密切关系，需要我们去认真地挖掘。这是宋代传奇研究的一个重要方面。

宋代传奇和宋代文化之关系可以从两个方面进行考察：一是生成法研究，即探讨宋代传奇之所以生成的社会文化条件，从而把握两者间的关系；二是文学文本研究，即从宋代传奇的文学文本出发，以文化视角阅读、阐释之，从而使其思想文化特质和意义得以呈现出来。两个方面其实是相互关联、不可分割的。

说到文化，其所包蕴的内容是非常丰富的，对其阐释亦可谓言人人殊；然大致而言，则又不外乎器物文化、制度文化、行为文化、精神文化等几个层面。对于宋代来说，这几个层面的文化都具有丰富性、独特性和精彩之处，很值得人们去评说与借鉴。如器物文化方面，宋代科学技术达到了当时世界上最先进的程度，英国李约瑟《中国科学技术史》[1]不仅对之做了大篇幅的述介，而且给予了高度评价。宋代器物文化所达到的水平也让后世的中国人钦羡不已。四大发明中的三个——指南针、活字印刷术、火药——或是宋人发明创造，或是宋人将其推升至更为精湛的阶段。活字印刷乃宋人所为，雕版印刷至宋时则大放异彩，宋椠本被推为历代至珍至善之书。沈括《梦溪笔谈》被公认为中国古代最著名、最重要的科技文献之一。此外，宋代的瓷器、桥梁、建筑、工艺……均享誉海内外，不能一一细说。

再如制度文化方面，宋人亦有颇多影响深远的建设与创造。科举制度改进即是制度文化建设上值得大书特书的事情。科举制度虽起于隋、兴于唐，但实于宋代方始走向规范和成熟，成为推动社会发展、转型的重要因素。科举制度是朝廷通过考试选拔官员的一种制度，其创设的目的是要打破门第、血统、任人唯亲对社会发展的制约，让民间更多的人才脱颖而出，为国效力。但唐代科举并没有很好地实现这一意图，换言之，虽然唐王朝想方设法要摆脱门阀的束缚，效果却不很理想。

《新唐书》中记载：

> 开成初，文宗欲以真源、临真二公主降士族，谓宰相曰："民间修昏（婚）姻，不计官品而上（尚）阀阅。我

1 （英）李约瑟：《中国科学技术史》，北京：科学出版社2003年版。

家二百年天子，顾不及崔、卢耶?”诏宗正卿取世家子以闻。[1]

唐文宗想将两位公主嫁给当时的崔、卢两家士族，竟还算是高攀，由是纵观整个唐代，门阀势力的残余还是相当严重的。

宋人对科举制度从内容到形式做了诸多技术改进，从而使科举考试的面貌焕然一新，并很好地实现了制度创设时的意图。宋朝时科举考试制度得到了进一步发展，制度越来越严密。宋太祖曰：

向者登科名级，多为势家所取，致塞孤寒路，甚无谓也。今朕躬身亲临试，以可否进退，尽革畴昔之弊矣。[2]

就考试形式改进的一方面而言，宋代采取糊名制、誊录制、锁院制等一系列措施，使科举考试成为一项相对比较公平的选官制度，大批来自民间的庶族知识分子由此而有机会进入官场，走上仕途，获得了人生上升的通道。门阀士族势力被有力地遏制住，社会上下阶层间得以交流和融合，整个社会获得了转型发展的动力。唐宋两代是千余年科举制度发展的上升时期。

宋人在制度文化方面的创造性是高超的、令人钦佩的。

然而，对于宋代传奇研究来说，精神文化的问题可能更加关乎题旨。宋代传奇是文学创作，是精神文化产品，其中所包含的思想信息、文化信息无疑是非常丰富而精彩的，不啻是我们观察、了解宋代精神文化的一扇窗口。宋人在精神文化上的建树同样不逊于前人，为后世提供了诸多精神食粮。不说别的，光是在思想

1 ［宋］欧阳修、宋祁:《新唐书》(第五册)“杜中立传”，北京：中华书局1999年版，第4033页。

2 ［宋］李焘:《续资治通鉴长编》卷十六，宋太祖开宝八年，北京：中华书局1979年版。

建设方面，言中国思想史者是绝对不能绕开宋代去做文章的。两汉之经学、魏晋之玄学、隋唐之佛学、宋明之理学，是人们耳熟能详的中国古代思想发展的脉络与线索。理学创于宋，延于明清，至今尚为海内外学者高度关注，是宋代贡献给世人的最有代表性的、最有价值的思想型产品。“二程”、朱熹皆堪称中国古代思想界的巨擘。特别是朱熹，不仅是宋代理学的集大成者，而且被明清朝廷奉为思想权威，强力塑造了中国的社会面貌。此外，佛教、道教虽然不是宋人所创，但到了宋代，却也都呈现出新的风貌，展露了新的境界。

理学、佛教、道教等思想文化产品既可以体现为直接的理论形态，也可以以其他形态，如文学创作等间接地呈现出来。以文学创作方式呈现者虽然有理论表述不集中、易为人所忽视等毛病，但经由这种方式表述或呈现的，却能显示出活泼生动、感发人心的力量。这是文学创作方式的优势。西方哲人说，理论是贫乏的，而生命之树常青。文学创作方式所呈现的，正是生命形态多样的、活泼泼的理论。

庄子明白这个道理，他要向世人宣讲“道”，不是板起脸来灌输理论，而是采取了生命形态的文学创作方式：

> 古之道术有在于是者，庄周闻其风而悦之。以谬悠之说，荒唐之言，无端崖之辞，时恣纵而不傥，不以觭见之也。以天下为沉浊，不可与庄语，以卮言为曼衍，以重言为真，以寓言为广，独与天地精神往来，而不敖倪于万物，不谴是非以与世俗处。[1]

1 ［清］郭庆藩:《庄子集释》，王孝鱼点校，北京：中华书局2004年版，第1098—1099页。

天下人浑浑噩噩、懵懵懂懂，枯燥的、抽象的理论直接用在他们身上并不成，需要采用迂回曲折的方法，“以谬悠之说，荒唐之言，无端崖之辞”“以卮言为曼衍，以重言为真，以寓言为广”，化抽象为具体，化枯燥为生动，化纯理论形态的哲学为活泼有趣的文学，让天下人乐意接受它，明白所要宣讲之“道”。如此，理论便达到其目的，实现其存在的意义。庄子是反对文艺、反对人文的，他的文字却极为灵动、有趣，充满了文学的表现力。庄子是道家思想的代表人物，同时又是先秦最杰出的、最有魅力的文学家，《庄子》一书被清初著名文艺理论家金圣叹推为“第一才子书”。文学与哲学、与思想、与理论的关系之密切，于此可见一斑。换言之，文学作品是我们研究哲学、思想、理论的一条重要途径。

从历史发展的角度看，文学与儒释道思想皆有着颇深的渊源，姑举一端以示之。《诗经》乃众所周知的文学名著，历代文人雅士反复研读它、吟咏它，从中得到情感的熏陶、境界的提升；“诗言志，歌永言”则成为他们抒怀写情的一种基本的生存状态。当今谈中国文学者亦莫不视《诗经》为中国文学、中国诗歌的源头。与此同时，《诗经》因为经由孔子删定、弦歌、阐释而获得了经书地位，成为儒家六经之一。历代经学家、理学家研读《诗经》，企图读出儒家思想并用于教化。

如《关雎》篇，他们从中读出了“后妃之德”：

> 是以《关雎》乐得淑女，以配君子，忧在进贤，不淫其色；哀窈窕，思贤才，而无伤善之心焉。是《关雎》之义也。[1]

1 ［汉］《毛诗·周南·关雎诂训传第一》，见中华书局编辑部编《汉魏古注十三经》(上)，据中华书局1936年版《四部备要》缩印，第1页。

诸如此类。

虽然这样的解读未必符合作诗者的原意，但无可否认，这已成为中国经书解释的传统，后人乐此不疲。如此,《诗经》一头连着文学，一头连着经学、理学，体现了三者之间的深厚渊源。

宋代传奇作为中国文学大家庭的一员，它和理学、佛教、道教等思想文化产品之间的关系同样值得关注与研究，通过对它的关注与研究，我们既可以很好地认识宋代传奇这一古代文学研究中的薄弱环节，从而使有关的文学史（宋代文学史或文言小说史等）面貌更全面、更清晰；同时也可以很好地认识宋代文化的特质，知其博大精深，知其涵育醇厚，知其影响广泛而持久。

本书拟从宋代传奇的题材内容、主题表达、情节结构、人物塑造以及重要意象等五个方面入手，分别探讨宋代传奇与儒家思想、宋代传奇与佛教思想、宋代传奇与道教思想之间的关系。因为是文学研究，所以宋代传奇的文本阅读是本书研究工作的基本方面，本书写作的重要立论、观点都从文本出发，有材料与事实的有力支撑。研究者对宋代传奇文本进行了反复阅读，了然于心。但仅做这样的工作是远远不够的。有关宋代社会与文化的文献资料，包括儒释道方面的典籍，亦须广泛涉猎，综合吸收，以求在宋代传奇的文化学阐释问题上论述妥帖，批评切要。此外，前人，特别是现当代学者的相关学术成果不仅能增长知识、开阔视野，方便笔者把握学科的学术前沿，而且能为本书写作提供多维度的思路、观点、方法、视角乃至具体的材料或论述，所以也应纳入研究工作之中。古人云："独学而无友，则孤陋而寡闻。"[1]一个人的思路和见解终归是有局限的，以今人为友，以古人为友，研读其书其文，是本书写作能够顺利进行、取得成功的重要保证。

---

1 《礼记·学记第十八》,［汉］郑玄注，见中华书局编辑部编《汉魏古注十三经》(上)，据中华书局1936年版《四部备要》缩印，第130页。

第一章

宋代传奇及其文化学意义

第一节　宋代的传奇

一、甄别宋代传奇的标准

在进入正题——论述宋代传奇和儒释道思想文化之关系前，我们先对宋代传奇的文学写作状态做一个总体了解。

所谓宋代传奇，是指宋代文人继唐代传奇写作之后，继续沿用文言语体来创作的，有一定情节和一定篇幅，并兼有一定文采的小说故事。作为一种文学样式，宋代传奇有几个构成要件：

（一）创作者是宋代文人。在宋代，大体说来，文人创作传奇，民间艺人创作话本，术业趋于两途，雅俗有别。

（二）写作语体是文言。这虽然不是核心构成要件，意义却不容小觑。因为在古典文学中，不同体裁使用文言或白话的情况是不一样的。诗词文赋使用文言；戏剧剧本曲词用文言，宾白用白话；而小说，则一些作品用文言，一些用白话。文言和白话是区分小说类别的尺度之一：志怪、传奇、笔记等是文言小说，话本、拟话本、章回体等是白话小说（《三国演义》等极个别作品除外）。

如在宋代，传奇用文言写作，话本用白话写作，这不光取决于作者的身份，更重要的是，这是由创作目的所决定的。话本用于说话艺术（说书），面向听众讲说，用白话语体是必然选择。相反，传奇创作乃是沿袭唐人，供案头阅读，供文人自娱，故采用传统的文言语体实也在情理之中。

（三）有一定情节和一定篇幅。小说有一定情节和一定篇幅本来是应有之义，然而中国古典小说有其特殊情形，也就是说，相当多的小说或被视为小说的作品却不具备“一定”情节，达不到“一定”篇幅。如《世说新语》中有不少“小说”，只记录人物的片言只语，或描写某个细节、场景，即是如此。这和我们今天所认知的小说是迥异其趣的。再如大量“笔记”，只记叙故事之梗概，并不着意于情节，或根本无视情节的存在。[1]宋代传奇则具备一定情节和一定篇幅，以此和志怪、笔记、轶事乃至辨订、箴规、丛谈等相区别。[2]

（四）有一定的文采。传奇和笔记在写法上趋于两途：笔记崇尚质朴简单，而传奇则比较讲究文采，有可读性。

实际上，宋代传奇在写作或编集的时候，是和其他的小说样式混合在一起的，当时人们并不着意区分。这给宋代传奇的甄别工作带来了困扰。幸好李剑国、程毅中等当代学者为我们盘清了“家底”，使我们免却了搜罗、甄别之苦。

现存宋代传奇有以单篇文章传世名世者，如乐史的《绿珠传》

1　清人纪昀说：“小说既述见闻，即属叙事，不比戏场关目，随意装点。……今燕昵之词、媟狎之态，细微曲折，摹绘如生。使出自言，似无此理；使出作者代言，则何从而闻见之?”（见盛时言《〈姑妄听之〉跋》转述纪昀语，《阅微草堂笔记》卷十八）他囿于儒家的“风教”“劝惩”之旨，以及“尚质黜华”的保守主义文学观念，质疑、反对小说的情节写作，要求文言小说退回到“笔记”的水平上。他的名作《阅微草堂笔记》正是其小说观、文学观的体现。

2　明胡应麟考察、综合前人论述，把小说大别为志怪、传奇、杂录、丛谈、辨订、箴规等六类。见胡应麟《少室山房笔丛》卷二十九，上海：上海书店出版社2001年版，第282页。

《杨太真外传》[1]等；但更多的作品收录在别集、总集或丛书中。张齐贤《洛阳搢绅旧闻记》、刘斧《青琐高议》、李献民《云斋广录》、张邦基《墨庄漫录》、王明清《摭青杂说》、洪迈《夷坚志》、罗烨《醉翁谈录》等都收有不少宋代传奇作品，是常被人们提及的集子。李剑国《宋代传奇集》所收作品几乎泰半出自上述诸集。李先生在该书“凡例”中对宋代传奇作品的选取标准做了这样的说明：

> 夫传奇者，即鲁迅谓叙述宛转文辞华艳之体，有别于志怪杂事之短制也。或以专述人事之单篇为传奇，予不取焉。……然小说集中多为志怪杂事传奇俱存，而以传奇标准绳之，每有游移难定之窘。今之所择，大凡具传奇笔意，篇幅较长者即取之。[2]

本书非常赞同这一选取标准。[3]

二、宋代传奇的分期

从创作发展的情况看，宋代传奇大体上经过了三个时期[4]：

---

1 鲁迅《唐宋传奇集》“稗边小缀”：“《绿珠传》一卷出《琳琅秘室丛书》”，“《杨太真外传》二卷，取自顾氏《文房小说》”。文学古籍刊行社1956年版，第367—368页。

2 李剑国辑校《宋代传奇集》，北京：中华书局2001年版，第1页。

3 在不做特别说明的情况下，本书所引用的宋代传奇作品均出自李剑国《宋代传奇集》(中华书局2001年版)。

4 吴志达《中国文言小说史》把宋元传奇创作分为三个时期：“宋初为唐人小说的延续期”，“北宋中期至南宋中期，是形成宋传奇特色的时期”，“南宋后期至元末，是传奇体小说衰亡时期”。赵章超在《宋代志怪传奇小说研究百年综述》中除了介绍吴志达的意见外，更主要介绍了李剑国、张兵二家的分期。李剑国把宋代传奇、志怪创作分为六期：1.北宋前期（960—1022年）；2.北宋中期（1023—1067年）；3.北宋后期（1068—1126年）；4.南宋前期（1127—1162年）；5.南宋中期（1163—1224年）；6.南宋后期（1225—1279年）。张兵把宋代传奇、话本创作分为四期：1.北宋初期（960—997年）；2.北宋中期（998—1100年）；3.两宋之交（1101—1165年）；4.南宋中后期（1166—1279年）。本书对宋代传奇的创作分期，拟以吴志达的三分为基础，再吸收诸家意见，斟酌损益之。

（一）第一时期：北宋前期

这是传奇创作得到恢复与发展的一个时期。

北宋初年稳定、安逸的社会环境使传奇创作从五代时的萧条状态中迅速地恢复过来，并得到了一些发展。李昉、徐铉、吴淑奉命编《太平广记》等书，所收录的唐代传奇为宋人写作传奇小说提供了示范。唐宋传奇由是而变中有因，一脉相承。徐铉、吴淑于编书之余亦创作文言小说，分别有集传于世。徐铉著《稽神录》，其中的221个故事被收录到了《太平广记》中。吴淑著《江淮异人录》二卷，都是讲论道流、侠客与术士之类，对后世的剑侠小说创作有着不小的影响。

与徐铉、吴淑同时或稍后的传奇小说作家人数虽不甚多，但他们勠力创作，留下重要的传奇作品或作品集，拓出了宋代传奇创作的第一块绿地。当然这其中，以乐史、张齐贤最为重要而知名。

乐史创作的文言小说颇多。计有笔记小说集《洞仙集》《广卓异记》，传奇小说《滕王外传》《李白外传》《许迈传》等，今尚存传奇小说《绿珠传》和《杨太真外传》两种，为宋代传奇的名篇，皆收入鲁迅《唐宋传奇集》之中。鲁迅为文学大师，其传奇收录标准很严，庸常之作是难入他的法眼的，由此可以推知乐史的传奇创作成就。

与乐史以历史传说故事为传奇创作题材不同，同时期的张齐贤则主要撰写近世人物故事，作有《洛阳搢绅旧闻记》。名为记录旧闻，实则并非史家撰述，书中多有“街谈巷语，道听涂说”[1]之言，故与乐史的《绿珠传》《杨太真外传》同科，属于小说创作的范畴。如其首篇《梁太祖优待文士》，写晚唐军阀、后梁建立者

1 ［汉］班固：《汉书・艺文志》，北京：中华书局2007年版，第338页。

朱温接待诗人杜荀鹤的故事，就有诸多增饰虚造之处，乃至颠覆了杜荀鹤作为晚唐著名现实主义诗人所应有的正面形象，实不可视为信史实录，并当作研究杜荀鹤生平事迹的佐证材料。换言之，《洛阳搢绅旧闻记》里的记述，都是属于查无实据、姑妄听之的人物轶事。但其叙写比较详尽生动，不像《世说新语》那样只略记而已。

刘斧《青琐高议》收录了张实、秦醇、柳师尹、钱易等北宋前期其他几个重要的传奇作家的作品——这些作品为他书所失载，使我们得以了解到北宋前期传奇创作的基本面貌；特别是秦醇所作《谭意哥传》这样的优秀之作，一下子提升了宋代传奇创作所能达到的成就和高度，令我们受其嘉惠。

（二）第二时期：北宋中后期至南宋中叶

这是宋代传奇创作形成自己特色的时期。

刘斧《青琐高议》对于北宋前期传奇作品的保存可谓功莫大焉！但《青琐高议》是陆续编成的集子，早在仁宗时已有成稿，可我们在其前后集中却能发现神宗、哲宗朝的纪年纪事。换言之，《青琐高议》所收传奇跨越了宋代传奇发展的第一、二两个时期，几乎反映了整个北宋时期的传奇创作与发展的情况。

北宋中后期至南宋中叶不仅是宋代传奇形成自己特色的时期，也是其创作繁荣期，大量作品皆于此时问世。虽然两宋之交的战乱使传奇创作一度衰微，但随着政局的稳定和绍兴（1131—1162年）“中兴”气象的形成，传奇创作得以恢复。这一时期的传奇作品主要保存在刘斧《青琐高议》、李献民《云斋广录》、张邦基《墨庄漫录》、王明清《摭青杂说》、洪迈《夷坚志》等集子里。

（三）第三时期：南宋后期

这是宋代传奇创作走向衰落的时期。

在很多情况下，文运、国运是紧密联系在一起的，宋代传奇发展便是如此。南宋中后期，大漠蒙古崛起，先后灭掉了夏、金，又剑指南方，宋之国势颓靡、风雨飘摇，已是不争的事实。“休去倚危栏，斜阳正在，烟柳断肠处。”[1]在这虽欲苟且偷安而不得的环境里，传奇创作也无可奈何地走向衰落了；而且，从传奇小说发展的宏观角度看，此一衰落可谓历史性、致命性的。在元明两代，人们很难读到令人眼前一亮的传奇作品。

南宋中后期，也出现了一些包括传奇在内的小说集子，如何光《异闻》、罗烨《醉翁谈录》[2]等。尤其是《醉翁谈录》，给衰落中的传奇创作以一丝亮色和光彩。宋代传奇能以《醉翁谈录》这样的集子收官，亦可谓无憾矣。

这是一部传奇小说和话本小说集，分二十个类别编排，多系节录或转述前人旧作，保存了一些少见的宋元戏文情节，是研究宋元小说、戏曲的重要资料。如卷首“舌耕叙引”记载说话人的家数、小说类别、名目，一些卷次中存有元明小说、戏曲的故事情节等。就宋代传奇研究而言，这部书给我们提供了观察传奇与话本之关系的窗口。

《醉翁谈录》为说话艺人场上制胜之秘籍，属于小型的通俗类书性质，是晚明《国色天香》《绣谷春容》等较大型通俗类书的先导。所收十余篇传奇小说皆用浅近通俗的文言语体写成，和话本的关系至为密切，显示了二者之间相互影响、交融乃至合流的趋势。

1 ［宋］辛弃疾：《摸鱼儿》，见唐圭璋《全宋词》，北京：中华书局1965年版，第1867页。

2 罗烨之前尚有金盈之的《醉翁谈录》，所记为唐五代遗事、宋人诗文及汴京风俗，和传奇小说无涉，且编撰水平不高，当别之。

从题材内容方面看，除著名的《王魁负心桂英死报》[1]以外，基本上都是写偷期密约之类的艳情，从其“私情公案”“烟粉欢合”“遇仙奇会”等类别名称上可见一斑。壬集卷之一“负心类”仅收《红绡密约张生负李氏娘》一篇，虽说负心，却以一男双美大团圆收场。

三、宋代传奇的创作特色

北宋中后期的传奇创作环境已然发生了很大变化。科举的发达、教育的进步、史书的编纂、印刷术的提高、城市文化的发展……多种文化机缘的结合，不仅使传奇创作数量空前增加，而且促进了作家的知识水平、创作水平的不断提高，形成了传奇创作繁荣兴盛的景观。作家的来源更广了，创作的取材面更宽了，从传奇作品中也更能够看到现实社会的投影了。

这时候，诗文革新运动已经完成，宋代的传统文学创作在取法唐人的口号与浪潮中，开始走出一条属于自己的路。诗歌方面，由宋初三体（白体、晚唐体、西昆体）到欧、苏革新，再到黄庭坚和他的江西诗派，由学习中唐（元白）、晚唐（贾姚、李商隐）转向了盛唐（李杜王孟等），宋人一路学来，却不知不觉中形成了与唐诗不同的特色，这就是严羽所总结与批评的“近代诸公乃作奇特解会，遂以文字为诗，以才学为诗，以议论为诗”[2]的写作特征。

词为诗余。苏轼在唐五代传统的婉约词风中辟出了“以诗为词”的写作路径。

文章方面，欧苏王曾等人亦以学韩学柳相号召，荡涤时文之弊以及“太学体”的歪风，使古文运动取得了完全的胜利。时值理学兴起，洛党与蜀党之纷争使古文和理学的畛域判然而分，一

1 李剑国《宋代传奇集》题作《王魁传》，乃据《类说》卷三四《拾遗·王魁传》之题，作者署夏噩，是仁宗、英宗、神宗时人。

2 ［宋］严羽:《沧浪诗话校释》“诗辨”，第26页。

目了然。但是，毕竟是生活在这样的环境里，宋代作家比唐代作家更多了几分伤时忧世、关注现实的情怀。

传统文学创作领域的变化影响到了宋代传奇写作。换言之，到了北宋中后期，传奇创作在学习、延续唐人传奇之后，也开始形成自己的特色。

第一，以学问、知识为传奇。这表现在宋代传奇对历史题材的写作兴趣上。唐代传奇大都取材于现实人事，如蒋防写李益霍小玉故事，元稹写张珙崔莺莺故事等。宋代作家则转而向文献典籍中寻找创作素材，即鲁迅所谓"多托往事而避近闻"[1]，体现出题材选择的鲜明的倾向性。要做到这一点，有赖于历史之阅读，有赖于学问、知识的积累，而不单是靠创作的才情禀赋。

北宋中后期，随着"四大书"、《新唐书》、《新五代史》、《资治通鉴》等典籍的流传与编纂，时人以为：

> 自作语最难，老杜作诗，退之作文，无一字无来处，盖后人读书少，故谓韩杜自作此语耳。古之能为文章者，真能陶冶万物，虽取古人之陈言入于翰墨，如灵丹一粒，点铁成金也。[2]

以之拟于传奇写作，则可谓"无一事无来处"，作家们可以通过广泛的历史阅读，"陶冶万物"，糅合众事，翻陈出新，写出新颖的传奇故事来。当时已具备了这样的写作条件。

以学问、知识为传奇还表现在，于写作中脱离情节叙事，独立地去介绍知识、见闻，炫示自己的广博。或者，穿插诗词酬答，

---

1 鲁迅:《中国小说史略》，上海：上海古籍出版社1998年版，第71页。

2 ［宋］黄庭坚:《黄庭坚选集》"与洪甥驹父"，上海：上海古籍出版社1991年版，第380页。

显露诗才与风雅。诸如此类。晁载之跋宋初乐史《绿珠传》云："（乐）史独精地理学，故此传推考山水为详，又皆出于地志杂书者也。"[1]在传奇小说中竟做起"推考山水"的事，真可谓不务正业，莫此为甚也。

第二，作家在传奇作品中爱发表议论。唐人初露端倪，宋人则变本加厉，尤雅好此道。宋人所发议论既寓情节之中，又见于篇末，往往长篇大论，直白显露，并寓有教训的意味。

如《绿珠传》，在讲完石崇、绿珠故事之后，先是卖弄了一通有关绿珠江、绿珠井的山水舆地知识，接着便写道：

> 其后诗人题歌舞妓者，皆以绿珠为名。……其故何哉？盖一婢子，不知书而能感主恩，愤不顾身，其志烈懔懔，诚足使后人仰慕歌咏也。至有享厚禄，盗高位，亡仁义之性，怀反复之情，暮四朝三，唯利是务，节操反不若一妇人，岂不愧哉！今为此传，非徒述美丽，窒祸源，且欲惩戒辜恩背义之类也。……[2]

这哪里是写小说啊，简直就是在写劝世警世文！乐史这种爱发议论的作风为后来者所继承，在宋代传奇中可谓屡见不鲜，被鲁迅称之为"宋人积习"[3]。确实，无论宋诗、宋文，还是宋代的传奇和话本，都于叙事抒情描写之外，缀以议论性文字，仿佛作者生怕读者们错过了他写作的题旨。作者总是居高临下，不大信任读者们的阅读智商。

---

1 ［宋］晁伯宇：《绿珠传跋》，见李剑国《宋代志怪传奇叙录》，天津：南开大学出版社1997年版，第21页。

2 ［宋］乐史：《绿珠传》，见李剑国辑校《宋代传奇集》，第17页。

3 鲁迅：《中国小说史略》，第67页。

再举一个通俗话本的例子。著名的宋代话本《错斩崔宁》讲一个人酒后戏言，导致无辜者被官府冤杀的故事，故事内容已充分显示了作者（讲说者）的用意，但说到终了，作者还是技痒，忍不住写道：

> 这般冤枉，仔细可以推详出来。谁想问官糊涂，只图了事，不想捶楚之下，何求不得？……所以，做官的切不可率意断狱，任情用刑，也要求个公平明允。道不得个死者不可复生，断者不可复续，可胜叹哉！[1]

这种议论无关乎小说的叙事艺术，完全是游离文字。话本之附以评述议论，致使后来发展出“平话”（“评话”）的品类。探究“宋人积习”的形成原因，除了要看到史传文学的影响，更要联系宋人的文化实际。爱发议论的风气体现于从政治、科举、思想到文学艺术的各个方面，并不囿于某一端。

第三，渐趋通俗化。小说在传统文学观念中本来属于通俗文学范畴，地位不高，兼带游戏性，但由于唐人以文言语体写传奇，加之参与唐传奇写作的作家们总体上有很高的社会地位、文化水平和创作经验，唐代传奇实际上走的是类似秦汉古文的典雅有情的创作路线。中唐传奇和中唐古文互通声气，确有很强的文学性、抒情性、技巧性。时至北宋，传奇创作的激情冲动已经不再，人们在传奇写作中知识性有余，典雅性不足；学究气有余，情趣味不足。恰逢话本等通俗文艺兴起，受其影响，宋代传奇也渐趋通俗化，虽亦书以文言，却“文不甚深”，和唐代传奇风味不一。

说话艺术唐时已有，然尚未成气候，对唐代传奇创作没有什么

---

1 ［明］冯梦龙编《醒世恒言》“十五贯戏言成巧祸”（宋本作《错斩崔宁》），上海：上海古籍出版社1996年版，第695页。

影响。北宋的说话艺术则占领了城市乡村的广阔天地，气势如虹，不仅讲说者人数众多，而且诞生了说话的专家，如霍四究专说“三分”，尹常卖独擅《五代史》之类。到了南宋，更是出现了说话艺人的专业行会组织——雄辩社[1]，形成了说话艺术的专门家数[2]。说话艺术由民间艺人操作，面对广大下层阶级讲说故事，需要契合他们的文化程度、思想意识和生活情调，所以改用白话语体，走通俗化写作的道路。

在这样的环境、氛围之下，宋代传奇创作不能不受到话本的影响。《都城纪胜》云：

> 说话有四家：一者小说，谓之银字儿，如烟粉、灵怪、传奇……[3]

按此说法，到了南宋时，传奇由于通俗化的缘故（语言的通俗化以及技法的通俗化），已经从先前与话本的雅俗两路而趋于合流，归入到“小说话本”的名下，成为它所属的一个类别了。换言之，传奇与话本的界限越来越模糊，难以作出清晰的区别。确实，我们读罗烨《醉翁谈录》，对其中所收一些作品的传奇或话本属性就比较难以认定，此可为《都城纪胜》之说法的一个证明。

萧相恺《宋元小说史》第九章以时间的顺序分别论述了北宋前期、北宋中后期和南宋的传奇创作，不仅勾勒了宋代传奇的发展线索，而且展示了不同时期传奇特点的演进，如北宋前期主要

1 ［宋］周密：《武林旧事》卷三“社会”条。

2 南宋说话艺术有四家数。由于灌园耐得翁《都城纪胜》记录四家数的文辞不够清晰，学者们对它的解释分歧较大，胡士莹《话本小说概论》第四章第二节，程千帆、吴新雷《两宋文学史》第十二章第一节等对此有辨析。通常采取鲁迅、孙楷第的意见，以小说、说经、讲史、合生为四家数。

3 ［宋］灌园耐得翁：《都城纪胜》“瓦舍众伎”条。

是继承晚唐五代的创作，北宋中后期在题材开拓方面有所创获，等等。说到南宋时期，著者则指出，此时的传奇创作受市人小说的影响颇深。他因此还把南宋传奇创作细分为“两种很不相同的流派”：

> 一派是受市人小说影响的传奇小说的继续和延伸。这一派，终南宋之世，也未能恢复到北宋后期《青琐高议》《云斋广录》中传奇小说的高度。另一派乃是北宋以来的传奇小说的进一步市人小说化，是传奇小说的一种变格。[1]
>
> ……
>
> 市人小说发展到南宋，由于城市经济的繁荣，市民队伍的壮大，以及最高统治者的提倡等多方面的原因，出现了空前繁荣的局面，其对传奇小说的影响力也更趋增大，所以在南宋时期出现了一些完全模仿市人小说体制而作的新型传奇小说。这类小说，体制虽与市人小说相同，语言却完全是书面语，是决不能就这样在瓦舍勾栏中讲说的。但它们也不是“说话”艺人用来讲说的提纲，或某个“说话”的摘要记录，它们描写细腻，虽不如唐人小说的风雅华贵，而叙事的曲致则颇为相似。[2]

一类传奇模仿唐代传奇而作，一类传奇模仿宋代话本而作，取向虽不同，但通俗化的趋势却是一样的。

第四，渐趋志怪化。这是就题材内容和表现手法两方面来说的。萧相恺指出：

1　萧相恺：《宋元小说史》，杭州：浙江古籍出版社1997年版，第350页。

2　萧相恺：《宋元小说史》，第354页。

> 南宋时期的传统传奇小说，散见于各种志怪、轶事小说集中，很难把它们与志怪小说和轶事小说分别开来。因为它们叙事多带志怪、轶事小说的特点，缺少传奇小说那种词藻绮丽、描写细腻的特色；或者描写虽较细致，而情节又过于简略。[1]

很难与志怪小说相区别、叙事多带志怪、情节过于简略等都表明了宋代传奇渐趋志怪化的倾向。

四、唐宋传奇创作的差异

有比较才能有鉴别。要认识宋代传奇的创作特色，在文学的这一面，我们还可以通过对唐宋传奇的创作比较来加以探究。

唐宋传奇创作虽是一脉相承，但由于创作环境的迥异，两者在题材选择、形象塑造、叙事方式以及写作的文风等方面有着较大的差异，从而呈现出截然不同的创作风貌。试分项论析之。

（一）题材选择

故事题材是小说创作的基本要素之一，而不同的题材选择则构成了唐宋传奇创作的重要差异。唐传奇脱胎于魏晋六朝的志怪小说，所以，初唐盛唐时期的传奇创作带有较多怪异的成分，给人以荒诞不经之感。如《古镜记》写一面古镜降妖、伏兽、显灵、治病等各种灵异事件，很明显，“犹有六朝志怪流风”[2]，而大增华艳。《补江总白猿传》写人猿相爱，《游仙窟》写人神交接，都含有一些志怪情节。

1　萧相恺：《宋元小说史》，第350页。

2　鲁迅：《中国小说史略》，第45页。

初盛唐时期，传奇作品数量不多。但初盛唐传奇已和现实人事取得某些联系，如《补江总白猿传》乃“唐人以谤欧阳询者”[1]，《游仙窟》所写男女情事有唐代当时文人纵酒狎妓生活的投影。到了中唐，不仅唐传奇作品数量显著增多，而且取材于现实生活的传奇创作成为主流，佳作迭出；即使那些谈神说怪的传奇作品，如沈既济《枕中记》、李公佐《南柯太守传》、李朝威《柳毅传》等，也不难从中寻绎出诸多社会现实内容。换言之，中唐传奇更加接近于作为文体的传奇（和志怪相区别）的本义。

安史之乱以后，盛唐气象不再，唐代国力渐衰，它的诸多社会现实问题集中地呈现出来了。其表现于文学创作上，则是浪漫主义创作思潮让位于现实主义，作家们普遍关注现实人生问题。元白诗、韩柳文即是其中的典型。在传奇写作中，也是如此。元稹《莺莺传》、蒋防《霍小玉传》、白行简《李娃传》完全是现实题材，且采用写实手法，基本不含神异怪诞的情节。

《霍小玉传》结尾有李益为异物骚扰不得安生的情节，似涉志怪；但实际上和一般志怪性质不同，它是故事发展的必要组成部分，能很好地表现霍小玉的复仇个性。小玉临终前说：

> 我为女子，薄命如斯；君是丈夫，负心若此。韶颜稚齿，饮恨而终。慈母在堂，不能供养。绮罗弦管，从此永休。征痛黄泉，皆君所致。李君李君，今当永诀！我死之后，必为厉鬼，使君妻妾，终日不安！[2]

试想，倘若缺了李益为异物骚扰不得安生的情节，小玉的这个发誓将如何落实呢？

---

1 ［南宋］陈振孙:《直斋书录解题》；又见胡应麟《四部正讹》。

2 ［唐］蒋防:《霍小玉传》，见鲁迅《唐宋传奇集》（卷二），第76页。

中唐尚有一些历史题材的传奇，如《高力士传》《长恨歌传》《安禄山事迹》《李林甫外传》等，虽杂以神怪情节，但仍以描写现实社会内容为主体，故亦可被视作现实题材。

晚唐传奇创作大盛，且不少是以集子的形式出现的。从故事题材的方面说，此时传奇出现了搜奇猎异、言神志怪的倾向，和中唐传奇趣味大不相同。有采取寓言笔法、含有教训意义的神话、志怪性传奇，如牛僧孺《郭元振》、李复言《李卫公靖》、裴铏《韦自东》等；有取材于现实或历史，却含有超现实的神秘主义的内容，如一些剑侠题材的传奇即是如此。

以上为唐传奇题材选择的大略情形。

诚然，宋代传奇是承唐传奇发展而来的，但它主要承袭的是晚唐传奇，亦即在题材选择方面总体呈现一种志怪化的倾向。宋初《太平广记》编纂成书，里面颇多玄虚、怪异的故事；宋初传奇作家亦来自动乱的五代，这些情况为此后的宋代传奇创作定下了基调。又，较之唐代，佛教、道教这两个宗教更加深入人心，为文人及世俗社会所乐于接受。因此之故，佛教、道教里的各种怪异故事亦为人们所熟知，他们常常把这些故事移植到传奇创作中，构成情节主体。这些怪异故事完全出自佛教与道教的思想理念，而与现实生活没有任何瓜葛，不反映现实社会的矛盾与冲突。这和中唐《枕中记》《南柯太守传》等虽然荒诞实则现实性强的传奇写法是不一样的。

宋代也有现实题材或历史题材的传奇作品，其写实性有时甚至超过了中唐传奇创作，但由于艺术水平不高，这些作品被淹没在了大量的非现实性传奇之中。

（二）形象塑造

形象塑造是小说创作的重要方面。唐宋传奇在形象塑造上有着较大差异，主要表现在：

第一，唐人作传奇注重叙事写人，所以，唐代传奇小说中出现了一连串鲜活生动、个性分明、栩栩如生的人物形象，其形象塑造的艺术性为后人所称道。如《任氏传》中的任氏，本是狐女，作者却把她塑造成了一个知情重义、聪慧勇敢的娼女形象。她有感于贫士郑生对她的情义，力拒富公子韦崟的强力施暴；当其“力竭，汗若濡雨，自度不免，乃纵体不复拒抗”时，又以智慧保全了自己的爱情。她施展才智，协助郑生致富得官。最后，她明知前途有凶险，但为了爱情，毅然和郑生同行，终于罹难。这是一个很有个性的、与众不同的娼女形象。虽然她忠于爱情，力保贞洁，但由于作家的细致刻画，我们并不觉得人物形象被概念化，并不觉得作家在说教，而是为人物的真情所感染。像任氏这样鲜明生动的人物形象在唐传奇中还有很多。

宋传奇中并非没有塑造得好的人物形象，如《越娘记》中的于越娘、《狄氏》中的狄氏和尼姑等就写得很不错，读之令人感动；但是说实在的，这样的人物形象不是很多，包括《绿珠传》《杨太真外传》这样的名篇在内的一些宋代传奇作品，在形象塑造上确有可以提升的空间。究其原因，乃在于宋代作家受儒释道思想的影响很深，加之文化水平上普遍高过唐人，所以他们在创作时，关注点往往在思想与知识上，而不是形象塑造上。由此导致了形象的弱化。

第二，唐人塑造形象是通过语言、动作、表情、人物对比等外在的表现手法来完成的，这是传统的文学表现手法；宋人当然继承了这样的表现手法，但同时，他们又尝试着运用心理描写手法来刻画人物，塑造形象，从而增加了作品的表现力。

有直接点明是人物的心理活动描写的：

虽舜俞思念至深，而越娘不复再见。舜俞恃有德于彼，忿恨至切，乃顾彼伐其墓。——《越娘记》

默阴念：“我有功于孙，吾且年少，孙亦妙龄。孙之夫极老，吾固胜他远矣，吾必得之。”默私计：我有功于孙，事虽不谐，亦无后虑。——《孙氏记》

魁乃私念曰：吾科名若此，即登显要，今被一娼玷辱，况家有严君，必不能容。——《王魁传》

所谓“阴念”“私计”“私念”云云，皆表明进入心理活动的描写。

也有以作赋和写诗的形式来间接表现人物心理的，如《梅妃传》说梅妃自作《楼东赋》，表现自己对皇上的深情眷恋和对杨妃夺爱的不满：

君情缱绻，深叙绸缪，誓山海而常在，似日月而无休。奈何嫉色庸庸，妒气冲冲，夺我多爱幸，斥我乎幽宫。思旧欢之莫得，想梦著乎朦胧。……空长叹而掩袂，踌躇步于楼东。

用赋体美文表达怨艾心情，读来别有一番风味。这种间接表现人物心理活动的手法肇始于唐传奇，如元稹《会真记》中崔莺莺同张生的诗歌唱和即是，但在唐传奇中只偶尔一见，至宋代传奇创作才广为采用。如果采用得当，那么，这种手法既能够刻画人物心理，又能够增加作品的美感，另外，还能让作家骋笔纵才，炫示学问和诗情，适应了宋代社会作家文化水平普遍提高的情形，可谓一举多得。

（三）叙事方式与写作文风

唐宋传奇在叙事方式与写作文风上亦存在差异。唐传奇在小说叙事上比较集中、专注，作家们通常只把故事当故事来写，原原本本地叙述故事发生发展的过程、细节，并不去牵扯故事之外的东西，也不去探究故事所包含的意义。也就是说，唐传奇基本上是一种纯文学性的小说叙事，有着很高的文学审美价值。

宋代传奇作家则往往在故事叙写过程中穿插较多非情节性的内容，如故事的背景、知识、类似故事、诗词歌赋、故事所蕴涵的意义等，这使宋代传奇小说与其说是一种文学性叙事，毋宁说是一种文化性叙事，作家们始终在向读者讲述文化。以《华阳仙姻》为例。该传奇篇幅很长，其中充斥着道教知识的宣介以及神仙生活气氛的渲染夸饰，其故事性内容反倒只占很少的比例。再如《张佛子传》，作者完全摒弃了故事性，一味排比张佛子平生所做的各种善事，各事之间既无情节上的关联，其叙述也简括不详。作者写作本传奇的目的只在于宣扬佛教之善。

理论上讲，传奇小说都应该是虚构的，但由于不同题材的虚实差异性，以及作家叙事方式的不同，传奇小说所表现出的虚构性其实是不一样的。在这方面，唐宋传奇有着不同的倾向。中唐传奇，无论是现实题材故事如《霍小玉传》《会真记》《李娃传》，还是虚幻题材故事如《柳毅传》《任氏传》《南柯太守传》，作家们在写作时都表现出了“纪实”的态度，力证故事之实。作家们一方面尽力淡化死后报仇、入龙宫、鬼神狐妖活动、入梦等幻妄情景的描写，如《柳毅传》写柳毅入龙宫这一幻妄情景仅言“当闭目，数息可达矣。……遂至其宫”,《南柯太守传》写淳于棼入蚁穴这一幻妄情景仅言“生解巾就枕，昏然忽忽，仿佛若梦。见二紫衣使者……”；另一方面，作家们又反复申明所叙故事或为亲身所历，或为亲耳所闻，来源有自，所传不虚，如淳于棼入蚁穴这种明显幻妄的情景，作者也申明说：

> 公佐贞元十八年秋八月，自吴之洛，暂泊淮浦，偶觌淳于生棼，询访遗迹，翻覆再三，事皆摭实，辄编录成传，以资好事。……

宋代传奇则可谓实者更实，虚者更虚，也就是说，人物传记类传奇比唐传奇写得更像人物传记而不是传奇，佛、道等虚诞类传奇却又极力写出那幻妄不实的一面来。宋代传奇作家在写人物传记类传奇的时候，不似唐人那样只在口头上声称事有所本，而是在实质上秉持史家的“实录”精神，对事主的有关事迹尽可能地实写，甚至考证一些时地人事的名实出处。他们在写虚诞类传奇的时候，又对幻妄情景竭力渲染夸饰，让读者“意识到”此情此景的幻妄，如《华阳仙姻》写诸葛氏当着凡人的面白日飞升、《韩湘子》写韩湘子当着众人的面卖弄瞬时开花等。唐传奇中的类似情景如不特别指出被作者淡化处理了，读者往往“意识不到”。

与叙事方式有所关联的是，唐宋传奇在写作文风上也有大体的不同。唐传奇由于是文学性创作，其“叙述宛转，文辞华艳”乃可谓定评。宋代传奇则文风趋于平实稳当，知性理性有余，而小说创作才情显得有些不足。

第二节　观察宋代思想文化的一扇窗口

一、文学研究与文化研究

很明显，宋代传奇的创作与发展深深根植于宋代的社会文化之中。虽然它一开始乃是出自文人们对唐代传奇的学习和模仿，是传奇的惯性力量使然，但是，越往后来，其独特性越加显著，与宋代社会文化的关系也越加密切。它的兴衰起落紧随时代的脚步：王朝太平，传奇创作就兴盛；局势混乱，传奇创作就衰微。彼此间表面上似乎没有什么瓜葛，实则相互呼应，关联性很强。宋代传奇的诸多写作特征——学问化、议论化、话本化、志怪化等——无一不是取决于宋代自身的文化现实。换言之，造成唐宋传奇之差异性的根本因素在于各自的时代社会条件，而非其他。

既然这样，那么反过来不难推知，宋代传奇创作中亦包含了丰富的社会文化信息，是我们观察宋代社会文化的一扇窗口。按照经典的文学定义，所谓文学者，乃是社会生活在作家头脑中的反映，文学来源于社会生活，又反映、表现了社会生活，故而其认识论价值要高于社会生活。也就是说，若要认识一个时代社会的面貌特征，当时人所创作的文学作品提供了绝佳的场所和视角。“诗可以兴，可以观，可以群，可以怨。”[1]文学创作是认识时代社会的重要维度。在文学创作诸品类中，小说反映、表现社会生活又最为直接、灵活、丰富而深入，非常贴近社会生活实际。许多小说大师，如英国的狄更斯，法国的巴尔扎克、雨果，俄国的托尔斯泰，中国的曹雪芹等，其所作小说皆堪称社会生活的历史画卷，

1 ［清］刘宝楠:《论语正义·阳货》，见国学整理社编《诸子集成》(第一册)，北京：中华书局2006年版，第374页。

揭示了社会生活的本质。小说的文字篇幅比较长，取材来自生活的方方面面，通过对人物的塑造、事情的叙写与细节的刻画，往往能够把笔触伸向社会生活中最隐蔽的角落、最细微的地方，成为反映社会生活的一面清晰的镜子。

杨义在论述“小说史研究与文化意识”关系的时候，曾探讨过“文学本体”问题。他说：

> 就文学本体来看，我觉得第一条，文学本身是文学，这就是文学的本位观。文学应该回归本位，它不是其他的学科能够代替的。认识一个文学作品，必须把它的审美价值放到一种非常重要的、本质的意义上去认识。……
>
> 第二层的意思是说，文学本身又不完全是文学，不仅仅是文学。为什么呢？因为文学不可能在一个封闭的、独立自足的领域里运行。它必然受社会其他方面的因素对它的渗透和影响，产生互动的关系。这就是说，社会的政治、经济、文化、心理、风俗种种因素都对文学有渗透。我们看了文学作品就能认识那个时代，那个社会，认识那个民族，认识那时候人们的心灵，就是因为文学跟这些东西渗透。把文学还给它的本位，不把文学简单地当成政治的附庸和具体政策的工具，是为了更好地采取一种审美的态度去看文学跟其他领域的渗透。[1]

简言之，文学研究，特别是小说研究，既应该是文学的（审美的）研究，也应该是文化的研究，两者相结合，才算是完全的文学研究，杨义把它称作“多元互补”的研究。从文学的（审美的）

1　杨义：《文化冲突与审美选择》，北京：人民文学出版社1988年版，第3—4页。

角度研究文学[1]比较好理解，那么，为什么还要从文化的角度来研究文学呢？这是因为“文学不可能在一个封闭的、独立自足的领域里运行”，“社会的政治、经济、文化、心理、风俗种种因素都对文学有渗透”。中国的传统文学批评是认同这一理念的，所以不仅特重文学的社会功用，而且提出“知人论世”[2]的批评方法。所谓知人论世，就是要求读者/批评者在阅读文学作品的时候，不要像汉儒那样，局限于文本的字句，局限于文学文本本身，而是要拓宽思路，延伸阅读，进而去了解文本创作者，他的生平经历、他的思想感情、他的创作环境、他的时代社会等。吃着美味的鸡蛋，同时也要看看那只下蛋的鸡，因为鸡的生长环境确实关乎蛋的品质，文学创作也是如此。时代的社会文化环境通过作家的笔端，渗透进了具体的作品之中，从而使作品有血有肉，生动饱满，具有光彩和质感。抽掉了作品的文化生成环境而只做单纯的“文本研究”，颂其书而不知其人、不论其世，则无异于X光透视，全身各个部位都不缺，但徒具人形而已。

杨义在《中国古典小说史论》一书中还特地举了宋代小说的例子，来说明文化研究对于文学研究的必要性：

宋代小说范式的变异更是出乎意料，这固然是由于佛教俗讲文学输入了一种韵散交错的极富想象力的文体，更重要的是宋代的城市制度跟唐代发生了实质的变化。唐代城市是坊里制，坊四周有墙，按点锁门，长安一百零八坊和东西两市，坊市分离，是很不便于商业娱乐的。宋代城市实行街巷制，店铺临街，日间车水马龙，夜间

1　提出这一研究角度是为了纠正一段时间以来从政治角度研究文学、评判文学的偏颇。

2　[清]焦循：《孟子正义·万章章句下》，见国学整理社编《诸子集成》(第一册)，第428页。原文为“读其书，不知其人可乎？是以论其世也，是尚友也”。

> 还可以寻欢作乐，只要看过《清明上河图》，对此就了然于心。城市制度的这种变化不要紧，它使小说走进了瓦舍勾栏，采用口语，汲取说话人的阅世智慧和口若悬河的“舌辩”，展示着市井奇情、人间百相和历史烟云。小说范式大幅度地由雅变俗了，以致把经过整理的宋人话本和唐人传奇放在一起，竟惊异于它们都可以称作“小说”。[1]

唐宋小说巨大差异之形成的原因，一方面关乎“佛教俗讲文学输入了一种韵散交错的极富想象力的文体”，也就是文学领域内部的缘由，另一方面却又关涉到一件似乎和文学作品、文学写作、文学研究无关联的社会文化事件——城市制度由唐代里坊制向宋代街巷制的变迁。实则对宋代小说而言，后者比前者要更为重要、更有意义：前者仅是“韵散交错的”文体的输入，是写作形式的发展；后者却使小说写作“大幅度地由雅变俗”了，亦即指示着方向性的变化。

文学角度的研究与文化角度的研究是文学研究的双翼，它们相辅相成，共同推动着文学研究的进步。

二、小说创作与儒释道思想

从历史发展的坐标看，中国的古典小说创作与儒释道思想文化之间有着天然的密切关系。

儒家思想虽创立于先秦，但到汉武帝时方才成为帝王之术，确立为国家的根本指导思想。也是在汉朝，佛教、道教相继传入和建立，为此后的发展奠定基础。不过，一直到汉末，儒家思想都居于主导地位，佛教、道教远未能与之抗衡。魏晋六朝时，儒

1　杨义：《中国古典小说史论》，北京：中国社会科学出版社2004年版，第8—9页。

家思想的地位一落千丈，佛教、道教则得到了大发展，开始对社会阶层形成影响。许多僧人来华传教译经，不少佛经被翻译为汉语，其中尤以姚秦鸠摩罗什（什公）所行译事为著。佛教研究出现热潮，中国的南北方形成般若学、涅槃学两个专门之学。梁武帝甚至立佛教为国教，其礼佛崇教之心可谓空前绝后，达到了无以复加的地步。这是佛教发展的一方面。

道教这一方面则经由炼丹家、符咒家、经籍家不同形式的努力，同时向上层社会和下层社会发展势力、发生影响，天师道得到了大发展。与此同时，老庄哲学思想在魏晋时期也得到了深入研究。

有趣的是，就在佛教、道教开始出现显著发展的时候，小说创作正式登场，而且首先登场的竟是志怪类小说，不能不说两者之间可能存在着某种联系。《庄子·逍遥游》："《齐谐》者，志怪者也。"庄子笔下有许多怪异的描写，如鲲鹏展翅、斥鴳笑鹏等。道教则宣扬鬼怪神仙。佛教本身虽无鬼神学说信仰（主张生命轮回），却又为世俗社会安排了天堂、地狱、饿鬼、彼岸等"异存在"，给信鬼崇神的中国人留下了丰富的想象空间。对照汉代儒学独尊而小说未兴的状态，我们有理由推断，魏晋时期佛教、道教的发展为志怪小说之兴提供了必要的写作材料和写作背景上的准备。

从志怪到志人，小说创作在内容、形式等方面都有着明显的变化，而志人小说的产生也不难从儒释道等思想文化那里找到依据。志人小说如《世说新语》之类，是用以记述人物言行的小说，通常用较短的篇幅记载人物的轶事，其体裁近于史。儒家是重史的，儒家学者历来重视修史，有浓厚的历史意识。孔子即据鲁之前史书，修成《春秋经》，为后世史书写作之鼻祖。嗣后，西汉司马迁作《史记》，东汉班固作《汉书》，二者皆为史学之名著，史籍之典范。《史记》《汉书》之类的史书与后来的史书写作不同，它们在遵循历史的理性逻辑、忠实于历史的基本事实的同时，还不吝笔墨，对历史人物的生活细节和活动场景进行大量文学性的描写，令其形象生动、如在目前。这一部分写作其实类似于小说创作，有虚构、想象的成分。志人小说可以看作是由此衍生而来的。

然而，志人小说在篇制上极其短小，与长篇大制的史书并不相侔，它只用十数句、数句乃至三言两语来记载人物的言和行，勾勒人物的内在风神。传神写照[1]可谓是志人小说所追求的写作境界。为了传神写照，可以对人物言行进行提炼、加工、润色和夸张，甚至虚构也在所不惜。

《世说新语·巧艺》：

> 顾长康画裴叔则，颊上益三毛。人问其故，顾曰："裴楷俊朗有识具，正此是其识具。"看画者寻之，定觉益三毛如有神明，殊胜未安时。[2]

顾恺之给裴楷画像，为了传写裴楷的俊朗识具，便"颊上益三毛"，做了虚饰和夸张。志人小说中的人物形象刻画同样如此，所以，并不能当作完全实有其事来对待。

那么，为什么要传神写照呢？这一写作境界、审美要求并无关乎儒家思想，而应该是老庄玄学和道教、佛教发展流行的结果。

王弼言：

> 夫象者，出意者也。言者，明象者也。尽意莫若象，

1　传神写照是著名画家顾恺之提出的美学命题。《世说新语·巧艺》："顾（恺之）曰：'四体妍蚩，本无关于妙处；传神写照，正在阿堵中。'"这里借用来描述志人小说所追求的写作境界。

2　［南朝宋］刘义庆：《世说新语笺疏》"巧艺"，余嘉锡笺疏，上海：上海古籍出版社1993年版，第719页。

> 尽象莫若言。言出于象，故可寻言以观象；象生于意，故可寻象以观意。意以象尽，象以言著。故言者所以明象，得象而忘言；象者所以存意，得意而忘象。[1]

王弼以《庄子》注《易传》，解释意、象、言三者之关系。他认为，言是用来明象的，象是用来尽意的，所以，对于言来说，明象才是目的；对于象来说，尽意才是目的。把王弼的解说应用于文艺创作，则可明白，文艺创作的目的是要尽意明象。

如果我们把象转换为照，意转换为神，那么，传神写照的命题就呼之欲出了。而在魏晋六朝，作为艺术范畴的神并不难从道教、佛教那里借得，因为在当时的思想界，人们对形神关系比较关注，并曾发生过神灭与神不灭的思想论争。宗教里的鬼神之神和思想界的形神之神虽不是一回事，却也可以说有相通之处，并非仅因名称上的巧合。志人小说（艺术）中的"传神"同样要求人物刻画要依托于形而达于神，乃至要超越于形而达于神。

志怪小说讲究叙事曲折，志人小说讲究写人传神，两者结合便可形成唐传奇之别具一格的写作艺术。唐传奇脱胎于志怪、志人小说，而又臻于更高的写作境界，是一种成熟的小说创作。它和儒释道思想文化之间同样有着密切的关系。初盛唐以及晚唐所创作的那些带有荒诞怪异情节的传奇作品就不必说了，中唐传奇明显是现实主义创作主题，描写现实生活，反映现实人生，此种创作倾向在哲学思想的指导上具有儒家的理性精神，可以说是中唐儒家思想复兴的结果。儒家思想在唐代虽然地位有所恢复、提高，但终归未取得支配地位，在统治集团中和思想界未能有效压制佛教、道教的蔓延。除了太宗朝颁行《五经正义》、组织编纂史

---

1 ［魏］王弼:《周易注疏》,［晋］韩康伯注,［唐］孔颖达疏，余培德点校，北京：九州出版社2004年版，第773页。

书外，其他各朝并没有多少突出儒家思想之重要地位的活动，很多时候都是佛教、道教大行其道。科举考试以诗赋取士，对提升儒家地位亦无太多裨益。待到安史之乱后，国家形势已是不堪收拾，此时方见有识之士大声疾呼尊崇儒学，提倡道统，以攘除佛老，恢复太平。思想界的这种动向反映在文学创作上，便是新乐府诗歌、韩柳古文和有现实主义创作倾向的传奇的同时出现。

我们看到，塑造“内秉坚孤，非礼不可入”[1]的张生形象的传奇作家正是新乐府诗歌的大力提倡者元稹。新乐府运动的另一干将是白居易，其弟白行简创作了现实题材传奇《李娃传》，称颂李娃虽是“倡荡之姬”，却守妇道、善治家、有节行。韩愈一方面颂扬仁义道德，痛斥佛老之恶，另一方面又写作类传奇作品《毛颖传》。中唐的传奇、诗文创作和儒家思想复兴之间确乎有着相似的东西在其中。

唐朝多数皇帝或崇道或佞佛，或以道教、佛教用于政治活动和权力斗争，总之，此二教较之前朝更为唐朝的文人士大夫们所乐于接受，其对诗文及传奇小说的影响亦更为显著。一、谈玄论怪的传奇不只是数量众多，而且在艺术水平上大大地超过了志怪小说，甚至出现了不少名篇佳作；有些名作虽主要内容不是谈玄论怪，却以玄怪构成其重要的情节。二、佛教方面，已有作品径以佛教故事作为其叙写内容，还有一些作品在情节叙写中对某些佛教事物与文化有所涉及。后之宋代传奇对佛教题材大力开拓，其专以佛教故事为写作内容的作品显著增多，反映了佛教影响文人墨客的范围更加宽广了。

唐宋两代，儒释道三教在中国社会均有着相当的影响力，似乎没有什么不同，实际上并非如此。

1 ［唐］元稹:《会真记》，见鲁迅《唐宋传奇集》(卷四)，第127页。

其一，儒释道三教在唐代势均力敌，没有一家居于压倒性、支配性的地位，而到了宋代，则儒家明显居于主流，一时难有其匹，佛、道二教处在从属的地位上。唐代三教地位的升降可谓因人而异，太宗爱儒，玄宗崇道，宪宗佞佛，武宗灭佛，由是，三教的命运起伏不定。这种情况在宋代是不存在的。宋代皇帝对三教虽然也有个人的偏好，如真宗、徽宗崇道等等，但总的来说，儒家思想的地位是稳固的，理学是昌盛的。制度设计对此提供了保障。如太祖遗命中保护文士，政治活动中崇文尊孔，科举考试中经义取士，书院教育中研经究道，等等。

其二，儒释道三教在唐代基本上是一种竞争关系，彼此把主要精力放在了为自己争取政治利益和社会影响力方面，在理论建设上建树不多。一个表象是，道士、僧人们热衷于结交皇室、官员等权贵人士，僧人们在讲经之余则开展俗讲活动，招徕信众。与此不同的是，儒释道三教在宋代已趋于合流与合作，均把主要精力放在了理论建设方面。宋代理学家讲正心诚意、修身养性，宋代和尚讲教外别传、见性成佛，宋代道士亦不再吞服外丹而以养心养气为务，皆转向内心的探求，追求理论的建树。另外，三教彼此从对方那里吸收有益的东西，为我所用。在宋代，儒生谈佛道或僧道谈儒理是司空见惯的事情，儒僧道三者亦彼此为友，出入三教，无有隔阂。比如，理学家们论理学时自然是排斥佛禅的，可是，他们却常常用了禅学的功夫来究理论道，用了禅学的逻辑乃至用语来讲说儒家的心性义理。没有相当的禅学修养是做不到这一点的。

三教在唐宋两代的这种差异性表明了由唐至宋，三教对中国社会的影响程度更加深刻了，与社会生活各方面的关系，尤其是与文人、文学、艺术、思想的关系，更加密切了，以至进入到了一个新的阶段。宋人所创造的以理学为主、融通佛道的局面一直延续到明清也未有大的改变。

因此，我们在包括传奇在内的小说创作中看到了这样的变化。唐人作传奇未尝不涉及三教的思想、理念、物象、情节等，但总体来说，唐人作传奇“以我为主”，意在“史才、诗笔、议论”，也就是要发挥作家自己的文学才情，表达作家自己的创作个性，而不是替三教做思想文化上的宣传。很多情况下，我们可以，甚至需要剥离作者加诸其上的三教思想的外衣，去把握作品真正的思想内容以及作者的创作动机。例如《会真记》，故事的发生地未必非得放在佛寺不可（情节和佛寺关系不大），而张生对莺莺始乱终弃，其行径又和作者要标榜张生是一个“内秉坚孤，非礼不可入”的儒家标准下的“光辉形象”的创作意图格格不入。换言之，元稹作《会真记》，虽然点缀了些儒或佛的内容，但其意并不在儒或佛，而是要传写一则艳遇艳情故事，表现文人的风流自赏。倘若去掉那些儒或佛的内容，并不会影响我们对于作品的理解和欣赏。作者写及儒或佛，表明儒或佛在唐代已对文人产生影响，已经无可回避；但点缀式地写儒或写佛，又表明这时候儒或佛对于文人的影响尚不够深入，未能进入理念的层次，触及灵魂的深处。

《柳氏传》《南柯太守传》《任氏传》等涉及道教或玄怪的内容自然是多了不少，但很明显，作家的创作旨趣仍在道教或玄怪之外。

情况在宋代传奇中有了改变。首先，宋代传奇作品在思想主题的表达上基本上都可以归结到儒释道三教，几乎没有例外。如《绿珠传》是要表达儒家的知恩图报，《张佛子传》是要表达佛教的慈悲为怀，《希夷先生传》是要表达道家、道教的自在适志等，指向明确。作家亦往往以篇末议论的方式明言之。其次，作家在写作过程中非常“专注于”儒释道主题的表达，情节的安排，形象的塑造，叙事的方式，乃至于文字、意象的运用等，都体现了这种“专注性”。如《谭意哥传》，表现意哥守儒家之礼，就不像《会真记》那样“三心二意”(无论张生还是莺莺都难称守礼之人),而是处处围绕“礼”字做文章,由此安排人物的活动,哪怕出现情理不通的情况也在所不惜。意哥幼苦无学,误入娼家,却知书达礼,善为诗对,又恪守妇道,从一而终,这种反差实在缺少现实逻辑的合理性,无疑是作者以儒家思想理念指导甚至操控创作的结果。这样的例子在宋人小说中可谓不胜枚举,反映了儒释道思想对于宋代小说作家及其创作影响的广泛性和深刻性。可以不夸张地说,很多宋代传奇、宋代小说作品是在直接地图解三教的思想教义,直接做三教的思想宣传工具。

简言之,唐传奇虽和三教相关联,但相对而言是比较外在的、疏离的,并不如宋代传奇和三教关系那样密不可分。

宋代流行通俗性的话本小说,后来元明清三代,在讲史话本的基础上又发展出了章回体小说,构成中国小说发展的新的文学景观。元明清时期,理学被确立为官方哲学,而佛、道对社会生活的影响又更加深入,思想文化领域基本延续了宋代的格局,因此,三教不仅没有从通俗小说创作中退场,反倒有所强化,以新的面貌体现它的存在。如《三国演义》《水浒传》颂扬忠义思想,《西游记》泯灭三教分际,视三教为一家,《红楼梦》一方面写世间的贵族,一方面写方外的僧道,这些都表明了三教和章回体小说的关系。

三、宋代传奇与宋代思想文化之关系

对于宋代传奇来说,文化角度的研究,特别是思想层面的文化角度的切入,要比文学角度的研究来得更为有价值些。

这首先是因为宋代传奇从整体上看比较缺乏艺术魅力,相应地,也就很少有审美的意义在其中。历来人们把文言小说文学性研究的重点放在唐传奇、《聊斋志异》、《世说新语》等上面,不是没有道理的。跟唐传奇、《聊斋志异》、《世说新语》等文学读本相比，宋代传奇确实乏善可陈。

当然，并不能由此而否定宋代传奇作为文言小说文学读本的性质，更不能由此而否定宋代传奇作为历史文献资料所具有的文化学价值。作为文学读本的文言小说，它也像唐传奇那样，是由当时的作家用虚构、想象的方式写出来的叙事性作品，只不过其叙事的手段比较平庸，想象力比较匮乏而已。

而作为历史文献资料，宋代传奇所具有的文化学价值其实是不让于当时其他的历史文献资料的。宋代传奇作品以其形象可感的叙事、学问知识的介绍、思想观念的阐发等，在展示宋代社会文化方面是有优势的，至少比叙事尚简的宋人史书、抽象说教的理学书籍或佛道经卷，以及其他纯记言记事的文字要更加有趣，更容易传播。其中展示的这些社会文化又或可为宋代文学研究提供依据。

由于是文人写作的缘故，又由于其写作材料多取自册府所藏、野乘所载，所以相对而言，宋代传奇和社会文化中之思想精神层面的内容——在宋代主要就是理学、佛教、道教——关系最为密切，是我们研读宋代思想文化的好材料。思想文化内容虽然决定于社会的经济基础和技术条件，但其产品生产却具有相对的独立性，由特定的社会个体，特别是一些文化精英人士所创造，凝聚成一定的独立形态。它们构成上层建筑的重要方面。而文学创作也是上层建筑的一部分，是建构上层建筑不可或缺的、极其重要的手段——中国自进入“文明时代”以来，文学就是显示其文明程度的一道最亮丽的风景线，清晰地刻录下了中华文明日进日新的轨迹。所以，文学创作和其他思想文化部类之间是相通的、呈网状交织分布的。杨义说：“文学从另外一个层次来讲，它实际是人类智慧行为的一种现象，是人类智慧行为的一种结晶。也可以说，文学是文化之花，是文化开出来的花朵，象征的花朵。”[1]说的也是这个意思。

宋代小说中有话本和文言两个不同的类型。大体说来，话本出自民间，虽也反映了一些社会意识，但人们更多感受到的，却是当时的社会生活风貌。话本如《清明上河图》一般，以栩栩如生的笔触，再现了社会生活中的场景、细节，表现了当时当地的风俗习惯、风土人情，通过大量鲜活的、口语化的叙述语言和人物语言，让我们知道当时的人在说什么、想什么、做什么和用什么，一句话，展示的是器物层面、行为层面的文化内容。包括传奇在内的宋代文言小说则与之有所不同。文人们首先便通过文言语体拉开了和下层社会、日常生活的距离。文言语体适合表达文人化的思想和精神层面的内容。读着那些凝练、典雅的文言作品，一股文人化而非生活化的气息总能被强烈地感知出来。即使叙事写人详尽宛曲、比较个性化生活化的中晚唐传奇已是如此（如唐传奇中常见的“进士—妓女母题”就颇能透露出文人化的情趣和思想意识），何况艺术上已经走向内敛乃至退化的宋代文言小说创作呢？

宋代的文人作家们通过诗书传家、科举考试、仕途经济、政治活动、书院学习、社会交往等途径，广泛地接触、吸收隶属于上层建筑的思想文化产品，内化为自身的气质，然后再通过文学创作着意地把它们表达出来。宋代传奇创作表达得尤为集中、突出。

宋代传奇中知识化、学问化、志怪化的创作倾向和审美趣味正是文人化思想意识的体现，我们从中可以体察到很多思想文化层面的东西，我们可以通过宋代传奇所写的人、所叙的事、所表

1　杨义:《文化冲突与审美选择》，第2页。

述的知识与学问对之加以凝视。而传奇作家们又特别喜爱在篇末直接发表议论，表述思想，把作品和思想文化联系起来。总之，传奇比话本更加接近于“高端的”思想文化内容。

比如说宋代传奇和宋代理学，关系就非常明显。同样是写男女情爱，话本里通常描述男女间自由恋爱之发生的过程，而且特别爱写女子去主动地追求男子；即使写到了“媒妁之言”，那也和所谓礼教毫不相干，完全是出于言情、写情、宣情的需要，如同《水浒传》《金瓶梅》里的王婆或《蒋兴哥重会珍珠衫》里的薛婆那样。宋代传奇里爱情题材也很多，但作家们的主要着力点却在于礼义贞洁，展现出了和理学思想合拍的一面。

且看下面两段文字：

> 当下崔宁和秀秀出府门，沿着河走到石灰桥。秀秀道：“崔大夫，我脚疼了，走不得。”崔宁指着前面道：“更行几步，那里便是崔宁住处。小娘子到家中歇脚，却也不妨。”
>
> 到得家中坐定，秀秀道：“我肚里饥，崔大夫与我买些点心来吃。我受了些惊，得杯酒吃更好。”当时崔宁买将酒来，三杯两盏，正是：三杯竹叶穿心过，两朵桃花上脸来。道不得个“春为花博士，酒是色媒人”。
>
> 秀秀道：“你记得当时在月台上赏月，把我许你，你兀自拜谢。你记得也不记得？”崔宁叉着手，只应得喏。秀秀道：“当日众人都替你喝采：‘好对夫妻！’你怎地到忘了？”崔宁又则应得喏。秀秀道：“比似只管等待，何不今夜我和你先做夫妻？不知你意下何如？”崔宁道：“岂敢！”秀秀道：“你如道不敢，我叫将起来，教坏了你。你却如何将我到家中？我明日府里去说！”崔宁道：“告小娘

子：要和崔宁做夫妻不妨，只一件，这里住不得了。要好趁这个遗漏，人乱时，今夜就走开去，方才使得。”秀秀道：“我既和你做夫妻，凭你行。”

当夜做了夫妻。

——《碾玉观音》

一日，（王魁）为二三友招，过北市深巷，有一宅，遂叩扉。有一妇人出，年可二十余，姿色绝艳，言曰：“昨日得好梦，今日果有贵客至。”因相邀而入。妇人开樽，酌献于魁曰：“某名桂英，酒乃天之美禄，使足下待桂英而饮天禄，乃来春登第之兆。”……酒罢，桂英独留魁宿。夜半，魁问：“娘子何姓？颜貌若此，反居此道何也？”桂英曰：“妾姓王，世本良家。”……逾年，有诏求贤，魁乃求入京之费。桂曰：“妾家所有，不下数百千，君持半为西游之用。”魁乃长吁曰：“我客寓此逾岁，感君衣食之用，今又以金帛佐我西行之费，我不贵则已，若贵，誓不负汝。”魁将告行，桂曰：“州北有望海神，我与君对神痛誓，各表至诚而别。”魁忻然诺之。乃共至祠下，魁先盟曰：“某与桂英，情好相得，誓不相负，若生离异，神当殛之。神若不诛，非灵神也，乃愚鬼耳。”

——《王魁负心桂英死报》

两段文字都是写男女二人慕悦之情的，但差异却非常大。从取材上看，《碾玉观音》的爱情描写来自现实生活，是作家对现实生活的仔细观察和准确描写，而《王魁负心桂英死报》则是唐传奇“进士—妓女母题”的一种延续，我们不难看出《霍小玉传》等作品对它的影响。与其说其中的爱情描写来自现实生活，倒不如说乃是出自宋代文人的想象或者幻想。两段文字的笔墨着力点南辕北辙。《碾玉观音》重在写情，向读者展示了情爱发生、发展的过程，秀秀的大胆泼辣、机敏聪慧、凌厉攻势让人啧啧称奇，读者能感受到她内心火一般的热情，以及挑战礼法、追求自由的强烈愿望。《王魁负心桂英死报》在写完王魁结识桂英之后，没有继续写他们的情感发展，而是马上转到二人到海神庙前盟誓，为后文负心死报的情节张本，这样写的目的在于突出男女爱情交往中的“义”——对信守婚约的道义、责任，以及一旦失约背盟就必须受到的惩罚。儒家五伦之中有夫妇之伦，它是维护社会秩序和礼教纲常的基础之一。“经夫妇，成孝敬，厚人伦，美教化，移风俗”[1]，这是传统儒家对社会秩序的认知和解说。始于夫妇之伦，而终于整个社会风俗的变化，可见夫妇之伦的重要性。另外，讲究诚信，一诺千金，也是儒家所宣扬的为人处世的美德。由此观之，信守婚约，善莫大焉！《王魁负心桂英死报》的作者正是在这样的思想指导下，写作了这一个故事，以达到惩恶扬善、激浊扬清、净化社会风气的目的。

话本《碾玉观音》堪称宋代社会的风俗画、风情画，如果说表现了某种思想意识的话，那么，也是反对封建礼教、专制迫害，和上层社会主流的思想文化相背离的思想意识。要寻求小说创作与社会主流的思想文化，比如说与理学之间的契合点，传奇作品《王魁负心桂英死报》无疑是更好的观察窗口。

话本之外，唐传奇也是一个很好的比照。诚然，在广泛意义上说，唐传奇同样是观察唐代社会文化的一个窗口，譬如说，我们可以从唐传奇“进士—妓女母题”的写作中来认识唐代的士风和社会风气，这是毋庸置疑的。但是，如果我们从儒释道思想文化切入来解读唐传奇，那么，就会明显感觉到不如解读宋代传奇

1 ［汉］《毛诗·周南·关雎诂训传第一》，见中华书局编辑部编《汉魏古注十三经》（上），据中华书局1936年版《四部备要》缩印，第1页。

时那么妥当和顺手，因为儒释道思想文化和唐传奇写作的关系总体上是比较疏离的。特别是中唐时期的传奇名篇，我们几乎看不出儒释道思想的印迹。如《莺莺传》，以普救寺为故事地点，也有僧人的活动，但所讲述的始乱终弃的故事与佛教思想毫不相干，更与儒家的礼教思想相悖；《霍小玉传》，写李益负心、小玉复仇，主题上和宋代传奇《王魁负心桂英死报》一样，但在具体写作中，后者处处突出信义盟誓，而前者没有；《李娃传》写李娃和荥阳生的悲欢离合，着意表现的不是维护门阀礼教而是打破门阀、反对礼教的主题；等等。也有像《枕中记》《南柯太守传》这样的作品，作家意欲表现消极避世的道家思想，但作品给人印象深刻的，却是士子们对于功名富贵的热望追求，以及官场上争权夺利、互相倾轧的丑态，这些世俗生活的描写皆与儒释道思想风马牛不相及。大体上说，直到晚唐，谈玄论怪的传奇创作才多起来。这和宋代传奇几乎每篇皆与儒释道思想相联系的情况完全不同。

之所以如此，恐与儒释道思想在唐宋两代的实际地位相关。虽然儒释道在唐代社会有着广泛影响，但实际上，统治者并不真心信奉并一以贯之地坚持它，而往往把它用作政治斗争的工具，也未通过诸如学校、科举这样的强制手段，使之成为文人士大夫们的思想意志。唐代文人士大夫对儒释道思想的追求具有很大的选择的自由。宋代情况与之不同。儒家思想就不用说了，它成了统治者管理国家的根本指导思想，并通过学校、科举强制推行；而统治者对佛教、道教的提倡也大体保持了连续性、一贯性。宋代士人对佛教、道教义理的讲求比之唐代可谓更深入而精微了。这些都密切了儒释道思想和宋代传奇之间的联系。

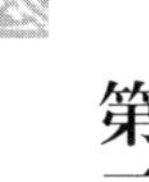

第二章

宋代传奇与儒学

第一节　社会伦理题材及历史题材选择的思想背景

一、宋代理学思想的确立

儒家思想经过先秦、两汉两个阶段的发展之后，至宋代，进入了一个新的阶段，史称理学。理学始于胡瑗、孙复、石介，合称“宋初三先生”，成于濂（周敦颐）、洛（二程）、关（张载）及邵雍（偏于术数之学），而南宋的朱、陆二家则把理学推向了极致，使之成为影响明清两代的最重要的思想学说。[1]

理学在宋代产生是有其社会渊源的。儒家思想在唐代不能振兴，由此纲常紊乱，伦理失序，导致了一系列严重的社会问题。特别是中唐之后的部分藩镇割据，一直是朝廷的心腹之患。地方军阀们占山为王，拥兵自重，无视朝廷的权威，不听朝廷调遣，互相之间又攻伐不断，兵燹连年，造成民不聊生的局面。祸乱的惨象在大诗人杜甫的笔下被触目惊心地呈现出来，令人对苦难百

1　参见吕思勉《理学纲要》“篇三：理学源流派别”，北京：东方出版社1996年版。

姓产生无限的同情。

韩愈则面对藩镇乱象提出解决之道。他一方面亲自参加平定藩镇的斗争，一方面搬出孔孟儒家学说，企图以所谓“道统”来恢复朝廷和君主的权威，改变尾大不掉的状况，稳定秩序，收拾人心：

> 博爱之谓仁，行而宜之之谓义，由是而之焉之谓道，足乎己，无待于外之谓德。仁与义为定名，道与德为虚位。故道有君子小人，而德有凶有吉。……凡吾所谓道德云者，合仁与义言之也，天下之公言也；老子之所谓道德云者，去仁与义言之也，一人之私言也。[1]
>
> ……
>
> 是故君者，出令者也；臣者，行君之令而致之民者也；民者，出粟米麻丝，作器皿，通货财，以事其上者也。君不出令，则失其所以为君；臣不行君之令而致之民，民不出粟米麻丝，作器皿，通货财，以事其上，则诛。[2]
>
> ——《原道》
>
> 觝排异端，攘斥佛老，补苴罅漏，张皇幽眇，寻坠绪之茫茫，独旁搜而远绍，障百川而东之，回狂澜于既倒，先生之于儒，可谓有劳矣。[3]
>
> ——《进学解》

韩愈堪称是孔孟儒学的坚决捍卫者，他为此排斥佛教道教，甚至不顾惜自己的性命。他的文学同好柳宗元作政论散文《封建

---

1 ［唐］韩愈：《韩愈全集校注》，屈守元、常思春主编，成都：四川大学出版社1996年版，第2662页。

2 ［唐］韩愈：《韩愈全集校注》，第2663—2664页。

3 ［唐］韩愈：《韩愈全集校注》，第1909页。

论》，借古事以针砭藩镇之弊：

> 周有天下，裂土田而瓜分之，设五等，邦群后，布履星罗，四周于天下，转运而辐集。合为朝觐会同，离为守臣捍城。然而降于夷王，害礼伤尊，下堂而迎觐者。历于宣王，挟中兴复古之德，雄南征北伐之威，卒不能定鲁侯之嗣。陵夷迄于幽、厉，王室东徙，而自列为诸侯矣。厥后问鼎之轻重者有之，射王中肩者有之，伐凡伯、诛苌弘者有之。天下乖盭，无君君之心。余以为周之丧久矣，徒建空名于公侯之上耳！得非诸侯之盛强，末大不掉之咎欤？遂判为十二，合为七国，威分于陪臣之邦，国殄于后封之秦，则周之败端，其在乎此矣。[1]

韩、柳皆是反对藩镇、维护中央朝廷权威和唐王朝统一局面的急先锋，他们以孔孟之道，以及所谓儒家道统（尧舜禹汤文武周公——孔——孟——扬雄）相号召，呼吁人们关注现实，“施之事实，以辅时及物为道”[2]。但是，“忽喇喇似大厦倾，昏惨惨似灯将尽”[3]，在安史之乱、藩镇割据、宦官专权、牛李党争、黄巢起义等几只大老鼠不断地、反复地撕咬之下，唐王朝遍体鳞伤，气数已尽，非人力所可挽回。最后，作为藩镇节度使之一的朱温给它以重重一击，唐王朝便永远地走进了历史，五代混乱之局自此开启。

有鉴于唐五代漫长的藩镇之祸，赵氏王朝采取偃武修文、杯酒释兵权等一系列措施，彻底解决了藩镇割据的毒瘤，使社会秩序得以恢复；又在政治思想领域提倡孔孟儒学，注重史鉴，砥砺

1 ［唐］柳宗元:《柳河东集》，上海：上海古籍出版社2008年版，第44页。

2 ［唐］柳宗元:《柳河东集》，第508页。

3 ［清］曹雪芹、高鹗:《红楼梦》，北京：人民文学出版社1982年版，第88页。

士人对于朝廷的忠诚。由是，魏晋以来坠落数百年的孔孟儒学重新回到中心，并发展出了影响广泛而深远的理学思想。

“为天地立志，为生民立道，为去圣继绝学，为万世开太平。”[1]理学家们满怀着对孔孟先贤的虔诚，大力阐发儒家学说义理，形成一系列的思想理论体系。从哲学的角度看，这是魏晋玄学之后数百年来所未曾有过的。然而，和玄学家们作纯粹的哲学的玄思不同，理学家们大都秉持儒家哲学的理性精神，强烈地关注现实社会，悲天悯人，关怀朝廷政治与民生疾苦。他们对现实社会有很强的参与感。他们以修身养性、诚心正意为本，进而寻求外在事功，求内圣外王之道。他们著书立说，聚徒讲学，或者为官作宰，参与政治，乃至于多次牵涉到了朝廷的党争之中。在各种因素的合力推动下，理学思想在北宋时已有一定影响，至南宋，则声势更大更广，几成社会的主导思想。政治之驱动、人物之品评、思想之斗争、文化之发展，无不可见理学的影子。如女词人严蕊，因为所谓风化问题，受到官府的惩处。

南宋后期，在宋王朝风雨飘摇之中，朱熹“伪学”被平反，并被升格为统治思想，成为国家意志的代表。元明清三代仍之。

二、历史题材及其史鉴意识

理学思想影响了宋代传奇的题材选择。

这种影响是间接的。理学家并没有参与传奇创作，传奇作家们也并不是理学家或理学思想的信奉者，但由于理学对社会文化的深刻影响力，传奇创作和理学思想之间相关联的痕迹是不难寻绎的。

一个很引人注目的方面是，宋代传奇在题材选择上比较偏爱

1 ［宋］张载:《张载集》，章锡琛点校，北京：中华书局1978年版，第320页。

历史题材和社会伦理性题材，与唐人的传奇显著地区别开来——唐人传奇，特别是中唐传奇，多从现实社会中取材，且不囿于儒家的社会伦理的藩篱。宋代这种选择题材的特色和倾向正好反映了儒家思想、理学思想对于文学创作的深刻影响。

儒家学者历来有浓厚的历史意识。《诗·大雅·荡》：“殷鉴不远，在夏后之世。”[1]上古时左史记言，右史记事，天子人君故而谨言慎行。史书《春秋》被列入五经，成为后世中国形成历史书写传统的重要起点。孟子云：“世衰道微，邪说暴行有作，臣弑其君者有之，子弑其父者有之。孔子惧，作《春秋》。”[2]司马迁深明《春秋》的意义，他说：

> 夫《春秋》，上明三王之道，下辨人事之纪，别嫌疑，明是非，定犹豫，善善恶恶，贤贤贱不肖，存亡国，继绝世，补敝起废，王道之大者也。[3]

司马迁因此决意继《春秋》之后作《史记》，“述往事，思来者”，“究天人之际，通古今之变，成一家之言”[4]，表现出了强烈的历史意识和历史责任感。他的《史记》是中国历史书写中最光辉的杰作，为后来者所效法、追随，绵绵不绝以迄于今。到了唐代，太宗皇帝特重史鉴，说“以铜为镜，可以正衣冠；以古为镜，可以知兴替；以人为镜，可以明得失”[5]，并设史局，召房玄龄、杜如

---

1 ［汉］《毛诗注疏》，［汉］郑玄笺，［唐］孔颖达疏，朱杰人、李慧玲整理，上海：上海古籍出版社2013年版，第1694页。

2 ［清］焦循：《孟子正义·滕文公章句下》，见国学整理社编《诸子集成》（第一册），第266页。

3 ［汉］司马迁：《史记》“太史公自序”，北京：中华书局2006年版，第760页。

4 ［汉］司马迁：《报任少卿书》，见［南朝梁］萧统编《文选》，上海：上海古籍出版社1998年版，第336页。

5 ［后晋］刘昫等：《旧唐书》卷七十一《魏徵传》，北京：中华书局1999年版，第1728页。

晦、令狐德棻、魏徵、姚思廉等一批名相贤臣修撰诸史。且亲预史事，作《祭魏太祖文》等史传史论，评定历史人物的功过。嗣后，咏史诗（如杜甫、杜牧的咏史诗）、史论文章（如柳宗元《封建论》、杜牧《阿房宫赋》）、史学论著（如刘知几《史通》、杜佑《通典》）、历史笔记（如李肇《国史补》、范摅《云溪友议》）等的撰述在唐代蔚然成风，成一大宗。

宋人的历史意识相较唐人则有过之而无不及。理学家就不用说了，他们本就要"为去圣继绝学"，从古圣贤那里汲取历史的营养；而其他人，上自最高统治者，下迨文人学士，乃至芸芸众生、社会大众，都对历史问题、历史题材抱持着极大的兴趣和敏感。举其荦荦大者。宋代开国之初，皇帝就组织人员编纂数部大型历史文献，以供御览典藏。这是功在千秋的文化工程，恩泽至今犹香。文士著史掀起了高潮，并且涌现出一批历史名著，如宋祁、欧阳修、范镇、吕夏卿等合撰的《新唐书》，司马光的《资治通鉴》等。理学家朱熹的《通鉴纲目》亦颇为知名。可以毫不夸张地说，虽然"二十四史"中有八部是唐代编修，但实际上，宋人的史书撰述成就是高于唐代的。与此同时，宋代的史学批评也取得不俗的成绩。

尚史之风及于民间，姑举二端以示之。

其一，文人热衷于写作历史笔记。孟元老《东京梦华录》、岳珂《桯史》、邵伯温《邵氏闻见录》、叶绍翁《四朝闻见录》、陆游《老学庵笔记》、周密《齐东野语》……一系列的笔记作品记录了诸多历史掌故，勾勒了诸多历史细节，弥补了正史书写之不足。因为是文人所写，这些笔记在文字上时见灵动生趣，或有文采可观——当然总体上远未达到《世说新语》的水平——而一些笔记和理学颇有渊源，关系密切，如邵伯温乃理学家邵雍之子，叶绍翁乃理学家朱熹、叶适的推崇者，他们的笔记作品无疑不能摆脱理学的影响。

其二，民间风行讲史说书。这可以从罗烨编撰的《醉翁谈录》中窥见一斑。《醉翁谈录》是一部传奇小说和话本小说合集，为说话艺人场上制胜之秘笈，属于小型的通俗类书性质。其“小说开辟”一节云：

> 夫小说者，虽为末学，尤务多闻。非庸常浅识之流，有博览该通之理。幼习《太平广记》，长攻历代史书。烟粉奇传，素蕴胸次之间；风月须知，只在唇吻之上。……也说《黄巢拨乱天下》，也说《赵正激恼京师》。说征战有《刘项争雄》，论机谋有《孙庞斗智》。新话说张、韩、刘、岳，史书讲晋、宋、齐、梁。《三国志》诸葛亮雄材，《收西夏》说狄青大略。……[1]

吴自牧《梦粱录》提及一位讲史专家王六大夫，“元系御前供话，为幕士请给，讲诸史俱通，于咸淳年间敷演《复华篇》及《中兴名将传》”，可见其讲史水平的精湛。讲史是话本诸家数中最受人们欢迎的一个，它对艺人的历史知识水平提出了较高要求，它的风行反映了宋朝社会广泛、普遍的历史意识。

生活在如此环境里的传奇小说作家眷顾乃至痴迷历史题材也就不足为奇了。这是社会文化使然，亦可谓是理学思想影响社会生活、社会思潮的结果。

鲁迅指出，宋代传奇“多托往事而避近闻”[2]，表明了历史题材创作在宋代传奇中的分量。确实，梳理一下不难发现，历史题材

1 ［宋］罗烨:《新编醉翁谈录》，第3—4页。

2 鲁迅:《中国小说史略》，第71页。

（包括有历史叙事框架的虚幻类创作）在宋代传奇中乃属大宗，不仅数量很多，比较抢眼，而且艺术上相对成熟，不乏名篇或佳作。乐史的《绿珠传》《杨太真外传》分别叙写晋代石崇、绿珠故事和唐代明皇、杨贵妃故事，堪称名作，向来为人所津津乐道。鲁迅《唐宋传奇集》特将此二篇辑录为一卷（卷七）。尤其是《杨太真外传》，在李、杨故事流变史上有一定地位，上承白居易《长恨歌》、陈鸿《长恨歌传》，下启白朴《梧桐雨》、洪昇《长生殿》等创作，不容忽视。

乐史由南唐入宋，是宋初作家。乐史之后的北宋中后期，历史题材的传奇显著增多了。作家们一方面继续写作明皇、贵妃故事，挖掘出许多不为世人所知的"秘事隐闻"，写出了《骊山记》（秦醇）、《温泉记》（秦醇）、《梅妃传》（佚名，或谓晚唐人曹邺作，有跋云写于唐宣宗大中二年即公元848年）等作品。另一方面，又由此向上开拓扩展，及于隋炀帝，有《海山记》《开河记》《迷楼记》诸篇；及于汉成帝，写出著名的《赵飞燕别传》。这些都是以帝王或帝妃故事为素材，娱乐性、趣味性很强，满足了市民大众的好奇心，传奇特性明显。作家们还降低"取材门槛"，根据孟棨《本事诗》、范摅《云溪友议》等唐宋人笔记和《太平广记》的记载，敷演历史上著名人物乃至小人物的故事，如《流红记》写唐僖宗时书生于祐"红叶题诗娶韩氏"的浪漫故事，《钱塘异梦》写六朝名妓苏小小等。

北宋人写历史多从唐代和唐代以前取材，南宋人则转而从北宋取材，题材属性介于历史和现实之间。这其中最有名的是写道君皇帝宋徽宗故事的《李师师外传》（佚名作）。这和北宋初年张齐贤《洛阳搢绅旧闻记》记"唐梁已还五代间事"的情况有点类似。因为时代接近的缘故，这些传奇不妨归为现实叙事，但是，其创作路径则是循历史类题材而行的，故又可视为历史叙事。

历史题材选择自是有理学影响的成分在里面，但更能看出二者之联系的，却是创作者在创作时所融会于其中的史鉴意识。一般地讲，讲史话本重在叙事，艺人们总是通过精彩的情节来吸引更多的听众，所谓“欲知后事如何，且听下回分解”是也。可能也想传递某些史鉴，可常常喧宾夺主，劝百讽一，让故事情节、历史事件、人物背景、百科知识之类的内容把“史鉴”给冲淡了、冲没了。文人写传奇却不是这样，他们跟理学家比较接近，总是把“史鉴”放在优先位置，要使所写作品能够起到警示今人的作用，即所谓“资治通鉴”“喻世明言”。他们一方面精心地选择题材，选择那些可以明得失、知兴替的题材来写，另一方面又对题材悉心处理，舍弃那些无关宏旨的材料——这一点和讲史艺人的做法正好相反。讲史艺人说话时多有闲笔、题外话，文人传奇则常用正笔，寓垂戒的意义。作者们甚至还直接发表议论，评判人物、事件，点明作意和题旨。总之，历史题材的传奇中，史鉴意味是非常突出的，犹如史家之著史，或理学家之谈理。

比如上述以帝王或帝妃故事为素材的传奇就很能说明问题。汉成帝、隋炀帝、唐明皇、宋徽宗诸人在中国历史上皆属于话题性人物，围绕着他们的争议和思考特别多。儒家要求“君君”[1]，即君主要像尧舜那样勤政爱民，忧劳国事，尽到为君的本分，成为圣贤君主。如齐景公之流，只以“有粟吾得而食”来解释“君君”，以为“君君”就是维护君主的权威、尊严，从而让自己获得好处与享受，应该说是不符合孔子原意，歪曲了儒家思想的。“为政以德，譬如北辰，居其所而众星共之。”[2]儒家通常依据德行的有无、高下，把君主区分为圣贤与庸愚或正与邪两类，并不一味地、无原则地维护君主的权威、尊严，也不是对君主毫无要求，任其胡

1 ［清］刘宝楠：《论语正义·颜渊》，见国学整理社编《诸子集成》（第一册），第271页。
2 ［清］刘宝楠：《论语正义·为政》，见国学整理社编《诸子集成》（第一册），第20页。

作非为。“闻诛一夫纣矣，未闻弑君也。”[1]可见儒家对君主有特定的评判标准。

汉成帝、隋炀帝、唐明皇、宋徽宗诸人本可成为一代明君，时代也给了他们条件和机会——如唐明皇曾创造了开元盛世、宋徽宗的天资才情亦颇好等——但可惜的是，他们皆沦落为历史上的负面教材，被归入昏君乃至暴君之列。儒家学者、士夫墨客、历史学家直接对他们口诛笔伐，评定是非，传奇小说家们则另辟蹊径，通过写他们的荒淫故事、没落结局来评说他们，皮里阳秋，寓褒贬是非于故事情节之中。那些故事多为艳情美遇，真假莫辨，放在普通人身上不过博我们一笑而已，但封建帝王们若精于此道，专在女人身上打转转，却要令人不寒而栗——荒淫误国呀！其实，他们身上亦颇有一些善德善行可以挖掘，特别是唐明皇，其早年励精图治，颇有作为，是把大唐江山推向了极盛时期的！但传奇作家们却没有于此处用心，或者就是有意忽视了它，而专心写他们耽女色，赏风景，行狭邪之事，诸如此类。这样写的目的在于警示后人，吸取历史教训，莫步他们的后尘。

读历史题材的宋代传奇，且莫作寻常文字看，莫忘作家们的初心。

三、题材选择与题材处理的社会伦理性

宋代传奇里还有数量较多的一类故事，它们写臣子为国事尽心尽职的故事，写佣仆尽忠于恩主、狐怪物类勇于报恩的故事，写友朋信守盟约、恩义相酬的故事，或者反过来，写骗子行骗令人遭灾的故事，写背弃婚约而遭受报应的故事，等等。这些故事在取材上并不囿于某一题材类别（历史类、神佛类、婚恋类等），

1 ［清］焦循:《孟子正义·梁惠王章句下》，见国学整理社编《诸子集成》(第一册)，第428页。

但它们都有一个共同的特点，那就是对社会伦理问题的关注。

如《谭意哥传》，写孤女谭意哥被收养人卖入妓院，她坚贞自持；后择配良人时又遭遇薄情，爱而后弃；但她屏息人迹，以礼持身、育子，亦有尊严地面对对方的背盟毁约，终得美满结局。

正如鲁迅所说，“秦醇此传，亦不似别有所本，殆窃取《莺莺传》《霍小玉传》等为前半，而以团圆结之尔”[1]。三部作品都讲述了一个令人感叹的男女情爱故事。但唐人基本上把故事局限在个人情感纠葛的范围内，并不牵扯太多社会性内容，而《谭意哥传》则更像一个社会伦理故事，因为其中有较多的社会伦理话题。

《莺莺传》写张生始乱终弃，莺莺逆来顺受，作者对此悲剧故事却似乎无动于衷，甚至还许张生以“善补过者”。难怪今人要认为《莺莺传》是作者在写自己年轻时的一次艳遇经历，窃玉偷香，沾沾自喜。让人难以理解的是莺莺的好脾气、好性子，她很安于命运的安排：张生追求她的时候，她不做拒绝，默默地接受了；张生抛弃她的时候，她虽有所怨，却不做抗争，又默默地承受了——甚而至于，她还赋诗一首，愿张生“且将旧来意，怜取眼前人！”霍小玉与她不同。小玉愤于李益的背盟负心，忧郁而死，死后化作厉鬼报复李益，令他不得安生。这诚然比莺莺进了一步，是有血性的抗争的表示，但也仅限于个人恩怨，与社会伦理无关。据研究，蒋防和李益陷入了朋党恩怨，故以传奇明其重色、负心与善妒。[2]

《谭意哥传》“不似别有所本”，殆是仿作，亦即作者不是出于个人的原因（个人经历或个人恩怨）来写作此故事的，所以，作者有可能超越其个体层面，而臻于社会关怀的境界，“升华”故事

1 鲁迅：《唐宋传奇集》“稗边小缀”，第367—368页。

2 卞孝萱：《唐传奇新探》，南京：江苏教育出版社2001年版，第50—59页。

本身所寓含的意义。事实上，作者在写作过程中做了诸多“社会化的”处理。

其一，意哥被收养人张文卖入妓院，揭露了社会的一个阴暗面，反映了世情的淡薄。意哥当时虽年仅十岁，却能勇敢地抗争：

怒诘文曰：“我非君之子，安忍弃于娼家乎？子能嫁我，虽贫穷家所愿也。”文竟以意归婉卿。过门，意哥大号泣曰：“我孤苦一身，流落万里，势力微弱，年龄幼小，无人怜救，不得从良人。”闻者莫不嗟恸。

其二，意哥因为“解音律，尤工诗笔”而得到公府官员的赏识。这一段文字对故事的主要情节（意哥和张正宇的姻缘离合）来说是个闲笔，揣摩作者的意图，一来是要卖弄学问，二来是要显示作品的“社会性”。

其三，张正宇对意哥先爱后弃，背盟负心，意哥皆报以“礼法”：

后二年，张调官，复来见，意乃治行，饯之郊外。张登途，意把臂嘱曰：“子本名家，我乃娼类，以贱偶贵，诚非佳婚。况室无主祭之妇，堂有垂白之亲，今之分袂，决无后期。”张曰：“盟誓之言，皎如日月，苟或背此，神明非欺。”意曰：“我腹有君之息数月矣，此君之体也，君宜念之。”相与极恸，乃舍去。意闭户不出，虽比屋莫见意面。

这是分别时的场景。所谓“室无主祭之妇，堂有垂白之亲”

云云，正是礼法对夫妇之道的要求；而“意闭户不出，虽比屋莫见意面”，则表明意哥看重名节，恪守妇道。

嗣后，张正宇像断了线的风筝，音信全无，又在父母主导下另娶。意哥是如何应对的呢？一是尺素频寄，表达相思；再则依礼进退，剖心明志。她说：

> 妾之鄙陋，自知甚明。事由君子，安敢深扣。一入闺帏，克勤妇道，晨昏恭顺，岂敢告劳。自执箕帚，三改岁□，苟有未至，固当垂诲。遽此见弃，致我失图。求之人情，似伤薄恶；揆之天理，亦所不容。业已许君，不可贻咎。有义则合，常风服于前书；无故见离，深自伤于微弱。盟顾可欺，则不复道。稚子今已三岁，方能移步。期可成人，此犹可待。妾囊中尚有数百缗，当售附郭之田亩，日与老农耕耨别穰，卧漏复毳，凿井灌园。教其子知诗书之训，礼义之重。愿其有成，终身休庇妾之此身，如此而已。……

这哪里是被弃女子在倾诉衷肠，简直如刘向写《列女传》，向世人展示如何做一个有妇德、守闺范的贞烈女！“一入闺帏，克勤妇道，晨昏恭顺，岂敢告劳。自执箕帚，三改岁□，苟有未至，固当垂诲”，此是贤妻相夫之道。“教其子知诗书之训，礼义之重。愿其有成，终身休庇妾之此身”，此是良母教子之道。对自己被弃虽有怨怼，情词哀哀，但怨而不怒，哀而不伤，颇合于儒家温柔敦厚之旨。

这样的小说文字、这样的情感表达，只能出现在儒学昌盛且理学兴起后的宋朝，在唐传奇中是难以出现的。且不说霍小玉的怨怼报复与此完全不同，即便崔莺莺的怨而不怒，与此也不是一回事儿。元稹意在把张生塑造成一个“性温茂，美丰容，内秉坚孤，非礼不可入”的好男人，是莺莺以“尤物”之姿勾引了他，坏了他的性情和前程，所以错在莺莺；张生如果不抛弃莺莺，那是张生违礼之过，是天理不容的！在此情况下，莺莺哪里能怨怼报复呢?《莺莺传》讲的是作者为自己不良行为辩护的歪理，不是传统儒家所宣扬的“礼”，跟后来理学家所言之礼义廉耻等教条理念更是毫不相干。谭意哥的形象则是封建闺范的典型，被作者按当时社会要求做了标准化的处理。

其四，张、谭二人的复合是按照社会礼法的标准程序来进行的：

> 意见张，急闭户不出。张曰：“吾无故涉重河，跨大岭，行数千里之地，心固在子。子何见拒之深也，岂昔相待之薄欤?”意云：“子已有室，我方端洁以全其素志。君宜去，无浼我。”张云：“吾妻已亡矣。曩者之事，君勿复为念，以理推之可也。吾不得子，誓死于此矣。”意云：“我向慕君，忽遽入君之门，则弃之也容易。君若不弃焉，君当通媒妁，为行吉礼，然后□敢闻命。不然，无相见之期。”竟不出。张乃如其请，纳彩问名，一如秦晋之礼焉。事已，乃挈意归京师。

张正宇之背约并不同于李益、张生。一、他的背约乃是出于无奈，是被迫的行为。二、他对意哥感情始终如一。小说中多次写到了他的痛苦。三、他的背约受到时人的斥责，而不是像张生负心受到嘉许。四、他诚恳地向意哥悔过认错。意哥这次却吸取了前次“自媒”的教训，坚决要求按礼法复合，不肯马虎苟且。果然结局十分美满：“意治闺门，深有礼法，处亲族皆有恩意。内外和睦，家道已成。意后又生一子，以进士登科，终身为命妇。夫妻偕老，子孙繁茂。”

意哥违礼自媒，遭到了抛弃，相反，依礼而行，则终得好报：《谭意哥传》的作者就这样“化腐朽为神奇”，对旧有题材做了社会化、伦理化的加工处理，使其具有了时代的特色。

儒家学说以礼为核心[1]，关注社会人事，强调一切须依礼而行，以此来维护社会秩序的稳定，臻至和谐大同之境。在具体操作层面上，儒家把礼法归结为君臣、父子、夫妇、兄弟、朋友等五种社会伦常关系，即后人所概称的三纲五常。《孟子·滕文公上》：“使契为司徒，教以人伦：父子有亲，君臣有义，夫妇有别，长幼有序，朋友有信。”《礼记·乐记》：“然后圣人作为父子君臣，以为纪纲；纪纲既正，天下大定。”孔颖达疏引《礼纬含文嘉》：“君为臣纲，父为子纲，夫为妻纲。”三纲五常在汉代“罢黜百家，独尊儒术”后得到了提倡，发挥了它维持社会纲纪的作用。但随着汉末的礼崩乐坏，纲常失序，儒家的思想教条被边缘化了，乃至于被废弃了。中唐韩愈欲振纲常，恢复儒家道统和君主权威，奈何独木难支，大厦将倾。宋代理学家有鉴于数百年来，特别是唐五代以来的篡逆动荡之祸，大力倡导儒家礼法，重拾三纲五常，提出了忠孝节义的人伦观。他们把礼法纲常推向绝对和极端，认为子须死孝，臣须死忠，是不需要前提条件的。二程子说：“去人欲，

1 有人说儒家学说以仁为核心，有人说以礼为核心，这其实并不矛盾，仁和礼乃一体两面的关系。仁的含义是“爱人”，是“忠恕”，但它须有所表现，它的外在表现就是礼。孔子说：“克己复礼为仁。”而且是对颜子说的，可见礼、仁之关系，及礼对于仁的重要性。皮之不存，毛将焉附？如果没有了礼，那么，仁将何以体现呢？仁又何以存在呢？所以孔子强调说：“一日克己复礼，天下归仁焉。”

存天理。”又说：“饿死事极小，失节事极大。”又反对寡妇再嫁，认为那是大逆不道的行为[1]，可见对纲常伦理的绝对化、极端化。

纲常伦理的影响表现在宋代传奇的题材选择和题材处理上，故而传奇题材的伦理化倾向非常明显。作者们往往选择那些包含社会伦理意义的素材，如尽忠报国、恩义相酬、守礼尽节、信守承诺等等，来编写故事；或者，如上文所分析的那样，把旧有的一般性题材做社会伦理化的加工处理，使其情节内容合于儒家的人伦理想和道德标准，我们在《宋代传奇集》中常能读到这样的作品。虽然社会伦理性的创作在前代小说里已有所见，但在创作数量上，以及在主题呈现方面，都远不能跟宋代相比。无疑，在宋代，传奇小说的社会伦理化已是一个显著的创作现象。

第二节　阐“道”述“理”的主题

一、主题的解读

文学创作皆有主题表达。主题表达蕴含于作品的题材内容之中，表现于作品的字里行间，是作家所要向读者传递的基本思想，是作家创作该作品的目的所在。通过分析作品的题材内容和文字表达，我们能够把握一部作品的主题思想。一般情况下，作品的主题思想是以间接方式表达出来的，作者并不直接地加以陈述。比如诗歌，其主题思想蕴含于作品的情感表达与韵律节奏之中；比如史传文学，其主题思想蕴含于作者对传主生平事迹、言行举止的剪裁加工之中。后起的小说、戏剧创作，我们则能透过作品

1 《二程遗书》卷二十二下。

的形象塑造、人物关系、矛盾冲突等方面来认识它们的主题。文学创作是形象思维，所以主题表达须采取间接的方式，借助形象、情感、叙事予以呈现。如果直接、明确地陈述主题，往往会损害作品的形象感、艺术性，减弱作品打动人心的力量。

但是，直接陈述作品主题，在文学创作中并非全然不可以，很多时候甚至是必须的，有画龙点睛之效。《尚书·尧典》云："诗言志。"那么，诗何以言志呢？中唐著名诗人白居易倡导首句标目、卒章显志的写作路径[1]，不仅产生了很大影响，而且取得了很大成功，留给后世一系列颇有意味的新乐府诗歌佳作。史传文学写作则由司马迁创造出"太史公曰"的体例，作者通过这一体例在文末直接对传主进行评述、表彰，点明写作主旨或思想见解。这一体例后来被广泛应用于史传文学、史书写作乃至小说创作中。唐宋传奇、《聊斋志异》以及通俗的话本小说里都可找到或隐或显的"太史公曰"的写作格式。

由于宋人爱发议论的缘故，宋代传奇作家更是把卒章显志、篇末点题的写作格式发挥到了极致，这给我们领略创作主题提供了极大的便利。也就是说，寻绎宋代传奇的创作主题，既可以透过作品的题材选择与处理、人物形象的塑造与刻画以及情节描写等来分析，也可以经由作者"夫子自道"，从他在篇末的议论中直接获知。就把握主题而言，后者比前者往往更为明晰而准确。因为题材、形象、情节之类的信息含有多义性，在不同的历史文化背景下又可能产生解释的差异和认知的错位。如《诗经·卫风·氓》，朱熹注曰"此淫妇为人所弃，而自叙其事，以道其悔恨之意也"[2]，这肯定不是先秦诗人作诗的本意，也肯定不是我们今人所能接受的解释，这一解释里含有鲜明的男性话语霸权和理学家

---

1 ［唐］白居易《新乐府序》："首句标其目，卒章显其志，诗三百之义也。"

2 ［宋］朱熹：《诗集传》，赵长征点校，北京：中华书局2011年版，第48页。

解诗的色彩，带着很大的偏见。如果诗人直接在《氓》里表明作意——就像《诗经·魏风·葛屦》以“维是褊心，是以为刺”来直陈美刺那样，那么，对于我们领会诗歌主题、把握诗歌与时代的关系，能提供多大的便利啊！读诗当然应当“以意逆志”，设身处地地把握诗人之心，但很可能言人人殊，读出“一千个哈姆莱特”来，读歪了诗人的本意。这时候，如果作诗者“立片言以居要”，对意图稍加点明，则未必是没有益处的。

宋代传奇里的议论文字，特别是篇末的直接议论，对我们了解该作品的主题立意，以及它与宋代思想文化之间的关系十分重要，尤当引起我们的重视。

二、科举考试和理学思想的组合

宋代传奇作家常以传奇为载体，阐发儒家思想中的“道”和“理”。

这是不足为奇的，因为他们从小就要进行阐发经书义理的训练。科举考试关系到每个读书人的前途和切身利益，向来对社会文化发展乃至文学创作有方向引导之功，不可轻忽之。唐代科举以诗赋取士，相应地，唐人在诗赋创作方面热情倍增，高潮迭起，取得了举世瞩目的成就。写诗写赋靠才情气韵而非帖括默写，况且考前差不多已经论定了名次，评出了甲乙，所以唐人诗赋创作才情忒多，而不是着意于知识学问，或者哲理的阐发。

相反，宋代的科举情况就不是这样。

宋代前期虽然在科举考试形式上做了诸多改革，但考试内容仍沿袭唐代，偏重于以诗赋取士。随着形势的发展，朝廷越来越重视经术人才的培养和提拔。仁宗时，范仲淹主持庆历新政，取消了靠死记硬背取胜的帖经、墨义，而把策问放在了首位，并取消弥封、誊录等做法，其目的在于强调考生应具备自觉的道德修养和治国理政的实际能力，以提拔出有真才实学的人。庆历新政时间不长，影响不大。之后，在神宗皇帝的支持下，王安石对科举考试进行了大刀阔斧的改革。他取消了进士科以外的明经、制举诸科，又认为进士科若考诗赋，以声病对偶定优劣，不能体现考生的才华学识，故改以经义、策论来考录进士。与此同时，学校教育改行“三舍法”，培养出陈东等一些气节之士。王安石的科举改革表现了重儒学轻文艺、重识见轻才情的倾向，虽在其后有所争议和反复，影响却是深远的，其对北宋文人的思想品格塑造、文学面貌塑造都有较大影响。

王安石不是理学家，可他的科举改革有利于人们更深入地研读儒家经典著作，探讨其中的思想义理，为现实政治服务，从而在事实上和理学家们的著书、讲学、议政构成了合力关系，推动整个社会阐“道”述“理”、议儒论世之风气的形成。

南宋朱熹的出场使科举和理学最终合二为一，成为后世读书人再也不可挣脱的精神枷锁。朱熹是二程夫子的传人，他把理学思想发挥到了极致，使之成为一个完备的思想体系。朱熹说：“君臣父子，定位不易，事之常也。”[1]朱氏把儒家的纲常礼教上升为永恒不变的真理，并通过《四书章句集注》《诗集传》《通鉴纲目》等著述，嵌入了普通读书人的头脑中。朱熹理学虽在宁宗时一度受到贬抑，但随后由于朝廷的大力扶植，确立了其在思想界的至高无上的统治地位，无人能撼动之。

理宗宝庆三年（1227），朱熹被朝廷追赠为太师，封信国公，其所著《四书章句集注》被钦定为科举考试的“必读教材”。淳祐元年（1241），濂洛关闽诸子又被朝廷请进孔庙，从祀于孔子。理

1 ［宋］朱熹：《晦庵先生朱文公文集·甲寅行宫便殿奏札》，见朱杰人、严佐之、刘永翔主编《朱子全书》20册，上海：上海古籍出版社；合肥：安徽教育出版社2010年版，第665—667页。

学社会的权威地位由是而登峰造极。

浸淫在这样的文化环境里，宋代传奇作家很自然地会从儒家思想，甚至是理学家的思想观念出发，来确定传奇作品的写作主题，并进一步地组织写作材料，安排情节结构。正如上节对《谭意哥传》所分析的那样，他们会在题材处理过程中借助小说人物之口宣讲、解说儒家思想（《谭意哥传》中借助意哥说的话和意哥信中的文字来宣讲夫妇之道与为妇之礼）；或者更直接地，他们抛开故事情节，自己站出来发表一通对于儒家思想的见解。自幼接受的诗礼教育、经书阅读和科举训练使他们谙熟此道。

乐史《绿珠传》虽名为为绿珠作传，写绿珠、石崇情事，其实真正写其事的文字却不过全篇的四分之一，仅及绿珠善舞、堕楼数事，其余大部分的文字皆是作者以各种方法来凸显写作的“主题”：或引述后人题咏，或拉入其他的故事（较早的溯及绿珠之前的六出，较晚的延至武周时的窈娘），或直抒胸臆，等等。乐史对儒家思想的见解在作品中表露无遗，绿珠故事不过是其“抓手”而已。

无疑，科举考试和理学思想在传奇的主题表达方面烙下了深深的印痕。

三、月印万川，理一分殊

题材内容不同，则主题表达自然也应千差万别，但正如理学家所说，月印万川，理一分殊，传奇作品的不同主题之间其实是相通的，皆可归结于儒家的礼义。

天上一个月亮，河中现万千个月亮，这万千个月亮其实都来自天上的那一个月亮。这本是佛教学说，理学家借之来解释世界。他们认为，万事万物里头都有一个理（万川之月），这万事万物的理其实都是同一个理（天上月），是永远不变的。程颐说："万物皆是一理"，"一物之理即万物之理"。他称赞张载的《西铭》能够"明理一而分殊"，也就是《西铭》揭示了万理与一理的关系。朱熹也说："万物皆有此理，理皆同出一原，但所居之位不同，则其理之用不一"；"未有天地之先，毕竟也只是理，有此理，便有此天地"[1]。从哲学的角度看，程朱理学是一种客观唯心主义的思想体系，它认为理是客观的，存在于万物之中，理一分殊的理论揭示了一与多、体与用、事物的普遍性与特殊性之间的关系。但它同时又认为理先于天地万物而存在，是绝对的、永恒的、不证而自明的，"且如万一山河大地都陷了，毕竟理却只是在这里"[2]。所以，程朱理学应该归入唯心主义的范畴，和先秦荀子的朴素唯物主义思想不同。

程朱提倡客观唯心主义的理学，其目的是什么呢？在于维护封建社会的统治秩序。朱熹说："宇宙之间，一理而已。……其张之为三纲，其纪之为五常，盖皆此理之流行，无所适而不在。"[3]这绝对的、永恒的理就是封建伦理道德的化身，就是三纲五常，它无所不在，存在于社会生活的点滴之中。只有遵守了这个"理"，使尊卑大小各得其宜，那么，这个社会才具有正当性。

这一思想理论正可移来审察宋代传奇创作的主题表达。各篇作品的主题是万川之月，万物之理，而隐藏在各篇主题背后的、使各篇主题得以确立的那个思想——主要是儒家思想——则是天上之月，永远不变之道之理。《朱子语类》曰：

---

1 ［宋］朱熹著：《朱子语类汇校》第六册，黄士毅编，徐时仪、杨艳汇校，上海：上海古籍出版社2014年版，第2408页。

2 ［宋］朱熹：《朱子语类汇校》第六册，第2368页。

3 ［宋］朱熹：《晦庵先生朱文公文集·读大纪》，《朱子全书》23册，第3376页。

> 问：“《理性命》章注云：自其本而之末，则一理之实而万物分之以为体，故万物各有一太极。如此说，则是太极有分裂乎？”先生曰：“本只是一太极，而万物各有禀受，又自各全具一太极尔。如月在天，只一而已，及散在江湖，则随处而见，不可谓月分也。”[1]

“天不变，道亦不变。”通过传奇创作揭示儒家思想，阐“道”述“理”，把握社会发展之“规律”，成了许多传奇作家的职志所在。

许多宋代传奇中表现了伤时忧世的主题。宋代社会表面上繁华安宁，和平雍熙，实际上内忧外患不断，潜藏着深刻的危机；特别是北宋后期以及整个南宋，宋王朝始终处在危如累卵、风雨飘摇的境地里。文人士大夫阶层对此看得很清楚，有识之士更是或力行改革，或大声疾呼。我们在诗文中可以读到“忧劳可以兴国，逸豫可以亡身”[2]的忠言，可以读到“会挽雕弓如满月，西北望，射天狼”[3]的豪语，可以读到“和戎诏下十五年，将军不战空临边”[4]的忧愤和“僵卧荒村不自哀，尚思为国戍轮台。夜阑卧听风吹雨，铁马冰河入梦来”[5]的老臣之心……我们也能在传奇小说中读到伤时忧世之作，感受宋代文人士大夫所集体共有的忠诚仁义的情怀。

宋室南渡以来，文人士大夫一直对“靖康之变”耿耿于怀，并不约而同地把主要责任归咎于道君皇帝宋徽宗。在时人看来，宋徽宗荒淫误国，是造成靖康之变的直接原因。何以见得呢？且看

1 ［宋］朱熹：《朱子语类汇校》第六册，第2404页。

2 ［宋］欧阳修：《欧阳修集》，郑州：中州古籍出版社2010年版，第148页。

3 ［宋］苏轼：《苏轼全集》（上册），傅成、穆俦标点，上海：上海古籍出版社2000年版，第582页。

4 ［宋］陆游：《陆游集》，蒋凡、白振奎编选，南京：凤凰出版社2014年版，第43页。

5 ［宋］陆游：《陆游诗》，黄逸之选注，王新才校订，武汉：崇文书局2014年版，第267页。

时人评说宋徽宗、李师师之事。

南宋初年，李师师的遗闻逸事就形诸歌咏了，诗人刘子翚《汴京纪事》第二十首：

> 辇毂繁华事可伤，师师垂老过湖湘。
> 缕衣檀板无颜色，一曲当时动帝王。[1]

“兰亭已矣，梓泽丘墟”，当年的“辇毂繁华”而今只能于了无颜色的缕衣檀板中依稀见之了。师师亦垂垂老矣，风韵不存，“无人知是李龟年”。读这首诗，分明有今昔之感，令人唏嘘感叹，黯然神伤。

词人朱敦儒亦作《鹧鸪天》词：

> 唱得梨园绝代声。前朝惟数李夫人。自从惊破霓裳后，楚奏吴歌扇里新。
> 秦嶂雁，越溪砧。西风北客两飘零。尊前忽听当时曲，侧帽停杯泪满巾。[2]

同样寓今昔之感，而含意比刘子翚的诗作要深远些。西风——李师师，北客——宋徽宗。“西风北客两飘零”，语中既有感怀伤悼之情，亦不无对徽宗重色误国以致亡命的批评与讽刺，主题接近于白居易的《长恨歌》。“唱得梨园”“惊破霓裳”，词人暗用典故，把靖康之变和安史之乱、宋徽宗和唐明皇巧妙地联系起来，提升了作品的寓意。

1　钱锺书:《宋诗选注》，北京：生活・读书・新知三联书店2002年版，第249页。

2　［宋］朱敦儒:《鹧鸪天》，见唐圭璋编《全宋词》，第843页。

诗词之外，尚有话本《宣和遗事》等叙写更详。可见当时人对徽宗及其与师师事是十分关注的。

传奇小说《李师师外传》在此背景下应运而作，可谓时事小说、现实题材，表明了传奇作家对国事与现实的关注。作品叙宋徽宗游幸镇安坊得艳妓李师师，流连不舍，多有赏赐、交欢。叙事虽未见佳美，情节颇多塌冗之处，然主题鲜明。作者忧怀国事，在作品中寓托史鉴垂戒的意义，则是不难看出的。

其一，作者指出：

> 徽宗皇帝即位，好事奢华，而蔡京、章惇、王黼之徒，遂假绍述为名，劝帝复行青苗诸法。长安中粉饰为饶乐气象。市肆酒税，日计万缗，金玉缯帛，充溢府库。于是童贯、朱勔辈复导以声色狗马、宫室苑囿之乐。凡海内奇花异石，搜采殆遍。筑离宫于汴城之北，名曰艮岳。帝般乐其中，久而厌之。更思微行，为狎邪游。

极写本朝皇帝徽宗恶政恶行，可谓不留情面、不遗余力，在儒家忠君、尊君思想甚炽的宋代，如此笔法实属骇人耳目，为此前书文中所少见，透露出创作者的忠愤之心。刘子翬、朱敦儒的诗词的批判力道是不能与之相比的。也可见出小说下文写徽宗游幸狎邪的实在用意——不是猎奇欣羡，而是揭露批判。

其二，作品细写徽宗幸妓、滥赏的过程，写出一个九五之尊作为嫖客的委琐、无聊、下贱，在国家处于极度危难之际，他却把全部心事放在猎艳狎妓上，连郑后的劝谏都当作了耳旁风，实在可恶至极，令人发指。

其三，作者改造了李师师的实有形象，把她写成一个能见机免祸且忠烈爱国的女子，与徽宗形象构成鲜明强烈的对比。李师师詈骂张邦昌，“乃脱金簪自刺其喉，不死，折而吞之，乃死”，其事状与事实不合。《李师师外传》的这一改写可谓全作亮点，对后世影响很大。马致远在《汉宫秋》里改写王昭君，梁辰鱼在《浣纱记》里改写西施，孔尚任在《桃花扇》里改写李香君，把她们塑造成贞烈爱国的形象，可以说和《李师师外传》是一脉相承的，有异曲同工之妙。

其四，作者在最后直点主题：

> 论曰：李师师以娼妓下流，猥蒙异数，所谓处非其据矣。然观其晚节，烈烈有侠士风，不可谓非庸中佼佼者也。道君奢侈无度，卒召北辕之祸，宜哉！

作者改写李师师形象的目的正在于以其“晚节”和徽宗对比，直斥他“召北辕之祸”乃是咎由自取，活该！

《李师师外传》的创作在《杨太真外传》（乐史）、《赵飞燕别传》（秦醇）等帝王题材之后，三者都是通过写帝王的不端行为，揭露他们荒淫误国的本质。这说明伤时忧世、忠君爱国已成宋代传奇作家常见的主题表现，透露了他们经由儒家思想熏陶而具有的拳拳之心。

《李师师外传》中有一个地方还显示了宋代传奇里的另一重要主题——报恩。李师师在詈骂张邦昌时说：“吾以贱妓，蒙皇帝眷，宁一死无他志。”明其欲以死报徽宗眷顾之恩，这让人想起绿珠之死。

绿珠本是石崇任职交趾时“以真珠三斛”采买的歌妓，小说中只写石崇教绿珠唱《明君》曲，此外并无一语写及石崇对绿珠的恩德或者专宠，可作者却硬生生扯出一段知恩图报的主题论述：

盖一婢子，不知书，而能感主恩，愤不顾身，其志烈懔懔，诚足使后人仰慕歌咏也。至有享厚禄，盗高位，亡仁义之性，怀反复之情，暮四朝三，唯利是务，节操反不若一妇人，岂不愧哉？今为此传，非徒述美丽，窒祸源，且欲惩戒辜恩背义之类也。

这纯属借题发挥，从小说所提供的情节叙事来看，并不能自然地提炼、概括出这一主题来。

绿珠之死究是何因，史无凭据，无从查考，《世说新语·仇隙》：

孙秀既恨石崇不与绿珠（干宝《晋纪》曰："石崇有妓人绿珠，美而工笛，孙秀使人求之。崇别馆北邙下，方登凉观，临清水。使者以告，崇出其婢妾数十人以示之曰：'任所以择。'使者曰：'本受命者，指绿珠也，未识孰是？'崇勃然曰：'绿珠，吾所爱，不可得也！'使者曰：'君侯博古知今，察远照迩，愿加三思。'崇不然。使者已出又反，崇竟不许。"）[1]，又憾潘岳昔遇之不以礼。……[2]

石崇所谓"绿珠，吾所爱，不可得也"，只是面对孙秀使者勒索、威胁时置气斗狠的话，不能作为石崇怜爱、专宠绿珠的真凭实据。

---

1 括号中文字为刘孝标的注。

2 ［南朝宋］刘义庆：《世说新语笺疏》"仇隙"，第924页。

石崇何许人也?《世说新语·汰侈》第一则故事令人毛骨悚然：

石崇每要客燕集，常令美人行酒，客饮酒不尽者，使黄门交斩美人。王丞相与大将军尝共诣崇，丞相素不能饮，辄自勉强，至于沉醉。每至大将军，固不饮，以观其变。已斩三人，颜色如故，尚不肯饮。丞相让之，大将军曰："自杀伊家人，何预卿事?"[1]

对女性如此血腥残暴者，让人很难想象他与绿珠之间的恩爱情义。说实在话，用知恩图报、以死惜身来解释绿珠坠楼事件乃是宋人从自己的思想文化环境出发所作的诠释与发挥，是一种想象，并不能作为历史真相来对待。

宋人笃信儒家思想，认为主仆之间天然就具有一种恩义关系，如同君与臣、父与子那样。这是儒家礼法的内在的规定性，不容违背。君教臣死，臣不得不死；父教子亡，子不得不亡。这是理学家们的认知逻辑，在宋明以来的文学作品中也多有反映。明末清初的李玉在传奇剧本《一捧雪》中，就讲述了一个主人遇祸，妾与仆知恩图报、殉身护主的故事。剧作家写道：

分离会合真奇异，孝义忠贞亘古稀，雪成一捧好一似琼瑶万卷垂千祀。[2]

"孝义忠贞"确实是不少宋代传奇作家所要表现的创作主题。李师师形象的改写，绿珠坠楼意义的挖掘，明其知恩图报，就是为了写她们的"孝义忠贞"。此外,《向中令徙义》写向中令少小

1 ［南朝宋］刘义庆:《世说新语笺疏》"汰侈"，第877页。

2 ［清］李玉:《一捧雪》第30出《杯圆》[尾声］曲。

时放荡杀人，后如周处一般，折节徙义，慕儒改行，最终成就了一番事业；《项四郎》写盐商项四郎不落井下石，不贪图财利，而以仁义之道对待遭难女子，使其得好归宿，并与家人团聚；《爱爱歌序》写本为倡家女的爱爱在丈夫死后，"素服蔬膳，日呱呱而泣，不复亲近乐器。里之他妇欲往见之，即反关不纳。好事有力者百计图之，终不可及"，守贞自爱以殁；《黄遵》写黄遵事母至孝，以致死后向鬼判崔府君陈情，感动了鬼判，准其还阳侍母……都把创作主题指向了"孝义忠贞"。

作家们不仅悉心编造如此旨趣的故事，有的还直接发表议论，宣扬"孝义忠贞"的思想，一如《李师师外传》《绿珠传》结尾所做的那样。甚而至于，有的故事其主要情节部分和"孝义忠贞"的士君子之行并无关系，可作者却要扯出类似的主题来，如：

《高言》主体部分写的是高言周游海外四国（胡地、大食、林明、日庆）时的经历和见闻，所写多奇景奇闻，如在林明国时，"闻东南有女子国，皆女子，每春月开自然花，有胎乳石、生池、望孕井，群女皆往焉。咽其石，饮其水，望其井，即有孕，生必女子。……海中有大石山，山有大木数十本，枝上皆生小儿。儿头著木枝，见人亦解动手笑焉；若折枝，儿立死。乃折数枝归，国王藏于宫中"[1]。观其作意，应在于生知识、广见闻，如《山海经》或《聊斋志异·罗刹海市》或《镜花缘》（八至四十回）然，可作者却在篇末议论道：

议曰：马伏波云："为谨愿事，如刻鹄不成犹类鹜者也；学豪侠士，如画虎不成反类狗者也。"此伏波诲子弟，欲其为谨肃端雅之士，不愿其为豪侠也。尝佩服前

1 ［宋］刘斧撰辑《青琐高议》前集卷之三《高言》，上海：上海古籍出版社1983年版，第31—32页。

> 言，恃其才，卒以凶酗而杀人害命，其窜服鬼方，苦寒无人境，求草水之一饮，捕鼠而食，安敢比于人哉？得生还以为大幸，偶脱伏尸东市，复齿人伦，亦万之一二也，士君子观之以为戒焉。[1]

这一番道理实与作品主体部分给人的感受风马牛不相及。高言之所以周游海外，是因为杀人逃罪，作品中对此确有交待，但从整个作品看，也只是由头，并不给人以太深的印象。作者援引马援诲子弟之语，分析高言“窜服鬼方”的原因，并希望“士君子观之以为戒焉”，其效果不过如汉赋的劝百讽一，在有无之间而已。作者是在儒家思想指导下“挖”出这一主题的。

宋代传奇作家所阐发的主题还有：要有仁爱之心（《仁鹿记》）；要制民之产，保民护家，施行仁政（《齐王张令公外传》）；要遵妇道，守闺范，做一个勤谨持家的女人（《谭意哥传》）；要优待文士贤才（《梁太祖优待文士》）；要信守盟约，不要背信弃义（《王魁负心桂英死报》）；要体恤民情，正直无私，敢于为民请命（《张大监正直》）；要读书向学，勤奋立志（《张大监正直》）；要以古为鉴，察古知今（《杨太真外传》）；等等。

这些主题表达看似千差万别，因事而殊，实则可统归在儒家思想的指导下，是“月印万川”景观在小说创作领域的另类呈现。

1 ［宋］刘斧撰辑《青琐高议》前集卷之三《高言》，第32—33页。

第三节　平淡无奇的“传奇”叙事

一、传奇之奇

《说文解字》卷五“可”部：“奇，异也。”所谓传奇，就是传写一般人闻所未闻的故事，传写那些异乎寻常、异于现实生活内容的故事。孔尚任说：“传奇者，传其事之奇焉者也，事不奇则不传。”[1]传奇作品之所以被称作传奇，正在于“奇”之一字，即故事内容的奇特和情节叙写的曲折。

唐代传奇的艺术优长就是情节叙写的奇特曲折、宛转详尽，令人有惊奇之感。如《虬髯客传》一写隋唐英雄李靖倜傥不羁，志向远大，欲有为于当世；再写奇女子红拂于凡尘中慧眼识英雄，机智有识；三写豪侠士虬髯客磊落豪爽，有侠肝义胆的襟怀，把一个儿女英雄的故事渲染得亦真亦幻，神采飞扬，惊心动魄。且看“风尘三侠”初聚之时：

> 行次灵石旅舍，既设床，炉中烹肉且熟。张氏以发长委地，立梳床前。公方刷马。忽有一人，中形，赤髯如虬，乘蹇驴而来。投革囊于炉前，取枕欹卧，看张梳头。公怒甚，未决，犹亲刷马。张熟视其面，一手握发，一手映身摇示公，令勿怒。急急梳头毕，敛衽前问其姓。卧客答曰：“姓张。”对曰：“妾亦姓张，合是妹。”遽拜之。问第几，曰：“第三。”因问妹第几，曰：“最长。”遂喜曰：“今多幸逢一妹。”张氏遥呼：“李郎且来见三兄。”

---

1 ［清］孔尚任：《桃花扇》“小识”，北京：人民文学出版社1959年版，第3页。

公骤拜之。遂环坐。曰："煮者何肉？"曰："羊肉，计已熟矣。"客曰："饥。"公出市胡饼。客抽腰间匕首，切肉共食。食竟，余肉乱切送驴前食之，甚速。……公取酒一斗。既巡，客曰："吾有少下酒物，李郎能同之乎？"曰："不敢。"于是开革囊，取一人头并心肝。却头囊中，以匕首切心肝，共食之。曰："此人天下负心者，衔之十年，今始获之。吾憾释矣！"……

一次初聚写得如此风生水起、卓尔不群，特别是虬、李二人以负心男子之心肝下酒，别出心裁，出人意表，读之令人心悸色变，而二人却谈笑自若，如同往常。

这样的文字不禁让人想起了李白：

李白开元中谒宰相，封一板，上题曰："海上钓鳌客李白。"宰相问曰："先生临沧海，钓巨鳌，以何物为钩线？"白曰："以风浪逸其情，乾坤纵其志，以虹霓为丝，明月为钩。"又曰："何物为饵？"曰："以天下无义气大夫为饵。"宰相悚然。[1]

也想起了年轻时的王维：

新丰美酒斗十千，咸阳游侠多少年。
相逢意气为君饮，系马高楼垂柳边。[2]

1 ［宋］赵令畤：《侯鲭录》，孔凡礼点校，北京：中华书局2002年版，第151—152页。
2 ［唐］王维：《王维集校注》，陈铁明校注，北京：中华书局1997年版，第33页。

如果愿意的话，还可以想到更多更多的唐人。这真是摹写唐人意气风神之绝佳的文字，是唐传奇令人惊异、令人称赏的地方，它打通了唐代人的精神脉络，让你看到其内在的、深层的特质。这正是传奇之奇。

这一段描写中，关于红拂的部分亦可谓举重若轻，非常精彩。虬髯公乍到，便卧看红拂梳头，显有冒犯、挑衅李靖的意思。眼看一场冲突快要发生了，机敏的红拂四两拨千斤，巧妙地化解了危机，化干戈为玉帛。她先是“熟视其面”，判断对方的动机，再则“映身摇示公”，令李靖稍安勿躁。接下来红拂以柔克刚，用情感的力量消弭了虬髯公的敌意，并且让虬、李二人成了朋友。折冲樽俎，数言安澜，红拂其人亦可谓奇矣！

传奇之所以为奇，奇就奇在它的故事、它的情节、它的人物，还有它的细节。细节生动是文学创作艺术性的灵魂，细节之奇是传奇的重要组成部分,《虬髯客传》可谓得之。此篇被称为唐传奇的杰作，其中的细节之奇乃是主要依据之一。细节是情节构成的细胞，奇特的细节描写来源于生活观察，但同时，又应当充分发挥想象，予以加工、组合、夸张、变形，使之高于生活，以达到陌生化的效果。如英雄饮酒本是寻常事，无以醒目，即使写其豪饮酣醉，亦不能见其本色。可杜光庭却有神来之笔，写虬、李两人以人的心肝做下酒物，可谓奇矣。更奇的是，“此人天下负心者，衔之十年”，于不露声色之间批判了负心行为，凸显了虬髯客的行侠仗义。这一细节和“十步杀一人，千里不留行”[1]一样，诚然是虚拟的、不真实的，但它实际上又是真实的——在一个心理的层面上和精神的意义上。它体现了侠客们一种内在的精神力量。

传奇的奇特性、奇异性令传奇之名在宋代以来受到热捧，人

1 管士光编著《李白诗集新注》，管士光注，上海：上海三联书店2014年版，第59页。

们争相把各种新出的以情节见长的文学创作称作传奇。据南京大学吴新雷先生介绍，传奇作为共名共有过七次变化：一、唐代传奇是指文人创作的短篇文言小说；二、宋代民间艺人集体创作的短篇白话小说，专写男女悲欢离合的话本，也被称为传奇；三、宋金说唱文学中的“诸宫调”也被称为传奇；四、元人把北曲杂剧也叫作传奇；五、宋元南戏曾借名为传奇；六、明代中叶，魏良辅革新的昆山腔勃兴，文人便以传奇之名专称昆山腔系统的剧本；七、清人所编戏曲目录，把元明清的长篇剧本不论是北曲杂剧还是南曲戏文，也不分昆山新腔兴起前后的南曲创作，都统称为“传奇”。[1]但万变不离其宗，各种“传奇”皆指向情节与细节的曲折、丰富、奇异。如宋代的话本小说，在商业说书的背景下，无论讲说史书，还是“说铁骑儿”“说公案”，其故事性、情节性都被创作者放在了一个最优先的位置上。“烟粉奇传，素蕴胸次之间；风月须知，只在唇吻之上。”“说收拾寻常有百万套，谈话头动辄是数千回。”[2]……可见情节因素在话本创作中的分量之重。章回小说由讲史话本发展而来，同样以情节曲折生动见长，情况如此突出，以至“欲知后事如何，且听下回分解”二语已成为人们耳熟能详的口头禅。

不妨这样说，追求情节的曲折性是中国传统小说叙事的第一要务，而这，正是从传奇创作开始的。

二、宋代传奇的平淡叙事

宋代传奇虽也忝称传奇，然而其中所缺少的，恰恰就是“奇”。宋代传奇总体上给人以一种平淡的感觉。

并不是说宋代缺少传奇性的故事题材。宋代传奇中有大量神

1　吴新雷：《中国戏曲史论》，南京：江苏教育出版社1996年版，第36—38页。

2　［宋］罗烨：《新编醉翁谈录》，第3页。

佛类、志怪性的故事题目，这些题目本身带有传奇性的基因，如果宋人在借鉴唐代传奇艺术的基础上着意经营，像后来蒲松龄那样，“用传奇法，而以志怪”[1]，那么，是能够写出传奇性的作品来的。即使取材于现实生活，写普通的人情世态、悲欢离合，也并非不能表现传奇性，写出奇异、独特、精彩的作品来。唐传奇《李娃传》《莺莺传》、宋话本《错斩崔宁》等，写普通人的故事，不涉神佛鬼怪、异迹奇闻，照样成为情节生动、精彩出尘的作品。问题并不在写什么，而在于怎么写。

拿明清人写的章回小说来说吧，写历史的小说夥矣：

> 自罗贯中氏《三国志》一书，以国史演为通俗演义，汪洋百余回，为世所尚，嗣是效颦日众，因而有《夏书》《商书》《列国》《两汉》《唐书》《残唐》《南北宋》诸刻，其浩瀚几与正史分签并架。[2]

真是“效颦日众”！这些历史小说从题材的传奇性上说并不逊于三国时期，如武王伐纣，如列国，如隋唐等，可惜没能遇见像罗贯中这样的作家，写出如《三国演义》一般的优秀之作，从而令诸多历史题材埋尘，可浩叹也哉！再如神魔小说和世情小说，亦可谓作者如林，所写不下成百上千部，然而杰出如《西游记》《金瓶梅》《儒林外史》《红楼梦》者，又能有几何呢？

同一个故事题材，由于不同作家对故事情节的不同处理方式，也会造成作品奇凡有别，劣优等差。李、杨爱情故事历来是创作热点，但白居易《长恨歌》、白朴《梧桐雨》、洪昇《长生殿》堪

1　鲁迅:《中国小说史略》，第147页。

2［明］可观道人:《新列国志・新列国志叙》，见朱一玄《明清小说资料选编》(上)，朱天吉校，天津：南开大学出版社2006年版，第6页。

称名作，而陈鸿《长恨歌传》、乐史《杨太真外传》以及明人所作的《惊鸿记》等则相对平庸，难负传李、杨奇事奇情的大任。这其中，《惊鸿记》“未免涉秽”[1]，尤其等而下之，较陈鸿、乐史之作更次。

杜丽娘故事也是如此。如果不是汤显祖的妙手丹青、鬼斧神工，则虽有宋人话本《杜丽娘慕色还魂记》述其事，又有何用呢？

所以，如何把故事讲好、讲精、讲透，使之成为有魅力的艺术品，是小说家们的分内之事，他们须借此在文学界立足。可惜从总体上讲，宋代传奇作家没有做好这方面的工作。他们把心思放在了作品的“思想”经营而不是“艺术”经营上。也就是说，他们很在意在传奇中向人们传递了哪些知识、学问，或讲说了哪些思想与道理，以此显示写作的意义。由此导致艺术性的缺失，使作品“味儿”不足，传奇不再“奇”，而是趋于平淡。即使写的是悲剧故事，有坎坷曲折的人生经历或令人悲痛的事件发生，也缺少一种内在的感人的力量。用鲁迅先生的话讲，宋代传奇“多讲古事”“多教训”“多理学化”[2]，而没有了唐、五代文人“作意好奇”的“文采”与“意想”[3]。

具体而言，宋代传奇在情节结构方面有以下几点缺陷。

其一，在讲故事的时候穿插、添加、牵扯了许多非情节性的内容。宋人喜欢边讲故事边介绍与之有关的见闻、知识、背景或思想，这些介绍脱离了情节发展的轨迹，使故事内容枝枝蔓蔓，拖泥带水，让人难以形成完整、清晰的印象。当你正想知道“接下来怎样”的时候，作者突然插进一个“题外话”，不仅干扰了阅读思路，而且降低了阅读兴趣，成为阅读的负资产（可参见本

1 ［清］洪昇：《长生殿》“自序”，北京：人民文学出版社1983年版，第1页。

2 鲁迅：《中国小说史略》，第67页。

3 鲁迅：《中国小说史略》，第44页。

章第二节之“二、科举考试和理学思想的组合”中有关《绿珠传》的论述)。

其二，用史传文学的写作方法来叙事写人。司马迁《史记》为后世史传文学确立了叙事写人的写作规范，即选择一个人平生最重要、最典型的几件事为之作传，以表现他的思想品德、平生功业和历史地位。这几件事(如完璧归赵、渑池会、将相和三事之于蔺相如)除了皆与传主相关以外，彼此之间其实并无关联，属于不同的事件范畴。叙述者在叙事时看重的是事情的价值、意义而不是故事性——虽然司马迁个人作为文学大师其叙事还是颇为生动的。虽然也包含语言、动作乃至细节等叙述元素，但这些元素间通常只具有时间意义而缺少逻辑、因果的连接，也就是说，是“首先A然后B”而非“因为A所以B”的叙事方式。从文法上讲，也通常不必有过渡、照应或草蛇灰线、背面铺粉、横云断山、极省极不省[1]、立主脑、密针线、减头绪[2]等的讲究。司马迁提供了互见法，欧阳修提出了尚简原则。

这当然和小说叙事不同。小说叙事，特别是长篇小说叙事可以写及多个人物、多个事件，这是毋庸置疑的；但它更突出要求所写的人物、事件之间具有逻辑联系，符合因果律，亦即强调故事的情节性、连贯性和扣人心弦的力量。“一本戏中，有无数人名，究竟俱属陪宾，原其初心，止为一人而设。即此一人之身，自始至终，离合悲欢，中具无限情由，无穷关目，究竟俱属衍文，原其初心，又止为一事而设。……如一部《琵琶》，止为蔡伯喈一人，而蔡伯喈一人又止为重婚牛府一事，其余枝节皆从此一事而生。”[3]

1 [清]金圣叹:《金圣叹全集·贯华堂第五才子书·水浒传》(上册)，曹方人、周锡山标点，南京：江苏古籍出版社1985年版，第22—24页。

2 [清]李渔:《闲情偶寄》“词曲部·结构第一”，北京：作家出版社1995年版，第16—21页。

3 [清]李渔:《闲情偶寄》“词曲部·结构第一”，第17页。李渔这里说的虽然是戏剧创作，其实也适用于小说。

换言之，小说叙事要有中心人物、中心事件，要有牵一发而动全身的逻辑性。这是小说叙事的基本质素。小说叙事的故事性、情节性不仅有赖于逻辑因果关系，而且有赖于大量的、丰富的细节的呈现。

宋代传奇虽号为小说，其实多沿袭史传文学的叙事，如张齐贤作《齐王张令公外传》，即选择张全义在洛城为民所为数事来结构全篇，以表彰张的功德；亦糅入此前此后的若干事迹。重要的是，作者意在补史书记载之不足，“今之所书，盖史传之外见闻遗事尔”，所以，事情只是被概括地讲述，而不是对其发生、发展过程予以充分的展开和艺术的描写，事与事之间彼此没有联系。另如《聂师道》《襄阳事》《向中令涉义》也是如此。

其三，缺少个性化的人物形象。小说创作需要通过语言、动作、肖像乃至心理描写来刻画人物形象，显示人物的个性特征，使人物看上去形象丰满，栩栩如生。人物形象也可以通过环境描写或人物对比关系来衬托和体现。但宋代传奇在人物形象塑造方面做得很不够，不仅缺少个性化的语言、动作、肖像的描写，而且已有的人物语言又往往与其身份、地位或教养不合。如《谭意哥传》中的谭意哥，本是流落孤女，被收养人卖入娼家，从无受教育的机会，却“解音律，尤工诗笔”，所作对联、诗词为人所称道，所作书函竟不下于儒生所写，书函中充满了儒家礼法的藻绘。作者仅用一句“性明敏慧”搪塞了事。这样的人物刻画潦草之极，既难以让人信服，又缺少感人的力量——尽管作者是要将她作为光辉形象加以塑造的。

其四，缺少鲜明生动的细节。文学创作是形象思维，小说的形象有赖于鲜明生动的细节。细节描写的成败是判别小说艺术水平高低的标准之一。宋代传奇恰恰在细节描写上欠缺，严重影响了作品的形象塑造。宋代传奇中如《绿珠传》《谭意哥传》《杨太真外传》等这样一些表达爱情的作品，对于他们之间的爱情发展脉络，基本上也无细节描写。

其五，叙事过于质实，想象力不足。文学创作需要灵气、需要想象，叙事艺术要把握虚实结合的技巧，虚者实之，实者虚之，其虚与实的分野乃在微茫之际，这其间充满了辩证法的意义。可以偏向虚的一面，但不可以过于质实，“质胜文则野”[1]，过于质实的文字可读性不强，是与文学无缘的。何以为虚？这需要作家在创作叙事时跳出实情实景的羁绊，充分发挥想象力，凌空蹈虚，“精骛八极，心游万仞”[2]，“寂然凝虑，思接千载”[3]，到那常人到不了的地方去。唐代传奇叙事的空灵飘忽令人叹为观止。可宋人呢？“所述皆生平父兄师友相与谈说，或履历见闻、疑误考证”“其事可补正史之亡，裨掌故之阙”[4]，叙事有如著史，质实刻板到如此地步，丝毫不发挥想象力，甚至“可补正史之亡，裨掌故之阙”，这样的文字何以言其为小说、为传奇呢？即便是“班”“马”著史，也不会如此。

庄子说：“予尝为女妄言之，女以妄听之。”[5]前一个“妄”便是指文学叙事的虚实之理，后一个“妄”则是要求受众在进行文学阅读、文学欣赏时要有一颗虚壹之心，在精神上和创作者保持高度一致性，灵活通达，自由往来，而非如腐儒一般地拘执、板滞。苏轼堪称庄子的异代知己，深明文学叙事与文学欣赏过程中的虚实之理，叶梦得记其轶事曰：

1 ［清］刘宝楠：《论语正义·雍也》，见国学整理社编《诸子集成》（第一册），第125页。

2 ［西晋］陆机：《文赋》，见［南朝梁］萧统编《文选》，第117页。

3 ［南朝梁］刘勰：《文心雕龙注释》“神思”，周振甫注，北京：人民文学出版社1981年版，第295页。

4 程毅中：《宋元小说研究》，南京：江苏古籍出版社1999年版，第413页。

5 ［清］郭庆藩：《庄子集释》，第100页。

坡翁喜客谈，其不能者强之说鬼，或辞无有，则曰姑妄言之，闻者绝倒。[1]

要你说你就说呗，推托没有干什么呢？编故事本来就是虚的，又不是学问考证，也不用你为所说提供必要来源、确凿证据，须为之负责。哪怕编个鬼故事也行。这叫姑妄言之。苏轼真可谓文学叙事之达人，把文学叙事的本质点拨得如此简明而透辟，一语点醒梦中人。可惜与他同时代的宋代传奇作家们不懂得这个道理，始终迷失在文学叙事的荒原上，令人扼腕叹息。《杨太真外传》篇是在白居易《长恨歌》、陈鸿《长恨歌传》等名篇基础上敷衍而来，无论是歌还是传都给唐玄宗、杨贵妃的爱情添加了不少虚构想象的成分，如夜半私语、仙界重逢、相约来生，等等。他们的爱情充满了一种梦幻甜蜜而令人怅惘伤感的色彩，使读者沉浸在一种如沐月色的清冷遗憾氛围之中。而我们再转回看乐史笔下的李、杨爱情，基本都是采用叙述笔调娓娓道出，如：玄宗和贵妃之间饮酒作乐、赏花逛楼、因贵妃善妒闹的几次小矛盾，甚至有对各种具体生活物品的介绍，如西凉州葡萄酒、金狮子等。虽也描写道士杨通幽作法，使金钗复合，但是，仍显过于质实，强调实录，尾夹评论更是点明劝谏主题。

当然，宋代传奇在文学叙事上较之前人也有所发展，如开始运用心理描写的叙事手法等。但无论如何，从总体上讲，宋代传奇的叙事艺术是不算成功的，作家们所写的小说和唐传奇相比没有精彩的情节和感人的力量。这是无可讳言的。

1 ［清］梁廷楠：《东坡事类》，汤开建、陈文源点校，广州：暨南大学出版社1992年版，第273页。

三、造成宋代传奇叙事平淡之原因

造成宋代传奇叙事缺陷的原因是什么呢？主要不是因为写作水平的不足，实际上更在于文学观念上的封闭、保守，作家们拘执于传统的儒家文学思想，并因之束缚住了创作的手脚。

且来看古人对宋代传奇的一段评说：

> （小说）尤莫盛于唐，盖当时长安逆旅，落魄失意之人，往往寓讽而为之。然子虚乌有，美而不信。唯宋则出士大夫，非公余纂录，即林下闲谭，所述皆生平父兄师友相与谈说，或履历见闻、疑误考证，故一语一笑，想见先辈风流。其事可补正史之亡，裨掌故之阙。较之段成式、沈既济等，虽奇丽不足而朴雅有余。彼如丰年玉，此如凶年谷；彼如柏叶菖蒲，虚人智灵，此如嘉珍法酒，饫人肠胃。并足为贵，不可偏废耳。[1]

评者借贬抑唐代传奇（“子虚乌有，美而不信”“丰年玉”[2]“虚人智灵”）来褒扬宋代传奇，其法并不可取，所得结论亦难服今人。但从中倒也能够窥知造成宋代传奇叙事缺陷的原因之所在。宋、明两代理学相承，儒释道三教相渗相融，由此，两代的文人实际生活在比较相近的思想文化环境里，他们的文学观念、欣赏旨趣自然也比较接近。换言之，是宋代传奇而不是唐代传奇，更容易在明代批评家那里得到共鸣，找到知音。那么，在上述这一段话中，批评者指出了宋代传奇怎样的“创作事实”呢？

---

1 程毅中:《宋元小说研究》，第413页。

2 明人用“丰年玉”喻唐代传奇并非称颂之义，乃暗指其华而不实，可有可无，是不能果腹之物，是玩物丧志之物。后文“虚人智灵”亦非褒语。

首先，宋代传奇的作者是“士大夫”而非“落魄失意之人”。这并不是说宋代传奇的作者都是为官作宰的人，而是说他们读过很多书，乃饱学之士，尤其经受了儒家思想的熏陶和训练。这些“士大夫”作家文化水平高，学问大，对古代文献典籍非常熟悉，对儒家的经典教条则极度服膺和推崇，思想上比较容易定于一尊。这和唐代传奇作家来源的多样性、思想的开放性确有很大不同，可谓大相径庭。唐人写传奇依凭的是才情、激情，写作不拘一格，自由开放，并没有什么条条框框的束缚。所谓落魄失意，正是思想上、写作上放得开的条件和表现。相反，宋人写传奇依凭的是知识、学问、功力，写作循规蹈矩，谨遵儒家思想法则，以其为骨来组成作品的题材、人物、内容、形式乃至语言。宋代传奇作家的士大夫化使得宋代传奇在艺术气质上具有内敛的倾向，在艺术方法上具有保守、退化的特征。

其次，宋代传奇在创作方法上沿袭儒家文艺创作路线，采用写实主义的创作手法。传统儒家是鼓励文艺创作的，“诗言志”“文以载道”，但又崇尚质朴写实，在创作内容上多取材自社会生活，表现仁政仁爱思想，不语怪力乱神；在创作文风上要求质文兼备、文质彬彬，尤其不要过于浮华；在情感表达方面要节制中和，温柔敦厚，“发乎情，止乎礼义”，符合诗教、礼教。儒家文艺创作路线不同于庄、屈的汪洋恣肆、神采飞扬、浪漫多情、谈怪论奇，也不同于佛教故事里的奇思妙想、异彩纷呈。班固批评屈原《离骚》“多称昆仑冥婚宓妃虚无之语，皆非法度之政、经义所载”[1]，正好表明了儒家文艺创作与庄、骚之间写实与浪漫的差异。

唐宋传奇虽然一脉相承，但其实，由于思想文化环境的不同，作家们走的是不同的创作路线。唐人虚实结合、浪漫空灵，宋人

1 ［汉］班固:《离骚序》，见《四部丛刊》影明翻宋本《楚辞》卷一。

则一味写实，规规焉如同酸儒一般。“所述皆生平父兄师友相与谈说，或履历见闻、疑误考证”，“其事可补正史之亡，裨掌故之阙”，明人以为创作之美的这一写实方法，实际上正是宋代传奇的创作缺陷之所在，是宋人实践儒家文艺创作路线的结果。它和传奇小说的创作本质是相悖的，违反了文艺创作的规律。可惜宋人不知，后来的元、明、清人同样不知，致使传奇小说的艺术性不断萎缩，传奇创作一代不如一代。直到清代，纪昀仍在质疑、反对小说的情节写作，要求文言小说退回到“笔记”的水平上。中国文言小说百花园里之所以混进了丛谈、辨订、箴规、琐语等杂草，也是因为儒家文艺创作观念的渗入。

在保守性地实践儒家文艺创作路线的情况下，宋代传奇形成了如下写作特征。一、情节叙事一味写实，缺少波折，缺少空灵想象的艺术素质。二、文风上质朴无华、缺少华彩。这是就其叙事文风而言的，和作家在作品中堆砌辞藻或炫耀学问之举并不相干。三、情感表达上节制中和，表现了强烈的冷峻与克制的色彩。很多都是团圆美满的结局，即使是悲剧性的，也不过分张扬、渲染其悲剧的气氛和意义，以免对读者造成强烈的心理冲击，即所谓“乐而不淫，哀而不伤”[1]。四、作家们爱发议论，主题鲜明，大多统一于儒家的礼教原则；且主题先行，以之统率情节叙事与人物塑造。作家所发议论多而且滥，令人生厌；又多理学口吻和教训意味，了无新意。这是科举训练、理学盛行等多种社会因素相互作用、综合发力的结果。

第三，宋代传奇受困于儒家的文艺功用观，特别重视作品的社会意义。所谓“凶年谷”“饫人肠胃”之喻，说的是宋代传奇不是游戏之作，不是华而不实的摆设，而如同嘉珍法酒或凶年粮谷

1 ［清］刘宝楠：《论语正义·八佾》，见国学整理社编《诸子集成》（第一册），第62页。

一般，能拯时救饥，和衷舒胃，是人们精神上的食粮。这是从功用角度评述的，也确实点到了宋代传奇作家写作的用意之所在。小说向来是小道，“饰小说以干县令，其于大达亦远矣”[1]、“小说家者流，盖出于稗官，街谈巷语，道听涂说者之所造也”[2]，无论道家还是儒家，都不甚待见小说。可宋代传奇作家却赋予了它以言志、载道的功能，要求它能够像诗歌、文章那样，承担起教化民众、救世劝惩的作用。换言之，如同苏轼以诗为词，宋代传奇作家亦以诗、文之道写传奇小说凸显了受儒家思想、理学思想影响的“士大夫”们的文艺本性。

传统儒家历来重视文艺的功用，其程度甚至超过了对于文艺本体的关注。孔子讲兴观群怨、尽善尽美；荀子、《礼记》讲乐教，“夫声乐之入人也深，其化人也速，故先王谨为之文”[3]；《毛诗序》讲“经夫妇，成孝敬，厚人伦，美教化，移风俗”……落脚点皆在于文艺的功用。

本来，儒者的职责就在于以六艺之术教化民众：

> 达名为儒。儒者术士也。(《说文》)……
>
> 类名为儒。儒者知礼、乐、射、御、书、数。《天官》曰：“儒以道得民。”说曰：“儒，诸侯保氏有六艺以教民者。”《地官》曰：“联师儒。”说曰：“师儒，乡里教以道艺者。”……
>
> 私名为儒。《七略》曰：“儒家者流，盖出于司徒之官，助人君顺阴阳明教化者也。游文于六经之中，留意于仁义之际，祖述尧舜，宪章文武，宗师仲尼，以重其言，

1 ［清］郭庆藩：《庄子集释》，第925页。
2 ［汉］班固：《汉书・艺文志》，第338页。
3 ［清］王先谦：《荀子集解・乐论》，见国学整理社编《诸子集成》(第二册)，第253页。

于道为最高。”[1]

如此，则文艺亦不过是教化民众的手段、方法而已。这种文艺的工具论认知成为儒家文艺观的传统和特色，并与其他类别的文艺观显著地区别开来。唐人不受儒家文艺功用论的束缚，不为教化民众而写作，只凭自由心性去编造故事、驱遣文字，故能得传奇创作之真义，凌空蹈虚，翻新出奇，写出精彩绝伦的作品来。宋人却要时时刻刻想着教化民众的事，担心如果故事太精彩了读者会买椟还珠，被曲折情节迷了心窍，而忘了应该接受的教育。“居庙堂之高则忧其民，处江湖之远则忧其君。”主题教化为主，故事情节为辅，不管写什么题目的故事，心思都不肯放在“讲故事”上面。情节、主题二者不可并举：情节的强化必然导致主题的弱化，主题的强化必须以牺牲情节为代价，这就是他们的逻辑。儒家文艺的功用观影响了他们对于传奇小说本质的认知，从而造成认知的错位和艺术的退化。对传奇小说的发展来说，这是很可惜的事。

综上所述，造成宋代传奇叙事缺陷的原因主要在于特定时期的作家群体。他们是饱读儒家诗书的士大夫，由于宋代提倡儒家思想以及理学的兴盛，所以无论他们在朝还是在野，都深受儒家思想的影响，并以之指导传奇创作。表现在创作观念上，他们特别重视文学的功用，把主题表达放在优先位置，从而弱化故事的情节性；表现在创作方法上，他们特别重视写实手法，在传奇中一味写实，把小说当作历史来写，而不懂得虚实结合的道理，违背了传奇创作的规律，使传奇作品失去了传奇性、趣味性、可读性；表现在创作传统的继承上，他们主要借鉴了史传文学和笔记

1　章太炎:《原儒》，见曹聚仁《中国学术思想史随笔》，北京：生活·读书·新知三联书店1986年版，第67—68页。

体创作中的朴实手法，摒弃了其他文学体裁创作中的“奇技淫巧”。加之宋代文人所特有的爱炫学问、爱发议论的坏毛病，宋代传奇在整体上出现了艺术退化、衰落的趋势，造成了“平淡无奇”的传奇。

四、“叙事宛转”的作品

当然，除整体性的平淡叙事外，宋代也有一些“叙事宛转”的作品，作家在叙事时，能适当顾及情节之间的因果联系和逻辑关系，使叙事更顺畅、也更有味。

英国文艺评论家爱德华·摩根·福斯特对小说叙事中的故事与情节两个要素曾做过一个通俗而有趣的区分：

> 我们曾给故事下过这样的定义：它是按照时间顺序来叙述事件的。情节同样要叙述事件，只不过特别强调因果关系罢了。如“国王死了，不久王后也死去”便是故事；而“国王死了，不久王后也因伤心而死”则是情节。虽然情节中也有时间顺序，但却被因果关系所掩盖。又例如：“王后死了，原因不详，后来才发现她是因国王去世而悲伤过度致死的。”这也是情节，不过带点神秘色彩而已。这种形式还可以再加以发展。这句话不仅没涉及时间顺序，而且尽量不同故事连在一起。对于王后已死这件事，如果我们再问：“以后呢？”便是故事，要是问：“什么原因？”则是情节。这就是小说中故事与情节的基本区别。[1]

揆诸宋代传奇创作，很显然，多为“国王死了，不久王后也

1 （英）爱·摩·福斯特：《小说面面观》，苏炳文译，广州：花城出版社1984年版，第75—76页。

死去”的笔法，是艺术水准不甚高明的叙事；但如果留心阅读，则在散漫的叙事中也能搜到一些“国王死了，不久王后也因伤心而死”的段落，是令人欣喜、值得一提的。

如乐史《杨太真外传》，开头以史传笔法拉拉杂杂地叙写杨贵妃的身世、受宠，以及杨家由此而来的“权倾天下”的气焰，叙事可谓平铺直叙、未见波折，缺少艺术的打磨；可接下来，作者却出人意表地插入了一则安禄山的轶事：

> 时安禄山为范阳节度，恩遇最深，上呼之为儿。尝于便殿与贵妃同宴乐，禄山每就坐，不拜上而拜贵妃。上顾而问之：“胡不拜我，而拜妃子，意者何也?”禄山奏云：“胡家不知其父，只知其母。”上笑而赦之。又命杨铦以下，约禄山为兄弟姊妹，往来必相宴饯。初虽结义颇深，后亦权敌、不叶。

这一段文字看似转得突兀而生硬，和上文“气脉不顺”，细思之，实则颇合文理，是由“故事”而宕入“情节”的笔法，值得称道。为什么呢？因为一则适时拈出了本作品中的一个重要角色——关键人物安禄山，表现其黠慧奸诈之心，使故事能迅速进入正题；二则——也是在“情节”考量上更为重要的方面——和上文所述事情之间存在着关联性，符合因果律。

这一段文字还有叙事章法上的好处：在平铺直叙的行文中第一次出现了波折，避免了艺术上的单调乏味。

之后，为了写唐明皇对杨贵妃及杨家五宅（铦、钊/国忠、韩、虢、秦三位国夫人）的恩宠之隆，作者采用欲扬先抑的笔法，两次插入贵妃忤旨事件，使故事平添了几许波澜。

一次是因妒悍忤旨，贵妃被送还杨铦宅——这在古代“婚姻法”中是一个严厉警告，可能会导致被休弃的后果，何况对一国之君来说，更可怕、更惨烈的手段有的是，想想都叫人不寒而栗。所以杨家乱作一团、“惧祸聚哭”。此是笔法上之一抑。但让人想不到的是，“上思之不食，举动发怒”，而一旦再见贵妃，则“大悦”，“因召两市杂戏以娱贵妃。贵妃诸姊进食作乐”。此一抑凸显了唐明皇对杨贵妃的恩宠之隆。

另一次是因“窃宁王紫玉笛吹”而忤旨，再被“放出”，“国忠惧”。此是笔法上之又一抑。但这一次明皇同样“怃然”，当见到贵妃托人送来的一缕头发时，“大惊惋，遽使力士就召以归，自后益嬖焉”。此一抑亦为欲扬唐明皇对杨贵妃的恩宠之隆而设，可谓巧妙。

诚然，这两次忤旨事件在史书中皆有记载，并非小说家凭空捏造[1]，然而，我们并不能因此抹杀小说家欲收曲折叙事之妙的良苦用心。事情之有无是一回事，选择何事叙述以及如何安排叙述则是另一回事，不能混为一谈。

另一篇历史题材的宋代传奇小说《李师师外传》在情节叙事方面亦有用心处。

其一是叙事时交待来龙去脉，不做无厘头的讲述。

如说到徽宗皇帝为什么会流连娼家，小说写道：

> ……筑离宫于汴城之北，名曰艮岳。帝般乐其中，久而厌之。更思微行，为狎邪游。内押班张迪者，帝所亲幸之寺人也，未宫时为长安狎客，往来诸坊曲，故与李

1 贵妃以妒悍忤旨事件发生在天宝五载（公元746年）七月，因“窃宁王紫玉笛吹”而忤旨事件发生在天宝九载（公元750年）二月，记见司马光《资治通鉴》，北京：中华书局2009年版，第2651、2660页。

姥善。为帝言陇西氏色艺双绝，帝艳心焉。

解说入情入理，令人信服。如果不作这一交待而直接写徽宗幸李师师，则有诸多情理不通处。

再如说到徽宗皇帝为什么会在无数佳丽中独独迷上李师师，小说在后半部分不忘借徽宗和韦妃的闲谈回答了这个问题：

无他，但令尔等百人，改艳妆，服玄素，令此娃杂处其中，迥然自别。其一种幽姿逸韵，要在色容之外耳。

有过渡，有照应，可见作者深得叙事之法。小说最后写师师骂奸报主，徽宗在五国城闻而涕泣，亦是其证。

其二是渲染烘托、卖足关子。这表现在徽宗皇帝第一次去镇安坊见李师师的过程描写中。宋徽宗假托“大贾赵乙”之名备下“紫茸二匹，霞氎二端，瑟瑟珠二颗，白金廿镒”这样的重礼，“愿过庐一顾”。按说要见到师师已不难，况且还有“利金币”的老鸨李姥从旁帮衬着，可他千等万寻就是见不到师师。文中写徽宗“独未见师师出拜”“出侍”之语凡五次，又加之李姥三次劝徽宗按住性子：“儿性好洁，勿忤。”“儿性颇愎，勿怪。”“儿性好静坐，唐突勿罪。”并迫使徽宗沐浴更衣以待，真是把李师师的“耍大牌”渲染得淋漓尽致（虽然文字上并不十分佳，重复语句语式较多）。师师不仅“珊珊而来”，而且“见帝意似不屑，貌甚倨，不为礼”，真让读者为她的行为狠捏了一把汗。

其三是有意进行对比性描写。一、小说前后两次较详细地描写徽宗游幸镇安坊的经过，构成对比。第一次徽宗没有暴露身份，师师视徽宗为普通狎客，态度傲慢，这反而激发了徽宗的好奇，让他喜欢。第二次徽宗身份已明，两人的交往便多了礼节、少了亲近：“师师仍淡妆素服，俯伏门阶迎驾。……而李姥见帝至，亦匿避，宣至，则体颤不能起，无复向时调寒送暖情态。……师师伏地叩帝赐额。……姥匍匐传樽为帝寿。”这份多礼颇让徽宗“不悦”。二、人物形象对比。李师师知恩图报、以死尽节的侠义行为和“蔡京章惇王黼之徒”的祸国殃民以及张邦昌的卖国投敌形成了鲜明、强烈的对比，是小说家有意而为的叙事。

像《杨太真外传》《李师师外传》这样在情节叙事方面有所用心、有所讲究的作品我们还可以找到一些，但说实在的，不太容易；而且，即使这样的作品，跟唐传奇或《聊斋志异》相比，艺术水平的差距也是很明显的，并不在一个层级上。对此毋庸讳言，也无待多言。

第四节　节妇、义士和忠臣、孝子

一、传奇小说中的人物形象塑造

在中国的传统文学认知里，小说写作和史传文学写作一样，主要工作是叙事写人，即通过故事情节的叙写来塑造人物形象，表现人物的思想、感情、性格。事与人互相结合，构成小说写作的基本要素。一般情况下，没有不涉及人物的叙事，也没有不涉及叙事的写人，二者相辅相成。中国小说创作不太注重环境叙事，也就是说，很少出现如西方小说里常见的那种静态的环境描写。

在叙事写人之中，写人乃处于关键的、核心的地位，是判断一部小说写作水平高低的主要指标。文学是人学，可以映照人的思想、心灵，小说创作更应该是人学。一部成功的小说作品通常都会塑造出若干个形象鲜明、栩栩如生的人物，他们的言谈举止、音容笑貌、喜怒哀乐将会使整个作品变得鲜活生动起来，简言之，小说家的主要职责就是写人，在小说里干巴巴地叙事是不受欢迎的。

中国古代的小说家们很早就明白了这个道理。如魏晋南北朝的志人小说（轶事小说）虽短小，或只三言两语，但都以突出人物个性作为写作宗旨。《世说新语》里这样的例子比比皆是，姑举其一：

> 王蓝田性急。尝食鸡子，以箸刺之，不得，便大怒，举以掷地。鸡子于地圆转未止，仍下地以屐齿蹍之，又不得。瞋甚，复于地取内口中，啮破即吐之。[1]

通过一系列富有特征性的、戏剧化的动作如“箸刺”“掷地”“蹍”“取内（纳）口中”“吐”等，以及“大怒”“瞋甚”等表情，把王蓝田的急性子刻画得活灵活现、跃然纸上。

其他通过人物的语言、行动，通过人物对比关系或通过比喻等方式来塑造人物形象的例子也不胜枚举，令人回味、咀嚼不已。如“嵇叔夜之为人也，岩岩若孤松之独立；其醉也，傀俄若玉山之将崩”(《容止》)，通过比喻，刻画了嵇康高大帅气、倜傥风流而又孤傲独立、卓尔不群的形象；“魏明帝使后弟毛曾与夏侯玄共坐，时人谓‘蒹葭倚玉树’”(《容止》)，通过人物对比，刻画了毛曾的委琐和夏侯玄的英俊形象。

明人胡应麟评《世说新语》曰：

1 ［南朝宋］刘义庆：《世说新语笺疏》“忿狷”，第886页。

读其语言，晋人面目气韵恍忽生动，而简约玄澹，真致不穷，古今绝唱也。[1]

评价可谓得当，抓住了人物形象塑造的小说艺术实质。

唐传奇中的优秀之作都是以塑造鲜明人物形象而为世人所称道的。急公好义的柳毅、始乱终弃的张生、重色善妒而又背信弃义的李益、机智有识的红拂、重情重义的李娃、勇敢而多情的任氏……一提起这些人物，人们的脑海中立刻会浮现出他们的音容笑貌，他们说过的话和做过的事，他们之感动人心或给人留下深刻印象的地方。唐传奇的艺术魅力主要就在这里。

从唐人对于传奇作品的命题上可以看出他们对塑造人物形象的重视。传奇作品或以人物命题，或以事情命题，或以物件命题，或以其他方式命题，并无定规，但更常见的是以人物命题。鲁迅《唐宋传奇集》收唐人传奇作品计三十六篇（中有两篇各分上、下），以人物命题的约为十六篇，接近一半，可见以人物命题的方法更受唐人青睐。其中的原因既是受到了史迁以来史传文学创作的启发（纪传体以人物命题，如《五帝本纪》《管晏列传》等），也是因为唐人看到了人物形象塑造在传奇小说艺术中所具有的分量——要想让作品获得成功、赢得读者，就要把作品中的人物特别是主要人物写好写活。前一节论述引用了《虬髯客传》里的一段文字，见出其情节精彩，细节生动，但实际上最为激动人心的，却是其所塑造的人物形象——红拂、虬髯客、李靖——身上所焕发出来的崭新的光辉。精彩的情节、生动的细节都是为了写人服务的，没有了色彩鲜明的人物形象，一切叙述与描写都将失去

1 ［明］胡应麟：《少室山房笔丛》卷二九《九流绪论：下》，上海：上海书店出版社2001年版，第285页。

意义。

宋代传奇继承了唐传奇以人物命题的传统,《宋代传奇集》中大多数作品都采取了以人物命题的方法。这值得肯定。但和情节编造缺陷密切相关的是，宋代传奇在人物形象塑造方面也存在严重不足，总体上说，没能塑造出独特的、个性分明的、能给人以深刻印象的人物形象。读宋代传奇小说，给人的感觉是人物形象较符号化、脸谱化、概念化，没有鲜明生动的细节场面的支撑，这大大降低了宋代传奇创作的艺术水平和艺术魅力，与唐传奇构成强烈的反差。

二、贞女节妇

尽管如此，宋代传奇中的人物形象——类型、特点、塑造方法等——还是可以言说的。就与儒家思想、理学思想相关的作品来说，首先令人关注的无疑是贞女节妇形象。

人类要繁衍，种族要延续，男欢女爱是世间再正常不过的事情，爱情是文学永恒的主题，在理学思想开始兴起、确立的宋代其实亦如此。宋代传奇、宋代话本中，爱情题材的作品、佳话类故事可谓不少；但宋代传奇与宋代话本中的女性形象却有着很大的不同。宋代话本中，通常写男女自由恋爱，而女性往往是恋爱的主动方，行事大胆泼辣，根本不知道“礼”为何物，如《碾玉观音》中的璩秀秀、《闹樊楼多情周胜仙》中的周胜仙等。

璩秀秀用计逼崔宁“就范”前文已述（见本书第一章第二节），周胜仙在遇见自己喜欢的范二郎时，便自思量道：

> 若还我嫁得一似这般子弟，可知好哩。今日当面挫过，再来那里去讨？……如何着个道理，和他说话，问他曾娶妻也不曾？……只听得外面水盏响，女孩儿眉头

一纵，计上心来，便叫：“卖水的，倾一盏甜蜜蜜的糖水来。”……[1]

周胜仙用的是什么计呢？原来，她假意给卖水人挑了一个碴儿，说他茶水里有条草，欺负她了，于是趁机“自报家门”：

你道我是兀谁？……我是曹门里周大郎的女儿，我的小名叫做胜仙小娘子，年一十八岁，不曾吃人暗算，你今却来算我！我是不曾嫁的女孩儿。

正如范二郎所感觉到的那样，“这言语蹊蹊，分明是说与我听”的！范二郎是何等聪明人，也如法炮制了一回，二人由此彼此心知。

这“自报家门”以通情的关目不仅表现了周胜仙的聪慧机敏（她当时是临场即兴发挥，并没有预先“做功课”），更突出了她大胆泼辣的个性，表达了突破礼法、恋爱自由的思想主题，体现了话本小说的特色。

与之相反，宋代传奇里的女性形象在爱情上则基本上都是被动的、守礼的、符合儒家道德闺范的，堪称贞女节妇。官员贵族或一般贫民之家的妇女也就算了，最奇的是娼门之女，本无所谓节烈可言，却同样被塑造成了贞女节妇的形象，真是令人感到诧异。她们的节烈所从何来？何以凭依？作家对此都不做交待，只硬生生直接把她们写成了贞女节妇。如《王魁传》中的桂英。其何许人也？小说以桂英的言行来提示之。桂英对王魁说：“妾姓王，世本良家。”言下之意是现已沦落为娼。再看桂英的行事：初次结

1 ［明］冯梦龙：《醒世恒言》，上海：上海古籍出版社1996年版，第245页。

识即招饮王魁及其友，更“独留魁宿”。后文亦借王魁之口明讲桂英为娼。但就是这么一个女子，不仅诗才甚高，而且用情专一，与王魁盟誓之后即坚贞自守，“惟闭门以俟”。当得知王魁背弃了盟誓，桂英又不妥协地对他给予了惩罚。桂英的这种尊儒守礼的行为并没有生活依据和逻辑基础，完全是作家主观愿望的结果。

《谭意哥传》中的谭意哥也是如此。小说写她幼时即被卖，为官娼，虽然起初反抗过，但“心自爱夺，情由利迁，意哥忘其初志”。然而，后文却把意哥塑造成了一个视礼法如圭臬、视贞节如生命的女性形象，特别是被所爱张正宇“负心抛弃”后，那种坚贞自持的精神令人动容，堪称儒家节妇轨范。

本来在唐传奇中，女子（包括妓女）被所爱抛弃后一般来说不外乎三个结局：一是妓女重操旧业，如李娃（《李娃传》）在倒宅计后，继续从事皮肉生意，过着“今年欢笑复明年，秋月春风等闲度”的生活，荥阳生只是她午夜梦回时的一段记忆罢了；二是嫁与他人，如莺莺（《莺莺传》）在被张生“始乱之、终弃之”之后，毅然嫁与他人，拒绝了张生假惺惺的看望，维持了最后一点可怜的自尊；三是伤心郁闷至死，如霍小玉（《霍小玉传》）对李益最为痴心，对被弃传言并不相信，乃去苦苦寻觅意中人，当真相大白时，她难以接受命运的捉弄，便以死作为抗争的手段，接受爱情的谢幕。从唐传奇的女性形象塑造中，我们看不到儒家贞节观念——女性当守身如玉、从一而终——的影响，连霍小玉也不是，她是出于复仇的目的：“我死之后，必为厉鬼，使君妻妾，终日不安！”[1]是唐代士人任侠思想的反映。

宋代传奇作家为爱情失败女子安排了另一种结局：如果信守儒家礼法，对爱情始终不渝，对贞节视若生命，那么，假以时日，

1 ［唐］蒋防：《霍小玉传》，见鲁迅《唐宋传奇集》（卷二），第76页。

终能得到美好的回报，有一个美好的结局。谭意哥最后“夫妻偕老，子孙繁茂”，即是明证。

此外，《李妹传》中的李妹、《王幼玉记》中的王幼玉、《爱爱歌序》中的爱爱……都是由娼家女变身为贞女节妇的女性形象。作家往往一开篇就点明其娼家女身份，如“李妹者，长安女倡也”“爱爱姓杨氏，本钱唐倡家女”等，然后，不交待原委情由，便大写特写她们如何护贞守节、循礼而行，或有因此而惨死者，但作家的赞美、欣赏之情却见于字里行间。

理学的印记清晰可见，崇理节欲的思想影响了宋传奇的女性形象塑造。这是一方面。另一方面，宋代传奇中另有一种女性形象，她们“不守”闺阁之道，追求自由爱情乃至婚外情缘，按照当时理学家的标准，属于奔女或荡妇之列，是该当严加惩罚、以儆效尤的，可令人玩味的是，作者对她们或多有肯定，表达了比较进步的爱情婚姻观。佚名所作《张浩》即是这样的作品。[1]

女主人公莺莺[2]作为邻家小妹，早就择定了意中人——家财巨万而又好学的张浩，由于严君（父亲）管束，无由表达心意；终于得便相见，即吐露心迹，定下情缘。此后，不仅遣人致意于张浩，更主动踰墙而来，行偷期密约、巫山华胥之事。莺莺随父去他乡，张浩则在叔父主持下另订婚约。莺莺后来得知，以死向父母明志，又赴官府陈情，为自己争取到了一生的幸福：

> 由是浩复娶李氏，二人再拜谢府尹，归而成亲。夫妇恩爱，偕老百年。生二子，皆登科矣。

1 《张浩》收于《青琐高议》别集卷四，南宋《绿窗新话》（皇都风月主人编）亦载此故事，题作《张浩私通李莺莺》，然仅述其梗概而已；明人冯梦龙《警世通言》收有话本《宿香亭张浩遇莺莺》，当是据此故事敷衍而来。可见张浩、莺莺的故事流传有年。

2 《张浩》原文仅称李氏，未见莺莺之名，至《绿窗新话》始称莺莺，《警世通言》沿之，盖是为了便于说话艺人说书的缘故。

虽然是俗套的美满团圆结局，如《谭意哥传》等作品一般，但意义显然是不同的——它表达了对自主择偶、自由恋爱的肯定和赞赏，它表现了后来《西厢记》里所倡言的“愿普天下有情的都成了眷属”[1]的主题，它肯定了为了爱情而不惜以死抗争的斗争行为。

《张浩》不是颂扬封建礼教的作品，而是着意去表现情与理的冲突。张浩说：“待媒成好，当逾岁月，则我在枯鱼肆矣。”莺莺说：“某乃君之东邻也。家有严君，无故不得出，无缘见君也。”矛头直指“父母之命、媒妁之言”这一封建礼教的律条，为自由恋爱张目。为了表现情与理冲突的激烈，作家一方面写张、李二人情投意合、恩爱相思，“情不知所起，一往而深”[2]；一方面又特设张浩叔父为张浩另订婚约及莺莺以死逼父母允婚的关目，最后虚构府尹其人，裁判张、李恢复自订的婚约：

> 花下相逢，已有终身之约；道中而止，欲乖偕老之心。在人情深有所伤，于律文亦有所禁。宜从先约，可绝后婚。

把力量的天平拉向自由恋爱（情）的一侧，从而给“父母之命、媒妁之言”的封建礼教（理）以重重一击。《张浩》的社会意义正在于此。

如果说男主人公张浩虽对爱情专一，但因性格软弱而屈从了叔父的压力的话，那么，女主人公莺莺则被塑造成了一个有着鲜

---

1 ［元］王实甫：《西厢记》“第五本第四折”，王季思校注，上海：上海古籍出版社1978年版，第193页。

2 ［明］汤显祖：《牡丹亭》“题词”，北京：人民文学出版社1963年版，第1页。

明个性的人物形象。她不仅秀外慧中，识文断理，落落大方，而且敢爱敢恨，用情专一，对不合理的社会现象、社会势力进行坚决的、毫不容情的斗争。面对意中人，她主动去接近、表白；面对严父的管束，她选择了反抗，既和张浩偷期密约、以身相许，又以死逼迫严父改变了意志；面对可能导致情变的分离，她反复向张浩致意，表明始终不渝的决心；面对府尹，她有理有据地陈情，为自己的爱情辩护，并感动了府尹。莺莺有韧性、有决断、有计策，泼辣明快，胆大果敢。这一形象和《会真记》中的同名人物形成鲜明的对比。

元稹笔下的莺莺在爱情方面表现得太过被动、柔顺、软弱，让人有“哀其不幸，怒其不争”之感，虽对张生始乱终弃的行为有所不满和伤感，却没做丝毫的抗争，而是“恭貌怡声”地接受了命运的安排：

> 始乱之，终弃之，固其宜矣，愚不敢恨。必也君乱之，君终之，君之惠也。……但恨鄙陋之人，永以遐弃，命也如此，知复何言！……还将旧来意，怜取眼前人。[1]

真不愧是大户人家调教出来的好脾气的女子，不怒不闹不詈，矜持有余，泼辣不足，和《张浩》中的莺莺相较完全判若两人。

李献民《双桃记》里的王萧娘更是一个突破了封建礼教和封建伦理底线的女性形象。她爱上了一个有妇之夫，不仅受其诱惑，与之私通，而且还阻其离婚（“出妻而娶尔”），以回报他的浓情蜜意，最后则“愿效绿珠之死，以报李生遇我之厚也”，抗婚殉情而死。萧娘可谓是痴情、刚烈的女子，她真心爱着李生，只愿付出，不求回报；她知道纲常礼教和封建伦理，但丝毫不放在心上，而

1 ［唐］元稹:《莺莺传》，见《唐宋传奇集》(卷四)，第131—135页。

当礼教势力逼迫她的时候，她选择了殉情。

她对李生说：

夫男子以无故而离其妻，则有缺士行；女子以有私而夺人之夫，则实愆妇德。显则人非之，幽则鬼责之。

又对妪（在李、王二人间穿梭传情的媒婆）说：

文君一寡妇也，慕相如之高义，卒往奔之，遂见弃于父母，取讥于后世，为天下笑。此我之所不能也。

可见她对士行、妇德、节操之类的东西并不糊涂——何况“阿母稍加防闲”“常令姊妹辈随我”——可那又能怎么样呢？情欲的闸门已经开启，那就义无反顾、勇往直前吧！看得出，作者对这段不伦之恋是持较肯定的态度的。

作者于篇末评曰：

呜呼！人之有情，至于是耶！观其始与李生乱，而终为李生死，其志操有所不移也。使其不遇李生，以适刘氏之子，则为贞妇也明矣。可不尚欤！

尽管以礼教衡之，说萧娘难称“贞妇”，但却正话反说，充分肯定了萧娘的“志操”节行，认为应对她的用情专一予以表彰——如果萧娘的专情用在她父母所定的刘氏之子身上，那就堪称“贞妇”了！那就是美事一桩了！作者的写作侧重点放在李、王二人的情爱描写以及萧娘的用情专一上，并不对他们的不伦之恋和越礼偷情行为发一微辞，而且还以重情重义、知恩图报的绿珠来比拟萧娘，可见作者的写作宗旨。

如王萧娘一般越礼而又专情的女性形象在宋代传奇创作中所在多有，不难寻见，如佚名《鸳鸯灯传》[1]中的李氏娘，“乃节度使李公之偏室也”，却背着丈夫和张生偷情，以至于私奔；如廉布[2]《狄氏》中的狄氏，“所嫁亦贵”，却趁着丈夫“使北”（出使金国）的机会以交易为名和滕生私通，以至于被滕生耍了也执迷不悟；等等。这些女性形象似乎和贞女节妇扯不上关系，和崇理节欲背道而驰，但实际上，小说家们是在理学思想初步确立的文化背景下来塑造这些形象的，他们着意描写和表现女子的情欲乃至纵欲，却又表彰她们用情不移，“从一而终”，可谓塑造了另一种意义上的贞女节妇形象。小说家们对其笔下失贞的女性形象几乎皆作正面的描写，持肯定的态度。

三、负心汉和骗子

有趣的是，在爱情题材的宋代传奇作品中，男主人公通常是过错方，表现贞女节妇的是这样，表现“奔女”或“荡妇”的也是这样。这一点比较引人注目。

有哪些过错呢？

其一，男主人公通常是“始乱”的一方。尽管也有写女子“先发制人”，以手段诱惑男子的（如《鸳鸯灯传》开篇即写李氏娘故意遗漏红绡香帕以向人传情），但极少见，绝大多数是写男子首先追求、挑逗或与人合谋诱骗女子的。这自然是现实生活中更为常见的现象，不足多怪。唐传奇中，张生、李益等皆是始乱者。所不同者有红拂其人，作者写她主动和李靖私奔，这样写的意思乃

1　此篇见“十万卷楼丛书”本《岁时广记》卷一二，即罗烨《新编醉翁谈录》壬集卷一“负心类”收录的《红绡密约张生负李氏娘》。《醉翁谈录》本篇末云：“事见《太平广记》。”按，《太平广记》今无此篇。

2　北宋叛臣张邦昌的女婿，南宋绍兴年间以此为言官奏罢官职，闲居绍兴，名居室为容斋，专意绘事。

在于表现她的奇侠聪慧。宋话本中,《碾玉观音》《闹樊楼多情周胜仙》皆写女子比男子更主动。

其二，男主人公通常都有负心或“背信”“变节”的情节。王魁（《王魁传》）、张生（《鸳鸯灯传》）等用情不专、始乱终弃的负心汉（著名的还有话本小说《杜十娘怒沉百宝箱》里的李甲）就不用说了，即使像张正宇（《谭意哥传》）、张浩（《张浩》）这样被“正面塑造”的形象，作家们也给他们添加了情变、婚变的情节，以表现他们反礼教斗争的软弱性（以及其性格上的软弱性），并衬托女主人公的坚强与专情。如张正宇“内逼慈亲之教，外为物议之非，更期月，亲已约孙贳殿丞女为姻”，他虽然“回肠危结，感泪自零，好天美景，对乐成悲，凭高怅望，默然自已”，可终究还是娶了孙氏。直待孙氏谢世，他受到他人的谴责，才转而央求谭意哥与之复合。张浩亦在叔父主持下弃莺莺另订婚约，说：“非某本心，叔父之命，不敢拒耳。”他的形象又怎能和以死抗婚、又以理陈情官府的莺莺相比呢?

其三,一些男主人公不仅有负心或“背信”“变节”的情节，更是品行恶劣、恬不知耻。《王魁传》中王魁既辱骂桂英是娼，玷辱了自己的名声（李甲亦如此），又欲责打桂英派来的送信人（李甲则有转卖十娘之举）。滕生则在以财物骗取狄氏的感情后：

> 阴计已得狄氏，不能弃重贿，伺其夫与客坐，遣仆入白曰：“某官尝以珠直二万缗卖第中，久未得直，且讼于官。”夫谔眙，入诘，狄氏语塞，曰：“然。”夫督取还之。生得珠后，遣尼谢狄氏曰：“我安得此？贷于亲戚以动子耳。”[1]

1 ［宋］廉布:《狄氏》，见李剑国辑校《宋代传奇集》，第464页。

直接把对他万分痴情的狄氏给“卖”了，真是令人发指的行径，连小说作者也忍不住跳出来，骂滕生是“小人”。

像滕生这样的骗子形象在宋代传奇中可谓屡见不鲜，不胜枚举，且并不局限于以财骗色的方面，如《白万州遇剑客》即写一假剑客骗人财物的勾当。

何以宋代传奇中会大量出现负心汉和骗子的人物形象呢？一方面是唐传奇写作示范的结果，另一方面，也是现实社会生活的真实反映。

宋代社会制度造就了不少停妻再娶的现象，传统的婚姻家庭结构受到了挑战和威胁。科举考试的重大改革[1]使大批寒族子弟有机会通过读书考试迅速地改变处境和命运，走到社会的上层，“朝为田舍郎，暮登天子堂”[2]。这从社会发展的角度看自然是一种进步，促进了阶层的流动，阻遏了门阀垄断和社会固化。但不可否认有其副作用，如对爱情婚姻观念即产生了冲击。当一个士子于一夕之间释褐登朝，地位的变迁必然会影响到个人情感的选择——“洞房花烛夜，金榜题名时”，在古人那里，地位和婚姻通常是联系在一起的两件事，分割不开。做了官以后怎样对待家中的原配呢？现实的问题是两地分居和红尘诱惑。这时候，一些人选择坚守，如吕蒙正、王十朋、张九成等，他们都是宋朝人，他们对原配忠贞不渝、不离不弃的故事被后人编成戏曲作品到处传扬，脍炙人口；另一些人则抛弃原配、另择新欢，如陈世美，在后世被塑造成了忘恩负义的典型代表，不仅落得被包公铡死的下场，而且遭到千万人唾弃，遗臭万年。

1 参见本书绪论之第三部分的有关论述。

2 见宋人汪洙《神童诗》“劝学”之五。

蔡伯喈（邕）的情况比较特殊。他是东汉末年著名文人、学者、书法家，亦卷入当时的政治斗争，和宋代本无关联。但有趣的是，宋代人却出于自身的需要对蔡伯喈形象进行了重塑，把他写成了和陈世美一般的人物、一般的下场。南宋有戏文《赵贞女蔡二郎》，述演蔡伯喈考取状元后入赘丞相府，抛弃家中双亲及妻子，妻子上京寻夫，竟遭其马踩身亡，而他亦因“弃亲背妇为暴雷震死”[1]。这一故事明显出于虚托。汉时未行科举，则蔡根本谈不上考取状元之事；而所谓“弃亲背妇为暴雷震死”云云，更纯属子虚乌有。蔡伯喈替宋代一旦飞黄腾达就弃妻再娶的负心士子们背了黑锅，这对蔡伯喈自然是不公平的，然而却揭露了宋代的社会现实，有其针对性和警示意义。文人们同情他身后的这种“不幸”，写诗感叹道：

> 斜阳古柳赵家庄，负鼓盲翁正作场。
> 身后是非谁管得？满村听说蔡中郎。[2]

统治者可能鉴于此剧对士子负心行为的批判力量，曾出榜禁演《赵贞女蔡二郎》戏文[3]；元代更有好事者高明，作《琵琶记》一剧，为蔡伯喈洗冤雪耻，把他重新塑造为全忠全孝形象，对原配妻子也忠贞不贰。但蔡伯喈弃妻再娶的事在民间流传已久，抹不掉了，怎么办？高明替蔡伯喈想出了几招。一、是牛丞相逼婚的，不是我蔡伯喈想攀高枝的，我又没有为了原配而与丞相决裂的勇

1 ［明］徐渭：《南词叙录：宋元旧篇》，见中国戏曲研究院《中国古典戏曲论著集成》(三)，北京：中国戏剧出版社1959年版，第250页。

2 ［宋］陆游：《小舟游近村舍舟步归》四首之四。徐渭《南词叙录》云：“刘后村有‘死后是非谁管得？满村听唱蔡中郎’之句。”似把此诗创作归名于刘克庄。

3 ［明］祝允明著《猥谈》：“余见旧牒，其时有赵闳夫榜禁，颇述名目，如《赵贞女蔡二郎》等，亦不甚多。”

气，错在他而不在我。宰相肚里能撑船，让他承担点负义的责任没关系。二、这么一位牛气的丞相却养了一个十分贤惠的女儿，贤惠在哪里呢？她理解蔡伯喈又想要原配又想留赘相府的难处，不哭不闹不上吊，甘愿做小。试问，世间有这么高尚的相府小姐吗？三、由于牛府的大度和牛小姐的充分理解，蔡伯喈最终心安理得地收获了两个女人的"爱情"，以一夫二妻的美满结局收场。

这真是替那些既满口礼义廉耻却又好色花心、贪恋功名权位的文人士子们解套的好办法，难怪那位贡献了二十六个儿子和十六个女儿的朱皇帝要对该剧赞不绝口呢[1]！可惜，这好办法未必为高明首创，我们在宋代传奇中似乎能找到类似的关目。

《鸳鸯灯传》(《红绡密约张生负李氏娘》）在张生负李氏娘娶越英之后有二女共责张生负心：

> 李氏……遂骂张生："辜恩负义，停妻娶妻。既为士人，岂不识法?"越英当时谓生曰："君既有妻，复求奴姻，是君负心之过。"于是三人共争，以彩云为证，遂告于包公待制之厅。各各供状，果是张生之负心，遂将其系于厅监。

果真如此，倒不失为对负心汉的一种有效惩罚，可以警示世人，吓阻忘恩负义者。可是不然，小说末尾附缀两句：

> 张生责娶李氏为正室，其越英为偏室。

1 ［明］徐渭《南词叙录》："我高皇帝即位，闻其名，使使征之，则诚佯狂不出，高皇不复强。亡何，卒。时有以《琵琶记》进呈者，高皇笑曰：'《五经》《四书》布帛菽粟也，家家皆有；高明《琵琶记》，如山珍海错，贵富家不可无。'既而曰：'惜哉，以宫锦而制鞋也！'由是日令优人进演。"明太祖曾明令："寰中士夫不为君用者……诛其身而没其家，不为之过。"却对佯狂不出的高明网开一面，我们从中可以见出他对《琵琶记》的态度。

不禁令人愕然！诚然，张生未如陈世美那样害人性命，罪不至死，但像这样最终被“责令”美美地娶了两房太太，如同对负心行为的奖赏一般，不知作者是何居心？

这种对负心行为和稀泥的处理方法大概是宋人的创造——《谭意哥传》让张正宇先死妻子再复娶意哥的关目也是一种和稀泥。推究其背后的思想动机，则不外乎礼法的提倡及信义的缺失。在停妻再娶问题上，人们觉得，它违背了礼法、信义，从而不去关注，不太在意当事人应有的情感纠葛。其一，如果自主择偶遇上了父母之命，则当从父母之命，因为这是礼法所要求的。张正宇是这样，张浩也是这样。如果不是假托的开明府尹明断，张浩必然另娶，莺莺哪怕死一百回也无济于事。其二，必须处理好两个妻子在礼法上的正侧、嫡庶的位置，不可含糊。包公责令李氏为正、越英为侧是符合礼法的，张正宇等妻子死了以后再复娶意哥是符合礼法的，而府尹明断张浩、莺莺爱情合法的依据之一也是礼法：“宜从先约，可绝后婚。”在宗法思想指导下，先进者为正、为嫡、为大。其三，对于情变故事，人们通常从道德的角度来剖析、看待。但是在唐传奇中，张生对莺莺始乱终弃，理本来输在张生这边，可是“时人多许张为善补过者”，令人匪夷所思，显然不是从道德角度来说的。《霍小玉传》虽然比《莺莺传》更多地谴责负心行为，但有关情感、情爱描写的文字很多、很美，冲淡了道德意义的考量。黄纻衫豪士的出现和小玉死后的复仇，平添了作品的传奇色彩。反观宋代传奇，道德说教意味很浓。作家们一方面弱化、淡化情感的描写，甚至把男女之爱庸俗化；另一方面又增强礼教宣讲的内容和道德批判的力度，通过关目设计、形象塑造、直接宣示等方式来改变情与理在作品中的比例构成。

宋人笔下的停妻再娶行为说到底不是一场感情危机，而是一种人伦信义的赤字，负心汉很多时候都被写成了骗子，透支了儒家的人伦信义。信义是儒家一向倡导的基本道德规范。人无信不立。《国语・周语上》："礼所以观忠信仁义也……信所以守也。"曾子每日三省，反省内容之一便是"与朋友交而不信乎"。孔子多次讲"敬事而信""谨而信""主忠信"[1]。可见信义在儒家道德规范体系中的重要性。古代文学中流传着众多守信义、重承诺的故事和作品，如尾生抱柱[2]、范张鸡黍[3]等。守信义、重承诺的称为君子，反之则是小人、骗子，会遭到唾弃。宋代传奇中一系列的骗子形象（包括骗色、骗财），如《吴约知县》《临安武将》《郑主簿》等篇中的主人公，即是在这样的思想观念指导下被塑造出来的。

四、义士、忠臣、孝子

和负心汉、骗子相反相对的形象群体是义士。

何谓义?《礼记・中庸》："仁者人也，亲亲为大。义者宜也，尊贤为大。"[4]韩愈《原道》："博爱之谓仁，行而宜之之谓义。"[5]义就是去做应该做、适宜做的事情，当然这所谓"应该做、适宜做"必须以仁爱哲学为心理基础，为出发点，为归宿，符合仁爱哲学的就是应该做、适宜做的，也就是义的，否则则为不义。义为儒家思想学说中重要范畴之一。孟子说过："生，亦我所欲也，义，亦我所欲也。二者不可得兼，舍生而取义者也。"[6]把义看作是高于

1 ［清］刘宝楠:《论语正义・学而》，见国学整理社编《诸子集成》（第一册），第9, 10, 12页。

2 ［清］郭庆藩:《庄子集释》，第998页。

3 见《太平御览》卷四〇七引三国孙吴时谢承《后汉书》，冯梦龙"三言"有《范巨卿鸡黍死生交》一篇。

4 ［西周］《礼记・中庸第三十一》，郑玄注，见中华书局编辑部编《汉魏古注十三经》（上），据中华书局1936年版《四部备要》缩印，第197页。

5 ［唐］韩愈:《韩愈全集校注》，第2662页。

6 ［清］焦循:《孟子正义・告子章句上》，见国学整理社编《诸子集成》（第一册），第461页。

生命的东西，由此衍生出了义薄云天、见义勇为、行侠仗义、义不容辞、舍生取义等一系列的观念和行为。

义的观念和行为一直得到后人传承。但不可否认，直到宋代，在理学思想得以确立的背景下，所谓的“义”才得到了发扬光大，成为社会的主流价值取向。一个标志性事件就是“关羽崇拜”的兴起。关羽作为义士的化身被社会普遍认可，关羽事迹、形象被神化，各地都建起了关公庙、关帝庙。一文一武，关羽获得了差不多和孔子一般的神圣地位。尊刘备贬曹操思想也在这一时期得以确立，其实也是崇义思想的体现。

传奇小说中，义的观念和行为得到大力提倡，义士形象也得到一再刻画。宋初张齐贤写有一篇《向中令徙义》，说一个叫向拱的人，原先是“胆气不群，重然诺，轻财慕义，好任侠，借交亡命，靡所不为”的侠客，后在一滕姓儒士的引导下，折节徙义，向慕儒德，成为高尚之士。这篇传奇带有晚唐五代传奇创作的风味，同时也体现了宋人的崇义思想。向拱无论在折节徙义之前还是之后，皆是义字当头，敢作敢为，只不过由任侠之义变成了儒家之义。

什么是任侠之义？有一个妇人，和向拱私通，她的丈夫知道了，威胁要杀她，她便雇邻人之子杀了丈夫。向拱闻知此事后，先“密寻（邻人之子）而杀之”，然后：

回责所私妇人曰：“尔与人私而害其夫，不义也。尔夫死，盖因我，我不可忍。”遂杀其妇人，掷首级于街市，且自言曰：“向某杀此妇人。”徐徐掉臂而去。警巡者义之，且惮其勇力，不敢追捕，因亡命。

和有夫之妇私通不是不义，但有夫之妇因此而杀了自己的丈夫就是不义，而且是令人不能容忍的大不义，不能顾惜儿女私情，必欲杀之而后快，自己也有权利杀掉她，这就是任侠之士所谓的义。任侠之士有一套属于自己的价值体系和行为规范，与普通社会并不相侔。他们的义带有浓重的江湖习气和市井特点，烙上了男权社会的深深印记。

那么，什么是儒家之义呢？向拱用后来的言行为之做了诠释。滕姓儒士以古人周处改邪归正的事迹对他进行励志教育，他果然变成了“向家千里驹”。首先，他以孤胆勇义慑服了一伙盗贼，为他穿越险途保驾护航。其次，他追随“周祖”（五代后周太祖郭威）忠心耿耿，无论周祖处于何等境地（为后汉刘知远信任或疑忌），他都始终不渝，“周祖之入关平三叛，中令（向拱）皆从行，奇计密谋，大有裨益师旅。周祖留守邺都，带枢密使，步骑且众，戎政鞅掌，百倍常时，多与中令参决焉。……及汉少主（刘承祐）密计欲图周祖，周祖既觉，三军推戴，拥兵向阙，至于受禅，中令之力为多”。第三，世宗（柴荣）时，向拱尽力于平定天下，厥功甚伟，又知晓臣节，懂得“自晦”，“委政事于宾席，种竹艺树，纵妓乐，恣游适……不积财帛……好贤重士，待人豁然无疑忌心。不枉刑，不扰民”，故得以“归全手足于京师第，令名终始，勋业显赫，近朝侯王，一人而已”。第四，他懂得感恩，对于曾引导他走上正道的滕姓儒士始终感激在怀：“若非滕公，吾为伏莽辈所污死矣。今日立身荣贵，忝滕公之力也。”于是，向拱引介滕公为朝廷尽忠，两人形成互助共进的关系。

对国家尽心，对君主尽忠，对朋友感恩，对盗贼感化，而自己又能折节改过，晚有大成，于“国史有传”：向拱其人，诚堪义士之令名矣；然而在宋人笔下，所谓义士，其实于三教九流中所在多有，不必非要是“成功人士”不可。英雄不问出处，义士就在市井中，只要认同儒家的伦理道德规范，勇敢地去做应该做、适宜做的事情，即为义士。宋人在这一问题上的认识可谓灵活而不迂执。

孙立（《王实传》）乃一市井狗屠尔，却明白知恩图报的道理，为待己如“国士”的王实保守秘密，并斩杀王之仇家，至于身死而无所顾惜。有人质疑二人交往的纯洁，孙立答道：

> 遇吾薄者答之鲜，待吾厚者报之重。彼酒食相慕，心强语笑，第相取容，此市里之交也。实之待我，意隆而情至。吾乃一屠者，而实如此，彼以国士遇我，吾当以国士报之，则吾亦不知死所也。

王实倒真有需要孙立帮忙的地方。原来他的母亲为恶人张本所奸，父亲因此而气死，他本人因是文弱书生报不了仇，还得为母亲保全脸面，所以没奈何，想出这么一个主意，请孙立替他杀张本。孙立知其有事相求，却心怀知遇之恩，不仅“愿画报之，幸勿泄也”，表示了郑重承诺，而且“登张本门”，以决斗方式斩杀了张本。之后，赴官府自首，慷慨就戮，以名节自励，其行事仿佛古代的聂政、专诸、豫让、荆轲等。孙立的“义行”感动了包括收诛他的太守在内的无数人。

项四郎（《项四郎》）是一个盐商，为四民之末，“君子不齿”[1]，却深明大义，对遭难的徐七娘施以援手，搭救了她并给她择配了一个好人家。他的妻子逼他把徐七娘卖入娼家或转给富者为妾，以此谋利，遭他断然拒绝。项四郎的形象颠覆了白居易笔下“商人重利”的刻板印象，以儒家的义利观来重塑“新商人”，丰富了中国文学艺苑里的人物形象，可谓明末话本小说中施润泽、卖油

1 ［唐］韩愈:《韩愈全集校注》，第1509页。

郎、徐老仆等一系列正面的商人形象创作之嚆矢。此类形象的出现，反映了宋代城市商业经济的发展，也反映了理学思想对社会生活，特别是城镇市民生活的渗透和重塑。

《茶肆还金》里写了一个在京师樊楼畔卖茶水的小老板，也是义字当头、义在利先的商人形象。他虽然小本经营，却不贪人财物，每有客人于饮啜间落下物件或钱两，他都细心地收拾一处，并做上标记，以便失主前来领取。曾有李姓客人在其店丢失金银数十两，以为“茶肆中往来者如织，必不可根究，遂息心，更不去询问”，未曾想三四年后于茶肆主人处失而复得，且集众勘验下原封未动。茶肆主人婉拒了他的酬谢，说：

> 义利之分，古人所重。小人若重利轻义，则匿而不告，官人（指李姓客人）待如何？又不可以官法相加。所以然者，常恐有愧于心故也。

孟子说过，君子有三乐，其中一乐是“仰不愧于天，俯不怍于人”[1]。事不分大小，人无论贵贱，只要问心无愧，便是义之所在。茶肆主人身份卑微矣，拾金不昧之事亦可谓小而琐矣，然而洁身自好能如此者，这世上又有几个人呢？所以：

> 时茶肆中五十余人，皆以手加额，咨嗟叹息，谓世所罕见焉。识者谓伊尹之一介不取，杨震之畏四知，亦不过是。惜乎名不附于国史，附之亦卓行之流也。

堪称义士的小人物还有江湖郎中张锐（《张锐医》）、兵士王超

1 ［清］焦循：《孟子正义・尽心章句上》，见国学整理社编《诸子集成》（第一册），第533—534页。

（《桂林走卒》）、老管家杨忠（《杨忠》）等。他们并没有做什么惊天动地的大事，有的只是谨慎用药，救死扶伤，不贪钱财；受人活命之恩后尽力回报，竭尽智财以帮助恩人脱离困厄险境；规劝败家之小主人改邪归正，勤俭持家，尽到一个老管家的职分……然而——

> 其视幸主人祸败从而取之者，孰非杨忠之罪人乎！虽然，求之杨忠，侪类中固无有也。求之士大夫，当国家危乱，有能植侮屏奸，不负其主人付托，于存亡可欺之际若杨忠者，予恐千万人不一遇焉，悲夫！（《杨忠》）

简言之，虽然事情小，无关乎国家之存亡、民族之兴衰、历史之变迁，但其中的意义却是非凡的，且常人难以做到。孟子曰："挟太山以超北海，语人曰：'我不能。'是诚不能也。为长者折枝，语人曰：'我不能。'是不为也，非不能也。"[1]儒家之所谓义，固然有"虽千万人，吾往矣"[2]的凛然大义，但其实，更多情况下则体现于日常生活中，乃是一般人所不肯为而非不能为的那些事情中所体现的意义。司马迁说："其称文小而其指极大，举类迩而见义远。"[3]宋代传奇作家们通过对一系列平凡义士的形象塑造，向人们诠释了儒家之义的真义。

义是社会层面的道德规范、行为准则，根据儒家家国同构的理论，义上升到国家层面则为忠，义下降到家庭层面则为孝，义士、忠臣、孝子是彼此相连、一体同位的形象，其中有着共同的道德基础。也就是说，大凡义士必定是忠臣，忠臣又必定是出于

---

1 ［清］焦循：《孟子正义·梁惠王章句上》，见国学整理社编《诸子集成》（第一册），第51页。
2 ［清］焦循：《孟子正义·公孙丑章句上》，见国学整理社编《诸子集成》（第一册），第114页。
3 ［汉］司马迁：《史记》"屈原列传"，第505页。

孝子之门。《孝经·广扬名》:“君子之事亲孝，故忠可移于君；事兄悌，故顺可移于长；居家理，故治可移于官。”[1]唐玄宗注曰:“以孝事君则忠。”在儒家看来，人之在世，当以修身为本，如果个人的道德修养提高了，那么，他在家中会孝顺父母，在社会上会帮助朋友，讲求信义，在朝廷上则会忠于君主，竭力报国，所谓五常是也。为什么会如此呢？因为在宗法制社会里，家庭、社会、国家被认为具有相同的治理结构，家乃小型之国，国是大型之家，天子由王族里的大宗来担任，诸侯王则是其小宗。同样，诸侯国内的治理结构也是如此。而家有千口，主事一人，只要选出家族内贤能之人担任“家长”，或者把理应担任“家长”的大宗改造为贤能之人，则能“刑于寡妻，至于兄弟，以御于家邦”[2]了。社会管理同样要选择贤能之人。这就是宋代传奇里要把义士、忠臣、孝子作为一体同位形象的思想指导之所在。

向拱由义士（侠义之士）蜕变为忠臣，是义士兼为忠臣的形象。杨忠是义仆（属于义士范畴），但小说作者却要“求之士大夫”，也就是“当国家危乱，有能植侮屏奸，不负其主人付托，于存亡可欺之际若杨忠者”，亦同样比拟于忠臣。此外，有传奇作品单写忠臣/好官员，单写孝子的，但不甚多，仅以备数而已；不过，若与义士类形象归为一类并观，则不啻琳琅满目矣。

1 《孝经·广扬名章第十四》,[汉]郑玄注，见中华书局编辑部编《汉魏古注十三经》(下)，据中华书局1936年版《四部备要》缩印，第17页。

2 [汉]《毛诗注疏》,[汉]郑玄笺,[唐]孔颖达疏，第6页。

第五节　书剑恩仇——与儒学相关的小说意象

一、意象解说

意象是什么？中西文艺理论界对此有不同的解说。南朝齐梁时文学理论家刘勰曾说：

> 积学以储宝，酌理以富才，研阅以穷照，驯致以绎辞。然后使玄解之宰，寻声律而定墨；独照之匠，窥意象而运斤。[1]

“玄解之宰”“独照之匠”“运斤”等语出自《庄子》，看得出，意象概念的提出很大程度上是受到了庄子创作的启发，可惜刘勰没有对意象概念的内涵予以阐说。唐人把意象和意境联系起来，并对之做了较多的讨论，其中值得一提的是王昌龄和皎然的解释。

王昌龄说：

> 诗有三境。一曰物境：欲为山水诗，则张泉石云峰之境，极丽绝秀者，神之于心，处身于境，视境于心，莹然掌中，然后用思，了然境象，故得形似。……[2]

王昌龄没有用意象一词，但他“神之于心”的“极丽绝秀”的“泉石云峰”实即后人之所谓意象。

1 ［南朝梁］刘勰：《文心雕龙》“神思”，第295页。

2 ［唐］王昌龄：《诗格》，见乾隆敦本堂本《诗学指南》卷三。

之后，中唐诗僧皎然指出：

> 静，非如松风不动，林狖未鸣，乃谓意中之静。远，非如渺渺望水，杳杳看山，乃谓意中之远。[1]

皎然讲的诚然是艺术之境（意境）问题，他辨析了艺术之境和客观世界的差异性，认为“境象非一”[2]。但他“意中之”松风、林狖、水、山等物，不是意象又是什么？他实际上同时辨析了意象和客观物象之间的差异性。

此外，如司空图对“象外之象，景外之景”[3]的探究，亦有关乎意象的存在[4]。

中国人对于意象的探究讨论大体局限于诗歌领域，明清时期更用意象来专指诗人们借助具体外物，用传统比兴手法所表达的一种情思。但在明清小说评点家的评点实践中，出现了对小说意象的关注。如张竹坡评点《金瓶梅》，在西门庆和李瓶儿背着蒋竹山、潘金莲等人暗通款曲的部分，就多次点出两人私下进出的门，有门一、门二、门三乃至门数十。很明显，评点者认为在这一部分，门是一个很重要的意象，关乎情节的发展和形象的塑造，需要提请读者留心与思考。门在这里已不是客观的、普通的物象，而是小说家特意挑选、精心安排，有隐喻意义的。这些门或许象征着感情的阀门，代表了纵情、放荡、偷欢，随着张竹坡在门之后缀上的数字越来越大，我们分明感受到西门庆和李瓶儿的情欲

---

1 ［唐］皎然：《诗式·辨体有一十九字》，见《十万卷楼从书》本《诗式》卷一。

2 ［唐］皎然：《诗议》，见乾隆敦本堂本《诗学指南》卷三。

3 ［唐］司空图：《与极浦书》，见董浩、戴卫亨、曹振镛编《全唐文》，北京：中华书局1983年版，第8487页。

4 关于“意象”问题，详参敏泽《中国美学思想史》，长沙：湖南教育出版社2004年版，第667—670页。

之洪水快要冲决礼法（如果在他们那里还有所谓礼法的话）的堤坝了！也许这些门还有别的隐喻、象征意义，可惜评点家没有从理论层面去揭示小说意象对于小说创作的意义，对小说意象的研究始终停留在感性认知的水平上。

戏曲创作同样涉及意象问题。比如传奇创作（明清戏曲）通常都会使用一个小物件作为情节线索，来贯穿全剧，这个小物件便是本剧中极重要的意象（如邵璨《香囊记》中的紫香囊），是剧作家特意挑选、精心安排的，不可轻忽之。同样可惜的是，戏曲评点家没有从理论层面去揭示这一现象，把诗歌意象研究推进至戏曲领域。

在西方，学界对意象的关注较多，研究也比较深入而多元。意象起初是作为认识论和心理学的理论术语出现的，后来延伸至文学创作与批评的领域。德国古典哲学家康德最早从艺术审美角度对意象进行解释，他说："审美意象是一种想象力所形成的形象显现。"[1]和中国意象理论把情与景、主体与客体相联系不同，康德把意象完全看作是创作主体主观世界的产物。审美想象来自于对审美表象的单纯反思，审美表象直接联系着创作主体的主观情感，从而构成审美意象。

意大利美学家克罗齐同样认为意象是创作主体主观想象的产物，但作为直觉主义大师，他更强调意象的直觉性。在《美学原理》一书中，他指出，意象是直觉的、想象的、个体的、关于个别事物的，和用以指称一般事物的概念不同。在审美过程中，形式是情感的外在表现，而此形式即是审美意象。创作主体凭借其直觉能力将感受转化为意象，直觉即为情感的表现，而审美意象的形成过程就是情感的抒发过程。

---

1 （德）康德：《判断力批判》，见伍蠡甫《西方文论选》（上卷），上海：上海译文出版社1979年版，第564页。

20世纪以来，西方许多批评流派，如英美新批评、神话原型批评、结构主义符号学、精神分析学、解构主义等等，都对意象予以高度重视和深入阐说。首先需要提及的是意象派创始者埃兹拉·庞德，他在《几条禁例》中说："一个意象是在瞬间呈现出的一个理性与感情的复合体。"[1]这个定义里有三个关键词/语段：瞬间、呈现、理性与感情的复合体。它表明，意象是瞬间得到的，无须理性推导，不受时空限制，是创作主体在被"诗神凭附"后的灵感的显现；意象有摹仿性和再现性的特点；意象是主客体的同一体，物象的外在形态特征和内在审美意蕴契合于创作主体的情感体验，意象寄托着创作主体的精神志向和审美态度，彰显了他的情感与智慧。后来，庞德又在为《两星期评论》杂志所写的一篇文章中做了补充：意象有着可变的意义。由此和象征相区别——象征主义的象征有固定之意义，且众所周知，如玫瑰花象征爱情、十字架象征苦难等。意象则被创作主体赋予了个性化意义，同一意象可能因创作主体的不同而呈现不同的内涵。

英美新批评主张通过对意象结构和意象模式的深度剖析来探索作品的主题意象。韦勒克和沃伦在其合著的《文学理论》一书中，将文学文本分为语音层面、意义层面、意象和隐喻层面、象征和象征体系中的诗的特殊世界等四个层面，意象成为文学文本构成的重要因素，既可作为一种"描述"存在，也可作为一种隐喻存在。罗·海尔曼认为，意象是"我们理解片段细部或剧本整体前所必须理解的"文学要素，"行动、角色和意象这些不同因素的组合是戏剧表意的一种不仅是卓有成效而且是必不可少的技巧"，"意象模式不仅是为了烘托主题，而且更是主题的负载者"。[2]

1 （美）庞德：《回顾》，郑敏、张文锋、裘小龙译，见黄晋凯、黄秉真、杨恒达主编《象征主义·意象派》，北京：中国人民大学出版社1989年版，第135页。

2 （美）罗·海尔曼：《总体意象模式与整体意义》，见汪耀进《意象批评》，四川文艺出版社1989年版。

存在主义大师萨特将存在分为自在存在（意识之外的存在）与自为存在（意识的存在），意识的存在是一切存在的意义和基础。他从存在主义的视角解读意象，认为意象“并非是一个物”，而是“属于某种事物的意识”，文学意象亦并非简单的客观物象，而是融合了创作主体的意识后超越客观物象的产物，是意向性行为的结果。

苏珊·朗格则从符号学切入意象研究，认为意象即符号，意象的符号性决定了意象具有短暂的、模糊的、破碎的感性特征；意象既可以是视觉的，也可以是听觉的或其他感觉的。她说：

> 艺术品作为一个整体来说，就是情感的意象。对于这种意象，我们可以称之为艺术符号。……每一门艺术都有自己的基本幻想，这种幻想不是艺术家从现实世界中得到的，也不是人们在日常生活中使用的，而是被艺术家创造出来的。[1]

艺术品是表现人类情感的符号，她从这一观念出发，认为意象是一种情感符号，符号承载着意象，而意象传达情感。

可以看出，近现代以来，西方文论界对意象问题进行了持续不断的经营和多元的探讨，进步可谓巨大而深刻。尽管各家、各流派分别从不同的方面、不同的视角来构建自己的意象理论，意象研究呈现出异彩纷呈的面貌，但意象问题的核心内涵却是大体上一致的，那就是：意象是创作主体的主观情感和客观物象的统一体，既不是纯粹的客观物象，当然也离不开形象的呈现与表现。意象的适用范围不仅仅局限于诗歌领域，大凡小说、戏剧乃至音

1 （美）苏珊·朗格：《艺术问题》，滕守尧译，北京：中国社会科学出版社1983年版，第129页。

乐、舞蹈、绘画、雕塑、书法等文艺创作领域，都有“情感的呈现”，都可以适用于意象的研究。意象是诸多艺术感觉——视觉、听觉或其他艺术感觉——的综合呈现。意象不仅融入了创作主体的创作意图、思想感情等内在因素，还“是主题的负载者”，蕴含了艺术作品的深刻的寓意。

很明显，西方文论中的意象研究可以弥补中国古典文论中有关意象、意境研究的不足，也为本书研究宋代传奇作品中的意象提供了理论支持、理论指导，具有一定的启发性。

二、吹笛弄管，妙解音律：关于音乐的意象

> 绿珠能吹笛，又善舞《明君》。……崇以此曲教之，而自制新歌曰：……崇又制《懊恼曲》，以赠绿珠。
>
> ——乐史《绿珠传》

> 爱爱姓杨氏，本钱唐倡家女。年十五，尚垂鬟，性善歌舞。幼学胡琴数曲，遂能缘其声以通其调。七月七日，泛舟西湖采荷香，为金陵少年张逞所调，遂相携潜遁，旅于京师。逞家雄于财，雅亦晓音律。
>
> ——苏舜卿《爱爱歌序》

> 音乐女工，无不臻妙，知书，美容止，迨神仙中人也。……每夫生日，必先畜女童晓音律者，盛饰珠翠绮绣，因捧觞祝寿，并服玩物同献之。
>
> ——张齐贤《李少师贤妻》

> 肌清骨秀，发绀眸长，荑手纤纤，宫腰搦搦，独步于一时，车马骈溢，门馆如市。加之性明敏慧，解音律，尤工诗笔。
>
> ——秦醇《谭意哥传》

以上诸篇有一个共同的特点：主人公们都能吹笛弹琴、解音晓律，也都能谨守儒家礼法，尤其是夫妇之道。换言之，乐器或音乐意象——苏珊·朗格认为，意象既可以是视觉的，也可以是听觉的或其他感觉的——在传递儒家思想文化的讯息方面起着重要的作用，人们常常借助这一意象来刻画儒雅守礼的人物形象，表达儒家思想主题。

这无疑是很有道理的，因为在传统儒家看来，音乐能陶冶个人情操，增进道德修养，协同群体行动，稳定社会秩序，故儒家特别重视音乐感化人心的教育力量，称之为乐教。这和道家对于音乐的观念是相反的、对立的。老子说："五色令人目盲，五音令人耳聋，五味令人口爽，驰骋畋猎令人心发狂，难得之货令人行妨。是以圣人为腹不为目，故去彼取此。"[1]表现了反对音乐的态度。音乐是人为的、反自然的，故应予反对。老庄学说的信奉者嵇康提出"声无哀乐"的玄学命题，否认音乐所包含的社会属性和情感作用，否认儒家的乐教传统。

儒家并不把乐器看作是形下之物，并不从技术层面来解释乐器的制作和音乐的生成。技术是受儒者鄙视的。乐器在儒者那里乃贯道之器。儒家看重的，是乐器所弹奏出的音乐，以及音乐所包含的社会属性和情感作用。"乐"和儒家的核心理念——"礼"是紧密相连、不可分割的，犹如飞鸟之双翼、一物之两面。周公当年既制礼又作乐，故儒家经书中既有《礼经》也有《乐经》[2]。后人或以为《乐经》本无，"乐之原在《诗》三百篇之中，乐之用在《礼》十七篇之中，故曰兴于《诗》，立于《礼》，成于乐"[3]。《论语·阳

1 ［春秋］老子：《老子道德经》（上篇），见国学整理社编《诸子集成》（第三册），第6页。.

2 《庄子·天运》："丘治《诗》《书》《礼》《乐》《易》《春秋》六经。"

3 杨金鼎：《中国文化史词典》，杭州：浙江古籍出版社1987年版，第569页。

货》:“礼云礼云，玉帛云乎哉?乐云乐云，钟鼓云乎哉?”[1]礼、乐之联系于此可见一斑，且礼、乐之意义在道而不在器(玉帛等礼器、钟鼓等乐器)。

虽然如此，礼与乐在处理个人和群体(社会)的关系方面却起着不同的作用。荀子说得好:“乐合同，礼别异。礼乐之统，管乎人心矣。”[2]礼的存在用以区分不同个体乃至群体的尊卑等级，使上下有礼、长幼有序，而乐却能使被礼数分隔开来的心彼此沟通交流，从而达到“和”的美满状态。礼是刚性的规定，乐是柔性的调和，一刚一柔，一张一弛，社会秩序趋于稳定。如果只有礼的规定而没有乐的润滑、调剂、和合，那么社会就会等级化、阶层化和固化，缺少了维持社会秩序稳定所必须要有的一定的弹性和活力，此非治世之道。礼是骨骼躯干，乐是经络血脉。

事实上，自孔子以来，儒家就非常重视音乐的价值和作用，重视乐教。孔子本人特别喜爱音乐、痴迷音乐，曾为之“三月不知肉味”[3]。他在教学的时候，以音乐作为师生交流的背景:“(曾皙)鼓瑟希，铿尔。”[4]他在落难的时候，“讲诵弦歌不衰”[5]。他在编订《诗经》的时候，“三百五篇”“皆弦歌之，以求合《韶》《武》《雅》《颂》之音”。[6]乐器操作方面，孔子能击磬，又学鼓琴于师襄子。在理念上，孔子认为音乐教育(艺术教育)是人格修养的最终完善阶段，

1 [清]刘宝楠:《论语正义·阳货》，见国学整理社编《诸子集成》(第一册)，第375—376页。
2 [清]王先谦:《荀子集解·乐论篇第二十》，见国学整理社编《诸子集成》(第二册)，第255页。
3 [清]刘宝楠:《论语正义·述而》，见国学整理社编《诸子集成》(第一册)，第141页。
4 [清]刘宝楠:《论语正义·先进》，见国学整理社编《诸子集成》(第一册)，第257页。
5 [汉]司马迁:《史记》“孔子世家”，第327页。
6 [汉]司马迁:《史记》“孔子世家”，第329页。

是高于诗歌和礼仪教育的一种教育形式[1]。

荀子就不用说了，曾作《乐论》篇以论音乐特性，以及音乐感发人心的力量。孟子其实也是重视乐教的。有一次，齐臣庄暴对孟子说："大王跟我讲他嗜好音乐，我不知道这事儿好还是不好，没有回答他。您对'好乐'这事儿怎么看?"孟子说："好吧，我去给他上一堂音乐欣赏课。"孟子主要是从政治学而不是从艺术学的角度来讲解音乐欣赏的，讲得极其"高大上"。孟子的讲解要点有三。一、"今之乐犹古之乐也。"音乐不分今古，其对于人的影响是一样的。二、欣赏音乐能给人带来快乐，但欣赏音乐需要氛围、气场，独自欣赏的快乐不如与众人一起欣赏来得更快乐。这两点讲解带有艺术欣赏的味道，但孟子的核心意思在第三点：作为一个政治人物，喜爱音乐、欣赏音乐本是无可厚非的，却要有个前提，即须获得百姓认可，能与民同乐。[2]也就是说，孟子对于音乐价值功用的理解还是侧重于政治层面，侧重于"道"的层面。

大量文献资料表明，儒家有一个对音乐进行政治与道德批评的传统。

比如：

吴公子札来聘，请观于周乐。使工为之歌《周南》《召南》，曰："美哉！始基之矣，犹未也。然勤而不怨矣!"为之歌《邶》《鄘》《卫》，曰："美哉！渊乎！忧而不困者也。吾闻卫康叔、武公之德如是，是其《卫风》乎?"……为之歌《小雅》，曰："美哉！思而不贰，怨而

1 原文是"子曰：兴于诗，立于礼，成于乐"(《论语·泰伯》)。何晏《论语集解》引包咸注："乐所以成性。"清刘宝楠《论语正义》："学诗之后即学礼，继乃学乐。盖诗即乐章，而乐随礼以行，礼立而后乐可用也。""乐以治性，故能成性，成性亦修身也。"

2 ［清］焦循：《孟子正义·梁惠王章句下》，见国学整理社编《诸子集成》(第一册)，第58—62页。

不言，其周德之衰乎？犹有先王之遗民焉。”为之歌《大雅》，曰：“广哉，熙熙乎！曲而有直体，其文王之德乎？”……[1]

全从政治与道德角度来评判“周乐”(《诗经》)。古有采诗、献诗、观诗、赋诗之风（诗乐合一），也是从政治与道德出发的音乐批评。又，《礼记》《诗序》等都把音乐分为治世之音、乱世之音、亡国之音三类，看得出，是按照音乐的社会属性而不是形式属性（音色、旋律、节奏等）来划分的，故有“其政和”“其政乖”“其民困”之类的断语。按儒家的理解，音乐意象和个人品性、时代政治之间是紧密相连的。

儒家先贤对于音乐意象的解说深刻地影响了后世文学创作。著名的唐诗《琵琶行》便是一证。里面有琵琶弹奏技法的细致描绘和音乐节奏曲情的悉心体悟，可谓流畅宛转、脍炙人口，给人以艺术美的享受，如：

大弦嘈嘈如急雨，小弦切切如私语。嘈嘈切切错杂弹，大珠小珠落玉盘。间关莺语花底滑，幽咽泉流冰下难。冰泉冷涩弦凝绝，凝绝不通声暂歇。

令人如痴似醉、欲仙欲死的文字，其文良称佳酿！但如果诗篇仅止于此，而没有超出于弹奏技术描写和节奏曲情刻画的文字，则仍然“斯为下矣”，不会获得千百年来广大读者心灵上之共鸣。事实上，《琵琶行》的主体部分不是在写琵琶和音乐，而是在写心、写人、写社会，写琵琶和音乐不过是诗人写心、写人、写社会的

1 ［晋］杜预：《春秋经传集解·襄公六第十九》，见中华书局编辑部编《汉魏古注十三经》（下），据中华书局1936年版《四部备要》缩印，第284—285页。

引子罢了。“弦弦掩抑声声思，似诉平生不得意。低眉信手续续弹，说尽心中无限事。”琵琶女的幽怨情思和人生遭遇深深触动了诗人的心弦，他也忍不住回忆起自己的经历和处境，从而发出“同是天涯沦落人，相逢何必曾相识”的慨叹。这些源于音乐意象的触发却又“进乎技矣”的叙写是《琵琶行》一诗的真正魅力之所在。可见，在白居易笔下，乐为心声，乐如其人，乐写其性，琵琶、音乐乃贯道之器，而远非止限于一连串的指法和音符。本来白居易就主张“文章合为时而著，歌诗合为事而作”[1]，他哪能只为读者写一篇“琵琶弹奏技法指南”呢？

李白《将进酒》:“岑夫子，丹丘生，将进酒，杯莫停。与君歌一曲，请君为我倾耳听。”李商隐《锦瑟》:“锦瑟无端五十弦，一弦一柱思华年。”更是跳过曲唱的技法、音情描写，直接去抒写怀抱、咏叹人生，同样体现了对传统音乐观的深刻领悟。

唐诗中也有只写乐器弹奏技巧的，如韩愈《听颖师弹琴》、李贺《李凭箜篌引》等，此亦皆名篇，而且在乐器弹奏技巧的摹写描绘方面可谓细致生动，想象力奇特而丰富，如“浮云柳絮无根蒂，天地阔远随飞扬”“跻攀分寸不可上，失势一落千丈强”[2]“昆山玉碎凤凰叫，芙蓉泣露香兰笑”“女娲炼石补天处，石破天惊逗秋雨”[3]之类，意在翻新出奇，想他人所未想，道他人所未道，或有白居易《琵琶行》所不可企及处。然而，历来读者似乎更青睐《琵琶行》，尽管篇幅是韩、李之作的数倍，却乐于熟读之、揣摩之、背诵之，其中的原因是什么呢？我想一个主要原因在于，琵琶女的人生经历、诗人白居易的感同身受，在读者心中引起了共鸣。“座中泣下谁最多？江州司马青衫湿。”这无疑道破天机——超越技术

1 ［唐］白居易:《白居易集笺校》，朱金城笺校，上海：上海古籍出版社1988年版，第2789页。

2 ［唐］韩愈:《韩愈全集校注》，第719页。

3 ［唐］李贺:《李贺诗集》，徐传武校点，上海：上海古籍出版社2015年版，第1页。

层面的音乐之道更具有感动人心的力量。

传奇小说中对乐器或音乐意象的安排通常也体现了儒家的音乐观。宋代传奇作家几乎不去描写人物的乐器演奏技艺或音乐的学成过程，而是直接写“内容”，以歌词呈现的方式显示音乐意象的意义，推动情节的发展。这自然反映了宋人热衷于歌词创作与欣赏的风气，但也是因为歌词在表达曲情曲意方面要比演奏技艺之描写来得更为显性、明快、直接，能更好地传递音乐之道。由于礼、乐之间传统上的密切联系，传奇作品中典雅歌词的反复呈现或音乐背景的渲染，甚至只是对主人公能歌善舞、妙解音律的概括交待，都能使作品面貌或人物形象顿然改观，让人觉得作品有品位，或所写人物知书达礼、性情雅驯，从而更好地表现作品的思想主题。

乐史写《绿珠传》，要表现坚贞报主的思想主题，就须通过对绿珠的形象进行塑造，而绿珠的形象中除了其“美而艳”的外貌，给人印象最深的就是她能歌善舞。作品写绿珠唱《明君》及《懊恼曲》，并载录《明君》曲全篇歌词，使音乐意象更为凸显，其作用有三：一能衬显绿珠之性情——在儒家文化语境中，乐能养性，乐能怡情，能歌善舞之人性情一定雅驯；二使石崇、绿珠之恋有了依托（作品中未写二人其他情事）；三是使后面绿珠为石崇坠楼报恩的情节有了合逻辑的理由：石崇既如此有恩（制曲教曲），绿珠既如此有礼，那么，当石崇身处危境的时候，绿珠虽柔弱，又哪能弃之而去，苟且独生呢？

> 收兵忽至，崇谓绿珠曰：“我今为尔获罪。”
> 绿珠泣曰：“愿效死于君前。”
> 崇因止之，于是坠楼而死，崇弃东市。

语虽简洁，却给人以强烈的心灵震撼，绿珠的知情重义、性情刚烈于此不难想见之、揣摩之。其情其景有如项羽、虞姬之事：

> 项王则夜起，饮帐中。有美人名虞，常幸从；骏马名骓，常骑之。于是项王乃悲歌慷慨，自为诗曰："力拔山兮气盖世，时不利兮骓不逝。骓不逝兮可奈何，虞兮虞兮奈若何！"歌数阕，美人和之。项王泣数行下，左右皆泣，莫能仰视。[1]

石崇自然不能比项羽，乐史的笔力、才情也自然远逊于文学巨匠司马迁，但要说到她们的多情、她们的壮烈、她们的忠心耿耿，绿珠和虞姬却无疑不相上下，甚而至于可以说绿珠要胜过虞姬——因为在司马迁的笔下，仅有"美人和之"的记述，又怎及绿珠"坠楼而死"的悲壮呢？而要显示绿珠和虞姬的多情、壮烈、忠心耿耿，音乐意象——《明君》《懊恼曲》《虞姬歌》——可谓不可或缺、作用多多。

谭意哥被塑造为遵妇德、守儒礼的形象，这其中，关于意哥"解音律，尤工诗笔"的情节描写（音乐意象）对塑造人物、表达主题同样有着重要作用，要不然，没有了书卷和音乐的熏染，意哥又何来妇德与儒礼的刻苦坚守呢？岂非无缘无故、空穴来风？

还有的传奇在叙事时借助音乐来渲染气氛、烘托背景，如结婚、宴饮、见帝、遇仙等场合中，多有音乐的伴奏，或诗词、歌词唱答的描写。这反映了儒家礼乐合一、礼乐相连的文化理念，是儒家音乐观在传奇创作中的体现。如《静女篇》中的女主人公静女和邻居陈彦臣私通，当男方问她夜晚是否曾有梦相通时，她说："无。"彦臣责怪她无情时，她立即口占一词《武陵春》：

---

1 ［汉］司马迁：《史记》"项羽本纪"，第69页。

人道有情须有梦，无梦岂无情？夜夜相思直到明，有梦怎生成？

伊若忽然来梦里，邻笛又还惊。笛里声声不忍听，浑是断肠声。

这首词借用了笛声来表达两人之间那种缠绵忧伤的感情。笛声本身或喜或悲，但在相爱却被迫分开的情人听来，无疑却是断肠之声。

儒家礼制中有吉、凶、军、宾、嘉五种礼，“以五礼防万民之伪而教之中”[1]，而每种礼（包括隶属其下的各类别的礼，如嘉礼中的饮食礼、婚礼、冠礼、射礼、乡饮酒礼、养老优老礼、帝王庆贺礼等）皆须伴乐而行（不是可有可无），以成其礼，以表其意。这已成为深入中国文化骨髓的思想传统。试想，如果婚礼上无乐、丧礼上无乐、征战礼上无乐、诸侯朝觐礼上无乐或帝王庆贺礼上无乐，那么，礼还成其为礼吗？故此，传奇作品中如《杨太真外传》《李少师贤妻》《乌衣传》等篇在一些场合用音乐意象来点缀、渲染、烘托，不仅为文学写作情境所必须，而且在儒家文化传统的认知中也是必不可少的。

总之，音乐意象作为一种特殊的文学意象形式，值得我们予以特别的关注，尤其是要放在儒家的思想文化语境之中。

三、刀光剑影：徘徊在义与法之间

《管子・牧民》：“国有四维。……何谓四维？一曰礼，二曰义，

1 ［西周］《周礼・地官司徒第二》，［汉］郑玄注，见中华书局编辑部编《汉魏古注十三经》（上），据中华书局1936年版《四部备要》缩印，第63页。

三曰廉，四曰耻。”[1]在儒家思想文化语境里，礼与义二者并举。从宋代传奇的创作实践来看，表现礼的重要意象之一是音乐，表现义的重要意象之一是刀剑。

前一节说到向拱其人，他因认为与之私通的妇人杀死自己的丈夫是不义，便毅然杀掉了她，并“掷首级于街市，且自言曰：‘向某杀此妇人。’徐徐掉臂而去”。换言之，他把如此行径看作是行侠仗义的行为，虽然触犯了法律，却依然以此为荣。在这一“行侠仗义”的行为中，用刀剑砍去“不义者”的头颅是核心情节，乃表现了侠与义的内涵。

何为侠?《韩非子·五蠹》解释说，“以武犯禁”者为侠，是带剑者，和“以文乱法”的儒皆属国之蠹，当除去之。[2]当然，这是法家的看法，侠客们自己并不这么认为。他们把除暴安良、抑强扶弱、见义勇为作为人生使命，“仗剑去国，辞亲远游”，为了心中的一点理想、一点信念而甘愿冒杀人的风险，甚至献出自己的性命也在所不惜。刀剑是他们的身份标志，杀人是他们通往正义的途径。他们是社会秩序的破坏者，也是边缘人，但由于对社会生活，乃至对政治进程的影响力，侠客们受到某些势力的利用，更受到特定思想的灌输，视其行为义。

司马迁作《史记·刺客列传》，为专诸、豫让、聂政、荆轲等春秋战国时期影响了当时政治历史发展进程的著名刺客（侠客）树碑立传，推崇他们“立意较然，不欺其志，名垂后世”[3]，从而赋予了侠客们的刺杀行为以历史的正当性，刀剑意象也由此在文人笔下获得了更广泛、自由的意义，成为行侠仗义的象征物、代名词。

大诗人李白在相当程度上受到了游侠思想的影响，其诗文作

1 ［清］黎翔凤:《管子校注》“牧民”，北京：中华书局2004年版，第11页。

2 ［清］王先慎:《韩非子集解·五蠹》，见国学整理社编《诸子集成》(第五册)，第344页。

3 ［汉］司马迁:《史记》“刺客列传”，第520页。

品中不时见到刀剑意象、侠客身影。他曾对韩朝宗说："十五好剑术，遍干诸侯。"[1]又作《侠客行》等诗歌，表现自己挥剑慕侠的思想："闲过信陵饮，脱剑膝前横""纵死侠骨香，不惭世上英"。[2]据说李白年轻时还曾因打抱不平而"手刃数人"。龚自珍评李白曰："庄、屈实二，不可以并，并之以为心，自白始；儒、仙、侠实三，不可以合，合之以为气，又自白始也。其斯以为白之真原也矣。"[3]可见李白和游侠思想的关系。

唐代诗人中有慕侠尚义之心者不在少数，反映了当时的社会风气。

唐传奇，特别是晚唐传奇中，有一些作品写及剑侠题材，或刀剑意象在其中处于突出位置。如《虬髯客传》有一个情节可谓惊心动魄：

> 公取酒一斗。既巡，客曰："吾有少下酒物，李郎能同之乎？"曰："不敢。"于是开革囊，取一人头并心肝。却头囊中，以匕首切心肝，共食之。曰："此人天下负心者，衔之十年，今始获之。吾憾释矣！"[4]

刀剑意象在这里即是行侠仗义的化身。

宋代传奇继承唐传奇，也有若干涉及剑侠题材的创作，故事中闪动着刀光剑影。但宋人笔下的刀剑意象和唐人所写是有区别的。同样是用刀剑斩杀"不义之人"，唐传奇赋予了这种行为以完

1 ［唐］李白：《与韩荆州书》，见陈振鹏、章培恒主编《古文鉴赏辞典》（上），上海：上海辞书出版社1997年版，第856页。

2 ［唐］李白：《李白诗集新注》，第59页。

3 王济民：《清乾隆嘉庆道光时期诗学》，成都：巴蜀书社2007年版，第139页。

4 ［唐］杜光庭：《虬髯客传》，见张友鹤选注《唐宋传奇选》，北京：人民文学出版社1979年版，第172页。

全的正当性，赞美侠义，歌颂复仇；宋代传奇则表现出了矛盾的态度。一方面，和前人一样，他们肯定侠义、复仇的行为，认为伸张了正义、铲除了不平，是应该有所激励的。另一方面，他们又觉得这种行为触犯了法律，应该受到制裁。也就是说，他们不再像前人那样，用单一的视角来审视侠客们的杀人行为了。一边是忘恩负义、社会不公需要侠客们展现身手，一边是法律严禁私自杀人，哪怕是“不义之人”。那么怎么办呢？宋代传奇作家有两个处理办法。

一个办法是让侠客们斩杀不义之人，伸张正义，然后亡命天涯，躲过法律的制裁，如前面提到的向拱，再如高言（《高言》）、王寂（《王寂传》）等。向拱“会赦方归”；高言“北走入胡地”，又沦落海外数国多年，“后属仁庙崩，新君即位，有罪者咸得自新”，得以归国；王寂则沦为强盗，“椎牛、椎豕、掠墓、劫民、烧市，取富贵屋财。……视州县若无有，观诏条如等闲”，后遇赦向官府自首。

另一个办法是如《王实传》里所示，让侠客受官府制裁，却享受着“义士”的待遇。孙立受王实之托，杀死恶人张本，“断其颈，破脑取其心，以祭实父墓。乃投刃就公府自陈。太守视其谳，恻然”。有一段对话显示了太守、旁人实际上即作者对于孙立的尊崇态度：

立曰：“杀人立也，固甘死，愿不旁其枝，即立死何恨焉！”

本之子告公府曰：“杀父非立本心，受教于实。”

太守曰：“罪已本死，何及他人也？”

立曰：“诚如太守言，不可详言之也。立虽糜烂狱吏手，终不尽言也。”

太守曰："真义士也！"召狱吏受之曰："缓其枷械，可厚具酒馔。"

后日旬余，至太守庭下，立曰："立无子，适妻孕已八九月矣，女与男不可知也。愿延月余之命，得见妻所诞子，使父子一见归泉下，不望厚意。"

太守乃缓其狱。

可以看出，在法律层面上孙立是罪犯，可在道德层面上，他却被时人视作义士、英雄、大丈夫，为了"正义"之事而视死如归、慷慨就义，难怪孙立"就诛"时，太守要"为之泣下"，观闻者亦"多挥涕"。

由于罪犯和义士兼而有之的双重身份，宋人对侠客之义的评判出现了歧见。或重义轻法如上述人们对孙立杀人事件的态度（太守为了孙立之义而多有枉法之处），又或者重法轻义——在宋代传奇中，这一派意见似乎更占优势——如前述人们对向拱、高言、王寂等杀人事件的态度。人们对向拱、高言、王寂杀人事件的态度大体上是负面的。除了在杀人理由上表现了其正义之外，在杀人后果的安排方面，作者显示了消极的评价。何以知之？向拱在杀人逃罪遇赦后归家，"父忧之，形于颜色"，并对滕公说："用何术免此子破吾家？"向拱的父亲是"长者，有节行"，他认为儿子侠行是"破家"的行为。后向拱在滕公引导下改邪归正，是为"徙义"。高言杀人后被迫流亡胡地和海外计二十年，"溪行山宿，水伏蒿潜，寒热饥苦，集于一身"，可谓吃尽了苦头，而作者之所以写他的故事，是欲"士君子观之以为戒焉"，"欲其为谨肃端雅之士，不愿其为豪侠也"。王寂杀人后沦为强盗，后主动自首，接受招安，又为黄冠道士所点化。通过对这些侠客结局的安排以及直接评判，宋人表现了新的侠义观。

唐传奇中的侠客很少动刀剑杀人，所见多是排难解纷、义慑他人之类，如黄纻衫豪士胁迫李益面见霍小玉（《霍小玉传》），古押衙设“奇法”令王仙客、刘无双团圆（《无双传》），红线女盗金合震慑军阀田承嗣勿轻举妄动（《红线》），昆仑奴磨勒背负豪家红绡妓飞赴崔宅与其少主崔生相聚（《昆仑奴》），等等。即使有动刀剑杀人的，也只涉侠义不及触法，是纯粹肯定、歌颂的文字。虬髯客追寻十年终杀“天下负心者”，没有人将这件事和犯法联系起来，虬髯客在小说中是完全正面的形象。（《虬髯客传》）魏之豪人冯燕在滑与张婴妻私通，张婴妻要冯燕乘张婴醉且瞑时杀掉张婴，冯燕便杀掉这位不义的妇人，这件事竟感动滑之相国贾耽，“请归其印，以赎燕死”，并得诏：“凡滑城死罪皆免。”作者赞曰：“燕杀不谊，白不辜，真古豪矣！”（《冯燕传》）聂隐娘由魏帅转投陈许节度使刘昌裔，并以法术杀死魏帅的刺客精精儿，又击退妙手空空儿的刺杀，也是一个杀人不犯法的女侠客形象。（《聂隐娘》）

唐代侠客空灵、洒脱、神奇，对付不义之人的手段可谓花样百出、翻新出奇，反映了传奇作家的创造性；宋代侠客则显得形象呆板、手法单一，除了摘取负义者的项上人头之外，似乎别无他法，令人兴味索然。在具体描写中，宋代侠客的“义行”也缺乏生动细节的支撑。究其原因，一是宋人学唐，在情节乃至细节上亦步亦趋（如《向中令徙义》之于《冯燕传》），缺少创新精神；二是由于中晚唐和宋代在社会风气上有巨大不同，侠客群体所赖以存在的社会土壤没有了，侠义行为被纳入法的范畴，受到了法的约束。换言之，宋人写侠客行为并不像唐人那样有强烈的现实性，在创作中没有了来自现实生活的有力支持。

在古代，刀剑除了用于侠客们行侠仗义，还有其他诸多用途，比如在战场上杀敌立功、报效君主和国家等。“男儿何不带吴钩？

收取关山五十州。请君暂上凌烟阁，若个书生万户侯?”[1]“醉里挑灯看剑，梦回吹角连营。……马作的卢飞快，弓如霹雳弦惊。”[2]儒家倡导“三不朽”，其中之一便是立功于世，显亲扬名，而在冷兵器时代，刀剑乃是立功扬名的重要工具。可惜宋代传奇作家没有在这一意义上加以挖掘，只把刀剑作为斩杀不义之人的工具，导致作品纠结于侠义和法律之间，无所适从。

后世有两部长篇小说——《三国演义》和《水浒传》——分别把刀剑意象的上述两种意义发挥到了极致。大体说来,《三国演义》主要发挥了三国人物用刀剑建功立业的意义,《水浒传》则主要发挥了梁山好汉用刀剑行侠仗义的意义，二书的侧重点不同。可以看出，宋人的侠义观对《水浒传》的主题抉择是有影响的。一方面，要表现梁山好汉行侠仗义、替天行道的侠义精神；另一方面，又要表现他们只反贪官不反皇帝、最终接受朝廷招安的心迹。梁山好汉们同样徘徊在侠义与法律之间，故而造成了悲剧命运，令后人为之深深地感叹。

四、书香墨韵，诗礼风流

论及宋代传奇和儒家思想文化的关系，有一个特殊意象不得不予以关注，那就是——书。

有一个歇后语尽人皆知：孔夫子搬家——尽是书。确实，儒家学说的创始人孔子与书结下不解之缘。“其为人也，发愤忘食，乐以忘忧，不知老之将至云尔。”[3]这是孔子的自我评价，可见他痴迷读书到了何等程度。他虽然“述而不作”，却创造了儒家学说，并周游列国推销政治主张，又于晚年编纂整理《诗》《书》《易》《礼》

1 ［唐］李贺:《李贺诗集》，徐传武校点，第40页。

2 ［宋］辛弃疾:《破阵子》，见唐圭璋编《全宋词》(第三册)，第1940页。

3 ［清］刘宝楠:《论语正义·述而》，见国学整理社编《诸子集成》(第一册)，第145页。

《春秋》等文化典籍，为保存中国古典文化做出了杰出贡献。他从二十多岁开始到七十三岁去世，数十年间教书育人，尽心尽力，“以诗书礼乐教，弟子盖三千焉，身通六艺者七十有二人”[1]，不愧是我国古代最伟大的教育家。

孔子之孙子思、子思的传人孟子，以及战国时期大儒荀卿等，皆致力于读书劝学、教书育人，把孔子所撒下的读书种子传承了下来，从而使读书成为儒家的传统，书籍成为延续儒家思想文化的纽带，成为儒生、儒士安身立命之本。“万般皆下品，唯有读书高”早已被文人士子奉作人生圭臬和社会信条，深入到灵魂深处，继而积淀为中国古代社会文化的一个基因。

薪火相承，耕读传家。除了秦人以吏为师、焚书坑儒之外，中国历代王朝皆崇儒重教，以文化知识为重要依据遴选社会人才，太学、国子学、国子监等成为全社会的文化圣殿。尽管儒家思想文化在历代的实际地位有所起伏，但书本和读书人却一直受到全社会的尊崇，是推动古老的中华文明不断向前发展的主要力量之一。

到了宋代，儒学复兴，文物大备，学校、科举、书院、印刷事业、典籍编纂、文史创作……各项文教工作都取得了突飞猛进的发展，达到了前所未有的高度，这些文教工作皆围绕着一个共同的、中心的要素，即书籍。书籍在宋代高度发达的社会文化中扮演着重要角色，这一点我们只要透过宋代传奇小说这一小小的窗口就可以窥见一斑。一方面，宋代传奇小说有很多篇在介绍主人公成长背景时都要提及他慕儒向学、好读诗书；另一方面，也有很多篇虽未提及于此，却大写特写主人公吟写诗词，俨然文人雅士一般，而其实，该主人公或许只是一个渔樵、商贩、普通妇

1 ［汉］司马迁:《史记》，第329页。

女而已。谭意哥是一个生活于社会底层的苦命女子，却能够在公私宴集上联句，颇获称道。且试想，如果不是有志于读书的话，怎么能够去吟写诗词呢？这种写法符不符合主人公的特定身份需要另说，但宋人对于书籍的重视，对于知识的尊崇，对于文化的向往，在这里却显露无遗。

有时候，书这一意象在作品中只起点缀作用，并无实际意义；有时候，能够点染人物的性情、气质，让读者感受到人物有崇文慕学的追求；但个别情况下，书在情节发展或形象塑造中却起着重要的，甚至是关键的作用，不可或缺。《谭意哥传》就是如此。虽然该传奇未曾说到谭意哥读书的事情，但书意象却隐含于其中，并且成为情节发展、形象塑造、主题表达的关键性因素。谭意哥因读书而能联句，而能结识运使周权，而能婚配张正宇，而能写出文绉绉的书信，而能信守儒家礼教、从一而终并赢得美满的人生结局……书在该传奇中的作用何其大也！

《向中令徙义》也是如此。向中令本是一个杀人亡命的“侠客”，既不知法也不知书，后在秀才滕公的教育引导下，折节向儒，“出入衣冠类儒者，容止闲雅，不接非类，闻有德行道艺者，多就访之”；再后来“有四方之志焉”，并终成事业。可怪的是，该传奇也一字未提读书之事，但我们却很难想象，在向中令巨大的人生转变过程中，文字阅读可以置身事外。儒士滕秀才在教育引导他的时候难道不会劝他读书吗？他在帮助周太祖、世宗征战、治理天下的时候难道不需要文化知识的支持吗？小说明写滕秀才“博通经史”，则向中令亦有读书之事是可以确定无疑的。

宋代传奇中更有一篇直接题为《书仙传》，作者不详，该篇把宋人的爱书向学之心演绎到了极致，令人动容。该篇表面上看好像是神仙传一类的作品[1]，实际上却体现了人们的读书理想。大意是说：

曹文姬[2]是长安的娼女，“生四五岁，好文字戏，每读一卷，能通大义，人疑其夙习也”。到了十多岁，“尤工翰墨”，更变成书痴，“自笺素外至于罗绮窗户，可书之处必书之，日数千字。人号为书仙，笔力为关中第一”。家里人教她学丝竹宫商（音乐）——这本是娼家应习之业——她不肯，说：“此贱事，吾岂乐为之！惟墨池笔塚，使吾老于此间足矣。”为她择婿，豪贵之士愿输金委玉者不可胜计，皆被她拒绝，她说：“欲偶吾者，请托投诗，当自裁择。”她后来果然凭所作诗歌择定“赋才敏捷”的岷江任生为婿，“自此春朝秋夕，夫妇相携，微吟小酌，以尽一时之景”。五年后，夫妇二人一同升天，为李长吉（贺）新撰《玉楼记》写碑。

在中国古代文化认知中，诗书画印乃是相关相通的艺术门类，到了宋元山水画、文人画兴起的时代，四者甚至被熔于一炉，融会贯通，成为一家。《书仙传》里所谓“书仙”之“书”，一指书法，一指诗书，兼而有之。何以见得？书法者，“可书之处必书之”“墨池笔塚”“写碑”云云，不是指书法又是指什么呢？然而，“每读一卷，能通大义”，以及以能诗择婿、赋才微吟、李长吉新撰《玉楼记》等，又无疑为诗书文章之属。其实，在很多情况下，书法和诗书是一而二、二而一的东西，不能截然分开。诗书用文字写成，书法则是文字的艺术，在阅读诗书的时候可以兼作书法的鉴赏。

不管怎么说，《书仙传》通过浪漫主义的笔法，表达了人们对

1 《书仙传》见于刘斧《青琐高议》前集卷二，又见于《道藏》本《历世真仙体道通鉴》后集卷六。

2 东汉女诗人蔡文姬（琰）是宋代以前最负盛名的才女，她是建安文学集团的重要作家，和曹氏家族有交集。本篇把爱书成痴的女主人公取名为曹文姬，是否受此启发，似乎可做这样的联想。

于书的喜爱和痴迷。曹文姬是书仙下凡，在人间生活的二十四年（“两纪”）里，痴迷读书，呕心沥血，并坚持嫁给有才华的爱书之人、读书之人，以读书吟诗为夫妇之乐，就连死后（即作品中夫妇俩升仙）也要与文字做伴。可见她真正地视书如命。这种夸张、浪漫的故事情节描写反映了人们崇书爱书的心理，也反映了宋代由于推行崇文抑武政策而形成的尊重知识、尊重文化的社会氛围。这种社会氛围在中国古代可谓是空前的，甚至还可以说是绝后的。元代的“九儒十丐”[1]就不用说了，即使明清两代，学校普及，科举发达，文化人众多，朝廷也组织编纂了好几部大型的文化典籍，如《永乐大典》《古今图书集成》《四库全书》等，但就从社会对知识、文化、文化人的尊重程度而言，比起宋代来则是显得大为退步。明初二祖和清代康雍乾三朝所实行的文化恐怖主义、文化专制主义使文化人成为政治的奴隶，丧失了尊严和独立性。

《书仙传》还有一点意义，就是以才女作为故事的主人公。宋代传奇有不少作品的女主人公虽然称不上才女，或不像曹文姬那样痴情、执着于书本，可也都显示出了较高的文化水平，能识文断字，吟诗作赋，谈古论今，极其知性。这似乎成了宋代传奇创作的一个特色。这既是宋代传奇作家卖才炫学的表现，也是宋代社会尊重知识、文化昌盛的现实反映。宋代女性虽然在受教育方面仍处于弱势地位，受到很大歧视，但宋人并不反感女子学习文化知识，尚未形成“女子无才便是德”的普遍的社会观念。这一点是可以肯定的，我们从宋代引人注目的才女现象中不难知之。中国历朝历代皆不乏才女[2]，数量上也不以宋代为最多，但毫无疑问，宋代才女的知性才情与创作成就是最高的，堪称翘楚。李清照傲

1 赵翼《陔馀丛考》卷四十二：“郑所南又谓元制：一官、二吏、三僧、四道、五医、六工、七猎、八民、九儒、十丐。”

2 陈新、周维德、俞浣萍编有《历代妇女诗词选注》一书，中国妇女出版社1985年版，可参阅。

睨古今，才气无有其匹。此外，魏夫人（曾布妻）、朱淑真、严蕊、唐琬、王清惠……同样也有脍炙人口的佳作流布四海，传唱不衰。说到底，宋代的才女现象是宋代文化昌盛、政治清明的结晶，毫不足怪。

书香墨韵，诗礼风流。宋代传奇创作中突出的书意象和馥郁的书卷气息透露了宋代文化的诸多讯息，令后人对之生出无限的憧憬与怀想……

第三章

宋代传奇与佛教

第一节　佛教：宋人绕不开的创作领域

一、理学家与佛教

佛教是外来宗教。自东汉永平求法[1]以来，佛教在中国经历了漫长的发展、演化过程，至隋唐时期则基本上完成了其本土化的工作，也就是说，一般的中国人不再视佛教为外来的宗教了。隋唐时期形成的八大宗派——天台宗、华严宗、三论宗、法相宗、净土宗、禅宗、律宗、密宗——是佛教本土化完成的标志。唐代儒释道三教鼎立。佛教经常被用作政治斗争的工具，用以和儒教、道教抗衡。佛教和文人士大夫之间亦有着密切的、复杂的关系，由此影响到了唐代文学的写作。诗人王维信奉佛教，与僧人交好是一个著名的例子。诗僧皎然因涉足诗歌写作、诗歌批评而广为人知，对唐代诗坛贡献良多。诗人王昌龄从佛教经籍中借取“境”的概念，以为“诗有三境”（物境、情境、意境），给唐诗的写作注入了强大的活力，后世论唐诗者莫不言其有境。即便像韩愈这样

1　一般认为，佛教是东汉明帝永平年间（公元58—75年）传入中土的。另有西汉传入乃至秦朝传入等说法。

排佛詈佛的人物，其与僧佛的关系和交往也是一言难尽的。我们读他著名的《山石》诗，其间所洋溢的平和的语调、自在的心情，让我们很难想象，作者就是曾经冒死痛骂佛为夷狄之法、佛为已死之人的韩愈。

佛教在唐代文学中已然是一个重要的创作题材。随着佛教的进一步发展，佛教和文学的关系越来越密切了。

会昌法难（845）后，佛教诸宗派渐次衰微，唯有禅宗一枝独秀，得到广泛而深入的传播。禅宗里的南宗（传自慧能）以顿悟为法门，主张不立文字，教外别传，直指人心，见性成佛，为文人士大夫们学佛求法、与佛结缘打开了一条方便快捷的通道。南岳系、青原系到了北宋则形成五家七宗的格局，一统佛教天下。

两宋文人——包括排拒佛教的理学家——几乎没有一个不受到佛教的影响。所谓理学，虽说以孔孟儒家学说为根基，阐释义理，兼谈性命，其实和佛教有着渊源关系。传统儒家学说以孝为原点，讲求推己及人，修齐治平，比较强调外在的事功，而不是做深刻的内心的自我探求。李泽厚称之为实践理性。他解释说：

> 所谓“实践理性”，是说把理性引导和贯彻在日常现实世间生活、伦常感情和政治观念中，而不作抽象的玄思。继孔子之后，孟、荀完成了儒学的这条路线。
>
> 这条路线的基本特征是：怀疑论或无神论的世界观和对现实生活积极进取的人生观。它以心理学和伦理学的结合统一为核心和基础。[1]

传统儒家通常是经验的、感性的、现实体悟的，一般不去研

1 李泽厚:《美的历程》，合肥：安徽文艺出版社1994年版，第54页。

究身外身后事，做神秘的、抽象的、没有根据的“玄思”。孔子说：“未知生，焉知死?”[1]孔子从来不说关乎怪力乱神的事。他也讲过性命天道，但性命天道是什么他并不穷其究竟，阐其内涵。如他说：“天何言哉！四时行焉，百物生焉，天何言哉!”[2]天道运行表现于四季万物，这是现实的、可以感知的，那么，就关注四季万物好了。至于天之何以为天、天之所以为天、天有哪些内在的规定性和运行规律、天道与人事的关系怎样、天道是如何影响人事的等等问题，那是用不着我们这些凡夫俗子操心的，天道自有解答。我们只需做好自己的事、现实的事，结果如何，天道早已有确定的安排，所谓“死生有命，富贵在天”[3]“天道远，人道迩”[4]是也。

孔子之后，孟、荀诸子继续实践着儒家的实践理性的精神，讲仁政爱民，讲王霸之道，讲善恶教化，等等。汉之董仲舒著《春秋繁露》，献“天人三策”，同样走的是实践理性的路线。汉儒虽然从先秦儒学中衍生出谶纬之学，以灾异、符瑞讲人事，包含浓重的迷信思想，但其实还是为现实政治服务的，并非纯粹的学理性的探求。嗣后，儒学转衰，玄学、佛学先后代之而起，影响中国思想文化达数百年之久，直至宋兴。玄、佛二氏和儒学不同，前两者的研究兴趣放在了对世界本体、本原的探讨上，论述形式具有高度抽象的学理性和思辨色彩。玄学论“有无”，佛学讲“性空”，其思想论述皆与注重社会人事的儒家学说大异其趣。

特别是佛学，把印度的因明学带入中国（唐代玄奘法师曾翻译印度因明学家陈那、商羯罗主的著作，玄奘弟子窥基著有《因明入正理论疏》，为世人所知），用逻辑的方法改造着中国人的思

---

1 ［清］刘宝楠:《论语正义・先进》，见国学整理社编《诸子集成》(第一册)，第243页。

2 ［清］刘宝楠:《论语正义・阳货》，见国学整理社编《诸子集成》(第一册)，第379页。

3 ［清］刘宝楠:《论语正义・颜渊》，见国学整理社编《诸子集成》(第一册)，第264页。

4 ［春秋］《春秋经传集解・昭公五第二十四》,［晋］杜预撰，见中华书局编辑部编《汉魏古注十三经》(下)，据中华书局1936年版《四部备要》缩印，第351页。

维习惯；又要求人们去除“我执”、照见智慧真如，从而使学术关注点转至主体意识和内心世界。所谓摒弃内心的妄念，灭度涅槃，既不同于玄学的“任自然”（关注宇宙），更不同于儒学的“尽人事”（关注社会），乃是一种内在的探求（关注内心）。禅宗主张直指人心，见性成佛，更使得佛学的内转化趋于明显，走向极致。由于佛教在唐宋时期的巨大影响力，佛学在上述两个方面——逻辑的力量与内在的探求——强力塑造了中国的思想文化面貌，使之焕然一新，获得了新的发展动力。

理学之所以不同于秦汉儒学，辟出一片新的学术天地，无疑从佛学那里受惠良多。理学家所受佛教的影响，不仅仅在于其与僧人们的交往，亦不仅仅在于其著述之中时见佛教佛学的语汇；实际上，理学家在思维方式上所受佛教的影响才是更为内在和根本的。理学家们由外王转向内圣，由讲求事功转向讲求义理，由治国平天下转向正心诚意，这正意味着思维方式的转变，是受佛教影响的结果。尽管理学家们反对佛教，所谈论题（如朱子道问学、陆氏尊德性等）亦与佛教有别，但其思维方式却可谓与佛教异曲同工。朱熹讲“弃人欲”与佛教的禁欲主义有相通之处，佛教宣扬的“行善”内容，又都与儒家的仁义、天命思想合拍。在宋代传奇以佛教为题材的一些篇目中，处处可见儒佛相通之处，如《卢平》篇中一对本是上下级关系的官员却狼狈为奸、枉法受贿、草菅人命，后均遭恶报，本来是宣扬因果报应的，却也宣扬了儒家思想中的心系民生、兼济天下思想。

二、传奇与佛教

理学家们说起佛教的时候还需义正词严、藏着掖着，文人作家们则完全对佛教持开放的态度、包容的精神，甚至不少文人以喜佛、乐佛为荣。大文豪苏轼就是其中最为知名的一个。他作有文言笔记《东坡志林》。

中国文学与佛教的结缘可以追溯到南北朝时期。其时，译经事业红红火火，蓬勃发展，推动了音韵学的进步，改变了诗歌与文章的创作面貌。唐宋时期成就辉煌的格律诗词，以及美轮美奂的骈赋、律赋创作，从其根源上来说都是和佛教文化输入分不开的。唐诗讲究意境，写作手法空灵洒脱，亦可谓拜佛教文化所赐。此前的诗人们在写景抒情时质朴尚实，缺少灵动的思绪，是佛教特异的思维方式改变了它。我们读王维等盛唐诗人的诗作，不难从中领略到禅家的意绪与趣味。“行到水穷处，坐看云起时”[1]，那剔透玲珑、行云流水一般的思绪和笔法岂是不通禅道之人所能有的！严羽说得好：诗道亦如禅道，“诗有别材，非关书也；诗有别趣，非关理也”[2]。唐人作诗的材识、趣味，不落言筌、不涉理路，却和禅意相通，你须悟得透这样的道理。

佛教作为异域文化，在其漫长的输入过程中，不仅不断带来异样的思绪，而且不断带来各种新奇的故事，刺激着中国人的阅读神经。秦汉典籍里的寓言故事早已为人们所耳熟能详，而佛经里佛陀的故事却是人们闻所未闻的，充满了新奇想象和异域风情。须弥世界中现大千三千，须弥世界外绕四大部洲，它们在不断变幻着，又如梦幻泡影一般，你看，这是需要何等的想象力啊！大概只有古代的谈天衍差可比拟吧？然而，谈天之道在中国已不见踪影，谈天之术已被理性、现实的精神所驱逐，这应该算是秦汉文化里的一个缺憾。现在，佛教故事填补了文化空白，开阔了人们的视野，刺激了大众的想象，其能成为唐代风行的寺庙俗讲题材，以及宋代说话四家数里的一个部类，良有以也。

唐代寺庙中每每聚集大量僧俗，在宣号、礼佛、诵经诸事完

1 ［唐］王维:《王维集校注》，第191页。

2 ［宋］严羽:《沧浪诗话校释》“诗辨”，第26页。

毕之后，便有僧人为广大俗众讲说佛教故事，语言通俗易懂，形式活泼有趣，很有人气。韩愈有诗描述俗讲的盛况："街东街西讲佛经，撞钟吹螺闹宫庭。"[1]赵璘《因话录》亦记晚唐僧文溆俗讲佛经故事的动人景象："愚夫冶妇，乐闻其说，听者填咽。"[2]文溆俗讲如此之动人，以致"教坊效其声调以为歌曲"。后世说唱诸宫调中尚有《文溆子》一曲。

俗讲之外，另有转读、唱导、变文等名目，为佛教文化作通俗的宣传。这些宣传从内容到形式，都在影响后世的通俗文学创作（小说、戏曲、说唱等），成为后世通俗文学的有力催化器。内容方面无待多言，宋代以来说因缘、说果报、说佛教故事的作品如恒河沙数，其中不乏有名的作品、成系列的作品。《大唐三藏取经诗话》，吴昌龄、杨景贤等人的《西游记》杂剧，吴承恩的《西游记》小说，这三者分别作于宋、元、明三代，构成了"西游"系列，说明唐僧的传奇经历对广大受众来说有着无穷的魅力。北宋时，《目连救母》杂剧在东京瓦舍勾栏里搬演，盛况空前："构肆乐人，自过七夕，便搬《目连救母》杂剧，直至十五日止，观者增倍。"[3]连演七八天，场场爆棚，可见《目连救母》戏在社会上的巨大影响。明代郑之珍在民间写本的基础上作有《目连救母》传奇，为篇幅最长的传奇剧本之一。苏轼与佛教结缘颇深，他和佛印的友谊更为世人所称，后世好事者便以此为题目，写有话本小说《明悟禅师赶五戒》，收入冯梦龙《喻世明言》(《古今小说》)中。如此等等，不胜枚举。

佛教与通俗文艺创作，特别是小说创作之间的关系值得大书特书。僧人们在举行佛教仪式时，通常采取以散文叙说、以偈语

---

1 ［唐］韩愈:《韩愈全集校注》，第934页。

2 黎泽潮:《因话录校笺》，合肥：合肥工业大学出版社2013年版，第69页。

3 ［宋］孟元老:《东京梦华录》，孙世增校注，北京：中国商业出版社1993年版，第150页。

赞呗的形式，由此构成了一说一唱、散韵结合的文本写作格式。《高僧传》卷十三："天竺方俗，凡是歌咏法言，皆称为呗。至于此土，咏经则称为转读，歌赞则号为梵音。昔诸天赞呗，皆以韵入管弦。"[1]在咏经过程中不时插入唱呗，并配以管弦伴奏，人们逐渐熟悉这种文本写作格式，并转而运用于世俗的文艺创作之中，由此造成了与传统诗文创作面貌完全不同的文艺样式。说唱诸宫调就不用说了，一说一唱的形式和佛经赞呗文本极为相似。宋杂剧以来的戏曲剧本在文本形式上也是说唱交替、韵散结合的。最奇的是小说。它本是讲故事的文学，完全用不着配插韵语的，可无论是宋元的话本抑或明清的章回，皆在故事开篇及故事讲述的过程之中，穿插大量的诗词歌赋，构成了一种具有中国特色的小说创作风景。这些诗词歌赋有的为故事情节所需，更多的则游离于故事情节之外，成为一种点缀，或沦为作家炫才的工具。之所以如此，乃是受到佛教文化影响的结果。从礼佛的唱呗到变文的一说一唱，再到通俗小说的诗词歌赋穿插，这其间，演变脉络清晰可见。

宣讲佛经的变文里有一种押座文，是讲经之前念唱之诗，篇幅短小。这种押座文意在安定四座听/观众的情绪，营造讲经礼佛的气氛。延至通俗文艺中，话本小说出现了入话（得/德胜头回）的写作体例，以一首或若干首诗词"起兴"，说风景，道名胜；或者先以一首诗点出故事题旨，再叙述一个与此题旨相关的小故事。这诗词和小故事往往与将要细述的故事的发生地点、主人公相关联，或与之有某种类比关系。入话的设置，乃是说话艺人为安稳入座听众、等候迟到者的一种特意安排，也含有引导听众领会"话意"的动机。话本里的入话到了章回小说中也有残留。一些章回小说如《儒林外史》里的王冕故事、《红楼梦》里的甄士隐故事等，

1 ［南朝梁］释慧皎:《高僧传》，汤用彤校注，北京：中华书局1992年版，第508页。

皆不妨看作是类似于入话的东西。杂剧有楔子（有放在开头的，也有放在折与折之间的），传奇有副末开场，说唱弹词有开篇，追溯根源，可谓皆其类也。

佛教还对小说故事的结构模式产生了影响。佛教输入之前，中国人没有生命轮回的观念，而佛教则使中国人相信，人死后可以重新托生，结个后生缘。这一观念的改变在人们编写故事时得到了广泛的反映。这其中最著名的是章回小说《醒世姻缘传》。此外，猪八戒、沙和尚的投胎下凡，贾宝玉、林黛玉的木石前盟等，都是佛教轮回观念在小说创作中的体现。

总之，至迟到宋代，佛教对中国文学的各个方面——从传统的诗文创作到小说、戏剧、说唱等各类新起的通俗文艺，从题材内容、艺术形式到比较隐性的叙事模式——都产生了较为深远的影响，深刻地改变着中国文学的创作面貌和创作观念。当然，对宋代传奇来说也是如此。换言之，佛教故事成为宋代文人绕不开的一个创作题材，而且是较为突出的一个类别。

第二节　因果报应和劝善惩恶

一、慈悲为怀，因果报应

文人们在传奇小说中写及佛教类题材，其意在表达什么？且看王拱辰所撰《张佛子传》：

京师人张庆担任司狱官，“常以矜慎自持”。他是怎样做的呢？其一，为狱囚提供良好的生活环境。“好洁，狱应囚具必亲沐，至暑月尤数。……饮食、汤药、卧具，必加精洁。”其二，为死囚祈祷。“好看《法华经》，每有重囚就戮，则为之斋素诵佛，一月乃止。”其三，纠正冤错案。“囚有无辜者，辄私释之，放其去，乃祝之曰：‘若无辜，我愿以身赎若也。坐罪后遇恩赦，旋亦自免。’其囚狱有讹鞫者，庆以至诚疏画条令，美言以喻之，故不讯考而疑狱常决，狱官往往属意焉。”其四，对狱囚怀慈悲宽容之心。他常常对同僚、下属说：“人之丽于法，岂得已哉！我辈以司狱为职，若不知恤，则罪者何所赴诉耶？”他的善行不知不觉获得了丰厚的回报——他的妻子本染疫病而死，却因他积下阴功得以复生；他四十九岁只有二女，尚无子嗣，复生后的妻子为他生了一个儿子；他本人“年八十二,一夕无病而卒”；他的儿子“生六子”,“子孙有文学者，相继而出也”……

这篇小说没有任何故事性，更谈不上什么传奇性，不过是一则较长的“笔记”而已。作者为什么写呢？作品开宗明义道：要“垂鉴将来”。也就是要让读者从故事中得到人生启示。当然了，这人生启示跟佛教教义有着极大的关系。

张庆常诵的《法华经》即《妙法莲华经》，是大乘佛教的重要经书，也是佛教天台宗用以立说的主要依据，通行姚秦鸠摩罗什译本。《法华经》在中土佛教徒中影响甚广，素有“经中之王”的雅称，人们历来乐于诵习；加上内容想象力丰富，译文语言优美流畅，故在中国佛教文学史上亦有颇高的地位。

《法华经》将悟入佛慧（“佛之知见”）视作成佛的基本条件，而佛慧又包括“智慧方便”和究尽“诸法实相”的能力。

所谓“智慧方便”，指“一切诸如来以无量方便度脱诸众生”的各种知识，并可据不同根性分作声闻、缘觉、菩萨三乘法。其《譬喻品》以羊、鹿、牛三车喻三乘，并提出“会三归一”，即三乘最终皆归于七宝佛乘。南宋著名诗论家严羽曾借三乘法喻诗：

> 禅家者流，乘有小大，宗有南北，道有邪正；具正法眼者，是谓第一义。若声闻、辟支果，皆非正也。论诗如论禅：汉、魏、晋等作与盛唐之诗，则第一义也。大历以还之诗，则已落第二义矣。晚唐之诗，则声闻、辟支果也。[1]

“诸法实相”乃“佛所成就第一希有难解之法”，它的本性是空，但同时，它又包括了借以表现它的各种世间相，用以进一步了解世界存在的实有方面。对于诸法亦即世间相，《法华经》提出“十如是”：“所谓诸法如是相，如是性，如是体，如是力，如是作，如是因，如是缘，如是果，如是报，如是本末究竟等。”这“十如是”中包含了佛教思想中的一个基本教义——因缘果报（因果报应）。

佛教认为，万事万物皆是业，有善业、恶业、不善不恶业，凡业之作，皆有其产生的原因和条件，是为因缘。未作不起，已作不失，业发生后不会消除，将引起善恶的报应。种善业的因便得善业的果，种恶业的因便得恶业的果，分毫不爽。这就是报应。有现世善恶业的因果报应，但更多是三世善恶业的因果报应，也就是：前世的善恶业报于今世，今世的善恶业报于来世。一个人为什么今世受苦受穷？那是他前世作恶的果报。“君不信因果，何得富贵贫贱？”[2]张庆为什么晚年得子，且“子孙有文学者，相继而出”？那是他今世为善的果报。《张佛子传》中多次提到“阴功”“善事”“其后必昌”等语，即欲明因果报应之理也。

《法华经》在中土大受欢迎，还有一个原因是其中含《观世音菩萨普门品》。该品一讲观世音菩萨得名的因缘，再讲观世音菩萨

1 ［宋］严羽：《沧浪诗话校释》，第11—12页。严羽所说的辟支即缘觉。

2 ［唐］李延寿：《南史》“范缜传”，北京：中华书局1999年版，第947页。

为众说法的方便，再讲观世音菩萨的圆满功德，把观世音菩萨塑造成一个慈悲为怀、亲近众生并普度众生的菩萨形象。特别令观音信仰在中土大行的是，其中述及求子问题：“若有女人设欲求男，礼拜供养观世音菩萨，便生福德智慧之男；设欲求女，便生端正有相之女。”观音信仰中慈悲与求子的意义在《张佛子传》里亦有鲜明的表达。张庆的妻子袁氏在死后复生时得“端严修长”的白衣观音之助，脱离秽污之所，白衣观音对她说：“汝夫阴功甚多，子孙当有兴者。汝今尚未有嗣，胡为来此?”这一段说辞明显不是作者声称的“纪实”之言，要么是袁氏或张亨（张庆子）编造的鬼话，要么是作者编造的鬼话，但不管怎样，都反映了观音信仰在宋代的流行。类似的传奇作品还有《宋太师彦筠奉佛》《卢平》《黄遵》等篇。

二、儒、佛的对立与沟通

佛教思想文化本来和以儒家思想为代表的中国本土思想文化是格格不入的。

且不论所谓华夷之辨、夷夏大防，光是儒、佛之间表层的那些思想教义的冲突，即令人有方枘圆凿之感，是不可调和的。不必一一胪举，我们来看宋代反佛排佛专家、唐宋古文八大家之一曾巩的有关论述。他在《兜率院记》中说：

> 古者为治有常道，生民有常业。若夫祝除发毛，禁弃冠环带裘，不抚耞耒机盎，至他器械，水土之物，其时节经营，皆不自践，君臣、父子、兄弟、夫妇皆不为其所当然，而曰其法能为人祸福者，质之于圣人无有也。……百里之县，为其徒者，少几千人，多至万以上，宫庐百十，大抵穹墉奥屋，文衣精食，舆马之华，封君

不如也。[1]

这段不长的文字指出了儒、佛之间的诸多龃龉处。

一、佛教徒“祝除发毛”，是为不孝。身体发肤，受之父母，岂能毁伤之？其实，佛教徒不孝之处多矣：不在家孝养父母、不婚娶生儿育女、不仕进光宗耀祖……

二、佛教徒“禁弃冠环带裘”，穿袈裟缁衣，是为无礼。中华乃衣冠礼仪之邦，文明古国，儒家特重“礼”，可佛教徒却无视诸礼，更不知君臣、父子、兄弟、夫妇之道，可谓悖逆已甚。

三、佛教徒“不抚耞耒机盎，至他器械，水土之物，其时节经营，皆不自践”，一句话，不从事任何产业活动，是寄生社会的蛀虫。“一夫不耕，或受之饥；一女不织，或受之寒。”[2]儒家的社会理想是：

> 五亩之宅，树之以桑，五十者可以衣帛矣；鸡豚狗彘之畜，无失其时，七十者可以食肉矣；百亩之田，勿夺其时，数口之家，可以无饥矣；谨庠序之教，申之以孝悌之义，颁白者不负戴于道路矣。[3]

这种耕者有其田、劳者有其食的太平和谐的社会怎能容忍“不劳而获”的佛教徒呢？据曾巩的记述，当时出家为僧尼、躲避农业生产的佛教徒已经达到了令人瞠目、危及社会稳定的程度，劳力

1 ［宋］曾巩:《曾巩集》“兜率院记”，北京：中华书局1984年版，第289页。

2 ［汉］贾谊:《说积贮》，见严可均校辑《全上古三代秦汉三国六朝文》，北京：中华书局1958年版，第215页。

3 ［清］焦循:《孟子正义·梁惠王章句上》，见国学整理社编《诸子集成》（第一册），第33—35页。

减少，兵源不足，治安恶化。

四、佛教徒一方面不事产业，另一方面又靡费资财，铺张奢华，“穹墉奥屋，文衣精食，舆马之华，封君不如也”。衣服穿得越来越华丽，庙宇修得越来越堂皇，“资其宫之侈，非国则民力焉……今是殿之费，十万不已，必百万也；百万不已，必千万也；或累累而千万之不可知也”[1]。相反，儒家强调的是节俭、均富，“不患寡而患不均，不患贫而患不安。盖均无贫，和无寡，安无倾”[2]。

其实，儒、佛之龃龉又何止于以上数事？南朝以来思想界有神与无神的争论、敬王者与不敬王者的争论，以及中国政治史上著名的“三武灭佛”事件（佛教史上称之为法厄或法难）等，都表明了儒、佛两种思想文化的巨大差异性。

但随着佛教在中国的发展、渗透，佛教越来越本土化、大众化了，并吸收儒家思想中的某些成分来证明自己的合法性，扩大佛教信众的群众基础。由此，人们逐渐消弭了儒、佛之间的鸿沟，对佛教作为异域文化、夷狄文化的特性视而不见。甚至很多人开始沟通、调和儒佛两家思想，认为它们“道同而迹异”，也就是差异（“迹”）只是表层的、枝节的，在其根本的意义（“道”）上则彼此一致。这为后来的三教合流提供了思想依据。三教的斗争在宋代虽然仍很激烈，但主流却呈现相容与合流的态势，各家并没有像唐代那样成为政治斗争的牺牲品。宋代的皇帝们一方面崇佛信道，思想包容，一方面又以儒经取士，强化儒家思想的统治地位。宋代的文人们也大多是出入三教，通行无碍。

那么，经过若干时期的磨合，人们发现儒、佛在哪些方面相通相安呢？我们同样来看反佛排佛专家曾巩的意见。他在别的场

---

1 ［宋］曾巩:《曾巩集》，第287页。

2 ［清］刘宝楠:《论语正义·季氏》，见国学整理社编《诸子集成》(第一册)，第352页。

合又指出了佛教教义与思想的可取之处，如其《唐安乡开元寺卧禅师净土堂碑铭》说：

> 自河陇没于羌夷，州县城郭、官寺民庐莫不毁废，唯佛寺与碑铭文字载佛寺者往往多在。世皆以为四方幽远，殊类异俗，不知礼义，出于天性，故夷之。然其于佛皆知信慕，以其有罪福报应之说。余以谓四夷虽恣睢甚者，及晓之以曲直是非，悦且从也，固不可谓其天性无欲善之端。是以虞夏之世，东渐于海，西被于流沙，朔南暨，声教则能令其信慕者，亦非特有佛而已也。彼以罪福报应之说动之，未若不动之以利害而使之心化，此先王之德所以为盛也。[1]

仍然是以儒反佛的立场，但明显可以看出，他对佛教的某些教义、思想、功能表示了一定的理解和宽容。他特别指出佛教的罪福报应说和儒家的“先王之德”是相通的，都能对大众起到感化的作用。

发生在宋代传奇中的儒与佛的沟通则见于下文“善恶劝惩的意义”，包括为善去恶、观音送子等方面。其他如投胎托生（本章第三节之三“异世因缘类故事”）、寡情去贪（本章第四节之三“作恶的僧尼”）等亦能表明儒与佛的沟通。

三、劝善惩恶的意义

佛教提倡因果报应（曾巩称之为罪福报应），其目的是什么呢？通俗的回答是，劝人多做善事，少做恶事，以便将来能有个好报应。虽然曾巩认为这当中有利害关系的考量，和儒家的道德

---

1 ［宋］曾巩:《曾巩集》，第685页。

感化（“心化”）不是一回事，但其实对“苟无恒产，因无恒心”的普通大众来说，确能由此而实现劝善惩恶的意义。此处并无矛盾。

比如《张佛子传》中的张庆，他诵读《法华经》，知世间有因果，为求多福，将来得好报（即曾巩所谓利害关系的考量），他做了一般人不肯做的善事，忍受了一般人不肯忍受的磨难，结果，他得以感动白衣观音，还了妻子的魂，使自己晚年得子，并长寿“无疾而终”。也许张庆所为是被动的，但善恶果报如此灵验，不由人看了不信。读者因之而畏惧因果报应，生出为善去恶之念想，达到劝善惩恶的目的。

再比如,《宋代传奇集》里另有一篇佛教题材故事《程说》，是《青琐高议》的编者刘斧写的，说的是一个叫程说的人因无故杀害五十头牛而堕入地狱,“牛本施力养人者，无罪杀之，汝当复其命，仍生异道”。他参观地狱时，见无数罪孽之人在锯狱、汤火狱中备受痛苦的折磨和煎熬，又见秦将白起列其间,“昔起杀降人四十万，祸莫大焉。此瓦砾乃人骨也，为风雨劫火消磨至此。更千年，瓦砾复归于本，起方出平地上。又千年，起方入异类中”。程说不过无故杀生（实受人之命而杀生），即须罚入地狱受刑，为异道（畜生）；像白起，造下超级的罪孽，故得在地狱中受刑三千年之后才有望升入畜生道，欲再次投胎为人可谓永无其期。《程说》真是一篇演说杀生有罪、恶有恶报之义的活教材，和《张佛子传》既形成鲜明的对比，又构成意义的组合。

刘斧在篇末发表议论说：

观阴司决遣，甚实甚明。起之杀赵降人，诚可寒心，阴报果如此，安可为不善耶？

揭橥了佛教善恶因果的题旨。

回头看儒家所提倡的劝善惩恶的意义。历来儒家常探究人的善恶本性，以作为道德教化的依据。孟子说：

> 所以谓人皆有不忍人之心者……恻隐之心，仁之端也；羞恶之心，义之端也；辞让之心，礼之端也；是非之心，智之端也。人之有是四端也，犹其有四体也。[1]

孟子认为每个人都有恻隐向善之心，“今人乍见孺子将入于井，皆有怵惕恻隐之心”，“他人有心，予忖度之”，通过教育、启发可以激活这种恻隐向善之心，扩而充之，光而大之，从而成为一种伟大的力量。齐宣王不忍心杀牛衅钟，孟子便启发他以此心爱民，行仁政，实现保民而王的政治理想。反过来说，正是因为每个人都有恻隐向善之心，所以，孔子作《春秋》才能让乱臣贼子们心存畏惧，起到劝善惩恶的作用。

荀子的人性论虽然和孟子相反，认为人的生性本恶，“人之性恶其善者伪也”[2]，但同时他又认为，通过“化性起伪”的教育作用以及“注错习俗”的环境影响，人性之恶可以改造为善，实现向善的转变。为此，荀子特别重视学习和“师法之化，礼义之道”，著《劝学》篇和《乐论》篇以明其说。汉儒董仲舒、扬雄在先秦儒家人性论的基础上则分别提出了“性三品说”和“性善恶混说”。

著名史学家司马迁虽然不是儒家的信徒，但他也从古代优秀的著史传统出发，着意阐明《春秋经》中善恶劝惩的内涵：

---

1 ［清］焦循：《孟子正义·公孙丑章句上》，见国学整理社编《诸子集成》（第一册），第138—139页。

2 ［清］王先谦：《荀子集解·性恶篇第二十三》，见国学整理社编《诸子集成》（第二册），第289页。

> 夫《春秋》，上明三王之道，下辨人事之纪，别嫌疑，明是非，定犹豫，善善恶恶，贤贤贱不肖，存亡国，继绝世，补敝起废，王道之大者也。[1]

所谓“善善恶恶，贤贤贱不肖”，就是以孟子等先秦儒家的人性论为理论基础，通过对历史的批判性的书写和实录，扬善去恶，激浊扬清，从而达到劝惩世人、传承文化的目的。司马迁著写《史记》，对众多历史人物都进行了或歌颂或批判的描述与评价，并不以成败论英雄。如项羽，在推翻残暴的秦朝统治中发挥了关键性作用，是历史的大功臣，虽最后兵败乌江，但其历史地位是不容抹杀的。司马迁把他放在“十二本纪”中写，视之为历史发展之必不可少的一环，和秦始皇、汉高祖以及“当代的”孝武皇帝平起平坐，就是对其历史贡献的充分肯定。当然，对项羽的弱点和决策失误，司马迁也没有讳言，以为后人提供借鉴与教训。再如刘邦，是“本朝的”开国君主，在消灭强秦过程中亦功勋卓著，对此，司马迁是写下了浓墨重彩的一笔的。但是，刘邦之“恶”，即他人性中的诸多弱点和恶习、恶行，并不因为他做了皇帝而消失，也并不因为他做了皇帝而必须隐讳，这是毫无疑问的。作为正直的史学家，司马迁同样做了大胆的、毫不留情的揭露。《史记·项羽本纪》：“范增说项羽曰：‘沛公居山东时，贪于财货，好美姬……’”借范增之口指出刘邦原本是一个贪财好色之徒，剥下了披在刘邦身上的画皮。《项羽本纪》又写刘邦稍得胜利便“收其货宝美人，日置酒高会”，而逃跑时则“推堕孝惠、鲁元车下……如是者三”，置儿女安危于不顾，只管自己保命。《楚元王世家》又写刘邦报复他的大嫂从前对他的怠慢，封其子为“羹颉侯”（刮羹

1 ［汉］司马迁：《史记》“太史公自序”，第760页。

汤侯）。如此的描写在《史记》中可谓不胜枚举，活脱脱写出了刘邦的狭隘、自私、无赖，以及小人得志的嘴脸。正是因为司马迁“不溢美，不隐恶”的实录精神，我们才能够读出以史为鉴的意义，才能够衍生出睢景臣写刘邦还乡的那妙趣横生的文字。

总之，通过《史记》的写作，司马迁在《春秋经》的基础上，继续发扬了儒家劝善惩恶的传统，为后世史家树立了光辉的典范。

无论是思想内容抑或立论的基础或依据，佛教的善恶因果说都与儒家的劝善惩恶思想大相径庭，甚至可以说毫不相干，是完全异质的两种思想。两者都是对世界的一种认识和解释，无所谓对或不对、优或劣。佛教的善恶因果本质是空，教人出世；儒家的善恶劝惩本质是化（心化、感化），教人自强、上进。但它们却在中国文化熔炉里相遇了、结合了，并在功能方面取得了高度的一致，即教人为善去恶。“勿以恶小而为之，勿以善小而不为。”“君子慎于独。”“善有善报，恶有恶报。不是不报，时辰未到。”这些本属于不同的思想理论范畴，可中国人将它们融合在一起，成为一种思想，再也分不出彼此了。

正是因为有这种融合，一些宋代传奇作品，如《谭意哥传》等，其创作内容与佛教关系虽不是太明显，但我们却能从中看到因果报应的影子——当然你也可以用善恶劝惩的思想理论去解说它。对中国人来说——至少到宋代的时候，已经很难甄别出让谭意哥“夫妻偕老，子孙繁茂”、结局美满团圆的创作思想动机，是出于儒家的劝善惩恶，还是出于佛教的因果报应。也就是说，谭意哥一生谨守妇道礼法，亦即一生行善向善，那么，按照儒家的劝善惩恶思想，应该让她有一个好的结局，以表彰她的节行美德，激励更多的人像她那样去做。这是必须的。同样，按照佛教的因果报应思想，也应该让她有一个好的结局，以证明佛法之不诬，因果之必行。两者是一致的，不矛盾。反言之，假使作者写一生行善向善的谭意哥结局不佳，乃至下场悲惨——在生活中或在文学创作中是很可以找到这方面例子的，如关汉卿笔下的窦娥——那么，从表现创作思想、传递宋人的“时代正能量”的角度看，既起不到激励人心的积极作用（儒家），也无法用因果律警示人不要作恶（佛教），可谓两失。

观音送子（《张佛子传》里的一个情节）信仰的流行也是儒、佛思想接近与融合的实例之一。儒家认为，不孝有三，无后为大。中国人由此而形成了多子多福的家庭伦理情结。这是宗法制社会存续的前提和基础，是中国文化里的一个支撑性力量。佛教的逆袭对中国传统的多子多福的孝文化来说无疑是巨大的冲击。出家人既不孝养父母，也不生育子女，严重威胁到宗法制社会的存续。中国人对此是不予接受的，必须在儒家孝文化和佛教信仰之间求取某种平衡。观音（观世音，意为倾听世间之音，名称上亦颇合中国人胃口）形象适时而出，他从佛教诸神走向中国民间，凭借神奇的三十三法身，赢得了中国老百姓的心。他呈现了庄严而慈祥的面目，又掌握了生育的秘密，能给万千家庭送来子嗣，迎合了中国的孝文化。“虽我之死，有子存焉。子又生孙，孙又生子；子又有子，子又有孙。子子孙孙，无穷匮也。”[1]观音送子的信仰是佛教神祇文化向世俗社会的一种妥协和变通，是儒、佛两教的一次亲密接触，是佛教本土化并最终在中国站稳脚跟的重要一环，其意义不容小觑。

四、其他的佛理阐述

除了因果报应，宋代传奇作家还把传奇创作当作讲说佛理的战场。

1 ［战国］列子：《列子·汤问》。《列子》虽然不是儒家著作，但愚公的这一段话却反映了中国人孝文化的理念。

（一）佛法能消解冤孽

黄庭坚写有两篇佛教题材的传奇作品:《李氏女》《尼法悟》，各写一个女子因为信佛而消解了前世的罪业，今生得安。

李氏女（名昭德）梦见一妇人对她说:“汝负我命，岁在戊午，我得复冤。”后来果在戊午年梦见该妇人“以物正刺昭德之心而去。从此遂病心痛，针灸、艾药熨，卜祭、禨鬼，尽世间法，楚毒增剧”。不久经梦中神女指点转信佛法，佛对她说：

> 冤对相逢，如世索债，须彼此息心，当自悟。
>
> 汝但发菩提心，尽此形寿，回向三宝，乃可以度脱出厄。

在佛的启悟下,“病去十九，顷之遂平。昭德从此心绝华慕，口绝腥膻，身绝粉黛、绮绣、洗濯三业，亦不复善心诸梦”。这是李氏女的故事。

尼姑法悟的情况是这样的：她出家前已经许配给姑表，忽一日要断发出家，家人苦劝不听。自言：曾恍惚间入“报冤门”——

> 有绿衣判官持簿籍曰:“汝未可来，何为至此？汝有宿冤当报，知否?”
>
> 法悟心悸，对曰:“我得生人间，未曾为恶，何得有冤?”
>
> 判官曰:“汝前世之妻，乃汝今生之夫。以嫉妒故，伤汝左耳，因而致死。今反为汝之夫，合正其命。”
>
> 法悟曰:“我虽有此宿冤，心不欲报。”
>
> 判官曰:“此自当报，不由汝心。”

法悟曰："我若报冤，冤冤相报，无有了期。"

判官曰："不然。如世间杀人，若有不偿报者，其冤终在。"

法悟曰："我但不生嗔恨，冤自消释。譬如释迦世尊，昔为歌利王，割截身体，节节支解，不生嗔恨。我今亦不生嗔恨。"

法悟念火咒烧掉了判官手中的簿籍，"令一切冤仇尽得解脱"，却惹恼了判官，赶走了她。后遇一老僧，指点她入空门："但修顿教门，刹那见弥勒。"以上是她恍惚之中的情状，觉醒后便顿悟，对佛发愿出家，"遂剪二十四刀，尽断其发，再以剪刀齐其蓬"。

黄庭坚是大诗人、大作家，但他写的这两篇传奇并不见高明，他犯了一般宋代传奇作家常有的毛病：把小说当成了发议论、讲道理的工具。他没有用心去讲故事（佛教故事其实是可以讲得很精彩的），而是在其中图解佛理，表达他对佛教的悟性和认知。很明显，这两篇传奇都在宣扬同一个主题：不要冤冤相报，应该笃信佛法，以消解冤孽。

（二）佛能驱魔

秦观作《录龙井辩才事》，写辩才法师"特善咒水，疾病者饮其所咒水辄愈"。一日为嘉兴陶县令所邀，为其子治怪病。其子"得疾甚异，形色语笑，非复平人"。原来是柳树精附体作祟了。于是辩才"除地为坛，设观音像于中央，取杨枝沾水洒而呪之，三绕坛而去"。后又"结跏趺坐"，点破柳树精本相，呵斥她说：

汝无始已来，迷己逐物，为物所转，溺于淫邪，流浪千劫，不自解脱，入魔趣中，横生灾害，延及无辜。汝今当知，魔即非魔，魔即法界。我今为汝宣说《首楞严秘密神咒》，汝当谛听，痛自悔恨，讼既往过愆，返本来清净觉性。

果然非常灵验，逐去了柳树精，治好了这个小孩的病。

《大智度论》卷五：

问曰：何以名魔？

答曰：夺慧命，坏道法功德善本，是故名为魔。

按古代印度神话，欲界第六天的天王为魔王，名唤魔波旬，常率魔众扰乱诸界，做破坏善事的活动。佛教承其说，称一切妨碍修行的心理活动如烦恼、疑惑、迷恋等为魔，即所谓心魔。人在修行过程中要涤除心魔，熄灭无明，断绝烦恼，以圆满一切“清净功德”，臻至涅槃的境界。无明乃十二因缘第一支，是引起痛苦的生死轮回的总根源，也是一切世俗世界生灭的总因。迷于无明，不解佛教无上正理，般若智慧，则烦恼自生，以至于堕入生死苦痛之道，此即心魔。柳树精就是一种心魔，萦于陶令之子的心际，使生痴状，使其失去了“本来清净觉性”；必须念动神咒，运用佛法，驱逐此凶顽心魔，方可脱离魔趣恶道，返回自性。辩才法师之能乃在于是矣。

后来的《西游记》写唐僧西天取经，路遇各种妖魔鬼怪，借孙悟空等徒弟之力，一一斗败它们，并修成正果，取得真经。按照上述佛教理论，这些妖魔鬼怪亦不过是唐僧取经修行时的心魔之幻相（连孙悟空等徒弟，观音菩萨等神护也是），驱逐它们方可修行，方得清净。《西游记》全书寓有此意焉。

其实秦观的这一故事倒也合于现代儿童教育原理。陶令之子行为乖张，在成人看来是其心理出了问题，需要进行矫正疏导。辩才对他进行了心理治疗，只不过用的是佛法的药方：症状是“形色语笑，非复平人”，病因是柳树精附体，病根是心魔乱性，药方是点破柳树精本相，并以佛法咒逐之。陶令之子终于复归了“本来清净觉性”，成了“正常的”儿童。结论：佛法无边，能驱魔降障。

宋代传奇作家还有其他的佛理阐述，此处不再一一展开。

（三）解说佛理要通达、空灵

《用城记》写圆清法师“为人寡言语，尤不晓禅腊，默坐草堂间。诸斋则辞不能，纵往，但饮食而已。亦不诵经，又无歌赞，亦不觉铙钹之类”，因此村民、邻僧们都瞧不起他。其实，他对佛教义理有透彻的领悟力，能穷其究竟，造诣深厚。

譬如他和一邻僧讨论“莲花不著水”：

> 僧云：“莲花颜殊异，花中之贵者也。故佛行步则莲花自生，坐则莲花中者也。”
>
> 师曰：“非也。夫莲生于水中，而不著乎水；人生于尘，不染于尘。此其喻世。”

又讨论“泄漏果园”：

> 僧云：“人之修行，贵有终始，则中道废堕，即其果未成也。”
>
> 师云：“亦非也。夫无漏然后有果焉。漏如器之漏，则不能载物；屋之漏，则不可居；天之漏，则淫雨晦泄，

害及粢盛；地之漏，则水脉泛溢，不循故道。人漏若目之漏视，鼻之漏嗅，耳之漏听，口之漏味，心之漏想，性之漏欲。目之漏于五色，心之漏于妄想，鼻之漏于美香，耳之漏于好音，口之漏于佳味，性之漏于爱欲。收其目则内视，回其耳则反听，塞其鼻则无香，平其口则无味，焚其心则无想，芽其性则不流。天地之漏有时焉，其功自成；人之漏无时焉，其身乃坏。无漏之义，如此而已。”

确实，邻僧的解说拘泥于字面，太过质实，有似北禅，其意义指向渐修有恒；而圆清法师的解说则显得通达、空灵，能跳脱字面，翻出新意，有似南禅顿悟法门。他认为，无论“莲花不著水”还是“泄漏果园”，都不在这语词本身的意义，而在于给人的启示。“莲花不著水”意在说明“人生于尘，不染于尘”；“泄漏果园”意在说明“无漏然后有果”，也就是凡事专心一意、专注神情方可成功。按照宋人重南轻北的观点，圆清法师的解说要胜于邻僧一筹，邻僧的解说虽然亦通，然“已落第二义矣”！

由于圆清法师道行很高，重新赢得了人们的尊重，并“收足敷坐，奄然化去”，显示了高僧应有的神迹。

五、佛教主题在诗歌和传奇中的分野

由于诗歌和传奇小说有着不同的文体特性与功能，宋代文人在其间所表现的佛教主题是各有侧重的。

诗以言志。一般的文人在写作与佛教有关的诗歌的时候，也大都趋向于“言志”的主题表达。那么，言什么志呢？

一是表示对僧人生活的向往。徐铉多次对僧人说：“自惭丘壑志，皓首不知还”，“羡师从此去，当暑叩云房”。[1]杨亿：“折简问南宗，寄言满缃素。绝念契真如，忘筌离文字。劫烧虽洞然，龙华决同遇。……遗我方石枕，斑文剪霞绮。谕我求菩提，心坚正如此。”[2]徐铉作为降臣、杨亿作为馆阁大臣，生活中自然有诸多不得已处，他们向往清凉佛地、清净生活是很可以理解的。不过，连著名政治家、曾写过“先天下之忧而忧，后天下之乐而乐”的范仲淹也有过出尘之想，表示“愿结虎溪社，休休老此身”，那就令人惊讶了。可见佛教入人心之深，以及文人和僧人间交往之密切。范仲淹还说，有位“结茅三十年，不道日月深”的僧人“笑我名未已，来问无端理”，便潇洒地把一片“岭边云”送给他：“斯焉赠君子”。[3]

第二，表现对佛教的兴趣，以及对佛教义理的理解和领悟。北宋中后期至南宋初，文人学佛参禅到了无以复加的地步，大诗人、大作家们——如王安石、苏轼、黄庭坚、范成大等——无一不在诗歌创作中阐说佛理、参禅悟道，把佛教当作心灵寄托的港湾。王安石是大政治家，但他对佛教的兴趣也不可谓不大，他的诗歌里有不少诸如梦幻、泡沫这样的佛教色彩浓厚的意象：“是身犹梦幻，何物可攀缘？”（《宿北山示行详上人》）“知世如梦无所求，无所求心普空寂。还是梦中随梦境，成就河沙梦功德。”（《梦》）“身如泡沫亦如风，刀割香涂共一空。”（《读维摩诘经有感》）……表达了我身本空、随缘自适的思想。

苏轼一生颇受儒、释、庄三家思想的影响，曾对弟弟苏辙说：“君少与我师皇坟，旁资老聃释伽文。”他主张圆融、通达地学习

1 ［宋］徐铉：《送元道人还水西寺》《送清道人归西山》，见《徐骑省集：卷二十二》，《四部丛刊》本。

2 ［宋］杨亿：《表玄师归缙云有怀故雄阁黎成转韵六十四句》，见《武夷新集：卷四》，《四库全书》本。

3 ［宋］范仲淹：《留题常熟顶山僧居》，见《范文正集：卷二》，《四部丛刊》本。

佛教经书，领悟佛教的教义义理，反对拘执滞碍，并且，主张在山水自然的静观默照之中来体悟清净圆融之性。他大胆而风趣地把学佛比作“食猪肉实美而饱”，说自己“独时取其粗浅假说以自洗濯”[1]。他写的有关佛教的诗歌确实要比其他诗人——比如王安石或黄庭坚——来得更有灵气和悟性，既能给人以趣味，又能给人以启迪。他用“狮子吼”（佛之威严）喻悍妒，用“广长舌、清净身”喻溪声、山色，用“八风吹不动”喻定性定力……真可谓出入于佛典，言他人所未能言，灵性十足。

苏轼的大弟子黄庭坚同样痴迷佛教，他通过佛理的阐说来表明自己的人生态度。“胸次九流清似镜，人间万事醉如泥。”[2]如何面对世俗人生？佛教智慧予人以莫大的启示。“身是菩提树，心是明镜台。”佛心如镜，能烛照世事清浊，人间美丑。既然如此，还有什么不能释怀的呢？人生的大智慧正在于身处俗世却能够和光同尘，持盈保泰，保有一颗平常的心。心中水清，则浊流于我何有焉？这就像一轮明月映照于浊流，不论水流如何浑浊，都无碍于月亮的明澈清亮。不可随波逐流，与世推移，丧失内心的自性；也不必“出淤泥而不染，濯清涟而不妖”，站在俗世的对立面；关键是自己要心明眼亮，看清人间万事的纷纷扰扰。

范成大著名的诗句“纵有千年铁门限，终须一个土馒头”[3]则以佛教的“三轮世界”“四大形骸”勘破生死贵贱，有类道家的“齐彭殇，一死生”而实不相同，其真实意义在于“性空”。

第三，作为诗人气质和本性的流露，诗人们试图沟通诗与禅的界限，一方面用诗歌来阐说佛理、表现禅悟，另一方面则借助

1 ［宋］苏轼：《苏轼文集》，北京：中华书局1986年版，第1671页。

2 ［宋］黄庭坚：《戏效禅月作远公咏》，见《豫章黄先生文集》卷十一，《四部丛刊》本。

3 ［宋］范成大：《范石湖集》，上海：中华书局，上海编辑所1962年版，第390页。此二句借用自唐代王梵志的诗，后有黄庭坚、陈师道、曹组等人加以引用或评赞。

诗的形式使禅意、禅学、禅理世俗化、生活化。再一就是，诗人们还以禅理说诗理，推动诗歌批评的进步。

诗与禅有着不同的特性。诗歌抒情言情，充满了情趣，是世俗化、生活化的代表，禅学则相反，弃情言空，表现的是出家人的思想倾向性。佛教有所谓色空，诗家为色，禅家为空，是为两极。但是，由于诗与禅的密切交流——既有诗人的习禅，也有僧人的学诗——打破了壁垒，所以两者之间产生了融合。

诗人习禅已如上言，不妨再举一例。北宋末期的进士郭印作《闲看佛书》诗，中有句云：

> 《楞严》明根尘,《金刚》了色空,
> 《圆觉》祛禅病,《维摩》现神通。
> 四书皆其教，真可发愚蒙。
> 我常日寓目，清晨课其功。
> 油然会心处，喜乐浩无穷。

可见当时诗人习禅的风气。

另一方面，应已断绝了七情六欲的僧人们对于诗歌创作也表现出了浓厚的兴趣，诗僧的文学活动贯穿于宋代文学的始终，其规模、成就堪比唐代的同类别的创作。宋初的九僧诗人（以惠崇最为杰出）影响颇盛，杨亿对他们曾予以高度赞扬，欧阳修亦在《六一诗话》中记其事。九僧诗学中晚唐，境界清苦。后有“专事嘲风弄月”[1]的惠洪，因其“十分春瘦缘何事，一掬归心未到家”的诗句而获得“浪子和尚”的恶谥[2]。他的诗已和九僧迥异其趣，他说

1 ［清］永瑢等:《四库全书总目》，北京：中华书局1965年版。

2 ［宋］吴曾:《能改斋漫录》，上海：上海古籍出版社1979年版，第318页。

“却忆少年行乐处，软红香雾喷东华”这样绮丽香艳的场景时，没有一点忸怩作态，仿佛温韦、柳永一流的人物。

其实岂止惠洪，早于他的道潜曾对站在面前的美女说：

寄语巫山窈窕娘，好将魂梦恼襄王。
禅心已作沾泥絮，不逐春风上下狂。[1]

道潜的意思是，朋友们（指苏轼等），你们说的荤段子我懂，不就是楚襄王和巫山神女的那点儿事嘛，不过我现已修禅，无意于追逐春风、上下癫狂了。在那巧妙的拒绝中却见出当时诗僧以及禅意、禅学、禅理的世俗化、生活化倾向。至于僧挥奉郡守之命咏怨情女子，有“浓润侵衣，暗香飘砌，雨中花色添憔悴”数语，摹其楚楚动人之状、雨中哀怨之情，形象、贴切、细腻，有世俗多情文人方可胜道者。

诗、禅相通除了在内容、主题方面的表现外，还见于更深的理论层次上，这就是诗人们对境与悟的阐发。关于诗境，唐人已有发明，宋代苏轼则进一步指出：“欲令诗语妙，无厌空且静。静故了群动，空故纳万境。”[2]从佛教的空、静之义中领悟出从事艺术审美活动、建构诗歌审美境界所应具备的胸襟。宋人对于诗艺的阐发更在“悟”之一字上——这大概得益于宋人内省的功夫。苏轼悟出“出新意于法度之中，寄妙理于豪放之外”；黄庭坚悟出“灵丹一粒，点铁成金”；吕本中悟出“规矩备具，而能出于规矩之外；变化不测，而亦不背于规矩也”的活法；吴可悟出“等闲拈出便超然”；杨万里悟出“学诗须透脱，信手自孤高”；陆游悟出“君诗妙处吾能识，正在山程水驿中”……当然，悟得最有名亦最有理

1 ［宋］惠洪:《冷斋夜话》卷六,《津逮秘书》本。
2 ［宋］苏轼:《集注分类东坡先生诗》卷二十一，见《四部丛刊》影宋本。

论深度的是严羽，他说："大抵禅道惟在妙悟，诗道亦在妙悟。……惟悟乃为当行，乃为本色。"他悟出了诗歌的别材和别趣。

以上所论是宋代诗歌里表现的佛教主题，和之前所挖掘的宋代传奇里的佛教主题是有差异的，究其原因，不外乎以下两点。

体裁方面。诗歌是抒情性的，小说是叙事性的。诗歌适合表现对佛教的感受、态度、体悟，小说则适合透过叙事来"印证"某个具体的教义如因果、驱魔、净心等。写小说是要让人相信某个教义所言不虚，或知晓某个教义如何发生效力。写小说并不是要表现"我"的感受。

作者方面。在宋代，诗人的文化水平和社会地位通常要高于小说家，诗人们吟诗作赋，乃至为官作宰，所接触到的僧人一般是有道高僧，所研习的佛教义理一般是其中的精髓，故其在诗歌中能够表现佛教教义中的精微之处，能够把禅道、禅理移用于诗歌创作，指导、提升诗歌创作。方回说：

> 诗家者流，又能精述其趣味之奥，使人玩之而不能释，亦岂可谓无补于身心者哉？[1]

与之不同的是，传奇小说家中虽有像黄庭坚、秦观这样的知名作家，但说到底许多人在当时乃至后世都寂寂无名，在声名或成就上难以与诗人相抗衡。加之小说的受众社会层次比较低，对佛教义理的理解比较浅俗，故此无须，也不能在其中表现深奥、精微的佛教思想，以免让读者堕入雾里云中。传奇小说所印证的因果、驱魔等思想以及观音救难、观音送子等，都是很接地气的。

1 ［宋］方回：《瀛奎律髓汇评》，李庆甲集评校点，上海：上海古籍出版社2005年版，第1689页。

第三节　佛教与传奇情节的异型建构

一、对传统想象世界的异型建构

儒家文化是一种理性文化、现世文化，对中国的小说创作面貌有着全面而深刻的影响，其对宋代传奇情节的影响已如前述。道家和道教文化虽然和儒家思想文化迥然而异，但仍然属于中国文化的范畴，能够在诸多方面找到和儒家思想文化的一致性或相似性；加之道家思想、道家典籍早已为人们所熟谙，其中的隐逸与无为也被许多文人士大夫引以为人生态度乃至立身之本，所以，提到道家和道教对于传奇情节的影响，或许也有“至今已觉不新鲜”的感觉。而追奇好异乃是人的天性，小说因为有故事情节的维度，正是人们表现追奇好异之天性的极佳场所。

佛教是“夷狄之法”、外来宗教文化，它所阐说和宣扬的思想如因缘生灭、因果报应、生死轮回、四大皆空等等，对中国人来说无疑是新鲜的、奇异的，受到中国人的关注、理解，并转而接受它。不止于此。佛教还于此世界之外造就了一个人们闻所未闻的、极奇异的彼岸世界，充满了神奇的想象力。那彼岸世界里有天堂，有地狱，有各种超时空的人物和故事，光是一个须弥世界就是一个超极限的想象。我们所居住的地球，不过是一个极小极小的小世界，合一千个小世界为一小千世界，合一千个小千世界为一中千世界，合一千个中千世界为一大千世界，那大千世界还有三千个。每一个小世界里都有着奇异的景观，都自成其境界，真合了俗语所说的“大千世界，无奇不有”。此外还有三界诸天、四大部洲之类的想象和描述。这三千大千世界都是释迦牟尼佛教化所行的地区，而且还都在佛祖的心中，是由一心所幻化而成的。

这种想象已经远远超出了古代神话传说所创造的异世界的畛域，超出了志怪或述异的畛域，从而达到不可思议的、颠覆想象的程度，是一种完全异质的想象。就所能想象的世界范围而言，中国古人仅有四海之内与四海之外的想象，有《山海经》一书记述海内海外的奇异景观。邹衍"异想天开、胆大妄为"，说"海内有小九州，海外有大九州"，即被时人视作"闳大不经"而被讥为"谈天衍"了。这与佛教里丰富、惊人的想象相比，又何止于天上地下！

再看中印文化里对于人物形象的不同的想象方式。《山海经·西山经》：

> 玉山，是西王母所居也。西王母其状如人，豹尾虎齿而善啸，蓬发戴胜。

《大荒西经》对西王母形象有相同的刻画。很明显，西王母作为神祇，其形象当和常人有异，需要对她加以变形、加工，作想象性的描述，这是毫无疑问的。但怎样变形、加工呢？答案是：从自然界中取材，用自然界中的动植物乃至岩石、河流、泥土等无机物来对人进行组装、改造，从而造成神人与常人之间的距离感、陌生感、力量感。这当然是一种想象，但此种想象发生在物理时空里，反映了人与自然之间的亲缘关系和密切交流，也反映了在生产力水平低下的条件下，人们对自然力的敬畏与崇拜。其他的神祇形象也基本上是这样改造的。如"东海之渚中，有神，人面鸟身，珥两黄蛇，践两黄蛇"，这是黄帝的儿子禺虢；"发鸠之山，其上多柘木。有鸟焉，其状如乌，文首、白喙、赤足"，这是炎帝溺死的女儿女娃……开天辟地的盘古，死后身体化为日月山川，也属于同一类型的想象方式。

印度佛教提供了另一种对于人物形象的想象方式。

首先是彻底改变人物所赖以生活的物理时空，让人物生活在一个“异世界”里。中国的神话传说人物或生活在九州之内，或生活在九州之外，或生活在海上仙山，甚至有飞升到天上的，但不管怎样，都是同一物理空间的自然延伸，是生活在“我们”中间的“此世界”的人物。西王母虽在昆仑山，穆天子跨八骏即可见之；嫦娥原是平民英雄后羿的妻子，偷食灵药后飞升月宫；牛郎织女在人间是我们自己，在天上则分隔银河两岸，任由我们指指点点……佛教人物却完全生活在我们所看不见、摸不着的世界里，无论天堂还是地狱，都无法指认他们的住处，不能将“此世界”延伸至“彼世界”。佛祖、观音在哪里？三世因缘如何轮回？对此我们不能穷其究竟。如若刨根究底，只能说：在我们心里。易言之，佛教人物生活在心理时空之中。

其次是人物形象的变幻化形。中国神话人物的神异性在形象刻画上表现为与众不同，用别种自然物作为形象组件。佛教人物看上去跟万民无异，其神异性则表现为能够随时变幻化形。一、能变化大小，来去无踪。比如佛祖形象，最大时能顶天立地，最小时能瞬间消失于无形。二、有各种法相。佛祖就不用说了，中国人最为熟知的是观音的变幻化形。观音有“三十三应”，能根据不同需要来变化形象，如对国王显国王身，对将军显将军身，对天神显天神身，对鬼怪显鬼怪身，对男人显男人身，对女人显女人身，对长者显长者身，对小孩显小孩身等。此外还有三面观音、千手观音等特异形象。三、广有神通，能为人所不能为者。如观音菩萨法力无边，救苦救难，“度一切苦厄”。据称持其名号的人，可以入得大火大水，对付刀斧砍削和罗刹夜叉，亦可以求男得男，求女得女，顺遂心愿。观音手中的净瓶柳枝有无穷的魔力，解脱一切。

反观中国的神人法力，不过是超常而已，亦不过占其一技而已，根本不能和佛祖、观音相抗衡。夸父追日、蚩尤作雾、精卫填海、共工怒触不周山、后羿射日、鲧盗息壤……从想象力的角度看，都有些实在和单薄，不够大胆、狂放、丰满。即便想象力丰富如庄子者，其笔下的神鸟，“鹏之背，不知其几千里也；怒而飞，其翼若垂天之云。是鸟也，海运则将徙于南冥……水击三千里，抟扶摇而上者九万里，去以六月息者也”[1]，已经很让人惊叹了；可是和佛教人物一个筋斗就能翻十万八千里的想象相比，其间的谨慎与大胆不是一目了然吗？中国神话传说的想象性是有迹可循的，印度佛教的想象性尺度巨大、“无迹可求”，真正配得上庄子所谓“谬悠之说、荒唐之言、无端崖之辞”[2]了。

想象力和虚构性可谓小说创作的灵魂。越是想象力丰富的、虚构性强的小说，越是具有迷人的力量。庄子的创作之所以神采飞扬、引人入胜，比其他先秦诸子的创作更具有趣味性、可读性，就是在于其想象力和虚构性。屈原、司马迁的创作也是如此。《山海经》《穆天子传》《汉武内传》等书同样提供了精彩的想象性资源。但总体上说，传统思想文化和文学创作比较崇尚写实，对想象力和虚构性，特别是“他世界”“异世界”的想象力和虚构性不太敏感，谨慎有余而狂野不足。这时候，佛教“异世界”的输入既新鲜又刺激，不仅丰富了想象的内容，拓展了想象的空间，更是提供了另类的想象和虚构故事的方式，对后来的小说发展来说无疑是极其有益的。在这一层意义上，已经不能用“补充”来予以描述了，应该称之为颠覆或重构。

1 ［清］郭庆藩：《庄子集释》，第2—4页。

2 ［清］郭庆藩：《庄子集释》，第1098页。

二、地狱世界和心魔世界

宋代传奇创作中出现了若干以佛教文化为基础的想象性的世界。

首先是地狱世界的建构。刘斧《程说》给我们描绘了地狱所处的位置和周边环境：

（程说）出宋门，行至五七十里，天色凝阴，昏风飒飒，四顾不闻鸡犬。又百里，至一河，说极困，息于古木下，仰视其木，但枯枝而已。……“此木高百尺，约大六十围，其势甚壮，绝无枝干翠叶……”

据《宋东京考》卷一，宋门实有其门，是汴城（开封）的一个东门。程说出了宋门，走着走着，便来到了一个所在，此即地狱。地狱世界也有天，但“天色凝阴，昏风飒飒，四顾不闻鸡犬”，也有物——古木，但“枯枝而已……绝无枝干翠叶”，完全是一副阴森恐怖的景象。

地狱里面的情形又如何呢？程说曾亲自参观了一回：

左右皆大屋，下有数千百床，床下有微火，或灭或燃，床上或卧或坐，呻吟号呼，形色焦黑，苍然不可辨男子妇人。……又至一处，吏曰：“乃锯狱。”大屋之前，人莫知其数，皆体贯刃，有蛇千百条周旋于罪人间，或以尾或以口衔其刃，刃动则人号呼，所不忍闻。吏人又促之出。吏曰：“此乃汤火狱，人不可近。”说望之，烈焰时时出于上，俯听若数万人求救声。……又行过一瓦砾堆积之所，有一人手出于上。……“……此瓦砾乃人骨也，为风雨劫火消磨至此。……”

即使仅从写作艺术上讲，这一段描写也堪称宋代传奇作品里的好文字，当得起“形象生动”的评语；何况这是在写地狱生活，写人们所无法亲历与体验的“异世界”，光凭传统的“街谈巷语，道听途说”的法子是对付不了的，得着实要有点儿创造与想象的天分才行。俗话说，画鬼容易画虎难。其实，画虎不容易，画鬼也不容易——画虎要画出虎威来，画鬼要画出恐怖来。鬼虽然大家没见过，但绝不是好糊弄人的。不把鬼画得让人根根头发都竖起来，惊恐万状，惊悚莫名，牙齿直打冷战，那还叫鬼吗？那还叫好画儿吗？地狱世界也是如此。诚然，佛教经书——如世亲《俱舍论》——里已提供了关于地狱世界的一些素材，但要在文言小说里写出地狱世界的那种感觉，使其“如在目前”，说实话，不容易。如不信，请看另一段关于地狱世界的描写：

（袁氏曰）：“我始行一所，秽污所聚，不觉身之在其间。乃启念，欲得一清凉处。忽见一白衣，端严修长，谓袁氏曰：‘……’言未终，白衣人乃以手提袁氏之足，抛出秽污，遂乃复苏。” ——王拱辰《张佛子传》

两者的高下优劣可谓一目了然，相去不可以道里计。这里的地狱描写仅“秽污所聚”四字，过于简单、潦草、笼统，不能给人以形象感，更难言阴森恐怖，真是一段平庸的、失败的地狱描写。

再一段：

僧引明远游旁两大庑下，见系囚不啻数百，亦有禽兽诸虫，悉能人言，与囚对辨。……有械囚，禁以大铁锁，左右文书没其首，口尝嗫嚅出血。……又见坐沙门五六人，前列败坏饮食数十瓮，气色殊恶。……

——崔公度《陈明远再生传》

比前一段写得稍胜一些，但想象力不足，模拟人间监狱的痕迹明显。更为关键的一点是，没能写出作为地狱世界所应有的阴森恐怖的气氛。

回头看刘斧所描写的，有具体场景，乃至有细节（如“有蛇千百条周旋于罪人间，或以尾或以口衔其刃，刃动则人号呼，所不忍闻”等）、有具体人物（杀降人四十万的秦将白起），把那其实并不存在的地狱的现场感渲染得特别鲜明，确能起到震慑世人、善恶劝惩的作用。

建构地狱世界之外，宋人所着力建构的另一个“异世界”是心魔世界。心魔和鬼并非一物。鬼是人死后的灵魂所化，是中国自古有之的一种民间信仰。《易·系辞上》：“精气为物，游魂为变，是故知鬼神之情状。”郑玄注：“精气谓之神，游魂谓之鬼。”《左传·宣公四年》：“鬼犹求食，若敖氏之鬼不其馁而！”传统的鬼神信仰为后出的道教所收编。《道藏·女青鬼律》即载有许多鬼的名字。魏晋以来的志怪小说里编了不少鬼故事。与鬼不同，心魔是人活着的时候内心诸种烦恼的幻形，虽也看不见摸不着，但却分明能够感知它的存在。鬼的对立物是人，心魔的对立物是清净。鬼神信仰是一种灵魂信仰，而佛教本质上来说是一种心理学说，是教导人们如何消除烦恼、保持清净心理状态（禅定）的。佛教认为一切皆空，因而并不认同灵魂学说，也就是说，佛教只讲往生来世、生命轮回，而不讲鬼神，不讲灵魂出窍、游荡世间。鬼神、灵魂是一种“有”，是一种对生命的“执着”，是“我执”，灵魂说违背了佛教的基本理念。地狱里的鬼魂不是灵魂离开躯体后的“实有”，而是生命的堕落，是对作恶的报应和惩罚。

当然，在佛教传入中国之后，地狱里的鬼魂和脱躯后的灵魂之间、鬼神和心魔之间的微妙区分变得不那么突出和重要了，有时甚至被混为一谈。也难怪，对“真实的世界”，亦即耳目所及的现实社会来说，它们都是“异世界”，都是特别需要想象力来予以创造的。譬如说心魔，如何表现它的存在？既不能采用死而复苏写地狱的方式，也不能采用托生投胎写异世因缘的方式。这难不倒宋代传奇作家，他们创造了精怪附体作祟使人生怪病的方式来表现心魔的存在。虽然在写作艺术上诸作皆颇见粗糙，但就其所创造的这一方式而言，却是很巧妙的。它以佛教教义、观念为基础（让僧人而非道士来驱除精怪），融入了中国原有的万物有灵的观念，又从民间的驱魔习俗中得到启发，还得益于对生活现象的观察和提炼。生活中确有许多怪异的人或现象：青春期的叛逆、怪诞的梦、谵语妄言、幻觉、怪病、疯癫、疯魔……人们注意到了这些怪异的人或现象，试图了解它、研究它，但在科学知识不发达的条件下又无法做出合理的解释，于是乎求助于佛教、道教或巫术等。僧人以佛法驱魔净心的故事正是在此背景下产生的。

如何实现两个世界，即现实世界和想象中的“异世界”之间的出入流转呢？宋人亦有妙法和高招。出入心魔世界可以借助“梦”——确实，梦境对于古人来说是神秘的、奇妙的、不可捉摸的，是魔怪精幻在捉弄人，是吉凶祸福的征兆。梦而至于“魇”，从字源学上分析，即明示有鬼物压人，以致使人受惊吓。以梦境沟通两个世界可谓非常合适而巧妙。后世小说如著名的《红楼梦》等，借鉴于此法之处亦可谓多矣。这是可以感知的心魔世界。那么，不可以感知的地狱世界——毕竟生命属于人的只能有一次，人是不可能真正地死而复生的——又怎么样呢？

宋人是这样叩开地狱之门的：

（明远）忽得疾，不可治以死。三日，家人将大敛，觉其体复温，移刻稍苏，又食顷乃能言。其族惊。明远自言：……

——《陈明远再生传》

同样的手段亦见于《程说》：

（程说）一夕卧病，冥冥然都不省悟，但心头微热，气出入绵绵，若毫发之细。凡三日，起而长吁，家人环之，泣而问曰："子何若而如此也？"说遽询家人曰：……

亦见于《张佛子传》：

景祐五年，京师疫，袁氏染疾而毙，已三日矣，尚未殓也。忽然而坐，不语，众睹以为更生。逾时，遍体流汗，遂苏。因告其家属曰：……

用现代的医学知识来解释，陈明远、程说和袁氏在这里只是"假死"现象，即生命功能极度衰微，外表看上去似已死亡的一种状态，而不是真正的死——临床脑死亡。古人不明白，以为死而复生；在小说中记录到这种现象，并视之为地狱亲历者，借其口描述地狱世界的景象，要以此取信于世人。有趣的一点是，"假死"都只持续"三日"。这是因为，从医学上讲，"假死"持续时间不能太长，否则"假死"会变成真死，也就无法口述地狱的情况了。从风俗上讲，人死后停尸数日方收殓，而一旦收殓入棺，就再没有复生的希望了。还有，从情理上讲，既然亲历地狱，参观异景，总得有一定的时长，不能刚死不久即复生，否则，谁会相信你已在地狱世界里走了一遭呢？

当然也有极快速入地狱的方法："（法悟）正月一日晡时，在道堂坐。忽见眼前黑暗，见远处有火光，举身从之……"（《尼法悟》）黄庭坚不愧是大作家，连叩开地狱之门都比别人方便、快捷，不过，这在同类宋代传奇中并不多见。

《陈明远再生传》给我们展示了出地狱的场景：

> 俄及前所过广野，遇溪水涨甚，始思来时则无有也。明远忧不能渡，僧乃执杖端，以末授明远而导之。始涉亦甚浅，中流明远失据将溺，因惊呼而苏。

以涉溪渡河来摹写出地狱的场景，既形象、惊险，符合一般人对于地狱所在位置的想象，也暗合佛教的基本宗教意义。佛教宣扬普度众生，其中"度"之一义，即在于涉溪渡河，离开此岸。此岸与彼岸、地狱与天堂，实只有一念之差、一河之隔，转此一念、渡此一河，即入得佛国天堂，安宁自在，否则沉沦地狱、苦海无边。

后来贾宝玉在太虚幻境堕入情色之道，警幻告之曰：

> 此即迷津也。深有万丈，遥亘千里，中无舟楫可通，只有一个木筏，乃木居士掌舵，灰侍者撑篙，不受金银之谢，但遇有缘者渡之。尔今偶游至此，设如堕落其中，则深负我从前谆谆警戒之语矣。[1]

基于佛教的此一意义，贾宝玉脱离迷津和陈明远离开地狱，采用了非常相似的情节描写，只是贾宝玉所遇更为惊险一些，曹

1 ［清］曹雪芹、高鹗：《红楼梦》，第91页。

雪芹的笔墨更为精彩一些而已。

三、异世因缘类故事

佛教对传奇情节的另型建构还在于异世因缘类故事的写作，即俗语所说的投胎托生。

《俱舍论》卷六：“因缘合，诸法即生。”佛教讲因缘，认为万事万物的产生皆有其原因（因）和条件（缘），生命现象也是如此。生命不灭，它在不同世代里轮回流转，永不停息。前世生命可以转为现世，现世生命也可以转为来世。这是佛教所阐说的生命观，和中国人对于生命的理解、态度、观念全然不同。中国无论儒家还是道家，都认为生命有生有灭，生命属于人的只有一次。换言之，儒家和道家皆讲生死，持一世生命观，重现世人生，区别只在对待生命的态度上：儒家严生死之界限，既贵死也贵生，珍爱现实生命的价值和意义，奋发图强，只争朝夕；道家则“一死生，齐彭殇”，看淡生死之界限，讲究自然、无为，追求养生、长生乃至永生——永生也仍然是一世生命观，而不是佛教所宣扬的生命轮回。

生命轮回的思想在小说创作中表现为投胎托生的情节。一世生命观是无所谓投胎托生的，只有讲生命轮回，才需要为轮转的生命找一个安托之所。

唐人已有“三生石”的故事。晚唐袁郊《甘泽谣·圆观》：和尚圆观和士人李源同游三峡，见妇人汲水，便对李源说：“是某托身之所。更后十二年中秋月夜，杭州天竺寺外，与君相见。”

后李源如约到杭，果遇一牧童吟唱《竹枝词》道：

三生石上旧精魂，赏月吟风不要论。
惭愧情人远相访，此身虽异性常存。

此牧童即是圆观的后身。像这样转世托生的故事还有一些，如《柳毅传》《云溪友议·玉箫》《本事诗·崔护》等，但并不很多。其实，轮回观念唐人已普遍接受。唐明皇、杨贵妃曾于月下盟誓，“愿生生世世永为夫妇”。李商隐写诗慨叹其事曰：“海外徒闻更九州，他生未卜此生休。”[1]即其证。只是唐人尚未在传奇中普遍地去表现它罢了。

宋代传奇故事中包含投胎托生情节的明显多起来了。一、投胎托生情节往往和因果报应或冤冤相报观念搅和在一起。前世作了恶、作了孽，所以现世受惩罚，成了一弱势者（奴仆、女人或动物）；前世受了冤屈、遭了难，所以现世到某人家里来报复讨债。当然，也有因为友谊或爱情的缘故而转世托生的。二、不仅有投胎托生为人的，还有投胎托生为动物的，内容变丰富了。投胎托生为动物，乃是因为前世的冤孽——在时人看来，动物是由人驱遣、任人宰割的畜生，其地位是不能和人相提并论的。佛教里有三界六道，六道中天、人、阿修罗为三善道，地狱、饿鬼、畜生为三恶道，畜生道处于最底层。佛教主张众生平等，人不应杀生——如《程说》所示，无故杀生者会堕入地狱受罚，但宋代传奇作家在写某人投胎托生为动物——比如说一只鸡——的时候，却似乎忘了这一层意思。试想，印度人敬牛敬猴，但中国人把牛马鸡羊当宠物来养的可能性应该不大吧？

投胎托生情节本身并没有多少讲究，可它对中国文学，特别是后来小说、戏曲写作的意义却不容小觑。它影响了不少小说、戏曲的故事结构模式。后世小说、戏曲以投胎托生为重要情节、关目者不在少数，而且，这其中还很有一些名篇佳作。乔吉以唐

1 ［唐］李商隐：《李商隐诗》，董乃斌评注，北京：人民文学出版社2005年版，第159页。

传奇《玉箫传》为题材，作《两世姻缘》，写洛阳名妓韩玉箫爱韦皋不成，转世相爱终成眷属；话本小说《明悟禅师赶五戒》以苏轼和佛印的友谊为题材，写其异世因缘；西周生作《醒世姻缘传》，写浪荡子晁源前世作孽，今世转生为狄希陈，受尽折磨；李汝珍《镜花缘》写百花仙子寒天开花遭天谴，被罚到人间为百名才女……在这些作品里，投胎托生情节皆如一屋之有柱、梁，是搭建整个故事框架之不可或缺的、关键的部分。杰出的长篇小说《西游记》《红楼梦》中，一些重要或主要人物身上都被赋予了两世因缘的情节，虽未必是关键的段落，却也为广大读者所知晓，并津津乐道。如猪八戒因调戏嫦娥受罚而错投猪胎，即是妇孺皆知、令人忍俊不禁的段子。而宝、黛的木石前盟，对理解《红楼梦》整部小说的寓意来说，无疑是重要的、有意义的。

元明清时期这些有投胎托生情节的故事虽有仅局限于佛教以内的，但更多的却出入于儒、释、道三教之间，如把神仙下凡和异世因缘结合起来等，显示了三教合一的文化形态。

第四节　僧尼众生相

一、宋代传奇中僧尼形象的塑造

佛教徒——僧人、尼姑，广义上说也包括在家修行的居士——是信教人群，有着不同于世俗普通人的生活内容和生活方式，需要吃斋、礼忏、念经、坐禅、说法，还要参与其他佛事，遵守佛教戒律，总之过的是“高尚”的生活；但他们同时又和世俗普通人一样，有其七情六欲，有着善恶美丑之分，是普通社会的一分子、一部分。佛教徒形象的这种二重性在宋代传奇创作中得到了较充分的体现。

和唐传奇相比，宋代传奇写及佛教徒的故事显著地多了起来，僧人、尼姑形象扑面而来，有不少甚至还是故事的主角。出现这种变化并不奇怪，因为时至北宋，佛教不仅完成了本土化，而且更加世俗化了，在朝廷的推波助澜下，僧侣集团迅速壮大和膨胀，不再是“小众”的社会势力，僧俗之间的交流互动也达到了前所未有的高度。一方面，社会大众对佛教文化、佛教教义、佛教事务更加地熟悉起来，遇事便求神拜佛被视为理所当然的事，观音信仰开始流行；另一方面，僧侣们的活动也更加世俗化，贴近社会大众。他们不仅用通俗易懂的方法来阐发、宣扬佛理，扩大佛教的影响面、受众面，而且还屡屡用世俗的行为方式打破佛教戒律，以取悦社会大众。南宋时出现酒肉和尚济公的传说就是一个著名的例子。《水浒传》里刻画了花和尚鲁智深的形象，实际上也是宋代和尚破戒悦俗之现实的写照（虽然《水浒传》一书不是宋人所写）。

然而，宋代传奇作家笔下的僧尼形象却难称精彩，很少能够见到特征鲜明、栩栩如生、令人难以忘怀的人物。基本上都写得干瘪、无趣，令人兴味索然。究其原因大概有：

其一，受限于宋代传奇的整体创作水平（包括人物形象的塑造），此不多言。

其二，唐传奇没有为宋人提供更多的写作范例。唐传奇中直接叙写佛教故事的作品并不很多，写得精彩的佛教徒形象完全没有，像袁郊笔下的圆观，可谓面目模糊，没有特色。大作家元稹作《莺莺传》，以普救寺作为故事发生的主要背景，且有军人袭扰的情节，本可以像后世西厢故事那样，塑造一两个如惠明一般较有特色的僧人形象的，可惜被他放弃了。

有关内容元稹是这样写的：

> 无几何，张生游于蒲。蒲之东十余里，有僧舍曰普救寺，张生寓焉。适有崔氏孀妇，将归长安，路出于蒲，亦止兹寺。……是岁，浑瑊薨于蒲。有中人丁文雅，不善于军，军人因丧而扰，大掠蒲人。崔氏之家，财产甚厚，多奴仆。旅寓惶骇，不知所托。先是，张与蒲将之党有善，请吏护之，遂不及于难。十余日，廉使杜确将天子命以总戎节，令于军，军由是戢。[1]

没有一句涉及僧人，张生纾难仅以“请吏护之”带过，可见元稹志不在写僧。宋人几乎是在完全空白的基础上开辟僧尼形象刻画的。

其三，僧尼有自己特定的生活方式和生活内容。尽管宋代文人士大夫、中下层作家和僧尼之间的联系已相当频繁，但毕竟有所分隔、彼此不同，所以，当传奇作家试图去描写自己并不很熟悉的那种生活、那种人物时，隔膜是在所难免的，很难有生动的体现。再者，僧尼是宗教人物，讲色空、远情爱，要想让他们在小说中有活泼有趣的表现，也着实让人为难。

尽管宋代传奇作家对僧尼形象的刻画如此令人不待见，可我们却不要全盘否定他们的贡献，以及他们的探索精神。毕竟，他们乃是第一次普遍地关注佛教题材创作和僧尼形象刻画，拓展了小说的畛域，积累了有关的创作经验，为后来该类题材创作的发扬光大奠定了基础。椎轮大辂，踵事增华。明清时期《西游记》等优秀神佛类作品的创作如果要追溯其源的话，则包括宋代传奇

---

1 ［唐］元稹：《莺莺传》，见《唐宋传奇集》（卷四），第127—128页。

作家在内的宋人的努力可谓与有力焉。

散落在宋人笔记作品中的大量佛教故事也为我们了解与研究宋代佛教文化提供了真实的资料。

二、为善的僧尼

僧尼与人答礼时常言:“善哉！善哉!”确实，心怀慈悲、为善去恶是僧尼出家修行的重要诉求之一，宋代传奇作家笔下便有众多广做善事的僧尼形象。这种正面形象是宋代传奇中关于僧尼形象的主流创作，反映了时人对于佛教所持的积极态度。

何谓为善？在佛教徒看来，一心向佛、弘扬佛法为善，怜惜生命、恤孤济贫为善；劝善惩恶、泯灭恩怨为善；遵守戒律、持之以恒为善……为善体现在日常生活的各个方面，体现在信佛者所做的每一件事情中，佛教号曰“诸善莫止、诸恶莫作”是也。为善乃心中之虚想，却虚而不妄，不仅有实事相依托，而且终有实报。这一思想理念贯穿于僧尼等佛教人物的形象刻画之中。

由于思想大于形象，我们在此类作品中大体只看到干巴巴的叙事，写僧尼们在为善去恶理念的支配下所做的种种善事、好事，而缺乏过程的描写和细节的刻画，因而损害了人物形象塑造所必需的形象感和鲜明性。在这一方面，甚至还不及侠客、道士等类别的形象塑造。

如：

> 法师名圆清，姓高，住提苇州用城村院。师为人寡言语，尤不晓禅腊，默坐草堂间。请斋则辞不能，纵往，但饮食而已。亦不诵经，又无歌赞，亦不觉铙钹之类。
>
> ——《用城记》

此种概述性语言对人物形象只作粗线条勾勒，没有细部刻画，没有在具体事情叙写中对人物语言、表情、动作、肖像（在小说写作中，肖像描写亦有关乎性格揭示和形象塑造）等等的呈示，所以，如此人物形象并不会给人们留下深刻印象。

此种概述性描写再如：

> 庆之司狱，常以矜慎自持。好洁，狱应囚具必亲沐，至暑月尤数。……饮食、汤药、卧具，必加精洁。……好看《法华经》，每有重囚就戮，则为之斋素诵佛，一月乃止。
>
> ——《张佛子传》

张庆（信佛的居士）之个性——矜慎、好洁及心慈——同样不是体现在具体的事情叙写中，也不是体现在人物行动时的语言、表情、动作、肖像等描写中，而是由作者直接说出，并以概括事项略加印证。无疑，这是古代散文的写法，却是以小说体裁来塑造人物的大忌，是非常不可取的。可惜不少相关作品都是这么写的，在此不作过多论述。

三、作恶的僧尼

佛教主张为善去恶，可信佛的僧尼、居士并不生活在世俗之外、净土之中，而是普通社会的一员，他们有着七情六欲、爱恶喜怒，当然也和其他社会成员一样，有着善恶美丑的区分。为善的，自然是吃斋念佛，谨言慎行，谨守佛门清规，这一群人前文已有所论；而“作恶”的呢，却也是样样来得：有不顾佛门戒律，茹荤饮酒的，乃至有与人通奸而怀孕的（《陈生》中的尼姑）、与人合伙谋陷人的（《狄氏》中的尼姑）、夺人妻子害人性命的（《中州仕宦者》中的和尚），等等，不一而足。

从传递“正能量”的角度看，为善的僧尼当然是好；但从小说形象塑造的角度看，作恶的僧尼却写得更形象、更生动，给人留下深刻的印象。

如《狄氏》写尼姑合伙谋陷人，就是一段鲜活的文字：

有滕生者，因出游观之，骇慕丧魂魄，归悒悒不聊生。访狄氏所厚善者，或曰：“尼慧澄与之习。”生过尼，厚遗之。日日往，尼愧谢问故，生曰：“极知不可，幸万分一耳，不然且死。”尼曰：“试言之。”生以狄氏告，尼笑曰：“大难！大难！此岂可动耶？”具道其决不可状。生曰：“然则有所好乎？”曰：“亦无有，唯旬日前属我求珠玑，颇急。”生大喜曰：“可也。”即索马驰去。俄怀大珠二囊，示尼曰：“直二万缗，愿以万缗归之。”尼曰：“其夫方使北，岂能遽办如许偿邪？”生亟言曰：“四五千缗，不则千缗、数百缗皆可。”又曰：“但可动，不愿一钱也。”

尼乃持诣狄氏，果大喜，玩不释。问须直几何，尼以万缗告。狄氏惊曰：“是才半直尔。然我未能办，奈何？”尼因屏人曰：“不必钱，此一官欲祝事耳。”狄氏曰：“何事？”曰：“雪失官耳。夫人弟兄夫族，皆可为也。”狄氏曰：“持去，我徐思之。”尼曰：“彼事急，且投他人，可复得耶？姑留之，明旦来问报。”遂辞去，且以告生，生益厚饷之。

尼明日复往，狄氏曰：“我为营之，良易。”尼曰：“事有难言者，二万缗物付一秃媪，如客主不相问，使彼何以为信？”狄氏曰：“奈何？”尼曰：“夫人以设斋来院中，使彼若邂逅者，可乎？”狄氏赪面摇手曰：“不可。”尼愠曰：“非有他，但欲言雪官事，使彼无疑耳。果不可，亦不相强也。”狄氏乃徐曰：“后二日我亡兄忌，可往，然立语亟遣之。”尼曰：“固也。”尼归及门，生已先在，诘之，具道本末。拜曰：“仪、秦之辨，不加于此矣。”

及期，尼为斋具，而匿生小室中，具酒肴俟之。晡时，狄氏严饰而至，屏从者，独携一小侍儿。见尼曰：“其人来乎？”曰：“未也。”呗祝毕，尼使童子主侍儿，引狄氏至小室……

滕生谋人妻之色，骗他人之情，固然可恶（后来滕生更向狄氏丈夫出卖了狄氏，要回了自己用以谋色骗情的珠宝，更是小人行径，前文已论，此处不表）；而老尼慧澄竟“贪贿说风情”，干起了《水浒传》中王婆的那等勾当，则尤其可恶至极。她一是助纣为虐，帮滕生谋人妻之色，二是引诱并逼迫狄氏就范，使其最终下水，三是为此不堪之情提供场所、担任掩护，凡此种种，都只是为了滕生给的一点蝇头小利（“生益厚饷之”）。这不仅严重破坏了佛门清规，甚至连普通人也不如，可谓僧尼中的败类。

这段文字令人称道之处是作者廉布对老尼慧澄的形象刻画。他欲曝人之恶，却克制了好恶之情的流露和直接评判的冲动（宋人有此写作习惯），以冷静客观、不动声色的叙事，让故事人物自己站出来“表演”，好坏交由读者评说。慧澄是个什么样的人？廉布只是平铺直叙，不厌其烦地写慧澄说过的话、做过的事，不添油加醋，不故弄玄虚，不设置悬念、倒叙补笔，可就是这样，慧澄却活脱脱地站在我们面前了。作者所用语言，特别是人物对话——此一大段文字几乎皆由人物对话构成——非常生活化、口语化，读来很亲切。如慧澄引诱并逼迫狄氏就范的一节，慧澄的心机、手段、神态等，皆毕现于她对狄氏所说的话中。狄氏一有所犹豫或拿不定主意时，她就立刻找到应对之策，以决其疑、导其思、坚其心。言语之外，再配上简短的动作（“尼因屏人曰”）和神态动词（“尼愠曰”），一个老谋深算、能言善辩而又内心肮脏的尼姑形象便跃然于纸上，令人难忘。这时候，她心里只想着钱，只想完成“交易”，其他什么佛门戒律、善恶报应或礼义廉耻之类，都不在她的考虑中了。

康与之《中州仕宦者》写一个和尚夺人妻子害人性命，虽然刻画的形象不够鲜明，艺术创造力和表现力不及《狄氏》，但相较于那些写“好和尚、好尼姑”的宋代传奇，还算是差强人意，也就是说，把这个和尚的恶毒本性给写出来了。这个和尚看上了中州仕宦者的妻子，便假意与中州仕宦者交往、联亲、赠送财物盘缠，然后让中州仕宦者留妻子在山庵而独自赴任，又一不做二不休，买通船夫在其赴任途中杀掉了中州仕宦者。船夫完事后回头来勒索和尚，和尚“不能堪”，“一夕中夜”“持斧”“往将杀之”，被船夫的妻子发现，船夫逃过一劫。船夫告官，和尚被法办。

《中州仕宦者》的艺术表现之失在于，作者仅用陈述性的语言来叙事，而不是像《狄氏》那样，通过故事人物自身的语言行动来展现事情的进展，由此，故事人物的音容笑貌便不能得到真切的表现，故事人物的内心世界也不能得到深刻的揭示。故事人物没有“说话”，我们便只能看到一个扁平的形象。

尽管如此，《中州仕宦者》在佛教类的宋代传奇中仍然属于写得比较好的作品。

由《狄氏》《中州仕宦者》等作品扩而大之，我们不难得出一个一般性结论：宋代传奇中作恶的僧尼形象通常刻画得比为善的僧尼形象要好。这未必与作家的才情相关，而可能渊源于“恶”与“善”的不同性质之艺术表现。黄庭坚、秦观皆是文坛巨匠苏东坡的高足，其文学才情不可谓不丰矣，然而他们所刻画的僧尼、居士形象，如尼法悟、李氏女、龙井辩才等却难称成功，甚至远不如在后世已寂寂无名的廉布笔下的老尼慧澄形象。

为什么恶人容易写得出彩呢？我们可以从古代文学理论中找到根据。古人有言："夫和平之音淡薄，而愁思之声要妙，欢愉之辞难工，而穷苦之言易好也。"[1]意思是说，在诗文创作中，表现怨愤的思想感情要比表现喜乐的思想感情更为合适，也更易出彩。韩愈还说过："大凡物不得其平则鸣。"[2]也是要求诗文创作要表现怨愤的思想感情[3]。这种认识并非始于韩愈。先秦时期，孔老夫子即告诫后人："诗可以怨。"[4]孔老夫子是饱读诗书的，他的话乃是经验之谈，是真知灼见。大史学家司马迁也提出过"发愤著书"的著名论断。

这是针对诗文创作而言的。其实移用于小说创作，情况类似，只是由于小说与诗文的体裁性质不同，上述命题的表现形式要相应地有所不同罢了。小说以叙事写人为主，那么，叙坏事写坏人、着意于暴露和批判的小说创作[5]就要比叙好事写好人、着意于歌颂和赞扬的小说创作[6]更容易成功。这是一样的逻辑。正是出于怨愤的思想感情，才会去叙坏事写坏人、着意于暴露和批判；而要叙坏事写坏人、着意于暴露和批判，就得使出手段，认真对待所写的材料，要让读者读了以后真的觉得你所叙之事和所写之人确实已坏到了极点，十恶不赦，万劫不复。唯其如此，才是好文章。

譬如说曹操，历史书上说他是大好人，你却偏要说他是大坏人，那么好，可以，但你要拿出证据来，而且要写得让人相信。

1 ［唐］韩愈：《韩愈全集校注》，第1671页。

2 ［唐］韩愈：《韩愈全集校注》，第1464页。

3 钱锺书认为韩愈的所谓"不平"既包括怨愤之情也包括喜乐之情，而不偏指怨愤之情，即黄庭坚诗句"与世浮沉唯酒可，随人忧乐以诗鸣"中"忧乐"的同义语。见钱锺书《七缀集》"诗可以怨"，上海：上海古籍出版社1994年版，第125—128页。

4 ［清］刘宝楠：《论语正义·阳货》，见国学整理社编《诸子集成》（第一册），第374页。

5 如《三国演义》写曹操、《金瓶梅》写西门庆、《儒林外史》写二严、《红楼梦》写贾府之恶等。

6 如《三国演义》写刘备、《西游记》写唐僧等。

他究竟如何忘恩负义、老奸巨猾、假仁假义、残害忠良、包藏祸心……你须用细致生动的事例来予以展示，揭开他的画皮来。不像写刘备，天下都说他是大好人，你也说他是大好人，有了这先入之见，那还用你抖擞精神去描写、去表现吗？你大可以偷懒着写。所以，通常情况之下，坏人比好人容易写得好，那是情势给逼出来的，不得不然的结果。

转回到传奇的僧尼形象塑造的问题上，好的僧尼都是天天吃斋念佛、打坐参禅，这其中能有多少有趣的故事呢？唯有坏的僧尼与众不同，得使出十二分的精神来写出他的坏，才是作者的应尽之责。

第五节　佛教意象：莲花与梦

一、文人吟咏的莲花和佛教的莲花意象

《尔雅·释草》："荷，芙渠……其华菡萏，其实莲，其根藕。"[1]因为莲是荷之实，所以人们将荷、莲混称，莲花即荷花。莲花是中国人常见之物，南方地区普遍种植，尤以江南的莲花最为人知。古乐府《江南》："江南可采莲，莲叶何田田。"[2]王勃《采莲曲》："采莲归，绿水芙蓉衣，秋风起浪凫雁飞。"[3]朱自清《荷塘月色》：

1 《尔雅》卷八《释草第十三》，[晋]郭璞注，见中华书局编辑部编《汉魏古注十三经》(下)，据中华书局1936年版《四部备要》缩印，第77—78页。

2 [宋]郭茂倩：《乐府诗集》，上海：上海古籍出版社1998年版，第315页。

3 [唐]王勃：《采莲曲》，见陈贻焮主编《全唐诗》(第一册)，北京：文化艺术出版社1997年版，第386页。

采莲是江南的旧俗，似乎很早就有，而六朝时为盛；从诗歌里可以约略知道。……

……

于是又记起《西洲曲》里的句子："采莲南塘秋，莲花过人头；低头弄莲子，莲子清如水。"……[1]

莲花又是佛教文化中第一圣洁之物，佛、梵天[2]、观音的形象塑造皆与莲花有关，如梵天诞于莲花、观音坐于莲座等。《西游记》第四十二回：

菩萨接在手中，抛将去，念个咒语，只见那刀化作一座千叶莲台。菩萨纵身上去，端坐在中间。行者在旁暗笑道："这菩萨省使俭用。那莲花池里有五色宝莲台，舍不得坐将来，却又问别人去借。"……[3]

因此之故，莲花既成为中国历代文人笔下的常见意象之一，也成为佛教题材的文学作品中的一个重要意象，只是分别表现了不同的思想意义，传递了不同的文化信息。佛教作品中的莲花意象成为历代文人笔下莲花意象所含意义的一个补充。

我们首先想到的是战国时期楚国大诗人屈原。他忠君报国，主张联齐抗秦，政治上推行改革，却遭到怀王、顷襄王的疏远和流放，以及楚国贵族权臣的排挤、打击、陷害，郁郁不得志，并在汨罗江自沉以终。他把自己的理想抱负和胸中的苦闷痛苦写成

---

1 朱自清：《荷塘月色》，见石乡编选《朱自清散文名篇》，长春：时代文艺出版社2003年版，第59—60页。

2 梵天原为婆罗门教、印度教里的创造之神，世界万物皆由他创造。佛教吸收梵天为护法神，是释迦牟尼佛的右胁侍，又是色界的初禅天王。

3 ［明］吴承恩：《西游记》，北京：人民文学出版社1980年版，第546页。

一首首浪漫主义的诗篇，向重华陈词，命灵氛吉占，“上陈事神之敬，下见已之冤结，托之以风谏”[1]。他的理想世界里有许多美好的事物，其中就包括荷（莲花）：“进不入以离尤兮，退将复修吾初服。制芰荷以为衣兮，集芙蓉以为裳。”[2]“筑室兮水中，葺之以荷盖。……芷葺兮荷屋，缭之兮杜衡。”[3]莲花虽然生长于污泥之中，却能够保持高洁的品格，而不与世推移，“淈其泥而扬其波”[4]。宋代理学家周敦颐有两句话对莲花概括得好：“出淤泥而不染，濯清涟而不妖。”[5]屈原所处的环境和莲花脚下的污泥颇有相似之处，屈原所追求的独立人格亦颇似莲花习性，故他以莲花自比，用莲花来构筑自己的理想世界。

然而，圣洁的理想却敌不过黑暗的现实，自己尽力追求理想却总是劳而不得、无功而返，“采薜荔兮水中，搴芙蓉兮木末”[6]。薜荔缘于树，莲花生于水，那么，到水中能找到薜荔，到树上能找到莲花吗？在对湘水之神的祭悼中，屈原表达了心中追求理想而不得的深深痛苦。

《古诗十九首》里有一篇《涉江采芙蓉》，此诗借莲花意象来表达游子思乡思亲之情。意义诚然和屈原笔下的有雅俗之别，而且莲花已经采摘于手中了，可是“采之欲遗谁？所思在远道”[7]，中有所思、求之不得的感受和屈原却是一样的、一脉相承的。

同样的感受也出现在了曹植的笔下：

1 ［汉］王逸：《楚辞章句·楚辞章句序》，见《四部丛刊》影明翻宋本《楚辞》卷一。

2 汤漳平：《楚辞评注》，上海：上海三联书店2014年版，第16页。

3 汤漳平：《楚辞评注》，第81—82页。

4 汤漳平：《楚辞评注》，第289页。

5 ［宋］周敦颐：《爱莲说》，见《古文鉴赏词典》（上册），上海：上海辞书出版社1997年版，第1253页。

6 汤漳平：《楚辞评注》，第73页。

7 ［南朝梁］萧统编：《文选》，第223页。

其形也……远而望之，皎若太阳升朝霞；迫而察之，灼若芙蕖出绿波。[1]

出现在了《西洲曲》中：

开门郎不至，出门采红莲。采莲南塘秋，莲花过人头。低头弄莲子，莲子清如水。置莲怀袖中，莲心彻底红。忆郎郎不至，仰首望飞鸿。[2]

由追求理想、上下求索（屈原、曹植）到采莲赠人、表情达意（《涉江采芙蓉》《西洲曲》），莲花意象在继承中悄悄地经历了一次意义上的嬗变，趋势是由上而下，由雅而俗。由于莲花曾被用来刻画湘夫人、洛神的形象，后世文人便爱用莲花来写女子之形，形成套路——这也是一种由雅而俗的降格。其中最著者莫过于写卓文君“眉色如望远山，脸际常如芙蓉”，用莲花形容文君容貌的姣好。唐人有诗云：“脸似芙蓉胸似玉。”[3]此外还有“步步生莲花”的典故[4]，形容女子轻盈曼妙的体态。

另一种由雅而俗的降格是用莲花来写爱情相思。其中的原因有四。一、文人有用莲花来表达追求与相思的传统。二、莲花像女子之形（轻盈、姣好），而女子常常是爱情作品里的主角。三、青年男女往往在采莲时谈情说爱。莲生于水，水中有鱼，鱼在莲花中间畅游嬉戏，这多像青年男女们在谈情说爱——故古乐

---

1 ［汉］曹植：《洛神赋》，见程怡选注《汉魏六朝诗、文、赋》，广州：广东人民出版社2004年版，第133页。

2 ［宋］郭茂倩：《乐府诗集》，第775页。

3 ［唐］白居易：《白居易集笺校》，第156页。

4 《南史》卷五《齐本纪下·废帝东昏侯》：“又凿金为莲华以帖地，令潘妃行其上，曰：‘此步步生莲华也。’”

府《江南》云："鱼戏莲叶间。鱼戏莲叶东，鱼戏莲叶西，鱼戏莲叶南，鱼戏莲叶北。"[1]稚拙古朴的民歌风格展现了一幅动人的画面：莲叶在风中翩翩起舞，鱼儿在水中嬉游戏水，青年男女们则划着小舟，一边忙碌着穿梭采莲，一边互唱情歌，传递欢爱相思。人间之美好莫过于此。四、莲花的"莲"和怜爱的"怜"同音双关，又有"藕断丝连"的成语，诗人们可以借莲花来委婉、含蓄地表达相思怜爱之情。类似的情况还有折柳送别（"柳"与"留"谐音）等。

佛教故事（如一些宋代传奇作品、元明小说戏曲作品）里莲花意象的意义其实也经历了一次由雅而俗的降格。通常情况下，莲花在佛教文化语境里代表着妙相庄严、禅心圣洁，如果佛或菩萨形象之上配以金色莲花，则令人倍加虔敬，景象也为之改观。莲花虽生温热地区，但其性清凉，其形洁净，躁动之人若见莲花，其性自安；寡欲之人若见莲花，其心尤静。如此颇合佛家释子的禅心定性，故佛教有所谓火生莲花的异象，而释子亦有"莲花不著水"（杜默《用城记》）的意义讲说。莲花在宋代传奇中通常代表了清凉世界，能去除秽浊、消解烦恼和痛苦、回归宁静安生。此为佛教莲花意象之雅意。

然而，在后来的元明小说戏曲中，莲花意象——以妓女红莲的人格化形象出现——却变得恶俗起来。徐渭《玉禅师翠乡一梦》杂剧写一名叫红莲的妓女勾引高僧玉禅师破身毁道，其红莲之名即莲花的隐喻。中有句云："腰间所积菩提水，泻向红莲一叶中。"明示红莲为有叶之莲花，像女阴。此故事在元明流行甚广，连《清平山堂话本》《古今小说》（《喻世明言》初刻本）也有专篇讲述。探究以莲花喻女阴之原因，盖是出于婆罗门教、印度教中梵天诞于

1 ［宋］郭茂倩：《乐府诗集》，第315页。

莲花的传说。《老子》第六章："谷神不死，是谓元牝。元牝之门，是谓天地根。绵绵若存，用之不勤。"[1]玄牝即生生不息、永恒不灭之道，是天地万物之所从来的本源。此处红莲所隐喻的莲花乃可看作是佛教版的玄牝，莲花诞梵天，梵天造万物，于是有了色界的一切。

这当然无损于莲花在佛教文化里圣洁的意义。古人云："圣人不凝滞于物，而能与世推移。"[2]佛教亦倡言一切皆空，反对凝滞执着，故雅俗贵贱之意不妨空灵地看待，无须斤斤焉。佛祖在佛教中可谓地位尊崇、至高无上，然而佛教中有佛头着粪之说，而得道高僧毁佛骂祖之事亦时有所闻，并没有什么大不了的。随着佛教在中国民间的广泛传播，以及佛教故事的俗讲形式，佛教意义的通俗化理解乃至庸俗化理解在所难免。类似玉通红莲/和尚妓女这样的故事正是此情况下的产物。其实在佛教文化中，最要紧的是觉悟佛性，至于庸俗与否，那倒是比较次要的事。《西游记》写唐僧师徒历尽艰辛，去西天求取真经，对佛教可谓尊崇备至，可书中却多有如来、观音"偷奸耍滑""促狭使坏"的段落，令人忍俊不禁、醒睡喷饭，然而，这影响到了我们对如来、观音的尊崇之情吗？这影响到了我们对于佛教的敬意吗？没有。我们只觉得如来、观音更加可亲可爱了。我们更增加了对于佛教的敬意。

这正如庄子论道之所在：

> 东郭子问于庄子曰："所谓道，恶乎在？"庄子曰："无所不在。"东郭子曰："期而后可？"庄子曰："在蝼蚁。"曰："何其下邪？"曰："在稊稗。"曰："何其愈下邪？"曰："在瓦甓。"曰："何其愈甚邪？"曰："在屎溺。"

1 ［春秋］老子：《老子道德经》（上篇），见国学整理社编《诸子集成》（第三册），第4页。
2 ［南朝梁］萧统编《文选》，第264页。

东郭子不应。[1]

东郭子原非解人，他的智性被庄子每况愈下的表面解说所遮蔽，而不能悟入道无所不在的道理。佛教故事中莲花意象的意义也是如此。只要悟入佛性本空的真谛，那么，莲花意义的雅与俗又有什么关系呢？一个僧人和他的徒弟路遇一个女子要渡河，非常着急可怜，僧人二话没说，背起女子就下了水。把女子送到对岸之后，师徒二人继续赶路。徒弟满腹狐疑地问："师父，经书上讲，僧人不近女色，您刚才为啥背那女子呢？"师父答道："啥女子？哦，我早已把她放下了。怎么，她还在你的心里？"道行之深浅、雅俗之分别，乃是如此。

二、梦意象的解析

梦是神佛类传奇作品中另一个引人注目的重要意象。

在此类作品中，"梦"字出现的频率很高，既可能是一个动作也可能是一个意象。作为动作时，梦见什么乃是沟通此世界和彼世界的一种方式：在梦见之前，人物生活在此世界；在梦见之后，人物则到了彼世界中。"梦见"起到了一个提示作用。当然，也有"死（而复生）""恍惚间"等说法，但作用和"梦见"是相同的，此不多言。

作为意象时，梦（梦境）则生动地展现了彼世界——包括地狱世界、心魔世界和其他异世界乃至某些异世因缘——里的生活情景，是作家们驰骋想象、发挥创造力的重要场所。

梦意象堪称不少神佛类传奇作品的灵魂部分、核心内容。

如秦观《录龙井辩才事》写辩才法师为嘉兴陶县令之子治怪

1 ［清］郭庆藩：《庄子集释》，第749—750页。

病（柳树精附体作祟），则其中柳树精被驱逐的情形是借助梦意象来呈现的：

是夜，儿寝安然，不复如他时矣。……是夜谓儿曰："辩才之功，汝父之虔，无以加焉，吾将去矣。"

白天疯傻，夜晚梦闹，此是柳树精附体的症状，驱逐柳树精则不复梦闹矣。

又如黄庭坚《李氏女》：

昭德，赵郡李氏丙申女，初名如璋。往岁，泊舟僧伽浮图下，梦人教改名曰昭德，遂依用之。熙宁甲寅岁春，随侍其先君司封在曲江。梦一妇人，年三十许者……是岁九月，梦一神女从空中而下，指昭德曰：……方梦时，不知问"九五齐行"是何义，觉而问人，莫能训说。由是寄心香火因缘，不视世间事，且二岁余。……元丰戊午仲冬十五夜戊子，梦曲江所梦之妇曰：……庚寅日昳时，忽得寐，梦一女子，从卫如贵人，熟视之，乃甲寅所梦见之神女也。……

冤冤相报的纠葛全以梦意象来联结，并因此使主人公李昭德皈依佛教。

梦意象在此类作品中的地位和作用由此可见一斑。

为什么会如此呢？这和作为一种特殊意象的梦境的特性不无关系。一般的意象皆表现为占据一定物理空间的可视物的存在，如山石草木江河之类，可梦境不是。它是可视的，却不可触摸、渺渺杳杳，你永远也寻不到它的踪迹。它是有形的，却不断地在变换形状，每一种形状中都包含着许多意思和启示，让你去猜测。它包含着各种人事物象，却皆缘于臆想，出于心造。每个人都知道它、熟悉它，可又觉得它无比的陌生、无限的神秘。梦是诸多文学意象中极特别的一个意象，梦境界是诸多文学境界中极不可思议的一个境界。

梦意象的这种既形象又不确定的特性恰好契合了佛教对于有形物质世界（“色”）的解释。佛教认为，有形物质世界（“色”）虽然可视可触，却是不能永恒、不能持久的，它有一个包括成、住、坏、空四劫波的周期性的生灭过程。换言之，它最终会走向毁灭（坏）、虚无（空），因而眼前所见（成或住）在其终极意义上说，皆是暂时的，虚妄不实的。这就如同梦中所见，一觉醒来，全都灰飞烟灭，化作乌有。所以《金刚经》上说：“一切有为法，如梦幻泡影。”《心经》上说：“色不异空，空不异色；色即是空，空即是色。”人不要执着于眼前事物，亦如同对梦中事物不可执着一般。有人说，梦中事物太美了，我想抓住。试想一想，你抓得住吗？

其实，想抓住梦中事物的可谓大有人在，非仅是佛家释子在谈梦说梦，非仅是神佛类传奇作品中梦话连篇，大凡文人墨客、羽士神仙、渔夫农妇、三教九流等，皆莫不喜谈梦境，“天下岂少梦中之人耶”[1]！只不过，人各言梦，各梦其梦，所言之及侧重有所不同罢了。其中，除了《周公解梦》等书为世俗之人以梦预测吉凶提供标准答案外，最著名、最有意味的要数一些文人墨客笔下的梦境了。

庄子自叙的一场梦常为后人所津津乐道：

1 ［明］汤显祖：《牡丹亭》“题词”，第1页。

> 昔者庄周梦为胡蝶，栩栩然胡蝶也，自喻适志与，不知周也。俄然觉，则蘧蘧然周也。不知周之梦为胡蝶与，胡蝶之梦为周与？周与胡蝶，则必有分矣。此之谓物化。[1]

这场梦内容虽不丰富，但感觉敏锐、寓意深刻，表现了物我同一的思想。后人从中引申出年华似水、人生如梦的感慨："庄生晓梦迷胡蝶，望帝春心托杜鹃。"[2]或是对朋友之情谊的追忆："别后旋成庄叟梦，书来忽报惠休亡。"或是对世俗名利的看淡："忽忽枕前蝴蝶梦，悠悠觉后利名尘。"有的甚至还用来讽刺某种社会丑恶势力："挣破庄周梦，两翅架东风，三百座名园，一采一个空。"[3]当然，也有不作引申，很平实地用来指代打瞌睡："困才成蝶梦，行不待鸡鸣。"但不管怎么样，这已经证明，庄子成功创建了一个很有意味的梦意象。

成功嵌入梦意象或直接描写梦境的诗作不计其数，最有名的莫过于李白《梦游天姥吟留别》、李贺《梦天》等。直接以梦为题，所写皆出于想象，或雄奇或神奇，绚烂瑰丽，引人入胜，堪称浪漫主义的诗歌杰作，给人以很美好的阅读感受。

---

1 ［清］郭庆藩：《庄子集释》，第112页。

2 ［唐］李商隐：《李商隐诗》，第66页。

3 ［元］王和卿：《咏大蝴蝶》，见张月中、王纲主编《金元曲》，郑州：中州古籍出版社1996年版，第2434页。

第四章

宋代传奇与道家、道教

第一节　宋代的道家、道教和传奇小说中的道家、道教题材

一、道家思想与文学创作

道家和道教既相互联系又相互区别。道家是我国先秦时期出现的一种哲学思想，道教则是比较后起的一种宗教学说，两者之间是有很大区别的。但是，道教奉道家思想的创始人老子为祖师，其教义中又吸收了道家思想的若干精神，如贵生、隐逸、无我、寡欲等。道教以道家思想作为设教的基础，后世人常把道家和道教相混为一，或至少看作是密切相关的。道家和道教皆深刻影响了后世文人的思想行为、生活方式，和文学创作也有着相当密切的关系，需要予以探究。

大体说来，道家对诗词歌赋等雅文学的影响比较明显，道教的影响则在小说、戏曲等俗文学的创作中有较多表现。宋代文学即是如此。苏、黄等作家是道家思想的信奉者，从其作品中可摭拾到道家学说的思想倾向或重要元素。

如黄庭坚《水调歌头》词：

> 瑶草一何碧，春入武陵溪。溪上桃花无数，枝上有黄鹂。我欲穿花寻路，直入白云深处，浩气展虹霓。只恐花深里，红露湿人衣。
>
> 坐玉石，倚玉枕，拂金徽。谪仙何处？无从伴我白螺杯。我为灵芝仙草，不为朱唇丹脸，长啸亦何为！醉舞下山去，明月逐人归。[1]

表现了道家远离凡尘、隐逸避世的思想。

而有关道教的话题却更多是在宋代传奇、志怪中表现的。形成这种差异的原因在于，道家思想是一种富于思辨、充满学理、追求形而上的智慧文化；而道教与之相反，热衷于向世俗社会传教，具有强烈的世俗性特征。

道家的思辨性、学理性我们可以从《道德经》中得到充分认知。《道德经》为我们提供了一种有别于儒家的观察宇宙人生的独特的视角和方法。儒家是经验性的，道家是超越性的；儒家是归纳型的，道家是思辨型的；儒家是注重功用的，道家是研究本体的。由是，道家和儒家构成了一种既对立又互补的关系，是后世文人非常乐于从中汲取养料的重要的思想资源。

在先秦老庄等人开创了道家学派的恢宏局面之后，道家思想在后世几经沉浮，欲断还续。先是在西汉初年，统治者鉴于秦祸，以道家黄老之学治国。至武帝“罢黜百家，独尊儒术”，道家思想暂退；然武帝颇好神仙方术，世称“外儒内道”。东汉中叶，道教起，与道家亦有渊源。汉末动乱，儒学崩坏，篡逆四起，篡逆者

---

1 ［宋］黄庭坚：《水调歌头》，见唐圭璋编《全宋词》（第一册），第386页。

以恐怖高压手段治国，导致人人自危，生命不保，由是，道家思想再兴，成为玄学。玄学在魏晋六朝时期一直是显学，学者以道家思想安身立命，清谈玄理，山水独照。与此同时，道教、佛教亦声势渐大，而儒家思想则处于衰微的状态。究其背后原因，乃是汉末以来的社会乱局一直未有改观。至唐，因皇室所勾勒的与老子之间说不清道不明的渊源关系，道家和道教成为统治者的宠儿：道家的《庄子》升格为《南华经》，道教也升格为准国教，在政治及文化上获得了与儒、佛相抗衡的地位。宋代大体承继了唐代儒释道鼎峙的思想文化生态，道家思想亦颇深入人心。

道家与文学的结缘殆始于先秦。战国时期道家学说的代表人物庄子是世所公认的大才子、大作家，他的作品想象瑰丽夸诞，比喻丰富新奇，文风汪洋恣肆，风靡于后世无数的读者之间。他的创作表述了道家思想，却又具有斐然的文采。

文学名著《吕氏春秋》《淮南子》虽是杂家类著作，但其思想基调却大体上可以归入道家。

东晋南朝时期，道家思想显著推动了文学事业的进步。玄学研究促使人们观察山水之“象”，领悟自然之“意”，从而导致文学与山水自然之间更紧密的结合，推动了田园文学和山水文学的创作。田园风光和山水景物在此前的文学作品中并不多见，此时则得到了大力关注与细致描写，并深刻影响了唐宋文学创作的面貌。“狗吠深巷中，鸡鸣桑树巅。”[1]“池塘生春草，园柳变鸣禽。”[2]这些诗句读起来是多么亲切有味、形象生动啊！那么，它们和道家的思想学说有什么关系呢？且听诗人们自己是怎么说的。“此中有真意，欲辩已忘言。”[3]“虑澹物自轻，意惬理无违。寄言摄生客，试

1 ［晋］陶渊明：《归园田居》，见程怡选注《汉魏六朝诗、文、赋》，第371页。

2 ［南朝宋］谢灵运：《登池上楼》，见程怡选注《汉魏六朝诗、文、赋》，第406页。

3 ［晋］陶渊明：《饮酒》（其二），见程怡选注《汉魏六朝诗、文、赋》，第381页。

用此道推。”[1]思玄悟道，见理忘机，表现了道家思想对他们的深刻影响。

同时期的文艺理论家如刘勰等，在其文艺见解和理论表述中亦显示出道家思想的影响。刘勰自言“予生七龄，乃梦彩云若锦，则攀而采之。齿在逾立，则尝夜梦执丹漆之礼器，随仲尼而南行”[2]，又于其皇皇巨著之首倡原道、征圣、宗经之说，则其崇儒明矣；然其所谓道乃“自然之道也”[3]，非先秦荀子所标榜的“先王之道”。刘勰虽然将“自然”二字经由《易经》的阐说而归于儒家名下，但实际上，我们毋宁视之出自道家思想更为妥当些。“自然”是道家思想的核心观念之一，而儒家通常是不讲“自然”的。刘勰还在其他论述中娴熟地、不露痕迹地运用老庄的理论术语来阐说他的文艺思想，如“玄解之宰”“独照之匠”等等。

唐代诗人在大力描写山水田园的同时，更是从人生理念、生活方式、创作风格、思维模式等方面接受了道家的影响。

李白《上李邕》：

> 大鹏一日同风起，扶摇直上九万里。假令风歇时下来，犹能簸却沧溟水。……[4]

直接隐括《逍遥游》中的大鹏意象，表现了一种力量之美。李白在创作想象力、创作风格、语言形态乃至傲视权贵的人生态度等方面都和庄子有着极大的相似性以及不解的渊源。

唐代另一个深受道家思想影响的著名诗人是中唐时期的白居

1 ［南朝宋］谢灵运：《石壁精舍还湖中作》，见程怡选注《汉魏六朝诗、文、赋》，第417页。
2 ［南朝梁］刘勰：《文心雕龙注释》“序志”，第534页。
3 ［南朝梁］刘勰：《文心雕龙注释》“原道”，第1—2页。
4 ［唐］李白：《上李邕》，见陈贻焮主编《全唐诗》（第一册），第1345页。

易。他年轻时以诗歌为匕首投枪，积极地揭露现实弊端，批判社会黑暗，纠正朝廷政治，是颇有一番作为的。但在江州贬官之后，他先是以“穷则独善其身”自命，逐渐取一种消极的人生倾向；后来更滋生出道家的“知足不辱”“明哲保身”的思想，并以乐天自号。“面上灭除忧喜色，胸中消尽是非心。”[1]“多知非景福，少语是元亨。”[2]他的好友刘禹锡也说他晚年“吏隐情兼遂，儒玄道两全”[3]，所谓“隐情”“玄道”，就是白居易晚年思想中浓厚的道家色彩。他虽然仍不时关心民间疾苦（所谓吏情儒道），写着“心中为念农桑苦，耳里如闻饥冻声”[4]“稳暖皆如我，天下无寒人”[5]这样的句子，但实际上已无可无不可了。

值得注意的是，道家思想对文学的影响这时候已反映到唐传奇的创作上了。

沈既济作《枕中记》，写卢生在逆旅梦中，经历他平生所热望的“出将入相”的生活，然梦中醒来，一饭尚未熟耳！他自此大彻大悟，万念俱息。虽然此作是受了刘义庆《幽明录》“焦湖庙祝”的启发而写的，但很明显，表现了唐代的官场现实，反映了道家厌弃功名的思想。

另外一篇同样表现道家厌弃功名之思想主题的著名传奇作品是李公佐的《南柯太守传》。写淳于棼酒后入梦，为槐安国驸马并任南柯太守，勤政爱民；后因与敌国交战失败兼公主病死，招致谗言与宠衰，被遣出郭。他寻梦之所在，始知所谓槐安国、檀萝国云云，皆蚁穴耳！一切皆虚幻不实，人生也是如此！淳于棼勘

---

1 ［唐］白居易:《咏怀》，见陈贻焮主编《全唐诗》(第三册)，第411页。

2 ［唐］白居易:《江州赴忠州至江陵已来舟中示舍弟五十韵》，见《白居易全集》，珠海：珠海出版社1996年版，第302页。

3 ［唐］刘禹锡:《酬乐天醉后狂吟十韵》，见陈贻焮主编《全唐诗》(第二册)，第1667页。

4 ［唐］白居易:《新制绫袄成感而有咏》，见《白居易全集》，第529页。

5 ［唐］白居易:《新制布裘》，见《白居易全集》，第19页。

破世情，乃栖心于道门，不再过问世事。

借助梦与酒表现道家思想精神的写法在晚唐传奇乃至宋代传奇中得到了延续。如宋人作《希夷先生传》，写陈抟饮酒、闲游、厌弃功名，颇有先秦庄子的风范。陈抟是道士，但该传奇中所表现的更多是道家的思想精神，与一般的道士形象（炼丹、修持、作法、驱鬼等）不太一致。

宋代作家中深受道家影响，和道家有着莫解之缘者无逾于苏轼。苏轼一生既学儒又参悟禅宗，同时服膺庄子，三种看似很矛盾的思想竟和谐地集于苏轼一身。苏轼可谓道家大师庄子的后世知音。他多次因言获罪，遭受迁谪，人生坎坷无比；但他始终乐观旷达，抱持一种超然物外的人生态度，从而越过一道道急流险滩、人生沟壑。乌台诗案被诬下狱，他挺过来了；黄州贬官生活困顿，他熬过来了；远贬蛮荒之地惠州、儋州，他更是写出“日啖荔枝三百颗，不辞长作岭南人”[1]“九死南荒吾不恨，兹游奇绝冠平生”[2]这样的诗句，令迫害他的人徒叹奈何。苏轼说：“予之无所往而不乐者，盖游于物之外也。”[3]不啻是庄子“独与天地精神往来，而不敖倪于万物”[4]之思想的一种诠释。

苏轼还运用庄子哲学思想来阐释文艺创作，宣示自己的创作主张。

如：

求物之妙，如系风捕影，能使是物了然于心者，盖千万人而不一遇也，而况能使了然于口与手者乎？是之

1 ［宋］苏轼：《惠州一绝》，见《苏轼全集》（上册），第499页。

2 ［宋］苏轼：《六月二十日夜渡海》，见《苏轼全集》（上册），第541页。

3 ［宋］苏轼：《超然台记》，见《苏轼全集》（中册），第876页。

4 ［清］郭庆藩：《庄子集释》，第1098—1099页。

谓辞达。辞至于能达，则文不可胜用矣。[1]

化用庄子“轮扁斫轮”寓言的含意，说明文学创作须熟能生巧、得心应手，方能准确、细致、生动地描写事物，捕捉到事物的微妙之处。

又如：

吾文如万斛泉源，不择地而出，在平地滔滔汩汩，虽一日千里无难。及其与山石曲折、随物赋形而不可知也。所可知者，常行于所当行，常止于不可不止，如是而已矣。其他虽吾亦不能知也。[2]

道家的核心理念之一是自然。苏轼认为，文章创作也应以自然为上，“随物赋形”“常行于所当行，常止于不可不止”。

苏轼特别欣赏“外枯而中膏，似澹而实美”[3]“发纤秾于简古，寄至味于澹泊”[4]的艺术创作，究其渊源所自，与道家之所谓道者实有莫大关系焉。道家之所谓道是至简古至澹泊之物，然世间繁富之万物乃从道中生出，于是道实际上不澹不枯，而是有着“至味”。

“苏文熟，吃羊肉；苏文生，吃菜羹。”[5]苏轼的文学创作自南宋迄明清皆受到读书人的推崇，则道家思想和宋元明清文学之关系由此可见一斑矣。

1 ［宋］苏轼:《与谢民师推官书》，见《苏轼全集》(下册)，第1652页。

2 ［宋］苏轼:《自评文》，见《苏轼全集》(下册)，第2100页。

3 ［宋］苏轼:《评韩柳诗》，见《苏轼全集》(下册)，第2124页。

4 ［宋］苏轼:《书黄子思诗集后》，见《苏轼全集》(下册)，第2133页。

5 ［宋］陆游:《老学庵笔记》，李剑雄、刘德权点校，北京：中华书局1979年版，第100页。

二、道教发展与文学创作

道教虽然是本土宗教，但其产生时间却要稍晚于佛教输华，大约在东汉顺帝（公元125—144年在位）时由张道陵创立，时称五斗米道。道教的源头在古代的神仙信仰和方仙之术，张道陵使道教作为一门宗教开始定型化，有创教之功，故被后世尊为张天师。东汉末，黄巾领袖张角又创立太平道，一时产生了很大的影响。魏晋南北朝时期，道教得到了长足发展，丹鼎派、符箓派等分别在社会上下层民众中广有信众，而经籍派道士的学术化活动，如造作经籍、阐说教义、制订科仪等，于道教作为一门社会宗教的体系化、规范化、理论化建设方面，则尤具意义和贡献。葛洪、陆修静、寇谦之、陶弘景等道士或学者不仅在当时鼎鼎有名，而且在道教发展史上也留有深远的影响。

如丹阳句容（今属江苏镇江）人葛洪，著《抱朴子》内外篇，一方面用道家的术语来附会金丹、神仙的教理，使道教思想系统化、理论化；另一方面，又把道教思想和儒家的名教纲常学说结合起来，以神仙养生为内，外辅以儒术以应世，主张立言必有益于教化：

> 夫制器者珍于周急，而不以采饰外形为善。立言者贵于助教，而不以偶俗集誉为高。若徒阿顺谄谀，虚美隐恶，岂所匡失弼违醒迷补过者乎！虑寡和而废白雪之音，嫌难售而贱连城之价，余无取焉。……而著书者徒饰弄华藻，张磔迂阔，属难验无益之辞，治靡丽虚言之美……适足示巧表奇以诳俗，何异乎画敖仓以救饥，仰天汉以解渴。[1]

1 ［晋］葛洪：《抱朴子》外编卷第四十二《应嘲》，见国学整理社编《诸子集成》（第八册），第183—184页。

葛洪同时借道家理论和儒家理论来阐说道教，丰富其内涵，对道教最终发展成为中国的主流思想文化之一有着不世之功，起了关键性的作用。

之后，北朝寇谦之、南朝陆修静分别创北、南天师道，援引佛教的戒律科条来改造道教，清整道教门户，建立起一套适应道教基本教义的斋戒规仪，从而使道教逐步走上正规化、规范化的道路。寇谦之去三张（张道陵等）之“伪法”，“专以礼度为首，而加以服气闭练”[1]，在道教的组织、制度建设方面做出了一定贡献，天师道由此呈现出了新的面貌。寇谦之还利用道教来巩固门阀社会，并诱发了中国历史上的第一次灭佛运动（北魏太武帝灭佛）。陆修静一是编撰《三洞经书目录》，成为后世道藏“三洞四辅七部”分类体例的源头；二是按佛教以戒为师的思路，规定道教斋戒须行礼拜、诵经、神思三法；三是撰《道门科略》，在道教的组织制度上提出了自己的设想和要求。

山中宰相陶弘景在茅山筑馆修道，创茅山（上清）派，是其代表人物，也是南朝道教改革的集大成者。他主修《上清经》，兼修《灵宝经》《三皇经》，又涉读儒经、佛经，主张儒、释、道三教合流，宗教思想比较开明、包容。在他之后，道教便开始大量地吸纳佛教思想以自我充实，快速发展。他的思想脱胎于老庄哲学和葛洪的神仙道教学说，并糅杂儒、佛观念，著有《真诰》二十卷、《洞玄灵宝真灵位业图》一卷及一些医书。他还苦心孤诣，创制了道教的神仙谱系，以及道教的传授历史。

从受到官方抵制的民间宗教变成吸引到中上层信众、得到官方认可乃至支持的正统宗教；从汉代信仰黄老学的黄老道教发展为魏晋时期信仰“长生成仙”的神仙道教，再到南北朝时确立了

1 ［北魏］魏收：《魏书》“释老志”，北京：中华书局1974年版，第3051页。

宫观制度的宫观道教；从融合民间流传的神仙、鬼怪、方技、术数、神话、谶纬等内容的“土宗教”，到杂采儒家、道家、阴阳家、养生家、神仙家，特别是佛教等诸家思想，并最终壮大成可与儒、释相抗衡的“大宗教”；道教在数百年间勾勒了一条清晰可辨的发展线索。

由于吸收了神仙、鬼怪、神话等内容，道教与文学创作发生联系反倒可以看作是在佛教之前。魏晋以前的那些神话或神仙人物故事暂且不论，魏晋以来的志怪类创作、神仙故事则可谓风起云涌，目不暇接，成为一代小说创作的主潮。

关于魏晋南北朝志怪小说产生的原因，鲁迅先生指出：

> 中国本信巫，秦汉以来，神仙之说盛行，汉末又大畅巫风，而鬼道愈炽；会小乘佛教亦入中土，渐见流传，凡此，皆张皇鬼神，称道灵异，故自晋讫隋，特多鬼神志怪之书。[1]

神仙、巫风以及佛教的交汇促成志怪小说创作的大量出现，而细析之，神仙、巫风——也就是道教方面——所施予的影响应该是更为主要的，鲁迅所用“盛行”“大畅”“愈炽”等词语亦明示此点，因为神仙鬼怪类故事在其中占有特别的分量，亦广为后世人所知。干宝著《搜神记》，即明言是为了“发明神道之不诬”。《搜神记》中有《阮瞻》篇，写“素执无鬼论”的阮瞻被鬼吓坏的故事，证明了鬼神确实是存在的。其他以神异、列异、洞冥、幽明、冥祥、灵鬼等名齐集者尚有多部存世。

特定的机缘使道教在唐代受到特别礼遇，地位和影响力迅速上升。因老子化胡的传说，作为关陇集团之一的李唐皇室便自称

1　鲁迅：《中国小说史略》，第24页。

是老子后裔，以取信于中原，固其天下共主的地位。《老子》《庄子》被提升为经书而与五经同列，道教获得了准国教的地位而与儒、释成鼎足之势，武后、杨妃皆入道观“脱胎换骨”。高祖、高宗、玄宗、宪宗（亦佞佛）、武宗（会昌灭佛，次年服食丹药而死）等都十分信道，这其中，一代君主玄宗皇帝崇信道教的故事最为世人所知。他宠信道士司马承祯，并从其亲受法箓，论坐忘之机；又因方士罗公远之牵引，登临月宫而偷得著名法曲《霓裳羽衣舞》。唐人和道教之关系还可以从八仙名目上看出来。后世人所共知的八仙其出处多在唐代，如张果老、韩湘子、吕洞宾等。[1]可惜的是，虽然在唐代道教很是风光，却没能产生如葛洪或陶弘景一般举足轻重、傲视历史的人物。

然而，唐代道教的风光对于文学的意义却非同小可——光是制造出诗国巨星、诗坛巨擘李白这一点就可谓功在史册、彪炳千秋了。伟大的李白是唐代的骄傲，也是道教的骄傲。虽然道教文化不是成就李白的唯一功臣，但却是极为重要的功臣，其意义恰如儒家文化之于杜甫、佛教文化之于王维那样。稍举数事以证之。

其一，李白的名字和家庭环境皆与道教有关联。范传正《唐左拾遗翰林学士李公新墓碑》：

> 公名白，字太白……父客以逋其邑，遂以客为名。高卧云林，不求禄仕。公之生也，先府君指天枝以复姓，先夫人梦长庚而告祥，名之与字咸所取象。[2]

李白的父亲李客“高卧云林，不求禄仕”，正是学道、求道生

1　宋初李昉等编《太平广记》，首列神仙、女仙传，有神仙传五十五卷、女仙传十五卷，所列历朝神仙、女仙中，以出于唐朝的为最多，道教在唐朝所享受的尊崇地位由此可见一斑。

2　陈寅恪:《陈寅恪集·金明馆丛稿初编》，北京：生活·读书·新知三联书店2001年版，第311页。

活的一种写照，而且很容易看出对李白一生的影响。“先夫人梦长庚而告祥”，长庚星即太白金星，道教视为太上老君（老子）的在天之象。

其二，李白二十多岁时在江陵拜识著名道士司马承祯，并献上《大鹏遇希有鸟赋》(《大鹏赋》)，获得司马承祯的赏识。司马承祯称赞李白“有仙风道骨，可与神游八极之表”。

其三，贺知章称李白为“谪仙”，杜甫称李白为“酒仙”，后人称李白为“诗仙”，李白的仙风道骨既表现于他的外貌风神，也表现于他的生活方式、行为习惯，更表现于他的诗歌创作。李白的诗歌创作中充满了道家的、道教的、浪漫主义的诗歌创作意象和情调。

其四，李白的人生巅峰期是长安三年。他是经由崇信道教的玉真公主等人的推荐才得以入长安的，恩遇他的又是以崇信道教著称的玄宗皇帝，这足以说明他与道教之间的深厚渊源。他在《清平调》中写道:“若非群玉山头见，便是瑶台月下逢。”给人以成仙入道的遐想。

诚然，李白不是一个道教徒，说他是道士无疑是对这位伟大诗人的贬低，这就和把王维看作佛教徒一样。但我们能够看到李白对道教的热爱，以及道教在他身上所打下的深深的烙印。这是唐代道教在中国道教史上永远值得自傲的地方。

道教和其他诗人——如晚年白居易——的关系此处不再赘论。

道教影响唐代文学另一个令人瞩目的方面是唐传奇。唐传奇中的不少名篇，如张鷟《游仙窟》、沈既济《枕中记》、李公佐《南柯太守传》、李朝威《柳毅传》等，都取材于道家或道教书籍，是在道家或道教的思想指导之下写作的。《霍小玉传》让小玉死后化为厉鬼报仇，实亦和道教思想扯上了一点关系。晚唐时期，搜奇猎异、谈玄论怪的传奇创作变得更多了，大有复活六朝志怪的气象。这影响到了宋代传奇的创作。

三、宋代的道家、道教和传奇创作

宋代虽然改以儒学、理学立国，没有了唐代皇室和道教所尊奉的祖师老子所攀扯的那点儿关系，但其实，道教对于宋代文化、宋代文学的影响一点也不比唐代逊色，特别是在北宋，留下的痕迹清晰可见。

北宋有两位皇帝非常痴迷道教，一是真宗赵恒，一是徽宗赵佶。真宗听信佞臣王钦若、丁谓等人的计策，伪造若干“天书”，大兴祥瑞灵异，封禅泰山，号为“大功业”；又广建道教宫观，劳民伤财，增加了百姓的负担。有年号曰“大中祥符”“天禧”，得庙号为“真”，正是其信道迷道的写照。徽宗更是登峰造极，自命为“道君皇帝”，从民间大肆搜刮花石纲，于政和（1111—1117）间在汴城东北隅造作艮岳，挥霍民脂民膏，并最终导致靖康之祸。

上有所好，下必甚焉。北宋士大夫中多有崇信道教者，民间道教势力也得到了极大的发展，可与当时膨胀了的佛教势力相颉颃。道观遍布全国各地。至南宋时，连僻处南隅的海南岛也出产了一位较有名的道士白玉蟾（1194—1229），是道教南宗教旨的实际创立者。道教内南北天师道与上清、灵宝、净明（南宋绍兴年间始行）诸派别此时已趋于合流，到元代时合并为正一道即原来的天师道。北宋之后，金元又在北方地区以原北宋道教势力为基础，发展出全真道教（王重阳创）、真大道教（刘德仁创，后衰）、太一道教（萧抱珍创，后衰）等新的道教派别，和南方的道教势力成分庭抗礼之势。此是宋金时期的道教发展大略，无甚特异之处，见其文化背景而已。

人物方面，五代宋初的著名道士陈抟值得提及。陈抟（？—989），字图南，自号扶摇子，宋太宗赐号曰希夷先生。《道德经》第十四章：“视之不见名曰夷，听之不闻名曰希，搏之不得名曰微。”《庄子·逍遥游》：“鹏之徙于南冥也，水击三千里，抟扶摇而上者九万里，去以六月息者也。……背负青天而莫之夭阏者，而后乃今将图南。”从陈抟的名、字、号中不难看出他和道家、道教的渊源。他长期隐居武当山、华山及嵩山之少室山，服气辟谷，导引养生。善“五龙蛰法”，睡功了得，据说可一睡八百年不醒，曾大睡于宋代朝堂之上，令皇帝无可奈何。著有《无极图》《周易先天图》《指玄篇》等，在河图、洛书和《周易》卦序上颇有研究与发明。认为六十四卦的排列有规律可循，是按照符号奇偶的自然变化来排序的，是先于天地而存在的法则，故曰先天。在《无极图》中，他指出万物一体，只有超绝万有的“一大理法”是存在的。陈抟的学说传之周敦颐、邵雍、二程等理学家，打开了理学发展的一片新天地，成为宋代理学思想的重要组成部分。朱熹《周易本义》前即列有陈抟的“先天图”。

毋庸讳言，道教对于宋代诗文创作的影响力远不及佛教，佛教既影响了宋代诗文的创作内容，也影响了宋代诗文的创作观念，形成了富有中国特色的文学审美倾向和创作趣味。道教于此等处可谓望尘莫及（关于此点可参见四川大学周裕锴教授编写的《宋代佛教文学丛书》）[1]。但说到对宋代传奇小说创作的影响，则道教一点也不亚于佛教，甚而可以说有的地方还超过了佛教。因为对于神仙故事、鬼怪故事、魔幻故事，中国人一直以来都有着特别的兴趣，自魏晋以降也形成了一个创作传统，谈玄论怪的作品迭代纷出，卷帙浩繁。诗文创作乃是用来言说“大道”的，自然不便在其中谈说鬼神之事，“可怜夜半虚前席，不问苍生问鬼神”[2]，在诗文中谈说鬼神是要被人耻笑的——“皆非法度之政，经义所载”[3]。“海外徒闻更九州，他生未卜此生休。”[4]即使在诗文中说到虚无之

1 周裕锴主编《宋代佛教文学研究丛书》，北京：中国社会科学出版社2014年版。

2 ［唐］李商隐：《李商隐诗》，第209页。

3 ［汉］班固：《离骚序》，见《四部丛刊》影明翻宋本《楚辞》卷一。

4 ［唐］李商隐：《李商隐诗》，第159页。

事，那也是要为言说“大道”而服务的。然而，传奇小说却是谈说鬼神的极佳场所，小说的叙事性使奇幻的鬼神故事广有用武之地，传奇作家们可以任意驱遣情节，以夸诞、魔幻、俳谐的笔法来讲说鬼神故事以惑众，不必有思想上的顾虑。加之有佛教文化的襄助（地狱之鬼和心中魔怪）、前代创作的累积等原因，至迟到宋代时，传奇中的神仙鬼怪题材已经明显变多了，而且，许多一般题材的创作也呈现出志怪化的倾向，成为宋代传奇创作的特色之一。

第二节　超越世俗的追求

一、既与世无争又关怀大众

（一）表现道士闲云野鹤的生活，表彰他们超然物外、与世无争的生活态度

以庞觉所写《希夷先生传》为代表。如前节所述，陈抟是五代宋初著名道士，对宋代以至后世的学术思想都有一定的影响。那么，在小说家的笔下，他又是什么样的人呢？

按小说家的说法，陈抟生于唐德宗（780—804）时，宋真宗（998—1022）时仍健硕如常，享年应在194岁以上。其实考证其“享年”并不准确，小说家的意思是要说，陈抟已是永生的神仙了，只有生而没有死。他永生的秘诀是什么呢？当然，“考校方药”“论出世法，合不死药”等道家道教的关目是少不了的，但更重要的是他的生活方式和生活态度：

> 由是谢绝人事，野冠草服，行歇坐卧，日游市肆，若入无人之境。或上酒楼，或宿野店，多游京索间。……先生游华山，多不出，或游民家，或游寺观，一睡动经岁月。……一片闲心，却被白云留住。渴饮溪头之水，饱吟松下之风。咏嘲风月之清，笑傲云霞之表。遂性所乐，得意何言？精神高于物外，肌体浮乎云烟。虽潜至道之根，第尽陶成之域。

道士的生活方式固然大不同于文人士大夫，却也和僧人释子有所区别：僧人释子清心寡欲，生活戒律很多；道士则可以无所顾忌，率性而为，“日游市肆，若入无人之境。或上酒楼，或宿野店……或游民家，或游寺观，一睡动经岁月”，一副放浪形骸、万事不关心的样子。事实上，潜心学道、成仙得道之人最需要的是精神上的无拘无束、自由自在，而不是在言动举止上施予过多的束缚。身与心的自在和谐合于自然之道，是学道之人持盈保泰、求得长生的要诀，因而无论是佛家的禁欲冥求还是儒士的逐利求功，皆与之背道而驰，要非所得。

学道之人尤其要和一般世俗社会追逐功名利禄的行为保持距离。为外在物欲所累，就会导致身心违和、伤性损情，是极其要不得的。为了表达这层意思，《希夷先生传》的作者重点写了陈抟两次拒恩的事。一次是拒受唐僖宗赏赐给他的三名宫女，他说：“臣性如麋鹿，迹如萍蓬，飘然从风之云，泛若无缆之舸。……处士不生巫峡梦，虚劳云雨下阳台。”另一次是拒绝宋真宗的征召和赏赐，“愿违天听，得隐此山”。详写此二事，意在表彰陈抟超然物外、与世无争的精神。《老子》第二十二章：“夫唯不争，故天下莫能与之争。”此乃陈抟长寿永生之道。

苏轼《超然台记》：

> 始至之日，岁比不登，盗贼满野，狱讼充斥，而斋厨索然，日食杞菊。人固疑予之不乐也。处之期年，而貌加丰，发之白者，日以反黑。予既乐其风俗之淳，而其吏民亦安予之拙也。……而园之北，因城以为台者旧矣，稍葺而新之。时相与登览，放意肆志焉。……以见予之无所往而不乐者，盖游于物之外也。[1]

亦表现了随遇而安、与世无争的处世之道。

（二）表现道士扶危济困、救助大众的情怀

道教是中国本土宗教，起自中国民间社会，天然具有一种草根性，因此和佛教自上而下的输入、传播路径是不一样的。当年张道陵、张角等人通过团结互助、扶危济困、治病祛魔、画符降怪等手段，笼络了广大的下层民众，建立、发展了最初的道教组织，使道教从一开始就带有一种关怀大众的精神基因。后来，丹鼎、经籍起，道士们转向炼丹、养生、研究学理、制订仪轨，改走向上的发展路线，然而，关怀大众的基因并没有丢弃，这其中的证据之一即是许多道士在修道之时兼修医学，为大众治病。葛洪著《肘后备急方》等医书，其著作中保存了中国早期的一些医学典籍和民间方剂，其中包括世界上最早的有关天花、恙虫病的记载。陶弘景在医学上的造诣很深，曾整理古代医书《神农本草经》，并增收魏晋时期名医们所用新药，成《本草经集注》七卷，共载药物计七百三十种；又著《陶氏效验方》《补阙肘后百一方》等医书。陶弘景首创用玉石、草木、虫、兽、果、菜、米实等类别来进行药物学分类，对本草学的发展有一定的贡献和影响，是值

1 ［宋］苏轼:《苏轼全集》(中册)，第876页。

得中国医学界关注的。

尽管医学中包含了诸如阴阳和谐、五行生克等理论元素，但总体上说，它是一门技术性的工作，在古代属于形而下的范畴，“君子不齿”[1]。像葛洪、陶弘景这样的上层道士，完全可以凭其学识才华来处世立身，不必假借医学，可他们依然潜心于此，并把自己行医治药的心得形诸笔端，传播于世。怎么解释其背后的动机呢？只能说明他们有一颗关怀大众、悲天悯人的心。

医学之外，道士们历来还钻研占卜、相术、厌劾、祝祠祈禳、服食、行气、导引、房中、祝由等数术、方技问题[2]，涉及宇宙和人生的诸多方面。这些问题或有迷信、怪异、荒诞不经之处，但也包含不少有用的东西，符合科学与技术的原理，是值得我们透过表象、拨开迷雾去加以关注的。比如说服食丹药，表面上看似乎很荒唐，与延年益寿或长生不老之事可谓南辕北辙，历来死于服食丹药者代有所闻，班班可考。但其实，炼丹家们所做的工作如果用现代的眼光来看，则不啻是一种冶炼、化学和医学的研究活动，于中国古代的科学技术发展有所裨益焉。炼丹家们在炼丹过程中发现了一些化学元素，分析、研究它们的特性，并试图找到它们的医用药用价值，用于治疗和养生。著名的“五石散”即是如此。再如导引术，研究如何通过身体的屈伸俯仰来舒筋活血，增强机体活力，提高生命机能，实即如今的体操活动，是符合养生学原理的。华佗发明的五禽戏就是一项行之有效的导引术，为后世的养生家学习和借鉴。

更为重要的是，道士、方士们钻研此类数术、方技，勤苦精进，并不都是出于自利的目的（让自己能身轻体健、长生成仙、免

1 ［唐］韩愈:《韩愈全集校注》，第1509页。

2 李零:《王勃、陈子昂感慨过的问题》，见《读书》1996年第11期，第127—132页。

灾消祸、祈福纳祥等），也有很多是出于利他，即为他人、为普通大众谋取福利的目的。道家、道教、神仙家称之为度或度化。理解了这一点，我们也就能够理解宋代传奇作品中写一些道士、方士施术救人的意义。作家们常常写及道士们修炼道术并以道术帮人谋福的案例，如祈雨、避瘟、革殃、招财、知生死等。

在终极的意义上，儒、释、道三家思想其实都有利他的目的——儒家要治国平天下，佛教要慈悲为怀、普度众生，道教要人人无灾无难、长乐永生，只是实现利他的路径、手段是不一样的。大体说来，儒家是治世的学说，佛教是治心的学说，道教是治身的学说，彼此有相异的关注点。就道教而言，各种道术的修炼与施用都意在使人身体康健、福寿绵永，乃至于成神成仙。所谓一人得道，鸡犬升天，这其中确乎有着利人利他的深层意涵。尽管各种道术看起来有些光怪陆离——如在宋代传奇小说中所呈现的那样，但我们要能够“进乎技矣”[1]，超越技与术的层面，把握蕴含其中的道，以及隐藏于其背后的“心”。如此，方不会将有关创作仅视为无聊、游戏之作，而轻忽、鄙视之。宋代传奇作品中写及道士以药救人和炼丹使人死而复生这样的情节可谓不胜枚举，如《希夷先生传》中就写了陈抟以神药救人之事,《黎海阳》篇中的主人公服食道士所传丹药，遂复活。

二、法术·神力·超时空的力量

（一）描写道士的法术，表现道教的神力

道教既讲道也讲技，既讲心也讲术，两者相辅相成、不可或缺，构成了体用关系。作为读者，我们应当透过技与术，看到作品所寄寓的道与心；而作为作者，传奇作家则理所当然要尽力写

1 ［清］郭庆藩:《庄子集释》，第119页。

出道士的诸种法术，以表现道教的神力，否则又何以为道士、何以为道教呢？

陈抟为“为官廉洁清慎”的华阴尉王睦出药消灾只是小试牛刀而已，北宋末年林灵素的法术那可是真厉害：

> 先生自受其玉书，豁然神悟，察见鬼神，诵咒书符，策役雷电，追摄邪魔，与人禁治疾苦，立见功验，驱瘟伐庙，无施不灵。——赵鼎《林灵蘁传》

疯传于民间的林灵素（即林灵蘁）的法术最终骗倒了宋徽宗，他被徽宗请进皇宫，赐号“通真达灵先生”“玄妙先生”“金门羽客”等，建上清宝箓宫以作居处，并收徒众达两万人之多，生活极其糜烂奢侈。

像《林灵蘁传》这样写及道士神奇法术的作品还有多篇，如《崔尊师》说崔道士“托以聋聩，诚有道之士也。每观人书字，而知其休咎，能察隐伏逃亡，山藏地秘，生期死限，千里之外骨肉安否，未尝遗策”；《方技》写一术士“以刀裂割纸幅……持笔谓稠人曰：‘今书一符在纸面，使皆津透。来年长安疾疫，此符即能却除之。’……来年长安果疫，惟有是符者免焉”；《韩湘子》说韩湘子“能开顷刻花”，曾在其叔韩愈[1]面前当场试验：“公（韩愈）适开宴，湘预末坐，取土聚于盆，用笼覆之。巡酌间，湘曰：‘花已开矣。’举笼，见岩花二朵，类世之牡丹，差大而艳美，叶干翠软，合座惊异”；《邵南神术》说邵南“邃于遁甲，占筮如神”，其所筮诸事皆应验无误，包括自己的死期；等等。

道士的法术如符咒、卜筮、斋醮、纸人等本都是欺人的伎俩

1 《韩湘子》：“韩湘，字清夫，唐韩文公之侄也，幼养于文公门下。”韩愈贬官潮州刺史时所写诗《左迁至蓝关示侄孙湘》则题目中写明韩湘为其侄孙。据《韩昌黎集》卷三十五《韩滂墓志铭》，韩湘为韩愈之侄韩老成的长子。韩愈作有著名的《祭十二郎文》，所谓十二郎，即指韩老成。

（医方除外），但宋朝人比较相信它们，传写法术异事的作品特多。即使像赵鼎这样的高级文人官员也迷道已甚，看不透林灵素法术的妖妄，为其作传，对其尊崇有加。可见宋人的风气。

（二）表现神仙鬼怪所具有的超时空的力量

儒家的理想是治国平天下、成贤成圣，佛教的理想是究竟涅槃、觉悟成佛，道教的理想则是通过修炼，得道成仙。为什么要成仙呢？因为神仙不光永远不死、与日月同寿，而且自由自在、无拘无束，具有一般凡人所没有的超越时空的神奇的力量。

传奇小说中多有写及凡人遇仙之事。神仙会在不知不觉间出现在你的面前。他们似乎就在你身旁不远处，但实际上他们高高在上，远离凡人，睥睨世间，有一个凡人所难以想象又难以企及的美妙的生活世界。他们具有飞翔的能力，能够自由无碍地畅行于天地之间，而且能摆脱时间的束缚，从往古通向未来。

从传统物理学的角度看，时间是一个单向度的矢量，具有恒定性和唯一性，是一个不可逆的过程；万事万物在时间向度前是平等的、同一的，概莫能外；换言之，万事万物都会经过一个时间过程，皆有生有灭，由秩序走向混乱，具一定的熵值。然而，神仙却能独立于时间之外，摆脱时间所加诸人的束缚，从而获得自由与永恒。在小说家的笔下，神仙之于时间的独立性表现在：

一、作为与凡人相类似的有机客体，神仙有生而无死，生命永恒。

二、神仙世界有着和凡人世界不同的时间运行法则，所谓“天上一日，人间千年”，说的就是这个意思。道教神仙故事里常常强调这一点，以表明神仙的灵异。

《述异记》：

信安郡石室山，晋时王质伐木至，见童子数人，棋而歌，质因听之。童子以一物与质，如枣核，质含之，不觉饥。俄顷，童子谓曰："何不去?"质起，视斧柯烂尽，既归，无复时人。[1]

又刘义庆《幽明录》写刘晨、阮肇入天台山遇二仙女：

晨、肇既不识之，[何]缘二女便呼其姓，似如有旧，乃相见而悉。问："来何晚耶?"因邀回家。……遂停半年，气候草木是春时，百鸟啼鸣，更怀悲思，求归甚苦。女曰："罪牵君，当可如何?"遂呼前来女子有三四十人，集会奏乐，共送刘、阮，指示还路。

既出，亲旧零落，邑屋改异，无复相识。问讯得七世孙，传闻上世入山，迷不得归。至晋太元八年，忽复去，不知何所。[2]

三、神仙能自由地往还于古今，沟通诸多人事。

四、神仙能准确预言未来之事，如灾殃、寿数等。

与其在空间上的超越性相比，神仙们对于时间的超越能力实在令人惊叹。空间上只是"无待于物"而已，是凡人借助于想象能够"看见"和感知的，而时间的永恒性，凡人则只能推定而无从感知——"吾生也有涯，而逝也无涯。以有涯随无涯，殆已。"[3]"江畔何人初见月？江月何年初照人？人生代代无穷已，江月年年只

1 ［南朝梁］任昉:《述异记》(卷上)，见《丛书集成初编》，北京：中华书局1936年版，第10页。
2 ［南朝宋］刘义庆:《幽明录》，郑晚晴辑注，北京：文化艺术出版社1988年版，第1—2页。
3 《庄子·养生主》。"而逝也无涯"一句原文作"而知也无涯"，本文为了论述方便而改之。

相似。”[1]由于时间对生命体的无情锁定，凡人并不能证实神仙的长生不老，只能对传说中的神仙顶礼膜拜，并任由此类传说一代代流传下去。由此，神仙们具有了超时空的神性。

当我们在传奇作品中读到诸葛氏（《华阳仙姻》）、陈抟（《希夷先生传》）、韩湘子（《韩湘子》）等神仙故事的时候，我们会怀着怎样的欣羡、崇敬之心啊！

三、仙境和仙缘：超越世俗的追求

秦醇《温泉记》写书生张俞因诗而与蓬莱宫中的上仙太真妃（杨玉环）结缘，应邀访问蓬莱宫，并和太真妃“温泉共浴”，又“对榻寝”。“俞情思荡摇，不能禁。俞曰：‘召之来，不与之合，此系乎俞命之寡眇也。他物弗望，愿得共榻，以接佳话，虽死为幸。’仙笑曰：‘吾有爱子心，子有私吾意，宿契未合，终不可得。’……‘子固无今日分。’”

这篇传奇表现的是人神/人仙遇合的传统主题。从屈原的《湘夫人》到曹植的《洛神赋》，再到志怪小说《刘晨阮肇入天台》等，历代都不乏表现此一主题的作品，我们不难勾勒出一条线索来。这类作品基本上包含了这样几层意思：一、人神/人仙相遇相识；二、双方产生情愫；三、因人神/人仙为异类而不能交接；四、回归现实世界。探究这类作品创作的动机，大约是因为情爱或其他方面的愿望在现实世界中得不到满足，于是转向方外，求助神仙；但其实，神仙虽是万能的，却虚妄不实，并不能给人以真正的满足。你看，神仙明明在目前，恍若如真，却咫尺天涯，难以交接，所以，到头来仍要回归现实，更加痛苦。“捐余袂兮江中，遗余褋兮醴浦。”（《湘夫人》）“恨人神之道殊兮，怨盛年之莫当。抗罗

1 ［唐］张若虚：《春江花月夜》，见中国社会科学院、文学研究所选注《唐诗选》，北京：人民文学出版社1977年版，第46页。

袂以掩涕兮，泪流襟之浪浪。悼良会之永绝兮，哀一逝而异乡。”（《洛神赋》）而且是无尽而倍增的痛苦啊！从这样的创作动机上看，这类作品与其说跟道教、神仙有关，毋宁说是现实社会生活的曲折反映，是一面扭曲了的镜子，和一般的道家道教类创作是不一样的。

《华阳仙姻》是一篇篇幅很长的传奇，写书生萧防四十年间困顿科场，穷极潦倒，但得一“年未逾笄，姿色极丽”而实则已数百岁的女子垂青（名董双成[1]，她的父亲曾避晋怀帝永嘉之乱）；后侥幸登第，任职句容（今属江苏镇江），获家书报妻死，“不胜悲悼”，遂游境内三茅宫、玉晨观、桃花坞诸仙迹，得与双成结仙凡之缘。

这篇传奇大部分的内容是写萧防和双成论道谈古以及缔结姻缘的事，其中的世俗描写容易被人忽略，但如若我们拨开作者的“障眼”，则不难发现主人公嗜道求仙背后的世俗原因——由于生活上的诸多不如意处（科场困顿、生活贫苦、丧偶悲悼等），才转而有了求道迷仙的念头，生出弃世之想来。勘破世情、超越世俗是其根本的创作动机。

这一类故事通常被称为仙话或佳话，是文人士子们所乐于创作的，其中可能包含了某些寄托和追求。

四、人鬼之恋

与仙话、佳话相关类似而又有所不同的，是鬼话、妖话和怪话。

1　董双成是古代神话中的女子，据《汉武帝内传》，为西王母的侍女。白居易《长恨歌》：“金阙西厢叩玉扃，转教小玉报双成。”可见双成的地位高于小玉。在宋传奇《华阳仙姻》中，双成婚礼的赞引是东方朔，傧相有巫山神女、吴彩鸾、许飞琼、姮娥、麻姑等，皆仙界卓荦不凡之辈。

顾名思义，这类故事是写鬼魂怪妖或写人与鬼魂怪妖之交往的。鬼魂本和神仙一样，是人们臆想出来的一种东西，是由人的魂魄离开躯壳之后所形成的，其差别只在于善恶之道。性之善者谓之神、谓之仙，居住于神仙洞府或海外仙山或天界高远之处，常常与人为善，和人交朋友，亦常常令人生遐想之心、慕羡之情。在男权文化话语的背景下，人们通常还能读到凡男与仙女恋爱的故事。与之相反，性之恶者为鬼、为怪、为妖，总是与人作对，魅惑人、捉弄人甚至谋害人。鬼魂怪妖隐藏于暗处，不知什么时候会冒出来，吓人一大跳。人自然是害怕它们、讨厌它们、想消灭它们的。但这只是一方面。另一方面，由于鬼魂怪妖生活在一个未知世界里，身上有一层神秘的外衣，让人捉摸不透，所以，人们又很想去了解它们，描写它们，从而走进它们的世界里面去。于是乎，与鬼魂怪妖有关的故事便应运而生了，而且，总能引起人们阅读的兴趣。无疑，整合了传统巫鬼思想的道教文化在此一点上贡献良多，为鬼魂怪妖故事的写作提供了极大的方便和极多的素材。

这其中，有写捉拿或驱逐鬼魂怪妖的作品，也有写人鬼相爱相恋的作品。人鬼相爱相恋的作品和仙话一样，被写得缱绻缠绵、楚楚动人，但给人以不一样的阅读感受。它们多被蒙上了诡异、怪诞、荒谬的色彩，且都是悲剧结局。

钱易的《越娘记》是一则写得比较好的、能给人带来心灵震撼的“鬼话”，讲述了书生杨舜俞和女鬼越娘之间的恋爱悲剧。杨舜俞外出访友途中，宿于凤楼坡的一间茅屋，“四壁阒无邻里”。屋主人是一位衣衫褴褛而容貌出色的妇人，经询问得知是越州人于氏，后唐时随丈夫归“中国”（北方中原），屡经丧乱，最后为群盗所劫持，自缢于树。舜俞对她动了心，写诗挑逗她；越娘也作诗回赠，并请求舜俞迁葬她的骨骸。舜俞按她所说迁葬了骨骸，越娘亦如约前来相会，情同夫妻。后来，越娘对他说："妾乃幽阴之极，君子至盛之阳，在妾无损，于君有伤，此非厚报之德意也。"为了不伤害舜俞，在交往了一段时间之后，越娘和他断绝了往来。然而，舜俞不解，深陷情海中，到越娘墓前拜祝、祈祷、作诗，请求相见，"虽舜俞思念至深，而越娘不复再见"。于是，"舜俞恃有德于彼，忿恨至切，乃顾彼伐其墓"。一个道士劝止了舜俞，作法把越娘拘来，命数卒"棰挞之"，越娘号叫不已，痛苦异常。越娘谴责舜俞道：

古之义士葬骨迁神者多矣，不闻乱之使反受殃祸者焉。今子因其事反图淫欲，我惧罪藏匿不出，子则伐吾墓；今又困于道者，使我荷枷，痛被鞭挞，血流至足，子安忍乎？我如知子小人，我骨虽在污泥下，不愿至此地，自贻今日之困。

舜俞知道自已做过了头，请求道士释放了越娘的魂，最后梦见越娘前来向他致意。

这则故事写人鬼恋爱，又写及道士作法捉鬼，自然可以归入道教类题材创作，但实际上，故事中包含了较多的世俗观念和世俗成分，是世俗社会生活透过传奇小说作的曲折反映。可以从中看到几方面的世俗社会生活的影像。

一、五代战乱给普通百姓带来了深重灾难。"火内烧成罗绮灰，九衢踏尽公卿骨。"[1]"宁作治世犬，莫作乱离人。"作家借越娘、舜俞之口描述了五代乱离景象，并和宋代安宁太平的生活作了对照。作家并没有一味陶醉于敷写人鬼恋爱的浪漫和痴迷道教法术的狂

1　该小说中的此两句诗出自韦庄《秦妇吟》，原句是："内库烧为锦绣灰，天街踏尽公卿骨。"见《韦庄集笺注》，聂安福笺注，上海：上海古籍出版社2002年版，第317页。

热之中，他不是现实社会的局外人。

二、越娘的苦难史和悲剧结局正是残酷现实社会的一个缩影。她生前遭受种种磨难，死后连灵魂都不得安生，既要受到地狱的管辖，又要受到道士的镇压、摧残，这是多么残酷的事情啊！这正是古代下层妇女悲惨命运的真实写照。下层百姓已经多灾多难了，而作为女性，越娘等下层妇女又尤其显得不幸。

三、舜俞有恩于越娘，本是义举，是值得称赞和肯定的，但他却以此为口实，提出进一步的要求，乃至要挟。当要求得不到满足时，他就愤而要挖越娘的墓，又听任道士摧残越娘的魂灵，从而走向了事情的对立面。越娘斥责舜俞，后悔当初接受舜俞的迁骨之恩，理固宜然。舜俞的这种挟恩图报的行为固然格调不高，令人鄙薄，却更贴合现实生活情形——现实社会中，这样的行为确实不少，和传统文化所宣扬的见义勇为之举有相当的距离。关汉卿《窦娥冤》里的张驴儿也是一个挟恩图报者。当然，舜俞比张驴儿要稍强一些，他最后还是请求道士放过了越娘的魂灵，赢得了越娘的原谅。

四、道士干预舜俞、越娘之事，从侧面反映了古代社会男女交往不自由的现实状况。这就如同法海干预许仙、白娘子之事一样。法海用雷峰塔镇压白娘子、道士用法术摧残越娘，从这种一致性可以见出，女性受到的束缚、限制更多。如果女性被认为越礼了，那么，将要受到无情的惩罚。《越娘记》说明了这一点。

以上论述表明，《越娘记》不是一则纯粹搜奇涉怪的“鬼话”，而是有着较多的现实社会内容，其谈鬼说怪乃是一种“曲笔”。与之相比，宋代传奇中的其他一些鬼话、怪话、妖话则要远为逊色，也就是说，搜奇猎异的写作动机比较明显。如《钱塘异梦》，北宋末年李献民作，收入其所编《云斋广录》中，是该集卷七“奇异新说”的第一篇，写北宋人司马槱（字才仲）和南朝钱塘歌妓苏小小相遇相恋的故事：

陕州人司马槱元祐年间（1086—1093）中第，还乡昼寝，梦一美人对他唱《蝶恋花》词半阕："妾本钱塘江上住……"司马槱醒后记之，并续作后半阕。后得官余杭，行舟过钱塘，便作《河传》词表达恋慕相思之意，感动了美人，梦中见其荐枕席前来欢会，"虽高唐之遇，未易比也"。至余杭官所，又每夜有此佳梦。向僚属备述其情，知是苏小小，有其墓其诗为证。不久，有人见"一少年衣绿袍，携一美人同赴画舫"，画舫失火不可救。盖是司马槱与苏小小同赴鬼地也。是日，司马槱"暴亡"于官所。

苏小小事历来久传，郭茂倩《乐府诗集·杂歌谣辞》收古辞《苏小小歌》及唐人李贺、温庭筠、张祜的同题诗歌各一首，皆是纯写爱情的情歌。

如古辞：

我乘油壁车，郎乘青骢马。何处结同心？西陵松柏下。[1]

奠定了苏小小题材的写作基调。

由"何处结同心？西陵松柏下"一语，素有鬼才之称的唐代少年诗人李贺把此题材写作引向了"人鬼恋"的方向：

幽兰露，如啼眼。无物结同心，烟花不堪剪。草如茵，松如盖。风为裳，水为珮。油壁车，久相待。冷翠烛，劳光彩。西陵下，风吹雨。[2]

1 ［宋］郭茂倩：《乐府诗集》"杂歌谣辞"，第911页。

2 ［宋］郭茂倩：《乐府诗集》"杂歌谣辞"，"久相待"一本作"夕相待"。

受到楚辞《山鬼》的启发，李贺创造了一个荒诞迷离、艳丽凄美的世界，以作为“郎与我”相约相会之所，读之令人悚然懔然。

宋人小说便以此为据，敷演出司马槱与苏小小恋爱的故事，有张耒《书司马槱事》(《张耒集》卷五十三)、何薳《司马才仲遇苏小》(《春渚纪闻》卷七)、李献民《钱塘异梦》(《云斋广录》卷七)及话本《钱塘佳梦》(篇名见《醉翁谈录·小说开辟》)等。后人还作有《苏小小月夜钱塘梦》《钱塘梦》《司马才仲传》《西泠韵迹》《芳情院》等小说、戏剧作品，可见人们对此题材的喜好。

但不管怎么吟咏或敷演，这一题材始终没有脱出言情的窠臼，和现实社会生活极少有关联度，是一个纯粹浪漫、猎奇的题材。李献民《钱塘异梦》就能说明问题。他虽写及当世人物，却在言情之外全无一语说到现实社会的事情，和钱易《越娘记》(载刘斧《青琐高议》别集卷三)不可同日而语。

《四库全书总目提要》评《云斋广录》曰：

> 所载皆一时艳异杂事，文既冗沓，语尤猥亵。……其书大致与刘斧《青琐高议》相类。然斧书虽俗，犹时有劝戒，此则纯乎诲淫而已。[1]

“诲淫”之评自然纯属诬蔑，言情之作并非诲淫，然而指出刘斧《青琐高议》“犹时有劝戒”，李献民《云斋广录》“纯乎诲淫”，也就是指出前者有一定的社会教育意义(如所收《越娘记》)，后者没有而纯属言情之作，则无疑是正确的、有见地的。李献民自己在该集自序(作于徽宗政和辛卯年即公元1111年)中亦坦言，

1 ［清］永瑢、纪昀:《四库全书总目提要》，第1238页。

他的集子只以晚唐《甘泽谣》《松窗录》《云溪友议》《戎幕闲谈》之类为榜样，记录一些“清新奇异之事”，“以资谈宴”。这倒很符合北宋末年的时代风气。当时，政治与社会虽已腐败不堪，王朝的末年景象呈现，但由于“承平日久”，社会表面上一片雍熙和乐，文人士大夫们对虚无之事满腔热情，而无意于世务，缺少其前辈们的政治理想、抱负和精神。表现于人鬼题材的小说创作，则“纯乎诲淫”而不再有所“劝戒”了。

五、驱鬼捉妖的隐喻

人鬼之爱和人仙之爱的故事除了带给人的阅读心理感受有所不同，还有一个差异，即人鬼之爱的故事不管其情有多么真挚，其爱有多么忠诚，差不多都会受到人们——特别是道士——的干预，最后以破局告终。道士驱鬼捉妖通常被视为其职责所在。一旦某人被发现鬼妖缠了身，那么道士就会前来尽责，助他驱鬼捉妖。

宋代传奇中道士驱鬼捉妖的故事（有时仅是故事中的一个情节片段）较多，前面提到的《越娘记》即写有道士拘囚于越娘鬼魂、干涉杨舜俞和于越娘恋爱的情节。除此之外，我们还可以读到专注于写道士驱鬼捉妖的作品，如《焦生见亡妻》和《飞猴传》两篇。前者写驱鬼，后者写捉妖。

《焦生见亡妻》说的是：

客于洛阳的贫人焦生是富孀刘氏的接脚丈夫（第二任丈夫），两人感情很深，“凡十余年，家道益盛，牛羊之蹄角倍多。入城市，昏晚醉归，妻率儿女辈于庄门，及令丁壮一二里候之，未尝反目”。一日，刘氏死了，焦生伤心欲绝。不久后的某个晚上，焦生又从城中醉归，行至半道，用鞭子打走跟随的家客，然后偏离道路，骑着驴子拼命冲向“洛河崖岸最深险处”。河中筏子上有人宿息，向上看见他要投崖，大声劝阻他，不听。幸亏驴子反抗，才幸免于难。焦生之后脱光衣服狂奔，不知所在，家里及村上的人找了数日也找不见。后偶于山后涧侧丛草中发现他时，仍狂惑胡乱不止，只得“执缚而归，满身及手足多棘刺，血污狼藉，不饮食，不知亲疏，但云：‘放我去归本家。’”于是乎道士登场——

> 遂召善符禁者。时有道士丁自然，能使汤火符禁，祛捉鬼魅精怪多验。依法设坛，敕水讫，炽火沸汤，书符禁之。遂释缚，呼焦生及死妻姓氏，厉声持剑呼诘之曰：“尔为鬼，焦乃生人，人鬼异路，尔鬼物，敢辄干人！”又责焦曰：“彼鬼尔，何辄随之？”久之，焦生流汗，战栗伏地，若知过之状……

原来焦生是被鬼魂附了体，他醉归时的种种怪异表现皆为其亡妻勾引他赴死地、上西天，幸亏道士及时作法解救了他。

《飞猴传》：

天台市有吴姓女子，年方及笄，正待择婿婚配。一日在庭院里见到她的亡嫂，“恍惚间忘其死，与叙间阔”。她的亡嫂力劝她自择佳婿，不必等待“父母之命，媒妁之言”，并给她介绍了一个“侯将军”。“女自是精爽迷罔，顿如痴人。正昼昏睡，暮则华装靓饰，伺夜若有所之。……忽语曰：‘我将军明日当至，宜延接，不然，将降大祸。’”果然有人来迎亲，排场很大，又很放肆，把吴家折腾得不行。在旁人提醒下，吴父求救于道士宁先生——

> 宁书符箓，使置于门首。妖见之曰：“吾非鬼，何畏此哉！”笑而出。宁闻之大怒，亟访吴，建坛置狱，皆见腾龙骤虎，神物乱杂，环绕其居。妖正在女室，颇窘惧，

呼卒索马，欲趋小楼而上，既出复入者数四。明日，宁谓吴氏曰："但见物如飞鸟者，急击勿失。"

最后，吴家人协助宁先生擒获了纠缠吴女的妖怪"侯将军"，原来是一只巨猴精，又灭杀其妖党，乃是狐狸、蛇虺、木石、鸟兽之类的怪物。"焚猴尸，扬灰江上，窜其魄于海陬，女遂如初"，捉怪行动取得了完全的胜利。

道士驱鬼捉妖故事表面上看似乎意义不大，属于痴人说梦、胡编乱造之属，但其实，如果我们透过光怪陆离的表象深挖一下的话，那么，也许能够读出其中的某种隐喻，延伸其价值。如前所说，道士驱鬼捉妖故事里基本都包含有人与鬼或人与妖恋爱（情感纠葛）的情节，这就给主题意义的演绎发挥提供了极大空间，使故事的所指倍增。试想，生活中本无鬼怪之物，作家们却大张旗鼓地去描写它们，难道只是因为古人崇信吗？作家们（至少是有些作家）是否是在运用曲笔，意有所指呢？譬如说，所谓鬼妖，在很多情况下，是否隐含着社会大众对于女性所普遍存在的歧视呢？我们能够看到，鬼妖的性别角色通常都被设定为女性，就如著名的《白蛇传》里所显示的那样，而历史上的一些女性人物，如妹喜、妲己、褒姒[1]、西施[2]等，亦曾被广泛视为妖孽，遭到人们的唾弃。在宋代传奇中，于越娘、焦生妻刘氏等皆为女鬼，这是

1 ［汉］司马迁:《史记·周本纪》：褒姒乃是龙漦化成的妖女。《封神演义》《东周列国志》等小说有妲己、褒姒为妖物所化的情节描写。

2 除梁辰鱼《浣纱记》等少数作品外，西施在古代的形象总体上是负面的。元人吴昌龄有《陶朱公五湖沉西施》杂剧，宋元时期有阙名《范蠡沉西施》戏文，梁辰鱼之后，清代徐石麟作《浮西施》杂剧，演范蠡沉西施于五湖。清代艾衲居士有小说集《豆棚闲话》，其中第二则题作"范少伯水葬西施"。可见古时人对于西施的仇恨。西施之"罪"从大处说有二：一是不贞，一是女祸。不贞者，谓先与范蠡定情，后转投吴王怀抱，未能从一而终；女祸者，谓以女色惑魅吴王，终致吴国灭亡。关于西施形象的演变，请参看金宁芬《我国古典戏曲中西施形象演变初探》，《文学遗产》2001年第6期。

否可以看作是男尊女卑时代歧视女性观念的一种隐喻呢？若然如此，则道士驱鬼捉妖不啻为女性遭受神权[1]迫害的现实写照。

再譬如，鬼妖或可看作是人之情欲的隐喻。人之情欲犹如鬼妖一般不可预测、不可掌控。当其未起时，是鬼妖蛰伏于暗处，伺机而动；当其来袭时，则狂暴、冲动、不可遏止。情欲乃人心中之鬼妖也。一个人，如《飞猴传》中的吴姓女子，当她到了情窦初开、情欲升起的年纪，那么，她的情绪、状貌、言行特别是内心世界都会处于一种善变的状态，其心思可谓一日数变、不可捉摸，一有什么风吹草动，就可能浮想联翩、想入非非，此即俗语所谓心猿意马——想想看，那状态可不正像一头猿猴或一匹马闯进了心中么?《飞猴传》写吴姓女子见到亡嫂并与之交谈，在其劝诱下爱上了“侯将军”，也就是一头可以变作黄雀、莺、鹰，其大如车轮、两翅如蝙蝠的巨猴，正是她此时内心情欲升腾的形象写照。作家对生活的观察可谓仔细，而他选择物象以用作隐喻的能力亦可谓高强，他找到了能够外化内心情欲的恰当的物象——猴子。作一个延伸，后世著名的小说《西游记》给取经僧三藏法师配一个善变的猴子做大徒弟，莫非也是有着相类似的隐喻意义?《西游记》中光是回目就多次出现“心猿”一词:“第十四回　心猿归正，六贼无踪”“第三十回　邪魔侵正法，意马忆心猿”“第三十四回　魔王巧算困心猿，大圣腾那骗宝贝”“第三十六回　心猿正处诸缘伏，劈破傍门见月明”……所谓心猿也者，不正是心变如猿、猿乃心之隐喻的意思吗？若然如此，则道士宁先生替吴姓女子斩灭猴妖，与如来、唐僧收服孙悟空，两者在隐喻的层面上，有着异曲同工之妙。在《飞猴传》中，道士斩灭猴妖隐喻情欲的遏止

1　毛泽东《湖南农民运动考察报告》:“中国的男子，普遍要受三种有系统的权力的支配，即：……（三）由阎罗天子、城隍庙王以至土地菩萨的阴间系统以及由玉皇上帝以至各种神怪的神仙系统——总称之为鬼神系统（神权）。至于女子，除受上述三种权力的支配以外，还受男子的支配（夫权）。”毛泽东:《毛泽东选集》(第一卷)，北京：人民出版社1991年版，第31页。

和礼教（“父母之命、媒妁之言”）的回归。

当然，鬼妖也可以隐喻社会恶势力——中国政治社会体系传统上被认为具有善恶正邪二元对立的结构特点（《红楼梦》第二回有贾雨村关于仁者禀正气而生恶者禀邪气而生的一段议论，可参看），所以，道士驱鬼捉妖俨然就成了以正压邪、伸张正义的行动了。

还是来看宋代传奇作家自己的解说吧。《焦生见亡妻》末尾有作者张齐贤的一番议论：

> 焦生本庸人，无正直气，久为羁游客，一旦据刘之物业，擅刘之财谷，惑于死妻，眷眷然不忍割其情，朝昏号泣，已魂魄散矣。妖之来，乘其气焰以取之，或为邪物依凭之尔。……且人平昔之情如是，岂可为鬼之后，与平昔之情顿殊乎？返昏惑其夫，俾投于深险之岸，溺于不测之潭乎？妻之鬼耶？物之依凭耶？白太傅歌所谓“生亦惑，死亦惑”者也。焦生虽常人，死妻虽常事，书之者，欲使世之君子，无惑溺其情于妇人女子。况生死异之大者，其可重惑者欤？则道士符，何其神验乎？

在作者看来，道士丁自然驱逐焦生亡妻刘氏的鬼魂是在做好事，差不多是在告诫“世之君子，无惑溺其情于妇人女子”，也就是说，世上真正的好男人，应该有“正直气”、丈夫气，不能靠妻子吃饭，不能因沉溺于夫妻之爱、儿女私情而无法自拔。如果因沉溺而无法自拔，那么，一旦妻子死了，不仅自己因过于伤心而“魂魄散矣”，而且妻子的亡魂也因要有所寄托而来夺去自己的魂魄，令自己丧命。这是一个奇怪的逻辑，这个逻辑里隐含了大男子主义和歧视女性的思想意识，把亡妻设定为鬼妖之物，正是这种思想意识的体现。其实，焦生是一个不称职的丈夫，小说中只写他日日“昏晚醉归”，以及“妻率儿女辈于庄门，及令丁壮一二里候之”，像对老爷一般地供奉他、容忍他。妻死之后，他的种种古怪行为，完全是醉鬼的恶劣表现，根本和妻之亡魂无关，道士驱鬼乃是看错了病因，抓错了药方。

《飞猴传》末尾借“病愈”后的吴姓女子议论道：

> 向者明知为妖类，方肆虐时，正欲上诉于天，亦不可得。盖其徒千百成群，往来太空间，纵有章奏，必为所邀夺。虽城隍里域之神尚不能制，况于人乎！

这篇传奇里的猴妖是隐喻情魔、情欲之火，还是隐喻社会恶势力，抑或其他，这段议论留给人以较大的想象空间。

六、儒、道的对立与沟通

儒家和道家皆出于先秦诸子，两者之间在自然观、社会观以及自然和人的关系等方面原本就存在差异和对立。如社会观方面，儒家认为：“普天之下，莫非王土。率土之滨，莫非王臣。”[1]明显含有中华大一统的政治基因；而道家则希望人类社会退回到“邻国相望，鸡犬之声相闻，民至老死不相往来”[2]的小国寡民的状态。再如儒家的人生观强调积极进取，重视外在事功；道家则反之，“知其雄，守其雌，为天下溪”[3]，是一种消极保守的人生态度。

儒家和道家不仅在思想观念上相互对立，而且在秦汉以来相

1 ［汉］《毛诗·小雅·谷风之什·北山》，［汉］毛亨传，郑玄笺，见中华书局编辑部编《汉魏古注十三经》（上），据中华书局1936年版《四部备要》缩印，第97页。

2 ［春秋］老子：《老子道德经》（上篇），见国学整理社编《诸子集成》（第三册），北京：中华书局2006年版，第65页。

3 ［春秋］老子：《老子道德经》（上篇），见国学整理社编《诸子集成》（第三册），第16页。

当长的时间里也是不能共存的。汉初行道家黄老之术，儒道不兴；汉武帝时“罢黜百家，独尊儒术”，则道家亦在被罢黜之列。直到汉末儒学溃败，礼崩乐坏，以老庄思想为主要内容的玄学方才勃兴，成为思想主流。魏晋玄学盛，儒学衰；道教在汉代兴起时本就是一股儒家秩序破坏者的力量（黄巾起义以道教相号召），至魏晋六朝得到较大发展，声势亦远超儒家思想。可见，儒和道在很长时间内似乎是“不共戴天”的。

唐朝给儒、道二家并存提供了历史的契机。唐朝宣扬道家和道教，既是延续六朝思想的传统，同时也是为了其作为“中华共主”之身份的认同；唐朝复兴儒家思想，则是为了政权的稳固，杜绝汉末以来不断上演的“禅让”故事的发生。唐太宗一方面组织人马编修史书，以史为鉴，另一方面又御撰史论，批判曹操的“观沉溺而不拯，视颠覆而不持，乖徇国之情，有无君之迹”[1]，即是要借重儒家学说里的忠君与爱民的思想。初唐所施行的这一国策改变了中国数百年来频繁改朝换代的历史，使社会得以长时间保持稳定。中唐以后政局不稳，也需要儒家思想来维系人心。总之，正是唐王朝的特殊历史条件，使儒与道“第一次”能够“和谐”共存于同一时空之中。

这使儒与道有可能由“冤家”变“亲家”，由对立走向沟通。当然，这需要一个过程，但在唐代已初露端倪，开始起步，其表现之一便是一些文人士大夫糅合儒、道二家的思想，作为自己人生的指导思想。如《诗·大雅·烝民》：“既明且哲，以保其身。”[2]孟子说：“穷则独善其身。”[3]这是儒家思想中比较偏于消极保守的一部分，向来为有为于世者所不取。可白居易在政治上遭遇挫折之

---

1 ［唐］李世民：《祭魏太祖文》，见《全唐文》，第130页。

2 ［汉］《毛诗·大雅·烝民》，［汉］毛亨传，郑玄笺，见中华书局编辑部编《汉魏古注十三经》（上），据中华书局1936年版《四部备要》缩印，第144页。

3 ［清］焦循：《孟子正义·尽心章句上》，见国学整理社编《诸子集成》（第一册），第525页。

后便特重之，多次引为人生言行的圭臬。《杜佑致仕制》:“尽悴事君，明哲保身，进退始终，不失其道。”[1]《与元九书》引孟子“独善其身”语为自己写作闲适诗正名。又把这种思想和道家的“和光同尘”“知足不辱”“远祸全身”等观念沟通、糅杂，形成他晚年出入于儒、道二家而两相无碍的人生态度。

宋沿唐制。宋人在强化儒学理学主导地位的同时，允许三教并存发展，儒与道有了进一步沟通、交流的可能。苏黄等文人的诗文创作这里就不多说了，单看宋代传奇小说，其中不少沟通、融合儒与道思想的意图是比较明显的。

《希夷先生传》写著名道士陈抟“诗礼书数之书，莫不通究，考校方药之书，特余事耳”，表明他对儒家经典的熟悉和重视。甚至“考校方药之书”只是“余事”而已。他后来醉心于道教，作者亦不忘交待一句:“亲蚤丧。”意指他并非背弃儒家的伪善之辈。儒家强调孝亲，“父母在，不远游，游必有方”[2]。陈抟是在“亲蚤丧”之后才出家修道的。他也不是一味地沉迷于方外。他悉心合药，一方面为了“不死”，一方面也为了救助世人。华阴县尉王睦“为官廉洁清慎，视民如子，不忍鞭扑，心性又明敏”，显然是一个儒家思想标准下的“好人”，陈抟知其有“来岁之祸”，就特地下山来为其赐药纾祸。又，小说屡言他“日游市肆”“时来山下民家”，并数次拒绝皇帝的赏赐与征召，隐约之中有称道他品格高洁又不忘世事的意思，读者当细味之。

《韩湘子》写韩愈和韩湘子之事。此二人，一为高儒，一为名仙，又是亲属，作者著其事迹，颇有为儒与道说项之意。韩愈志在弘儒、力排佛老，他与韩湘子之间的冲突实际上代表了儒与道的对立。韩愈命韩湘子读书立身，遭韩湘子拒绝；韩湘子作诗“言

1 ［唐］白居易:《杜佑致仕制》，见《全唐文》，第6715页。
2 ［清］刘宝楠:《论语正义·里仁》，见国学整理社编《诸子集成》(第一册)，第84页。

志”，表明自己心向道教、志在烟霞的心愿，被韩愈耻笑。韩湘子以道术令花卉瞬间开放，显其神通，韩愈说：“此亦幻化之一术耳，非真也。”于是二人分道扬镳。这些情节明显有儒与道不能两立的隐喻。

韩湘子瞬间开放的花中有诗曰：“云横秦岭家何在，雪拥蓝关马不前。”韩愈当时不解，韩湘子亦未泄露“天机”。嗣后，韩愈“以言佛骨事，贬潮州”，路遇韩湘子“冒雪而来”。韩湘子所来何事？原来是为了证明花中诗句的灵验，这让韩愈心悦诚服：

……乃与湘同宿传舍，通夕议论。

湘曰：“公排二家之学，何也？道与释，遗教久矣。公不信则已，何锐然横身独排也？焉能俾之不炽乎？故有今日之祸。湘亦其人也。”公曰：“岂不知二家之教？然与吾儒背驰。儒教则待英雄才俊之士，行忠孝仁义之道。昔太宗以此笼络天下之士，思与之同治。今上惟主张二教，虚己以信事之。恐吾道不振，天下之流入于昏乱之域矣，是以力拒也。今因汝又知其不诬也。”

作者假借韩愈之口言道教“不诬”，又写韩愈终于接受韩湘子赠予的“御瘴毒”的药以及对自己未来命运的预测，很明显是站在道教的立场上贬儒崇道，为道教争地位，亦有沟通儒与道的意思。

值得注意的是作者的行文。韩愈是大儒名儒，又是韩湘子的长辈，可作者在写二人交往时却处处表现韩愈的被动和韩湘子的主动，且越到后来这种主动和被动越加明显，以致到最后韩愈对韩湘子可谓言听计从了。如小说开头，韩湘子“幼养于文公门下，文公诸子皆力学，惟湘落魄不羁，见书则掷，对酒则醉，醉则高歌”。韩愈苦口婆心地劝他读书，“湘笑曰：‘湘之所学，非公所知。'"以儒家的标准观之，韩湘子的回答实属无礼之举，可作者却完全是用欣赏、赞赏的笔调来写的，毫不含糊。作者借儒崇道、沟通儒道的写作用意昭然若揭。

儒家和道家、道教除了有思想观念上相互对立、排斥的一面外，其实还有不少可以彼此沟通、融合的地方，只是向来为政治力所掩盖，不为人所注意罢了。早在老子、孔子时代，孔子就曾向老子问过礼，表明两位大哲学家对于秩序问题的共同关注，其区别在于，老子关注自然秩序，倡道法自然；孔子关注社会秩序，歌太平盛世。庄子在其著述中对孔子和其他儒家圣贤的事迹言行多有“引述”（当然属于“谬悠之说，荒唐之言，无端崖之辞”，不可信），虽然他不认同他们的思想行为，但看得出，庄子还是在某种程度上认同他们那种“志于道”的精神的。

“处则为远志，出则为小草。”[1]儒家主张“学而优则仕”[2]，道家主张逍遥自在，避世自适，相反的人生主张在魏晋以来的许多文人身上奇妙地统一起来，仕与隐成为他们挥之不去的心灵纠结，这一历史存在本身即表明儒与道是可以并存的、共通的。经过唐宋文人们的生命体验和哲学思考，儒与道之间被“发现”有很多一致的地方，如都主张关心苍生、扶危济困、与世无争、顺其自然等。当然，这些所谓一致都是后加的，而非当初先秦创说者原有的意涵。譬如说知雄守雌、与世无争是道家的主张，这是没问题的。老子说：“夫惟不争，故天下莫能与之争。”[3]但儒家在主张兼济天下的同时也主张独善其身，在主张外在事功的同时也主张内在修养，在主张建功立业的同时也主张谨守职分乃至功成身退，这后一部分的主张如果稍作转换的话，是多么接近于道家知雄守雌、

1 ［南朝宋］刘义庆：《世说新语笺疏》“仇隙”，第803页。

2 ［清］刘宝楠：《论语正义·子张》，见国学整理社编《诸子集成》（第一册），第405页。

3 ［春秋］老子：《老子道德经》（上篇），见国学整理社编《诸子集成》（第三册），第17页。

与世无争的主张啊！从另一角度看，道家认为，大道无形，大音希声，最高境界的竞争便是所谓“不争”；因为“不争”，“故天下莫能与之争”，反倒成了精神层面上的“与天下争”了。这与孟子所说的“虽千万人，吾往矣”[1]的人生境界，又何其相似乃尔！

宋代传奇中有不少作品将儒者人事和道者人事合传叙写，亦有不少作品在主题表达上既可以通儒家又可以通道家、道教，这表明了儒与道二者关系的靠拢，以及其教义的沟通与交融。

第三节　幻设为文，糅合佛道

一、幻设为文的写作方法

从理论上讲，道教题材的小说在故事情节的丰富性方面要胜过儒家、佛教两类题材。小说创作既需要取材于现实生活，也需要跳脱现实生活对人的思想、精神、情绪的束缚和限制，展开虚构与想象。小说创作的艺术魅力既在于精准、细致地描写现实生活场景，让人如临其境，也在于艺术想象力的驰骋飞翔，包括对虚拟世界的想象。没有艺术想象力的驰骋飞翔，小说创作将黯然失色。特别是对虚拟世界的想象，描写可能有、应该有的世界的样貌，更是小说创作的职责所在。从精准、细致地描写现实生活场景这一方面说，在儒家思想指导下的创作题材占有优势，因为儒家重视现实，关注社会和人生，不写缥缈虚无之语，创作理念上比较接近后世所谓现实主义的创作方法。从对虚拟世界的想象这一方面说，佛教、道教类题材占有优势，因为佛教、道教皆有

1 ［清］焦循：《孟子正义·公孙丑上》，见国学整理社编《诸子集成》（第一册），第114页。

超越世俗、追求异世境界的主张，爱说爱写虚无故事，创作理念上比较接近后世所谓浪漫主义的创作方法。此乃儒与释、道之大较也。

然而，佛教和道教在对虚拟世界的想象、描绘方面是有所不同的。佛教把现实世界和虚拟世界完全对立起来，认为此岸与彼岸、此土与佛国/地狱之间有一道清晰分明的界线，彼此没有交集，因而，在开始进入对虚拟世界的描写时，大体有明确的提示语，如“忽得一梦”“恍惚间”之类；在对虚拟世界的具体描写中，则基本上看不到现实社会与世俗生活的影子。道教则不然。道家、道教认为，神仙的长生、永生乃是世俗生命的无限延长，是顺应自然而养生的结果，神仙的活动空间也因此是现世生活空间及其在物理学意义上的不断延伸，而非与现世生活空间绝缘。这种观念反映在情节结构上，则是把现实世界和虚拟世界作包容、交叉的处理，虚拟世界并不必然地在现实世界之外，有时候却可能出现在现实世界之中。通俗地说，道家、道教笔下的幻象有时候就出现在世俗凡人眼前，和真实景象兼容。你可以同时看到真实景象和幻象，自由地出入于现实世界和虚拟世界之中。佛教所展现的虚拟世界只能靠“经历者”讲述，比如地狱世界的景象，你得“死过一次”后方才知道，俗眼凡胎无从查证，何以置喙？

再则，佛教、道教在对虚拟世界内容的描述方面存在差异。一方面，由于是外来文化，佛教在对虚拟世界异质性的揭示上要略胜道教一筹，佛教题材中的虚拟世界对一般中国人来说可能是未曾与闻过的（当然到了宋代已基本无陌生感了）。但另一方面，从宋代传奇小说的实际创作情况来看，道教题材中的虚拟世界却要比佛教题材来得更为有趣、更为生动、更为丰富，换言之，道教题材作品的可读性更强，更有小说味儿。道教题材作品在对虚拟世界的描写方面拥有更多样也更本土的资讯来源与技术手段，大凡神仙、鬼怪、妖异、幻象、幻术等，皆在虚拟世界的描写范围之内，而又能造成亦真亦幻的奇妙效果。

道教在其形成和成长的过程中有着显著的文化吸收现象，即尽量吸纳已有的文化元素，为我所用。除了外来的佛教外，道教还吸纳了道家、儒家、阴阳家、养生家、医家、方技、巫术、幻术、导引、采补、鬼神信仰、八卦易学以及其他的民间信仰、文化元素等。由乎此，道教在其文化内容的外在表现方面显得比较庞杂，在故事文本的书写方面则显得丰富多彩、不拘一格。道教故事文本理论上讲应该有异彩纷呈的风貌，对于传奇创作、小说发展来说也是一个很好的补充——它既丰富了写作内容，也拓展了写作的技术手段。我国清代能出现像《聊斋志异》这样的以写狐魅花妖、鬼怪神仙故事为主的小说杰作，可以说是十分自然的事情。

道教故事写作还反过来对佛教故事写作产生了影响。这表现在：佛教故事在其本土化的过程中逐步地向道教故事靠拢，甚至是合流。佛教里的地狱和中国古人所信之冥界、阴曹地府本不是一回事，而是指“苦的世界”，即人生前若做了坏事，则死后要堕入地狱受种种苦。中国古人所信之冥界、阴曹地府虽然也在地下，让人感觉到阴森恐怖，但那并不必然是“苦的世界”，那只是人死后必然要去生活的另一个世界。二者的区别有三。一、冥界人人必去，而地狱并非人人必去，只有做坏事有恶行者才会堕入，善人或进天堂或转世投胎到善人家。二、入地狱只能受苦，而入冥界或可作乐。中国古代帝王大建陵寝，且在墓穴中按生前习惯、喜好进行布置，大肆铺张奢华，正是死后享乐思想的反映。三、入地狱者如果好好地“接受改造”，一心向善，那么，是有可能脱离苦海，重返人间或天堂的。佛教里有目连救母的故事，说的就是目连之母因恶而堕地狱，因善而出地狱。这一设计乃是鼓励人们抱有一颗向善之心。入冥界者可没有这样的好运气。

尽管有如此等等的区别，在许多中国人的理解中，佛教里的地狱和中国人所信之冥界就是一回事，人们并不怎么去理会其间的差异。入地狱者也和冥界鬼魂被混为一谈。这种情形应该看作是佛教文化为求本土化而向中国文化所做的妥协，也应看作是中国文化中的道教文化对佛教文化施加了影响的结果。

由于佛教、道教皆把精力放在了对异世界的构建上，和世俗社会保持着距离，所以世俗之人又常把佛、道二教看作是一类的东西，和作为世俗文化代表的儒家思想相对立；表现在故事文本写作上，则是僧人、道士在同一个故事里往往联袂出现，或将佛教、道教之事串起来写，不加特意地区分。宋代传奇小说中已有这样的现象，后世的《西游记》《红楼梦》则僧道并出，犹如一家。

二、幻设为文的三种模式

鲁迅先生曾对《聊斋志异》的写作艺术做过一段精辟的概括：

> ……描写委曲，叙次井然，用传奇法，而以志怪，变幻之状，如在目前；又或易调改弦，别叙畸人异行，出于幻域，顿入人间；偶述琐闻，亦多简洁，故读者耳目，为之一新。[1]

这段概括中，有几句——“别叙畸人异行，出于幻域，顿入人间”——是可以移用来评述道教鬼神类宋代传奇的写作特色的。道教鬼神类的宋代传奇作品大体都采用了幻设的方法，让故事人物自由地出入于“幻域”和“人间”，从而制造一种虚幻或奇幻的

1　鲁迅：《中国小说史略》，第147页。

阅读效果。具体说来，提供了几种幻设的模式：一、让神仙、鬼怪生活在人世间；二、让凡人闯进神仙、鬼怪的世界；三、让凡人在道士、术士的帮助下看到奇幻的景象。试分别言之。

（一）让神仙、鬼怪生活在人世间

神仙是人修炼得道后的永生之相，自古以来都被安排在人迹罕至的山间，特别是人们到不了的海外仙洲，有着独立于人世的居所，以此来神化他们的力量与生活。鬼怪是人死后精魂所化，自然生活在地府冥界，位置往往处于山间郊野荆榛遍地荒无人烟之地。无论神仙还是鬼怪，皆异于普通人，和普通人保持着距离——神仙和人的距离是空间上的，鬼怪和人的距离是时间上的。换言之，神仙和人并不会在同一个空间里出现：神仙在这边，人在那边；鬼怪和人并不会在同一个时间里出现：鬼怪在黑暗中，人在光明里。

为什么要如此安排呢？因为说到底，神鬼之事纯属虚无，尽管道教家讲得有鼻子有眼，并著录于载籍，但这视野之内，世人有谁见过神鬼？都是传说罢了，无法自证自明。试想，如果于稠人广众之中指认某人为神、某人为鬼，则指认者定是妄言谵语无疑。没奈何，只好把神鬼安排在人所不到的时空里，以省却验证的麻烦。

好在中国人自古以来即笃信神鬼，根本无劳道教家者流去费心费力地加以验证。不是吗？虽然孔圣人不语怪力乱神，但殷人事鬼、楚人尚巫却是抹不掉的一段历史。诸子百家中，人们质疑创“大九州说”的邹衍“闳大不经”，嘲为“谈天衍”，并最终扼杀了这种学说的流传，却容忍庄子说怪论神，甘愿做他的义务宣传员。淮南鸿烈白日飞升，一个令人艳羡到如今的故事。

包括宋代传奇作家在内的小说家们走得更远，他们利用人们对于神鬼的迷信，干脆直接胡编乱造——譬如说李献民在《华阳仙姻》里，声称个在旅店外大街上“以卜筮为业”的小丫头片子诸葛氏就是一神仙下凡，你不知道她是女仙，那是你眼拙头昏肉眼凡胎不识荆山玉，那是你运气不足品位不够注定了和神仙无缘。看这小说家做的！打破常理常情，公然地扯谎，不怕人质疑、验证。

李献民继续写道：

（萧防）行数步许，反视舍前，旌幢罗列，剑佩雍容。中有一女子，顶凤髻，衣銖衣，绰约若诸葛氏，登羽车升虚而去。仍有珍禽异兽，飞跃前后；庆云瑞彩，辉耀方隅；羽葆渐高，没于空碧。防大惊骇，复入舍中，果不见诸葛氏矣。

又一次再现了白日飞升的奇异而壮丽的景观。

然而，小说家似乎有这等权利。追溯其本源，堪称小说创作祖师爷的庄子就曾指出：

以谬悠之说，荒唐之言，无端崖之辞，时恣纵而不傥，不以觭见之也。[1]

诸葛氏，以及其他的神仙鬼怪，和我们这些凡夫俗子一起生活、相处，乃作家们的“谬悠之说，荒唐之言，无端崖之辞”，不必较真。

见怪不怪。人神杂处、人仙杂处、人鬼杂处（如话本小说《西

1 ［清］郭庆藩：《庄子集释》，第1098页。

山一窟鬼》）的写作模式在后世得以发扬光大,《西游记》《聊斋志异》等作品更是把它发挥得淋漓尽致、炉火纯青。

试举《聊斋志异·婴宁》之一段以证之：

> 抵家，母睹姝丽，惊问为谁。生以姨妹对。母曰："前吴郎与儿言者，诈也。我未有姊，何以得甥?"问女，女曰:"我非母出。父为秦氏，没时，儿在褓中，不能记忆。"母曰:"我一姊适秦氏，良确。然殂谢已久，那得复存?"因审诘面庞、志赘，一一符合。又疑曰:"是矣。然亡已多年，何得复存?"疑惑间，吴生至，女避入室。……但闻室中嗤嗤，皆婴宁笑声。母曰:"此女亦太憨生。"吴生请面之。母入室，女犹浓笑不顾。母促令出，始极力忍笑，又面壁移时，方出。才一展拜，翻然遽入，放声大笑。满室妇女，为之粲然。[1]

笔墨文字之佳胜过宋人传奇何啻千百倍，而婴宁的聪慧、爽朗尤其能给人以深刻难忘的印象。婴宁为狐女，由鬼母（生之已死姨母）养育，却生活在人间，与人全无分别。正是鲁迅说的"出于幻域，顿入人间""变幻之状，如在目前"，而写得不露声色，全无斧凿痕迹。此人妖杂处之法，盖出于唐宋传奇乎?

（二）让凡人闯进神仙、鬼怪的世界

让凡人闯进神仙、鬼怪的世界，这是最为传统，也是最为"合情合理"的安排。

神仙鬼怪虽属虚无之物，但既然道教家力主此说，那么，就需有所"取信"于人，不能全作痴人说梦。让神仙鬼怪与人类杂

---

1 ［清］蒲松龄:《聊斋志异》(注释本)，斯范注，武汉：崇文书局2015年版，第45页。

处，乃小说家大言，说到底，是没有任何可信之处的。于是乎，道教家、神仙家们便想出了一个让凡人闯进神仙、鬼怪世界的法子——某人某人亲眼见过，这就是神仙鬼怪存在的证据，这下你总该信了吧？而且，神仙、鬼怪所住的那地方一般人是难以进入与查证的，这也给了道教家、神仙家自圆其说以回旋的余地。

神仙生活在山中或海岛，鬼怪出没于荒野荆棘中，这是中国人长期以来所形成的观念。为什么会这样呢？荒野荆棘出没鬼怪比较好理解，因为其地多有蛇虫百兽，亦多被建成坟场墓道，此其鬼怪之所由来。神仙生活在山中或海岛的缘由却较难说清，也许跟我们这个农耕民族对山岳海涛的神秘感有关，也许是受到了山海之地多现海市蜃楼幻象的启发，也许还有别的原因。

山中、海岛以及荒野荆棘，这些地方让人感到陌生、神秘，同时也勾起了人们探寻求索的欲望。“海客谈瀛洲，烟涛微茫信难求。”[1]自秦皇汉武以来，无数的人对那海外神山产生过遐想和渴望[2]。“幽兰露，如啼眼。无物结同心，烟花不堪剪。草如茵，松如盖，风为裳，水为珮。油壁车，久相待。冷翠烛，劳光彩。西陵下，风吹雨。”[3]李贺创造了一个凄美而神秘的鬼世界，魅惑着世人。

那么，世间的凡人能否进入到神仙鬼怪的领地里去呢？答案是：可遇而不可求。著名的《桃花源记》对此问题做了很好的诠释。桃花源里的人无异于神仙，“率妻子邑人来此绝境，不复出焉，遂与外人间隔”，与世隔绝的人不是神仙又是什么？可那位凡俗的武陵人是怎么进入桃花源里的呢？“缘溪行，忘路之远近，忽逢桃

1 ［唐］李白：《李白诗集新注》，第310页。

2 ［汉］司马迁：《史记·秦始皇本纪》：“齐人徐市等上书，言海中有三神山，名曰蓬莱、方丈、瀛洲，仙人居之。……于是遣徐市发童男女数千人，入海求仙人。”《史记·封禅书》载汉武帝在李少君诱惑下“遣方士入海求蓬莱安期生之属”。汉武帝亦曾于今之山东蓬莱筑城眺望海外仙山。

3 ［宋］郭茂倩：《乐府诗集》“杂歌谣辞”，第911页。

花林……渔人甚异之，复前行，欲穷其林。林尽水源，便得一山，山有小口，仿佛若有光……”一句“忘路之远近”，以及“忽逢”一词，都很好地说明了这是无心之遇。可那位武陵人俗心未泯，他不顾桃花源里人的劝告，向太守“告密”以希荣图利，作有心之求。结果怎么样呢？“寻向所志，遂迷，不复得路。”神仙并不能有心求得。

有意求仙而不得，这有秦皇汉武的前车之鉴，晋代武陵人不知，不亦悲乎！相反，无意而遇仙的典故则屡见诸载籍，不绝如缕。刘晨、阮肇入天台山采药，路遇两个女子，便随她们至住处生活了半年。待归家时，“亲旧零落，邑屋全异，无复相识”，他俩已得七世孙矣。此事见于南朝宋刘义庆所作的《幽明录》。《述异记》则说：晋人王质进山里砍柴，见二童子下棋，便在一旁观棋至终局，却发觉手中斧柄已烂。回到家里，才知已过百年，同辈之人尽皆零落。这是在山中撞见神仙的例子。去海上也能。晋代张华《博物志·杂说下》写道，有个住在海岛上的人，某年八月乘木槎在海上漂流，约莫一个月后，“奄至一处，有城郭状，屋舍甚严，遥望宫中多织妇，见一丈夫牵牛渚次饮之”。原来大海和天上的银河相通，这人竟漂流到了银河边牛郎织女的家中！

晋代以来的这些故事给宋代传奇作家写凡人闯进神仙、鬼怪的世界提供了充分的理据，他们似乎很乐于这样写。我们在宋代传奇中不时能够读到，一个人走着走着，便发生了时空转换，进入到一个非非之地：或进入仙境，或进入鬼域，或进入怪异之地，等等。

如小说《越娘记》中，写到杨舜俞从人间进入鬼域，是这样的：

舜俞性尤嗜酒，中道于野店，乃行，居人曰：“前去乃凤楼坡也，其间六十里，今日已西矣，其中亦多怪，不若宿于此。”舜俞方乘醉曰：“何怪之有？”鞭驭而去。

行未二十里，则日已西沉，四顾昏黑，阴风或作，愈行愈昏暗，不辨道路。舜俞酒初醒，意甚悔恨，亦不知所在焉，但信马而已。忽远远有火光，舜俞与其仆望火而去。又若行十数里，皆荆棘间，狐兔呼鸣，阴风愈恶，方至一家，惟茅屋一间，四壁阒无邻里。叩户久，方有一妇人出……

必须承认，这一段文字写虚实两个时空的转换写得较有味道，要胜过晋人“芒芒忽忽，亦不觉昼夜”（张华《博物志》）等粗略的描写。先是有“居人”（当地人）的告诫作铺垫，让读者对下面的故事有了一个心理预期；再是反复的环境渲染，令人生懔然之心；再次是舜俞的语言、行动、心理刻画：“方乘醉曰：‘何怪之有？’”“酒初醒，意甚悔恨。”衬托了鬼怪世界之异；最后才是“方有一妇人出……”，可谓细致生动，颇有章法。我们仿佛能够看到它和后来武松醉上景阳冈（《水浒传》第二十三回）的那段文字之间的一些相似之处。比如施耐庵写酒家说冈上有老虎，劝武松黄昏时不要过冈；又写武松乘醉坚持过冈，等看到印信榜文后“欲待发步再回酒店里来”；又几次写及“回头看这日色时，渐渐地坠下去了”“只见发起一阵狂风来”；经过若干文字的铺垫、渲染、烘托后，“一只吊睛白额大虫”才被隆重地推出来，写得一波三折，扣人心弦，这就像《越娘记》开头女鬼于越娘“姗姗”而出那样。

有进就有出。凡人闯进仙境或鬼域既莫名其妙，其脱离仙境或鬼域亦无缘无故。姑举李献民《华阳仙姻》的结尾以示之：

曲终，有女童召防曰：“双成夫人请君暂起。”防避席，恍如梦觉，踌躇久之，已失蕊珠殿矣，但见深林茂草，飞禽噪集。行数里，复至玉晨观，道众谓防曰："主簿何往，半月不返?"……

（三）让凡人在道士、术士的帮助下看到奇幻的景象

无论是让神仙、鬼怪生活在人世间（度化或恋爱），还是让凡人闯进神仙、鬼怪的世界，说到底，都属于"一个人"的活动，难得大众的认可。打个不恰当的比方，这就如同佛教里的一人缘修自觉，终是小乘。道教也需有"普度"之法以取信大众，明其意义。其法：一是以医药等物救济众生、消弭瘟疫水火等灾祸，另一是让众人看到奇幻景象以证其灵验。

宋代传奇中多有道士、术士利用方术展现奇幻景象或神奇法力的段子，屡见不鲜。

如韩湘对韩愈说："解造逡巡酒，能开顷刻花。有人能学我，同共看仙葩。"之后：

公适开宴，湘预末坐，取土聚于盆，用笼覆之。巡酌间，湘曰："花已开矣。"举笼，见岩花二朵，类世之牡丹，差大而艳美，叶干翠软，合座惊异。——《韩湘子》

"木末芙蓉花，山中发红萼。涧户寂无人，纷纷开且落。"[1]自然界的事物有自己的节律，所谓"花开花落自有时"是也。可道术之士却用逆天之法，令花卉瞬时开放，而成世间奇幻景观。世人睹此奇幻景观，知道道术的灵异，从而生出信道慕教之心，此即道教家们的一个"普度"之法。所以，有关作品便不惜笔墨，不

1 王志清:《王维诗选》，北京：商务印书馆2015年版，第151页。

厌其烦，大写道家灵异幻设之事，成为一种特色。

王明清《猪觜道人》也有幻设花卉的情节（洪迈《猪嘴道人》没有）。所写的这位道人还有一种奇特的幻术，就是空间穿越。这堪称他的绝活儿。他不仅能自己穿越，而且能帮助别人穿越（洪作以此为主要写作内容），真是神奇之极！他只需将手指大小的一块砾片在墙壁上一划，便能让他人瞬时进入数十里之外的一个实在空间，在此活动，之后又能如法炮制返回原地——比神行太保脚下的金钱甲马强多了！金钱甲马只是古人设想出来的一个助跑器而已，神则神矣，算不上什么空间穿越。

《方技》写一术士剪纸为人，并能令纸人“腾空而往，高人丈尺间耳”，去远处很高的竿子上坐，又能命另一纸人唤其返回。此等奇幻景象颇能收众人之心，以从其教。如此奇幻景象的描写在宋代传奇中所在多有，这里不再费辞赘述。

所谓奇幻景象，不是在现实时空之外再去创造一个虚拟时空，而是在现实时空之中改变事物的运动方式，使事物的运动“不合常规地”呈现在人们面前。制造奇幻景象的幻术源于古代的方技方术，为道教文化所吸收、容纳，并被视为道教的修炼济度方法之一（炼丹术也是一种幻术）。这证明了道教文化的本土性、包容性、世俗性。所以，在道教类宋代传奇的写作中，除了神仙鬼怪与人互动的两种模式之外，亦应包括奇幻景象设置的幻设模式。

第四节　神鬼·仙妖·道士

一、前人的艺术积累

可能是由于庄子、屈原的写作示范，以及六朝以来鬼神文学的创作经验的积累，宋人对于神鬼道士形象的刻画总体上讲比佛教僧尼形象要鲜活许多，有的还能给人留下一些印象，或给人一些阅读的感动。

先来看庄子。

庄子以其敏锐的艺术感觉和充沛的艺术想象，赋予笔下的各种生物以人的语言、情感、举止、生命，读他的文章，犹如进入了一个五彩斑斓的、美妙的、充满了童心童趣和想象力的哲学世界，既富有智慧，又饱含着美。特别是藐姑射之山的神人，以及鲲鹏、冥灵、大椿、樗等被庄子人格化、智慧化了的诸多物象，都被刻画得如此鲜明生动，不啻是中国小说人物艺术画廊里最精彩的描写。

如：

> 楚之南有冥灵者，以五百岁为春，五百岁为秋；上古有大椿者，以八千岁为春，八千岁为秋，此大年也。而彭祖乃今以久特闻，众人匹之，不亦悲乎！[1]

寥寥数语，便呈现了冥灵、大椿、彭祖等三个遗世独立的形象，令人惊叹。

而那棵“无所可用”的樗树，更像是庄子自我人格、自身形

1 ［清］郭庆藩:《庄子集释》，第11页。

象的真实写照：

其大本拥肿而不中绳墨，其小枝卷曲而不中规矩。立之涂，匠者不顾。……何不树之于无何有之乡，广莫之野，彷徨乎无为其侧，逍遥乎寝卧其下，不夭斤斧，物无害者。[1]

一个顺乎自然、与世无争、逍遥自在的世外高人形象跃然纸上，如在目前。而这，正是后世道家、道教题材的作品里所反复出现、着意描写的重要形象之一，他们可能是想象中的神仙，抑或现实生活中的道士。

大诗人屈原则在鬼神题材开拓方面做了表率。王逸《楚辞章句》：

昔楚国南郢之邑，沅湘之间，其俗信鬼而好祠，其祠必作歌乐鼓舞以乐诸神。屈原放逐，窜伏其域，怀忧苦毒，愁思沸郁；出见俗人祭祀之礼，歌舞之乐，其词鄙俚，因为作《九歌》之曲。[2]

楚国信重巫鬼的风俗与“重乎气质”的中原北国文化、以礼义理性为主要特色的西周文化形成了鲜明对比，也使屈原富于浪漫、富于想象的诗情有了极大的用武之地。他把满腔忠愤化作一个个凄美绝伦的文学形象的刻画，特别是鬼神形象的刻画，让读者走进了一个色彩斑斓的、神秘而奇异的世界。

1 ［清］郭庆藩：《庄子集释》，第39—40页。

2 ［汉］王逸：《楚辞章句·九歌序》，见《四部丛刊》影明翻宋本《楚辞》卷二。

“山鬼”就不用说了：

> 若有人兮山之阿，被薜荔兮带女萝。既含睇兮又宜笑，子慕予兮善窈窕。……[1]

果真是人，那么，她的含情脉脉、多笑善盼确实令人怦然心动、深情恋慕，可她是身披薜荔女萝的山鬼呀，怎不让人在情动之时感受到那么一点诡异的气氛呢？这正是鬼神形象刻画、鬼神文学写作的妙处。

著名的更有湘君、湘夫人：

> 君不行兮夷犹，蹇谁留兮中洲？美要眇兮宜修，沛吾乘兮桂舟。令沅、湘兮无波，使江水兮安流。望夫君兮归来，吹参差兮谁思！[2] ——《湘君》
>
> 帝子降兮北渚，目眇眇兮愁予。袅袅兮秋风，洞庭波兮木叶下。……沅有芷兮澧有兰，思公子兮未敢言。慌惚兮远望，观流水兮潺湲。[3] ——《湘夫人》

其中所要表达的人神相互恋慕却又不能相通交接的苦痛是多么地令人感慨啊！

湘君、湘夫人乃湘水之神，据说为尧之二女即舜之二妃娥皇、

---

1 ［战国］屈原：《九歌·山鬼》，见［南朝梁］萧统编《文选》，第262页。

2 ［战国］屈原：《九歌·湘君》，见［南朝梁］萧统编《文选》，第260页。

3 ［战国］屈原：《九歌·湘夫人》，见［南朝梁］萧统编《文选》，第261页。

女英的精魂所化[1]，是颇富怨慕情结的鬼神形象。相传舜帝南巡，娥皇、女英没有同行，追至洞庭，闻舜帝野死于苍梧，遂“泪下沾竹，文悉为之斑”，又自投湘水而死，为其神。屈原所塑造的湘君、湘夫人的形象深深打动了后世无数读者的心。人们写诗讴歌，抒发对她们的感怀：

> 远别离，古有皇英之二女；乃在洞庭之南，潇湘之浦。海水直下万里深，谁人不言此离苦？日惨惨兮云冥冥，猩猩啼烟兮鬼啸雨。……帝子泣兮绿云间，随风波兮去无还。恸哭兮远望，见苍梧之深山。苍梧山崩湘水绝，竹上之泪乃可灭。[2]
>
> ——《远别离》
>
> 善鼓云和瑟，常闻帝子灵。冯夷空自舞，楚客不堪听。苦调凄金石，清音入杳冥。苍梧来怨慕，白芷动芳馨。流水传湘浦，悲风过洞庭。曲终人不见，江上数峰青。[3]
>
> ——《省试湘灵鼓瑟》

继庄、屈之后，鬼神题材创作代有其人，且不乏名篇，如曹植《洛神赋》、郭璞《游仙诗》等，皆堪称佳作名笔，为世所尚。

> 其形也，翩若惊鸿，婉若游龙，荣曜秋菊，华茂春

1　关于湘君、湘夫人的来历和关系，学术界有不同说法：1.湘君是舜之二妃；（司马迁《史记·秦始皇本纪》、刘向《列女传》）2.湘君是水神，湘夫人是舜之二妃；（王逸《楚辞章句》）3.湘君、湘夫人是“天帝之二女而处江为神”，与娥皇、女英没有关系；（郭璞《山海经注》）4.湘君是娥皇，湘夫人是女英；（韩愈《黄陵庙碑》）5.湘君是舜，湘夫人是舜之二妃；6.湘君、湘夫人是湘水之配偶神。

2　［唐］李白：《李白诗集新注》，第34页。

3　［宋］钱起：《省试湘灵鼓瑟》。“湘灵鼓瑟”出自《楚辞·远游》：“使湘灵鼓瑟兮，令海若舞冯夷。”王逸《楚辞章句》谓湘灵为“百川之神”。马融《广成颂》：“湘灵下，汉女游。”李贤注以湘灵为虞舜之妃，即湘夫人。味钱起诗意，亦以湘灵为湘夫人无疑，所谓“帝子灵”“楚客”“苍梧来怨慕”云云，不正指向舜帝与娥皇、女英的传说吗？

松。仿佛兮若轻云之蔽月，飘摇兮若流风之回雪。远而望之，皎若太阳升朝霞；迫而察之，灼若芙蓉出绿波。……

于是洛灵感焉，徙倚彷徨。神光离合，乍阴乍阳。竦轻躯以鹤立，若将飞而未翔。践椒涂之郁烈，步蘅薄而流芳。超长吟以永慕兮，声哀厉而弥长。[1]

翡翠戏兰苕，容色更相鲜。绿萝结高林，蒙笼盖一山。中有冥寂士，静啸抚清弦。放情陵霄外，嚼蕊挹飞泉。赤松临上游，驾鸿乘紫烟。左挹浮丘袖，右拍洪崖肩。[2]

把虚无世界、缥缈人物写得如此鲜明生动，如真似幻，非世之大匠谁能为之？在鬼神题材的创作方面，前人为宋代传奇的写作提供了不少艺术经验。

另一个艺术经验的来源是魏晋以来神怪类小说的创作。魏晋时期，志怪小说流行，虽说写作艺术上显得比较粗糙，但还是有一些经验可以吸取的。如《搜神记·干将莫邪》写干将莫邪之子为父报仇，就写得非常惊心动魄。

小说虚构了两个怪诞的细节：

儿曰："幸甚！"即自刎，两手捧头及剑奉之，立僵。客曰："不负子也。"于是尸乃仆。

1 ［汉］曹植：《洛神赋》，见［南朝梁］萧统编《文选》，第137—138页。
2 ［汉］郭璞：《游仙诗》，见［南朝梁］萧统编《文选》，第158—159页。

煮头三日三夕，不烂。头踔出汤中，踬目大怒。[1]

这两个细节虽然怪诞不经，却极其传神，很好地刻画了干将莫邪之子复仇形象，其所蕴含的悲壮之美激射出了震撼人心的力量，激励人们去勇敢地反抗暴政。

《搜神记》中另一篇《吴王小女》写吴王夫差的小女儿紫玉与韩重的恋爱悲剧，刻画了紫玉追求爱情之勇毅与执着的形象。

唐传奇中写及神仙、鬼怪、狐妖以及其他道家道教类题材者亦可谓不少，光是名篇即琳琅满目，令人心醉，如《古镜记》《补江总白猿传》《游仙窟》《枕中记》《南柯太守传》《古岳渎经》《任氏传》《柳毅传》等等。晚唐神怪类传奇盛极一时。唐人之所以乐写此类题材，与道家、道教在唐代的特殊地位不无关系，也是六朝遗风的沿续。和六朝志怪不同的是，唐传奇的艺术水准颇高。总之，这些都给宋代传奇予影响和启发。当然，唐传奇给予的更直接，也更大。

二、知情义、有个性的神鬼仙妖

宋代道教类传奇中的人物形象大体有神鬼、仙妖、道士等几类，相对而言，这些人物形象在宋代传奇中刻画得最为活泼生动。那么，道教类人物形象的刻画究竟好在哪里呢？

（一）写出了人物的感情

人是有情生物，小说中的形象同样要写出他们的情感爱憎，让形象变得有血有肉、饱满充沛、亲切可感，而不是相反。一般来说，宋代传奇作家在形象塑造方面做得并不好，由于多用概括

1 ［晋］干宝：《搜神记》“三王墓”，马银琴、周广荣译注，北京：中华书局2016年版，第195页。

性语言来叙写人物事迹，又不善写细节，所以，人物通常都被写得干巴巴的，不见筋骨，没有血肉。如《绿珠传》里的石崇和绿珠，本来是可以演绎出一段浪漫动人的故事，并把人物刻画得栩栩如生的，可作家却拙于此道，把笔墨、精力放在了知识学问的卖弄，以及报恩与气节思想的表达上。毋庸讳言，《绿珠传》在人物形象塑造方面是欠佳的。再如《张佛子传》，概括地叙写了张庆慈悲向佛的数端表现，写得极其抽象粗糙，并不能给人留下多少印象；特别是没有把人物放到具体事件的发展过程之中，让人物表现出他的悲欢喜怒的情感运动，则更加不可取。这样的人物形象是苍白无力的——尽管作家想要写出人物的某种特色来。

但是，在写到人神、人仙、人鬼交往的时候，作家们就不能再采用概括叙写事迹的套路了，也不便像《绿珠传》那样，动不动就脱离情节和人物，而去卖弄知识学问。为什么呢？因为所谓神仙鬼怪之类，皆是虚无之物，人们想象出来的东西，并非真实的人，谁也没见过，亦本无其迹，故无从概括叙写之。你总不能把一个不知名的小鬼小妖，比如说奔波儿霸或者霸波儿奔，它的生平事迹一五一十地向读者掰扯吧？你只能在具体的情境中讲述它的故事。你只能想方设法编造故事情境，以表现它的神秘，凸显它的诡异。

由乎是，神仙鬼怪之类的形象便比一般的人物形象更容易被刻画得生动、有趣、吸引人。首先一条，便是容易写出它们的感情色彩，写出它们的容光与精神。

钱易《越娘记》中的女主人公于越娘就是一个感情丰富、形象饱满的女鬼形象。她虽然非复为人，却仍然具有人的情感，知书达礼，有爱有恨，并且在故事的发展过程之中逐步地展现其情感世界的丰富性。她生于动荡的五代，有着多灾多难的生前经历，对于此番经历她可谓刻骨铭心，至死不忘，因而非常地欣羡生活在太平时代的宋人。“火内烧成罗绮灰，九衢踏尽公卿骨。”“宁作治世犬，莫作乱离人。”她的微吟与涕泪让我们读者的心也禁不住地震颤起来：她并不是一个事不关己、冷漠无情的女鬼啊！她深知战乱带给人民的苦难，不愿活着的人们再像她那样遭罪受害。她的情怀可谓博大矣！

越娘的情感表达在与舜俞的交往中被表现得淋漓尽致。两人初识时，越娘非常矜持：

> （舜俞）叩户久，方有一妇人出，曰：“某独此居，又屋室隘小，无待客之所。”……妇人曰：“居至贫，但恐君子见，亦不堪其忧也。”乃邀舜俞入。……妇人又面壁坐不语。……乃召妇人共火，推托久，方就坐。熟视，乃出世色也。脸无铅华，首无珠翠，色泽淡薄，宛然天真。

“叩户久”“面壁坐不语”“推托久方就坐”等描写以及对客言谈、面容妆扮等文字，都说明了越娘的矜持谨慎、知礼守节。

接着，在舜俞的询问下，越娘充满感情地回忆起自己苦难的“身世”：如何“私慕”良人，又如何双双遭祸而死于兵匪之乱。说的时候“容色凄怆，若不自胜”，以至于“流涕”。舜俞慕其容色，“爱其敏慧”，“作诗为赠，意挑之也”。越娘感其爱意，但因是初识，便婉拒了他：“今夕之言，愿不及乱。”仅礼貌性地回应了他的赠诗。后来，越娘感于舜俞迁葬骸骨的恩德，来与欢会，“宿舜俞处，相得欢意，终身未已”。越娘可谓是一个有情有义、知情重义的女鬼。

随着故事情节的进一步发展，越娘情感世界的更多方面被展现出来。她知道人鬼之道殊，阴阳不相通，不愿以阴气伤损舜俞的性命，便坚决地要离他而去，可惜未能得到理解。由此二人产生了严重的情感冲突。舜俞以怨报德，欲伐毁越娘的墓，又容许道士拘押、棰挞越娘的魂魄，令其痛苦不堪。越娘也不是甘愿受罚的软柿子，她在苦痛之时愤怒地诟骂舜俞，表现了不屈的态度。可见越娘是一个敢爱敢恨的女鬼。

越娘还是一个宽容的女鬼。故事的结局是，舜俞在越娘的谴责之下知道自己做过了头，请求道士放过越娘，越娘也感其悔意，托梦向舜俞致意，表达了对"故情"的"感恋"。

可以看出，钱易在刻画越娘的艺术形象上是花了不少功夫的，并非草率行事。他没有罗列越娘事迹，或概写越娘的生平，也没有拉扯相关的知识与轶闻，以明其学问广博，而是老老实实地抓住一件事——舜俞和越娘的恋爱事件——来写，细写事情的前因后果、发展过程，可谓引人入胜。钱易走的是《霍小玉传》《莺莺传》的写作路线，而非《绿珠传》《张佛子传》的写作路线。尤其值得称道的是，钱易不是脱离事情发展而是在事情发展的过程之中来逐步展开形象刻画的，他写出了形象的丰富性、复杂性，写出了情感的细致与微妙之处。越娘这个艺术形象在作品中由瘦而肥，渐次丰满，给人留下了深刻印象。

钱易刻画越娘何以能够胜过同时代的其他传奇作家呢？这和鬼神文学的特殊性不无关系，也和处理鬼神文学形象的手法的特殊性不无关系。俗语有言，画鬼容易画犬难。意思是说，鬼大家都没见过，随你怎么画都能把人给糊弄过去，而画狗则不行，像不像由不得你说。其实这是误解。第一，鬼也难画。画鬼虽说没谱，却需要不一般的想象力，不是画成人的模样外加怪诞的几笔即可敷衍了事的。比如越娘，倘若完全按照人的生活形态来描写、来刻画，那还叫什么女鬼呢？钱易在行文中用了许多笔墨很自然地表现了人鬼世界之异：荆棘中的一间茅屋，乱世的回忆，迁葬骨骸的要求，人与屋瞬间的灭失，昼去夜来的行踪，阴阳相妨的顾虑，受道士拘管的魂魄……总之，在你感受越娘人言人行人情的同时会被不时地提醒：你所面对的是一个女鬼。像人又分明是鬼，不露痕迹，这便是画鬼的境界。第二，画鬼有其法有其术，需要不断地探索，永无止境，倘若不得其法而强画之，则所画之鬼不伦不类矣。如李献民《钱塘异梦》写司马槱和苏小小的故事，应该算是很“有料”的题材，但可惜的是，作家处理得并不好，没有编造出精彩的情节，也没有塑造出鲜明的形象，可谓不得其法而画鬼的一个例子。

关于画鬼的难易和工拙，大文豪苏轼有一段议论讲得很精辟：

> 旧说，狗马难于鬼神，此非至论。鬼神非人所见，然其步趋动作，要以人理考之，岂可欺哉？难易在工拙，不在所画。工拙之中，又有格焉。画虽工而格卑，不害为庸品。[1]

文艺创作的难易不仅在于你在创作什么，更在于你如何去创作它，创作方法的选择、艺术境界的领悟、精细程度以及认真精神等等，很大程度上都决定了你所创作的艺术作品的成败。同是画狗马或是画鬼神或是创作李杨爱情故事或是吟咏山水田园美景，有的成了名作精品，有的则只是平庸之作而已。即如刻画鬼神形象，要想写出鬼神形象的感情、气质和精神，其实是非常不容易的，非得有很高的艺术造诣不可。

（二）写出了人物的个性特点

一般来说，宋代传奇中的人物形象比较缺少个性，同一类人物形象之间识别度不高。这是宋代传奇艺术性受到差评的原因之

1 ［宋］苏轼:《苏轼全集》(下册)，第2189页。

一。但道教类的宋代传奇作品却相对而言是个例外，一些作家能够在叙事中注重突出人物的个性特点，试图留给读者一个不一样的艺术形象。同是刻画女鬼，李献民笔下的苏小小在表达爱情时被写成了主动出击、温柔多情，钱易笔下的于越娘则被写成了节制内敛、依礼而行。苏小小的爱出于自己内心的一片赤诚，故其不断地向对方表达爱意，并不顾及阴阳之道的悬隔，以至最终双双快乐幸福地同赴死地；于越娘的爱则主要出于对方的追求以及对对方感激报恩的心理，故时时为对方着想，不愿因阴阳异道而伤害对方的性命，并因此而最终分道扬镳、决绝而去。

李献民在刻画苏小小的时候对形象塑造着墨不多，多以频频入梦示其爱情的主动与坚决，手法既单一粗糙而情节又显得不自然，不像钱易那样在刻画于越娘时费尽了心思。《越娘记》写人鬼交往之过程可谓水到渠成，不露斧凿雕刻的痕迹，不让人觉得生硬、突兀。尤其在形象塑造方面着意经营，不仅写出了越娘的情感发展历程，而且写出了她与众不同的个性，以及其个性的复杂性、多面性，令人印象深刻。她为人有情有义、知恩图报，却又是非分明、敢爱敢恨。她和丈夫是自由结合的，并没有三媒六证的礼数："良人作使越地，妾见而私慕之，从伊归中国。"但她并非轻薄的女子，在良人"死于兵"后"为武人夺而有之"，在武人"兵死"后"乃髡发，以泥涂面，自坏其形，欲窜回故乡"。可惜为群盗所执，因"不忍群盗见欺，乃自缢于古木"。她和舜俞的交往也是以情义为基础的。因为感恩而报以爱，因为感恩而选择了离开，但当舜俞做出不义之事的时候，她毅然谴责，并不回护隐忍。这就是越娘，一个个性极其鲜明的女鬼。

李献民《华阳仙姻》写人仙之爱，其实跟写人鬼之爱差不多，只是作品中仙气与鬼气给人的感觉有所不同罢了。作品刻画了女仙诸葛氏（董双成）的艺术形象。仙与鬼的差异是：鬼是夜行性的，不能现于光天化日之下，常人很难见之；仙则是挣脱了常人生命极限的人，能混迹于常人之中，与常人交往，但常人却很难识之。诸葛氏便是一个亦人亦仙的形象。故事先写她在尘世和萧防的交往，再写他们在仙界的姻缘，很明白地分作两个部分。虽然故事篇幅看上去很长，诸葛氏也是主要贯穿人物，但由于作者在叙事时把很大一部分精力放在了讲解道教长生精义、叙述历史上萧姓名人事迹、渲染婚礼场面气氛等上面，并没有聚焦于情节经营和形象塑造，所以，故事讲得比较乏味，人物形象也比较暗淡。尽管如此，还是可以把握到诸葛氏作为一个女仙的一些个性特点的。

一、她为人善良正直，肯资助困穷中的萧防渡过难关。当时萧防“质衣以糊口”，所访之故人不待见他，“时同邸有女冠诸葛氏者，善《易》，以卜筮为业”，知他无钱归家，便对他说：“某囊箧无他资，适有余镪半千，聊助道涂之费。”后萧防并未回去，诸葛氏则“凡筮卦所得，不计多寡，悉以奉防”。两人此时为初识，而且诸葛氏预知萧防未来在科考与仕途上皆艰蹇困踬，一无念想，可诸葛氏却不以为意。此等行为较诸时人，可谓善莫大焉。任何文艺创作都意在反映现实，写神仙鬼怪者亦如此，不过是现实的曲折反映罢了。女仙诸葛氏可以看作现实中善良正直女性的代表，她们富有同情心、怜悯心，尽管自己活得不容易，却还是尽可能地帮助他人，尽其善良之本性。

二、她安贫乐道，甘于贫贱。就普通人来说，要做到这一点其实不容易——俗语有言，人往高处走，水往低处流，一般人都是想攀高枝、想过好日子的。可诸葛氏并不因为命中注定要嫁给萧防而唉声叹气、自怨自艾，她只是默默地接受和等待。与其说这是神仙或道士的应有之举，毋宁说这是作家在以神仙的行为刺时劝世。宋代科举考试改革促进了仕进之路，也导致了许多婚姻家庭关系的破裂，这在当时已是一个严重的社会问题，当时以及后世的文艺作品对此多有反映和讽刺。我们在戏曲作品中能够读到诸如刘月娥（《破窑记》）、钱玉莲（《荆钗记》）这样的不嫌贫爱富、愿与生活贫贱的丈夫共患难的宋人形象，其实并非无中生有、空穴来风。诸葛氏的为人品性、人生境界殆不逊于斯人矣。

三、她性格娴静沉稳，知礼重节。作品虽然没有特别刻画这一特征，但从她与萧防交往时的矜持（“防因以他语挑之，诸葛乃正色而言曰：‘某家先世，自西晋居近侍之职，至今犹有食方伯之禄。某自西吴漂泊江外，鬻薄伎取资，唯以正洁自守，岂敢辄辱门阀，为宗族羞？与君交游，非结朝夕之好，愿无及乱，即旅身之幸也。’”）我们则不难知之。这一形象特征中有湘夫人、洛神的影子，而和后世鬼神文学中的多数女仙、女鬼形象有着很大的不同。

仙既重义，妖亦多情。洪迈笔下有一个自称蓬瀛真人的“女仙”，实是一头豢养已过十年的老母猪化成的妖怪，只见它“容色妍丽，尘世鲜比，但肌体不甚白皙”。这头猪妖爱上了主人祝公子，“每夕”与之欢会，以致“经半岁，（祝公子）形躯日削，且厌厌短气”。作者说人妖欢会时“欣然无难词”，这一则说明猪妖多情，一则说明猪妖的性格温顺。

祝公子的父母在知悉情况后欲“鬻诸屠肆”而宰杀之：

> 是夕，女复至，与祝诀曰：“相从许时，缘分有讫。闻君家行且见逐，无由复奉殷勤之欢，子善自爱。”涕泣出。

一个多情而温顺的女妖形象宛在目前。它（她）明知道对方有心害它，却不愠不怒，没有反噬一口，夺其性命以解恨，反倒是以德报怨，哀哀地前来惜别。这样的女妖令人有何惧哉？相比之下，那些提防它、宰杀它的人才是品格境界皆低下的多事的法海。

三、各具形貌的道士

个性化描写也体现在道士的形象刻画之中。这不是因为那些写道士的作家们手法高明，比起其他作家来更为有技巧些，而是因为道士这一群体所具有的某些特殊性。道士的人生追求、生活方式和文人士大夫、佛教僧尼等皆有所不同。那么，他们特殊在什么地方呢？要而言之，和文人士大夫相比，他们是宗教徒，远离功名利禄，追求方外生活，须对身心进行不断的修炼；和佛教僧尼相比，他们却又显得很“世俗”、很享受，是凡心未脱的一群。从宗教目标上说，佛教徒修炼身心意在达到涅槃、寂灭、无烦无恼的境界，是一种主张静修的宗教；而道教徒修炼身心则意在强身健体、延年益寿，乃是一种顺应自然而动的修炼；二者之间有着动静之不同。由此，佛徒、道士表现出了不同的修炼方式以及生活态度。佛教徒以诵经、禅定、礼忏等方式来修持佛性，生活及行为上有种种的戒律与限制，表现为禁欲主义的生活态度；道教徒却拥有更多样、更自由、更率性的技术手段来使身心持盈保泰，获得神性和仙气，不仅可以炼丹取药、画符念咒、方技驱魔，而且可以导引养气、修炼内丹，甚而至于不避被佛教徒视为大禁忌的酒色二道，真可谓“懂生活、有情趣”的宗教。在此情况下所塑造出来的道教徒形象，即使采用宋代传奇的寻常写法，不做特别的技术加工，也会比一般的僧尼形象显得更为活泼有趣些。

如《希夷先生传》写陈抟，同样采用纪传体叙事写人手法，概括性地叙写人物，缺少必要的细节描写，可我们还是觉得陈抟是一个可爱的形象，他的身上有一种天然的、挥之不去的仙风道骨，他的个性与精神——追求自由、闲散的生活；摒弃世俗人事；不愿和最高统治者合作；关怀普通生命——洋溢于字里行间，给我们留下了深刻印象。特别是“唐士大夫揖其清风，欲识先生面，如景星庆云之出，争先睹之为快，先生皆不与之友”，以及两位皇帝（唐僖宗、宋真宗）的封赏宣召皆被拒之事，突出了他看淡功名利禄、傲视人间王侯的个性特点。在他身上，我们仿佛能够看到古代哲人庄子的影子。虽然没有过程描写和细节刻画，但陈抟回奏两位皇帝的话颇能体现其个性与精神：

臣性如麋鹿，迹若萍蓬，飘然从风之云，泛若无缆之舸。……处士不生巫峡梦，虚劳云雨下阳台。

这是他回绝唐僖宗封赏三个美女的话。

极荷圣恩，臣且乞居华山。……臣明时闲客，唐室书生。尧道昌而优容许由，汉世盛而任从四皓。嘉遁之士，何代无之？再念臣性同猿鹤，心若土灰，不晓仁义之浅深，安识礼仪之去就？败荷作服，脱箨为冠，体有青毛，足无草履，苟临轩陛，贻笑圣明。愿违天听，得隐此山。……一片闲心，却被白云留住。渴饮溪头之水，饱吟松下之风。咏嘲风月之清，笑傲云霞之表。遂性所乐，得意何言。精神高于物外，肌体浮乎云烟。虽潜至道之根，第尽陶成之域。

这是他回绝“本朝真宗皇帝”屡次宣召并赏赐的话。

如此看淡功名利禄并坚决地不和统治者合作的人物，世间真正做到的能有几个？莫说学道之人理该如此，其傲视人间王侯的个性气质还是十分令人钦敬的，透过陈抟本人含烟吐霞的文字（而不是对他所做的叙事描写和细节刻画），以及对他“或上酒楼，或宿野店……或游民家，或游寺观，一睡动经岁月”的生活状态的描写，我们不难想见其人之风采。

夤缘富贵、心怀利禄乃至欺君罔上、祸国殃民的道士亦有之，林灵素就是其中的代表。耿延禧所作《林灵素传》(不是赵鼎的《林灵蘁传》）揭露了林灵素利用妖术行骗的种种恶行。他骗取徽宗皇帝的信任，在宫中大兴宫观，屡造法会，干预朝政，虚耗公帑，以致最后灰溜溜地逃出了皇宫。作者没有对林灵素做特别的描写和刻画，只冷静、客观地列述其所为数事，而林灵素那丑恶、无耻的嘴脸已赫然在目矣！

难能可贵的是，作者似乎是在不经意间交代了造成林灵素丑恶、无耻本性的缘由：

> 家世寒微，慕远游。至蜀，从赵昇道人数载。赵卒，得其书，秘藏之，由是善妖术，辅以五雷法。往来宿、亳、淮、泗间，乞食诸寺，(僧多厌之)[1]。

“家世寒微”说明他从小就缺少很好的家庭/家族教养[2]，浪游乞食的经历更培养了他的江湖习气，增加了他的江湖历练，他“至蜀，从赵昇道人数载”，待到师父赵道人死后，他则“得其书，秘藏之”。“秘藏”一词用得好，维妙维肖地刻画出了林灵素的小人心态。他拜师学道不是为了祈求永生（他根本不相信永生之事），也不是为了救济众生，而是为了掌握道教之术以谋私利。他的人生境界不仅无法比肩陈抟，甚至连一般的道士都不如。他的追求在

1　上海古籍出版社点校本《宾退录》卷一无此句,《古今说海》本则有此句。细细体味，有此句似更佳，更能写出林灵素的脸老皮厚，明其丑恶、无耻之由来久矣。

2　宋代以前，人们特别重视门第和出身，认为这是一个人成为高尚之士的必要条件，泼皮无赖多“家世寒微”。这当然是一个不正确的观念，需要批判。

术而不在道。故此，他要“秘藏”有关道书，生怕别人偷学了去对自己不利。作者采用了皮里阳秋的笔法来描写林灵素这个人物，我们能于此等细微处看出作者写人的功力。

其他的道士形象既非如陈抟这样的大善，亦非如林灵素这样的大恶，他们其实多是生活中的普通人，学获一技，便行走江湖，浪迹四方，或鬻技以糊口，或展术以逞能，或助人治疫，或小骗钱财，如是等等，林林总总，总之，是社会上较为鲜活的一群人。把他们写进传奇小说中，无须添油加醋，仅用白描手法，也会显示其较丰富的色彩。

如王明清《猪觜道人》里的一个道士，首先长得就很有特色：“以其喙长，号曰猪觜道人。”这种外貌描写在古代传奇小说中并不多见，虽则简短，但形象、有味、鲜明，读来颇感亲切，至少胜过一打的所谓沉鱼、落雁、闭月、羞花之类毫无特色的描写。生活中人的长相并不能总称完美。

这位道士“行吟跌宕，或负担，卖查桃梨杏之属。不常厥居。往往能道人未来事，而无所希求”，差不多就是一个靠四方贩卖水果为生的底层劳动者。他不知从何处学得几样“奇异”之技，闲常时便在人前卖弄：

一日，闲步郊外，因谓曰：“诸君得无馁乎?”怀中探纸里小麦，舍于地，如种艺状，顷之，即擢秀骈实。因挽取，以手摩面，纷然而落。汲水和饼，复内怀中，少顷取出，已焦熟矣。掷之地中，出火气，然后可食。同行下逮仆隶，悉皆累日不饥。

洛人素重桃花，时盛夏，置酒家圃水阁中，曰：“我能令小池尽开桃花，杂于荷叶中。”又探怀中，取小砾土掷之。酒未半，莲跗冉冉擎桃开花，浮于水面，花叶映带，深为奇绝。乡人亲旧闻之，嗟骇竞赏，几旬而后谢。

不为图利，只为博人一羡，便抖擞十分精神来卖弄——这真是一个率真、逗趣、可爱的道士。而且，这道士还品位不俗，不仅变幻出食粮令众人充饥，又变幻出莲擎桃花供乡人亲旧欣赏，不啻为奇异之美的作手。

猪嘴道人另有一样“奇异”之技——空间穿越。两处房子相隔数十里之遥，他让一个普通人手持一砾在这一处房子的墙壁上一划，即时能达那另一处房子里而不费吹灰之力。他没有用这一“奇异”之技为自己谋利，或为非作歹，如偷盗、杀人、劫色之类，而是帮助有情人相会，成人好事，“缔好甚密，将逾岁矣”。可惜被助者不慎泄露了“机密”，猪嘴道人对他说：“吾与子缘亦尽矣。子之不自慎，我亦不能安。子其饯我。”于是离开了他，穿越到另一空间去，不知其踪。这一事件表明，道人并非不分青红皂白地卖弄其技，而是有所选择、知轻知重，且其中包含了他的急公好义之心与为人处世之道，值得肯定。

洪迈写有同题传奇小说（题作《猪嘴道人》），叙被助者如何在猪嘴道人帮助下用异术与身处他地的所爱者欢会，内容、情节乃至故事人物的姓名皆同于王明清所写，而故事叙事、语言尤过之，读来线索分明，结构完整，朗朗上口。只可惜被助者成了叙事主角，对猪嘴道人的形象刻画和故事叙写着墨不多，远不及王明清《猪嘴道人》所写道人来得有神采。

《猪嘴道人》写道士助人偷情（不是正常的恋爱），内容颇富生活之情趣，形象亦比较鲜明。同样，《任道元》写及一道士调戏良家妇女的桥段，读来也令人喷饭，能让我们体认到生活中真实的人性之一面。

任道元是官宦子弟，但“少年慕道，从师欧阳文彬受练度，行天心法，甚著效验”。父殁后“受官出仕，于奉真香火之敬，浸以疏懈”。他不仅慢待道教神祇，而且在打醮行道时有不轨之举，小说是这样写的：

> 淳熙十三年上元之夕，北城居民相率建黄箓大醮于张道者庵内，请任为高功。行道之际，观者云集。两女子丫髻骈立，颇有容色，任顾之曰：“小娘子稳便，里面看。”两女拱谢。复谛观之曰：“提起尔襕裙。”襕裙者闽俗指言抹胸，提起者谑媟语也。其一曰：“法师做醮，如何却说这般话！”逾时而去，任与语如初，又为女所谯责。

这个行道的道士无心醮事，心思只在两个“骈立，颇有容色”的女子身上，出以挑逗、猥亵之言，虽然遭到女子的责备，仍旧涎着脸皮，“与语如初”。作者在写这个段子时只是平铺直叙，不动声色地叙事，而道士的轻狂之态已活灵活现矣！

当然，举头三尺有神明，这道士即时遭到惩罚，“及醮罢，便觉左耳后痒且痛，命仆视之，一疮如粟粒，而中痛不可忍”，即使向神灵“深悼前非，磕头谢罪”也无济于事，不久还是因此送了命。这惩罚未免过重过狠了些，而且没有给轻狂道士以改过的机会。然而，我们知道，这意在表明作者对于“不谨香火，贪淫兼行”之行为深恶痛绝的态度。

洪迈所写的一些传奇作品（《猪嘴道人》《任道元》等）叙事顺畅，内容通俗而略带谐趣，形象刻画寓于叙事之中，写作风格已和当时流行的话本小说颇有几分相似。

综上所述，宋代传奇中的不少道士形象大体上能够做到各具形貌，特色鲜明，胜过儒生、僧尼等其他类型的形象描写，有着一定的可读性，值得肯定。

第五节　山·洞·药·酒

一、山：由文化符号到审美意象

儒家讲究天人合一，即人与自然的和谐统一。道家讲究回归自然，顺应自然，不要逆自然而动。由乎此，作为自然世界的重要构成物与重要表现物，山的意象早在先秦时期就进入了诸子的思想视野，成为构建中国文化精神的一个重要的表现对象。

《论语·雍也》：

> 子曰："知者乐水，仁者乐山。知者动，仁者静。知者乐，仁者寿。"[1]

孔子主张仁爱，其核心思想是仁。在孔子看来，山的沉静稳重的特质有如仁者精神，故仁者乐之。朱熹解释说："仁者安于义理而厚重不迁，有似于山，故乐山。"[2]用自然物的特性来比照人的修养品德，构成了儒家的自然解释传统。

值得注意的是，孔子既说"仁者乐山"，又说"仁者寿"，把乐山与长寿相联系，是颇有意味的，和道家可谓不谋而合。不知是出于生活的观察还是出于理性之思考？

---

1 ［清］刘宝楠：《论语正义·雍也》，见国学整理社编《诸子集成》（第一册），第127页。
2 ［宋］朱熹：《四书章句集注》，长沙：岳麓书社2007年版，第124页。

道家则径直把自然之山作为"神人"的居所：

> 藐姑射之山，有神人居焉，肌肤若冰雪，淖约若处子；不食五谷，吸风饮露；乘云气，御飞龙，而游乎四海之外；其神凝，使物不疵疠而年谷熟。[1]

这不就是后人所艳称的神仙吗？寥寥数语，写出了他身上鲜明的神性——

一、永远年轻："肌肤若冰雪，淖约若处子"；

二、不食："不食五谷，吸风饮露"；

三、自由出行而无待于物："乘云气，御飞龙，而游乎四海之外"；

四、有神术："其神凝，使物不疵疠而年谷熟"。

可以说，后世社会所赋予神仙的诸种特质，该神人已全具备了。或者说，后世社会对于神仙形象的想象正是以该神人为原型，并由此做进一步的推演、衍化的。而该神人以山——"藐姑射之山"——为其居所，从而赋予了自然之山以神奇的力量，让人觉得神人神性的获得和此山有着莫大关系，是山的灵气仙气给了神人同样的灵气仙气。这种物、人之间的联想方式与儒家的"比德"虽说不同，却可谓有异曲同工之妙。

此外，在不少先秦著作，如《山海经》[2]中，神人的居所也被安排在山间，从而构成神人与山之更密切的关系。当然，古人认为万物有灵，诸如山水花草木石，皆有神居，非仅山间之一地也。

---

1 ［清］郭庆藩：《庄子集释》，第28页。

2 《山海经》十八篇非一人一时之作，其中十四篇是战国时期作品，《海内经》四篇则为西汉初年作品。

但水与花草木石不是人所适居之处，人们很难想象神人在水与花草木石上的自由自在、随心所欲的活动，所以，水与花草木石上的所谓神灵和人们所设想的山间神人（后世谓之神仙）不是一回事。换言之，唯有山间，乃是神人最为合适的居所，即使在海上，也应是海上的仙山，那里提供了神人活动的广阔天地，提供了人们对于神人的丰富的想象空间，提供了神人身上所必须具有的神秘的感觉。自然世界的山，成为人们表现自由精神的最佳场所。

写凡人山中见神遇仙，从中国文化发展的历史渊源看，真是一件合情合理的事情，并由此带动了人们对于山的关注和思考。

然而，在相当长的一段时间里，山只是作为一个文化符号而不是作为一个审美意象，为人们所认知。也就是说，说山写山者多矣，但山并没有以其有情客体的身份，进入到人们的审美视野和文艺创作的领域之中去。人们发现的是山之性而非山之美。在文艺创作中，如《古诗》“上山采蘼芜，下山逢故夫”[1]，山的存在是无关于叙事内容的背景，既无形也无感；或者，如《子虚赋》“云梦之山”所呈示的那样，徒有其形而未见寄情于其中矣。

司马相如写云梦之山的文字不可谓不多：

其山则盘纡茀郁，隆崇嵂崒，岑崟参差，日月蔽亏。交错纠纷，上干青云；罢池陂陁，下属江河。其土则……；其石则……；其东则……；其南则……；其高燥则……；其埤湿则……；其西则……；其中则……；其北则……；其上则……；其下则……。[2]

1 此诗收于南朝徐陵《玉台新咏》，题作“古诗”，宋代《太平御览》引作“古乐府”，郭茂倩《乐府诗集》则未收。

2 ［汉］司马相如:《子虚赋》，见［南朝梁］萧统编《文选》，第49—50页。

但正如一幅漫无选择的、涂满了画幅的山景画作那样，这样的文字光怪陆离、板滞枯燥，是没有什么趣味可言的。也就是说，山并没有成为一个独立而完整的文艺审美的对象。人们对于美学意义上的山，还处在摸索之中。

究其原因，乃是因为直到汉代，人们尚未真正走进自然山水里去，以山水为邻，诗意地栖居于其间，发现自然山水之美。入世求功、追名逐利是生活主流，没有一个以文艺为事的山水隐逸之士。

东汉道教、魏晋玄学皆标榜先秦道家学说，特别是魏晋玄学，对于自然山水的美的发现，无疑有着先导作用。魏晋玄学本无关乎审美，但它探究象与意之关系，促使哲人面对自然山水之象进行仔细观察和深入思考，以把握自然之道、山水之意。“伫中区以玄览，颐情志于典坟。”[1]“此中有真意，欲辩已忘言。”[2]与自然山水的频繁接触，尤其是文人们由于政治社会的原因而恣情山水、隐逸田园，使得自然山水一天天地变得美起来了。山水成为有情之物。文人们日渐对山水感到亲切，愿意走进其中去亲近它，并用诗书画乐来描写它、表现它、歌颂它，山水成为文人们的寄情之处。“此地有崇山峻岭，茂林修竹，又有清流激湍，映带左右。……仰观宇宙之大，俯察品类之盛，所以游目骋怀，足以极视听之娱，信可乐也。”[3]王羲之以山水入书，顾恺之以山水入画，谢灵运以山水入诗，文人雅士、公卿士大夫们以山水为吟赏文艺、寻闲憩心之所，“鸢飞唳天者，望峰息心；经纶世务者，窥谷忘反”[4]，在主流文化语境里，这是从未有过的景象。人们在人物身上发现了山水：

---

1 ［晋］陆机：《文赋》，见［南朝梁］萧统编《文选》，第117页。

2 ［晋］陶渊明：《饮酒》，见《汉魏六朝诗、文、赋》，第381页。

3 ［晋］王羲之：《兰亭集序》、见《汉魏六朝诗、文、赋》，第337页。

4 ［南朝梁］吴均：《与朱元思书》，见陈振鹏、章培恒主编《古文鉴赏辞典》（上），第724页。

"顾长康画谢幼舆在岩石里。人问其所以，顾曰：'谢云，一丘一壑，自谓过之。此子宜置丘壑中。'"[1]也在山水身上发现了人物，即是说，在自然山水间看到了人的个性、情感、灵气，山水成了人，山水即是人。谢赫说："气韵生动。"山水和人一样，有了生动的气韵。

在山水诗、山水画发展的同时，写及山水林木的小说也开始兴起，这就是志怪小说的创作。志怪小说所写神仙鬼怪多居荒山野岭，为常人所罕至，它们的活动环境促使小说家们细致地观察山的形貌、样态、景物和氛围，从而充实了山作为一个文艺审美意象的内涵，使山的意象更加丰满、鲜明起来。

人们不再像汉赋里那样，漫无选择地堆砌山景，而是有所选择，注重环境烘托，为叙事服务。

如《李寄斩蛇》一开头：

> 东越闽中有庸岭，高数十里。其西北隰中，有大蛇，长七八丈，大十余围，土俗常惧。[2]

寥寥数语，即烘托出了李寄斩蛇事件的背景和环境氛围，是较好的。

当然，由于不少志怪小说没能利用环境描写为叙事服务，其环境描写总体上是非常幼稚的，所以，关于山景描写的成就远不能和山水诗、游仙诗里的相提并论。倒是某些人物轶事小说，在其写及山景的片言只语中，能够讲求意境或意味，读之令人咀嚼回味、深长思之。

1 ［南朝宋］刘义庆：《世说新语笺疏》"巧艺"，第720页。

2 ［晋］干宝：《搜神记》"李寄斩蛇"，第360页。

包括山水诗和山水游记在内的山水文学在唐代得到了高度发展，并臻至成熟的阶段，由此，山意象的美学内涵被诗人们、作家们作了充分的挖掘和淋漓尽致的发挥与拓展，表现技巧也可谓炉火纯青、出神入化。唐代诗人们读万卷书，行万里路，历游名山大川，把胸中的激情和抱负寄托于其中，又用美妙绝伦的语言把它变成了一首首诗篇、一曲曲华彩乐章。无论像《蜀道难》《梦游天姥吟留别》这样的长篇还是像《山居秋暝》《鹿柴》这样的短章，皆把山之美质渲染到了极致，并把山景与人情融为一体，创造出了美轮美奂的境界。李白笔下的山雄奇、阔大、奔放，给人以浪漫的想象；王维笔下的山宁静、优美，常有泉水叮咚，诗意中带着禅意；岑参、杜甫、韩愈、刘禹锡……笔下的山又各各不同，各有特色和个性。柳宗元写山水游记，其所写之山亦含情脉脉、如诗如画。

先秦人对山是一种整体性的认知，山无形、无景，是一股陌生和异己的力量；汉代人开始写山的形与景，观察山的细部，但景是杂乱的，山是异己的，写者对山既无感也无情；六朝人则走进山水，寄情山水，根据自己的气质、情感、感受去选择山景，也就是用审美的眼光观山写山，景中有情，借景抒情，但景与情的结合并不是很好，诗人们在写景的时候，为了逞才，写着写着就把该寄托的情感给忘掉了；唯有唐人，高标逸韵，技法超群，情与景的结合被处理得恰到好处，密切妥帖。唐人真正地把山写活了，写出了山之味，写出了山之意，写出了山之情，写出了山之品格。

处理山景的高超技法被传到了小说创作领域，由此，唐宋小说创作中的环境描写水平突飞猛进，人们开始精心设计故事环境，以利于叙事。且不说唐传奇、宋话本中的精彩段落，即如水平较次的宋代传奇中，有关的环境描写——如写及山野荒景的文字——亦有可圈可点之处：

（舜俞）行未二十里，则日已西沉，四顾昏黑，阴风或作，愈行愈昏暗，不辨道路。……忽远远有火光，舜俞与其仆望火而去。又若行十数里，皆荆棘间，狐兔呼鸣，阴风愈恶，方至一家，惟茅屋一间，四壁阒无邻里。

——钱易《越娘记》

舜俞所过乃一名叫凤楼坡的荒山野地，其间只有一个缢死的女鬼结庐居于此，上述文字正是舜俞遇此女鬼前的经历。看得出，作者这里是用了心的，着意描写、渲染其时阴森恐怖的气氛，读之令人心惊、毛骨悚然。一、“日已西沉，四顾昏黑，阴风或作”，时间设定正是鬼怪出没之时，此时的一动一静皆易动人心魄。二、“行未二十里……愈行愈昏暗，不辨道路……又若行十数里……”，通过“行行重行行”的笔法，渲染气氛。三、“荆棘间，狐兔呼鸣，阴风愈恶……惟茅屋一间，四壁阒无邻里”，作者舍弃了花草清溪等山景描写，而选择荆棘、狐兔、阴风这样的景物加以组合，用意是很清楚的，又别出心裁地添上茅屋一间——鬼难道也要房子住么？——给旅行者带来的不是欣喜，而应该是恐怖。虽然总体上说，作者讲故事的水平并不出色，但这一段环境描写还是不错的，至少比六朝志怪小说要好，因为作者知道通过选择合适的景物来渲染气氛、添油加醋。

另一些宋代传奇中也有类似的段落和文字，能用数句乃至三言两语迅速地勾勒出故事所需要的背景环境，体现了作家的匠心。如《楼叔韶》篇中：

平湖当前，数十百顷。其外连山横陈，楼观森列，夕阳返照，丹碧紫翠，互相发明，渔歌菱唱，隐隐在耳。

二、神仙洞府

人之所居曰“室”曰“家”或曰“宫”。《诗·周南·桃夭》：“之子于归，宜其室家。”《诗·小雅·斯干》：“筑室百堵，西南其户。”《诗·豳风·七月》：“上入执宫功。”《尔雅》有释宫篇，首曰：“宫谓之室，室谓之宫。”室、家、宫是人类赖以生存、生活、休息的场所。动物亦有所居，兽曰穴、洞，鸟曰巢、窠。

奇怪的是，神仙亦有类似人类室、家、宫的地方，曰“洞”或“洞府”。苏轼《过木枥观》：“洞府烟霞远，人间爪发枯。”[1]神仙们可以不食人间烟火，可以无待于物而自由骋怀于天地间，可以无忧无虑长生不老，但却不可以没有居所，不可以没有休息的地方。没有休息的地方则不能称为神仙，只能称为孤魂野鬼，要打入另册、堕入恶道的。可见洞或洞府对于神仙的重要性。要谈神仙，就要谈神仙洞府。

道教中有十大洞天、三十六小洞天、七十二福地等名目，道藏中收有唐杜光庭《洞天福地岳渎名山记》。神仙之洞在名山仙山中，神仙有洞乃是一种莫大的幸福。

何处寻神仙？寻其洞也。文学史上最著名的神仙之洞莫过于陶渊明笔下的“桃花源洞”。一洞之所隔竟是两个截然不同的世界：洞之外，是秦汉乃至魏晋以来的纷纷扰扰、战乱争斗不休——“看密匝匝蚁排兵，乱纷纷蜂酿蜜，急攘攘蝇争血”[2]；洞之内，一片宁静、祥和、安乐的景象，可谓别有一番天地。此洞虽然小，“初

---

1 ［宋］苏轼：《苏轼全集》（上册），第6页。

2 ［元］马致远：《双调·夜行船》，见张月中、王纲主编《全元曲》，郑州：中州古籍出版社1996年版，第2525页。

极狭，才通人”，却隔出了仙境与凡尘、乌托邦与现实、幸福与不幸，岂可等闲视之？

首先是武陵渔人，他是见利忘义的俗世小人，不顾桃源中人的告诫，“便扶向路，处处志之”，带领官府重寻桃源，结果无功而返。

又有高尚士刘子骥，也计划寻找桃源仙境，“未果，寻病终。后遂无问津者”。

其实陶渊明说得不对，后世寻洞访仙者代有其人，络绎不绝——谁不想寻找如洞府神仙一般的幸福呢？

有张旭：

> 隐隐飞桥隔野烟，石矶西畔问渔船。
> 桃花尽日随流水，洞在清溪何处边？[1]

又有贾岛：

> 松下问童子，言师采药去。
> 只在此山中，云深不知处。[2]

不见洞府，也不遇隐者，寻访中带有淡淡的企慕和怅惘。

当然，寻洞访仙最为知名也最令人怀想的诗人，是李白：

> 脚著谢公屐，身登青云梯。半壁见海日，空中闻天鸡。千岩万转路不定，迷花倚石忽已暝。熊咆龙吟殷岩

1 ［唐］张旭：《桃花溪》，见中国社会科学院、文学研究所选注《唐诗选》，第69页。

2 ［唐］贾岛：《贾岛集校注》，齐文榜校注，北京：人民文学出版社2001年版，第548页。

> 泉，栗深林兮惊层巅。云青青兮欲雨，水澹澹兮生烟。列缺霹雳，丘峦崩摧。洞天石扉，訇然中开。青冥浩荡不见底，日月照耀金银台。霓为衣兮风为马，云之君兮纷纷而来下。虎鼓瑟兮鸾回车，仙之人兮列如麻。……[1]

文学史上可能再也找不到第二篇把神仙洞府写得如此浪漫、如此精妙的文字了。想象是那么瑰丽、夸张、宛转、多情，而文笔又是那么精彩绝伦、超群脱俗、才华横溢，确乎世间罕有其匹——无疑，这世上只有李白才当得起“诗仙”的美名。

在陶渊明、李白巨大光环的笼罩下，宋人虽然亦多写及神仙洞府，但无论就其想象力还是就其文笔而言，皆与陶、李有凡仙之别，这是无可讳言的。姑举二例：

> 李大川，抚州人，以星禽术游江淮。……正旦日，逆旅主人拉往近郊，见悬泉如帘，下入洞穴，甚可爱，因相携登陇，观水所注。其地少人行，阴苔滑足，李不觉陨坠。似两食顷，乃坐于草壤上，肌肤不小损。睨穴中，正黑如夜，攀缘不能施力，分必死。试举右手，空无所著，举左手，即触石壁，循而下，似有微径可步。稍进渐明，右边石池，荷花方烂漫，虽饥渴交攻，而花与水皆不可及。已而明甚，前遇双石洞门，欲从右入，恐益远，乃由左户而过。如是者三，则在大洞中，花水亦绝，了不通天日，而晃曜胜人间。中有石棋局，闻诵经声，不见人，远望若有坐而理发者，近则无所睹。……
>
> ——洪迈《华阳洞门》

1 ［唐］李白:《李白诗集新注》，第310页。

此是其一。本篇写一术士因失足而坠入仙洞又莫名返回人间，也有“僧率众挟兵刃，邀李寻故蹊，但怪恶种种，不容复进”的情节，恐怕不能摆脱模拟《桃花源记》的嫌疑。但无论立意谋篇还是语言文字的表现能力，皆无法望《桃花源记》之项背，相差不可以道里计。洪迈是宋代著名文人、学者，也是著名文言小说作家[1]，本篇写作在文字上亦有可采之处，如写李大川观景、失足、入洞过程，可谓细致而逼真，不啻是写探胜历险的很好的段落。可惜仅此而已，此外寻不出更多的意义。即如其洞中所见——“中有石棋局，闻诵经声”，除了表明是方外之地，有世外高仙在此外，别无言外之旨，和陶氏所写桃源风景相比，真是寡淡之极矣！

写及神仙洞府的另一例：

> 青童相引（萧防），出观后门，见烟霭葱蒨，景色妍媚，与观前甚殊。约行十余里，至二大门，上有金书牌曰“华阳洞”。入门，又行百余步，至一楼，名曰“排霄楼”。前东庑有瑶台，西庑有玄圃。楼之北又至一门，名曰“蕊珠门”，内曰“蕊珠殿”，阶陛崇峻，仪卫森严。右偏一室，名曰“明珠阁”。……堂之上下花烛相照，烂如白日。金童玉女，拖云曳霞，各相往来，莫知其数。防入礼堂，西向而立。……女回身之帐，男接踵而往，姮娥、麻姑拥入帐内，偶坐于床。姮娥结缡，麻姑进卺，交互三饮，乃撤卺解缡下帐而退。乐部奏《双合凤》曲，

1　洪迈与兄洪适、洪遵号称“三洪”，皆有名于当世，而洪迈尤著。洪迈勤于创作与学术，著述颇丰，有《容斋随笔》《经子法语》《南朝史精语》《万首唐人绝句诗》《夷坚志》等。其《容斋随笔》与沈括《梦溪笔谈》、王应麟《困学纪闻》齐名，“后先并重于世”（清洪璟《重刻容斋随笔纪事二》）。李剑国《宋代传奇集》收洪迈传奇作品最多，有一百五十五篇，占其所收宋代传奇作品总数的四成，蔚为可观。

仙眷亚肩而立，屏息而俟。　　——李献民《华阳仙姻》

楼台、仙女、音乐……虽然所写事情、场景不同（一写神仙巡行，一写人仙结姻），但从写神仙洞府的方面讲，这段文字相当于小说版的“天姥仙府”，李白笔下用以渲染神仙洞府环境的诸种元素这里差不多全有了。然而，此文的美誉度，或者说其艺术的美感却差远了。李白笔下的神仙洞府境界开阔、气势雄浑、华丽高贵，给人以心灵的震撼和美好的遐想；尤其用电闪雷鸣做神仙巡行的烘托，既贴切生动，非常有气魄，更是一种富有创造力的奇思妙想，可谓非李白不能得之。而此文所写神仙洞府则一味地堆垛相关元素，而不是在开掘神仙洞府的内涵上下功夫，或者另创一种境界、一种风格的神仙洞府，和李白相比，明显有高下之分。

不管如何去写神仙洞府（陶渊明式或李白式，或者像宋人那样写得多而平庸），人们通过神仙洞府所要表达、传递的信念无疑是一致的，那就是追求幸福、自由和美好。

三、药和酒

鲁迅先生一九二七年九月间曾在广州夏期学术演讲会上做过一次著名的演讲，题曰《魏晋风度及文章与药及酒之关系》，说的是魏晋风流、魏晋文章的形成离不开两样东西的刺激：一样是药，另一样是酒。“正始名士服药，竹林名士饮酒。”[1]何晏是服五石散的祖师，他服药之后有种种怪异的行为。阮籍、刘伶因饮酒而为时人侧目、后世知名，刘伶还作有一篇《酒德颂》，夸赞饮酒的种种美德。嵇康则酒、药兼服。东晋陶渊明可以不做官，可以不吃饭，但不喝酒是不行的。“性嗜酒，家贫不能常得，亲旧知其如此，或

1　鲁迅:《而已集》，北京：人民文学出版社1973年版，第90页。

置酒而招之。造饮辄尽，期在必醉，既醉而退，曾不吝情去留。”[1] 陶渊明还作有一组《饮酒》诗歌，寄托自己饮酒的热情和闲适的趣味。鲁迅先生借药与酒这两样东西剖析了魏晋时代许多更为本质的内容。确实，长久以来令人憧憬的魏晋风流，以及展现此一风流的魏晋文章，它们的曼妙美好都是很需要药的熏染和酒的浸泡的。

需要药和酒的，还有道士神仙。对于文人雅士，药和酒是灵感的来源；对于道士神仙，药和酒则是身份的标志。没有药，道士们何以求得长生？何以治民百病？没有酒，神仙们何以表明自己的自在快活、无忧无愁？《西游记》中写孙悟空搅扰蟠桃会、蹬倒八卦炉，把玉皇大帝的灵霄宝殿闹得一塌糊涂，就有道家的药和酒在其中作怪的原因。试问，如果不是神仙们要餐桃饮酒，何以会惹恼本就脾气不好的弼马温？如果不是已是神仙祖宗的太上老君要造八卦炉炼丹，何以会想出用八卦炉炼烤齐天大圣的馊主意，惹得自己一身臊？可见药和酒对道士神仙来说不是充饥之物，而是用以自证其身份的工具，可以检验、证明他是那与众不同的道士神仙。

宋代传奇小说中写到道士、神仙的时候，就常常会提到药、酒二物，如著名的陈抟老祖希夷先生便“考校方药之书……合不死药”，又“或上酒楼，或宿野店”，以此来谢绝人事、追求长生（庞觉《希夷先生传》）。药的研制是一个复杂过程，既需要较多的财力支持，更需要炼药者的毅力、耐心和精神，须长年累月之功，换言之，炼药实即炼心，是道士们修炼得道的一种方式，如佛家之坐禅入定然。药的研制非常神秘，道家往往秘不示人，宋代传奇小说亦因之而语焉不详，描述不甚了了，作家通常都是一语带

1 ［晋］陶渊明:《五柳先生》，见《汉魏六朝诗、文、赋》，第342页。

过。我们在作品中只能知悉药的神奇功效：一是炼药者得道成仙，二是食药之人能消病除灾，三是有起死回生之效。诚然，从现实情形看，服食丹药之功效多属虚妄，从魏晋至唐代，人们因服食丹药而死者可谓不计其数——此时也正是中国神仙被量产的时期，但在文学创作中，药的出现却是不可或缺的，至少从写作逻辑上看是如此。否则的话，人们就会疑惑：所谓神仙所从何来？命定的病灾何以消除？人怎么能起死回生呢？……道教的理论中既如此宣扬药的功效，那么，作家们即可拿它来说事儿，以使情节顺畅，逻辑合理，不显生硬突兀。你看到一个人能从西晋（265—316）活到北宋（960—1126），历经数百年风霜而面色如少女，你不会以为撞上鬼了，也不会指责作家在吹牛说谎，而是要暗自告诉自己：哎哟，这回可碰上仙女了！这不是你的思维出了问题，而是道教丹药理论在暗暗地发生着作用。这就是药的第四个功效：它悄然改变了人们的阅读心理预期，换上了道教的阅读思维方式。

相比之下，佛教类传奇作品在处理类似情节时手段较为粗糙，一般都是让人入梦，或毫无理由地死而复生，以便其叙述地狱里的恐怖情形。这样的情节过渡让人感觉很不自然，写作线索上也缺乏逻辑性，不如道教类传奇作品用万能丹药作为说事的由头来得合理。小小药丸，其使命亦大矣！

酒乃生活中寻常之物，除了佛教戒酒[1]之外，可谓人人爱此杯中物。佛教为何要戒酒？戒其乱心乱性也。酒精刺激着身体神经，多饮酒（饮酒容易过量及上瘾）既伤身体，损害肝脏，酒后亦多会胡言乱语，拂乱心性。然而，这正是酒之妙处，是其他人喜欢

1　戒酒是佛教五戒及八戒之一。所谓“五戒”指不杀生、不偷盗、不淫欲、不妄语、不饮酒等五项生活戒条，前三戒防身，妄语戒防口，饮酒戒通防身口。所谓“八戒”则在五戒之外另加不眠坐高广华丽床坐、不装饰打扮及观听歌舞、不食非时食（即过午不食）三条。无论五戒或八戒，在家佛教徒均须遵守之，出家佛教徒另有更多的戒律以修持。

饮酒的原因之所在。三杯酒下肚，天南海北，古往今来，皆凭君任意地驱遣，无有阻隔。情绪变高亢了，胆气变豪壮了，思想变活跃了，一切也都变得更美好了，你完全沉浸在了自设的自由、幸福的境界之中。曹操说："何以解忧？唯有杜康。"[1]这真是饮酒者的经验之谈。

历来文人饮酒、赏酒之见于创作者不计其数，无以枚举，这里单举中国古代第一才女、宋代大词人李清照的两首《如梦令》：

长记溪亭日暮，沉醉不知归路。兴尽晚回舟，误入藕花深处。争渡，争渡？惊起一滩鸥鹭。

昨宵雨疏风骤，浓睡不消残酒。试问卷帘人，却道海棠依旧。知否，知否？应是绿肥红瘦。[2]

我们现在知道李清照为什么能够技压群芳，写出那么多令人齿颊留芳的词作了！为什么敢于"横扫千军如卷席"，对北宋大词家一一地"横挑鼻子竖挑眼"了！为什么敢于无视封建闺范，在稠人广众之中抛头露面、寻找诗料了！……这都是酒的魅力，酒为她营造了一个梦幻般的、想象的、可以任由她驱遣豪兴的世界。

酒对于一心想要做神仙的道士来说，其情形与作用亦大略如之。壶里乾坤大，山中岁月长。想做神仙，服食炼丹须经累年之功，而饮酒则立等可致、瞬间即成，其间的差异仿佛佛家的北禅和南禅。北渐南顿，北暂南久，则饮酒家之胜过炼丹家者可谓多多矣——至今炼丹家已绝种多时，而饮酒家却"滔滔者所在皆是也"。只是，饮酒成仙没有神秘之处，在传奇小说中也没有多少可供发挥的空间，作家通常只略作提及，备数而已：

1 ［汉］曹操:《短歌行》，见［南朝梁］萧统编《文选》，第209页。

2 ［宋］李清照:《如梦令》，见唐圭璋编《全宋词》(第二册)，第927页。

或上酒楼，或宿野店。——《希夷先生传》

文公诸子皆力学，惟湘落魄不羁，见书则掷，对酒则醉，醉则高歌。——《韩湘子》

酒行乐作，曲奏《宴瑶池》。——《华阳仙姻》

二十余年不食，唯饮酒，衣服肌肤，常有雄黄香气。——《黎海阳》

某攻诗嗜酒……因饮之数爵。——《淘沙子》

……

虽则如此，酒作为一个意象在神仙道士类传奇中还是很重要的，因为它代表了自由、幸福和快乐——这是中国道教神仙理论的核心意涵，也因为神仙、道士还有我们这些个凡夫俗子，都无法拒绝那醇香四溢的酒的诱惑。

余　论

从事古代文学研究的人都很熟悉一个说法，叫作文史哲不分家，意思是说，古代文学研究一般不做孤立封闭的、纯文学性的研究，而是将文学与史学、哲学结合起来，做综合性的、开放性的文本研究，以期文史互见、文哲互渗。这是中国古典文学研究的特色所在，有中国古典文学理论和中国文学批评的传统作为依据，从而和现代西方占主流地位的纯文学性的研究方法形成了重大区隔。早在先秦时期，孟子就提出“知人论世”的主张，要求将创作和作者的身世、经历、环境，乃至时代、社会、政治等结合起来加以考察，以“以意逆志”之法，亦即所谓读者与作者的同理心[1]，来解说作品的内容和意义。孟子的“知人论世”被后世批评家奉为圭臬，成为中国传统文学批评的主流法则。为什么能这样呢？因为它契合了中国古典文学创作的实际。

中国古典文学很少是纯文学性的、游戏性的，它和社会环境、时代思潮等紧密相连，根本无法把它从中剥离开来，进行孤立的

1　儒家学者很重视“同理心”的问题。《论语·颜渊》：“己所不欲，勿施于人。”《诗·小雅·巧言》：“他人有心，予忖度之。”《孟子·告子上》：“恻隐之心，人皆有之。”“口之于味，有同耆也，易牙先得我口之所耆者也。如使口之于味也，其性与人殊，若犬马之与我不同类也，则天下何耆皆从易牙之于味也？至于味，天下期于易牙，是天下之口相似也。”这些都是有关“同理心”的论述。“同理心”是文学的阅读、欣赏、批评乃至各种审美活动的基础。钱锺书先生说：“东海西海，心理攸同；南学北学，道术未裂。”（《谈艺录·序》）在一个广泛的文化视阈里指出了审美活动的同理心。

考察。比如说《诗经》，比如说汉乐府，比如说《史记》，比如说李杜诗，比如说《水浒传》《西厢记》……没有一部是隔绝于社会环境、时代思潮而躲在了纯文学的象牙塔之中的。《诗经》是我国古代的一部诗歌总集，却被列为儒家五经的重要一部，你能说它和社会环境、时代思潮没有关系吗？汉乐府不外是“代、赵之讴，秦、楚之风”，乃歌谣之属，却被统治者们用来“观风俗，知得失”[1]，作为了解社会民情的一个窗口。《史记》向来被看作中国史传文学的翘楚，有“无韵之《离骚》”的美誉，可作者司马迁根本无意于当一个作家，他要“究天人之际，通古今之变，成一家之言”[2]。而且，回归《史记》这部书的本质属性，它理应是一部史书，是“史家之绝唱”。此外，李杜诗、《水浒传》、《西厢记》等也都不是单纯的文学创作，其中包蕴了丰富的历史、现实、思想与文化的内容，是我们认识中国古代哲学、历史的大书。

即使是在文学和政治比较疏离的魏晋六朝，文学依然跟社会环境、时代思潮结合得很紧密，同样是不可分开的。魏晋南北朝时期被视作文学开始走向自觉的时期，换言之，即文学开始摆脱与哲学、历史、文化纠缠不清的混沌状态，而成为一种独立门类。此时，诗人、作家们流连于山水之间，寻芳撷英，凌波泛舟，追求文学的抒情性和美感，“为艺术而艺术”。可是别忘了，正是政治上的凶险与玄学思潮的流行使之成为可能。山水文学（包括陶潜的田园创作）脱胎于玄学和玄言文学。山水文学之兴体现了老庄回归自然、顺应自然的主张。

包括唐宋传奇在内的小说创作更因其出于“街谈巷语，道听涂说”[3]而和现实生活、风俗文化、社会思想发生着广泛联系，因

---

1 ［汉］班固:《汉书》，第326页。

2 ［汉］司马迁:《报任少卿书》，见［南朝梁］萧统编《文选》，第336页。

3 ［汉］班固:《汉书》，第338页。

此，在小说研究中同时运用文学研究方法和文化研究方法，也就是将文学、哲学、历史、文化、社会等各种小说内置要素综合起来进行考察，就成为一种必然了。当然，也不排除纯文学性的小说研究。宋代传奇的情况已在本书中做了详细论述；明清章回小说亦复如是。

如李卓吾氏即评定《水浒传》是一部发愤之作、忠义之书：

> 《水浒传》者，发愤之所作也。盖自宋室不竞，冠屦倒施，大贤处下，不肖处上。驯致夷狄处上，中原处下，一时君相犹然处堂燕鹊，纳币称臣，甘心屈膝于犬羊已矣。施、罗二公身在元，心在宋；虽生元日，实愤宋事。是故愤二帝之北狩，则称大破辽以泄其愤；愤南渡之苟安，则称灭方腊以泄其愤。敢问泄愤者谁乎？则前日啸聚水浒之强人也，欲不谓之忠义不可也。是故施、罗二公传《水浒》而复以忠义名其传焉。[1]

以两宋之际北狩、南渡之故事来比附《水浒传》中破辽、灭方腊之情节，并提炼出《水浒传》具有“忠义”的主题和“发愤”的创作动机，这无疑是文化研究而非文学研究的方法，是将文学（《水浒传》）和历史（“北狩”“南渡”）、哲学（“忠义”“发愤”）等文化门类结合起来进行综合考察的结果。运用这种方法研究、解读章回小说，在明清批评界比较普遍，读时人所写的诸多序跋及所做的评点不难知之。

再一个例子。毛宗岗评《三国演义》对曹操有这样一段考语：

1 ［明］李贽：《忠义水浒传序》，见蔡景唐编选《明代文论选》，北京：人民文学出版社1999年版，第235—236页。

> 历稽载籍，奸雄接踵，而智足以揽人才而欺天下者，莫如曹操。听荀彧勤王之说，而自比周文，则有似乎忠；黜袁术僭号之非，而愿为曹侯，则有似乎顺；不杀陈琳而爱其才，则有似乎宽；不追关公以全其志，则有似乎义。王敦不能用郭璞，而操之得士过之；桓温不能识王猛，而操之知人过之。李林甫虽能制禄山，不如操之击乌桓于塞外；韩侂胄虽能贬秦桧，不若操之讨董卓于生前。窃国家之柄而姑存其号，异于王莽之显然弑君；留改革之事以俟其儿，胜于刘裕之急欲篡晋，是古今来奸雄中第一奇人。[1]

评论的是曹操的文学形象，而引以为对比和参照的，却是哲学（忠、顺、宽、义）和历史（王敦、桓温、李林甫、韩侂胄、王莽、刘裕），毛宗岗的小说研究方法于此可见一斑，而与李卓吾的《水浒传》研究异曲同工。

此种研究路数一直延续到梁启超的“小说界革命”。梁启超是促进古典文学，包括诗歌、散文、小说、戏剧等文学各部类，由传统向现代转型的大功臣。就小说研究而言，他大力阐发小说创作和社会治理之间的关系，认为小说以熏、浸、刺、提四种力来“支配人道”，视小说为社会启蒙的利器。他大声疾呼道：

> 欲新一国之民，不可不先新一国之小说。故欲新道德，必新小说；欲新宗教，必新小说；欲新政治，必新小说；欲新风俗，必新小说；欲新学艺，必新小说；乃至欲新人心、欲新人格，必新小说。何以故？小说有不可

---

1 ［清］毛宗岗:《读三国志法》，见王运熙、顾易生主编《清代文论选》(下)，北京：人民文学出版社1999年版，第787页。

思议之力支配人道故。[1]

梁启超成功地提高了小说的社会地位，改变了中国人对于小说的传统偏见和鄙薄态度，从而把小说引入文学殿堂的中心位置，搭建了传统小说和现代小说之间的连接桥梁。之所以能做到这一点，他的抓手便是：文化。在今天纯文学性的研究方法已经大行其道的时代，我们其实不应过犹不及，丢了我们几千年来的文学研究的传统，丢了我们的根。

1 梁启超：《梁启超学术论著集》（文学卷），上海：华东师范大学出版社1998年版，第531页。

参考文献

专著

[1] 中华书局编辑部. 汉魏古注十三经（附四书章句集注）[M]. 北京：中华书局，1998.

[2] 国学整理社. 诸子集成（全八册）[M]. 北京：中华书局，2006.

[3][战国] 山海经 [M]. 周明初，校注. 杭州：浙江古籍出版社，2000.

[4][西汉] 司马迁. 史记 [M]. 北京：中华书局，2006.

[5][东汉] 班固. 汉书 [M]. 北京：中华书局，2007.

[6][晋] 干宝. 搜神记 [M]. 北京：中华书局，1979.

[7][南朝宋] 刘义庆. 世说新语 [M]. 余嘉锡，笺疏. 上海：上海古籍出版社，1993.

[8][唐] 韩愈. 韩愈全集校注 [M]. 屈守元，常思春，主编. 成都：四川大学出版社，1996.

[9][唐] 柳宗元. 柳河东集 [M]. 上海：上海古籍出版社，2008.

[10][后晋] 刘昫，等. 旧唐书 [M]. 北京：中华书局，1999.

[11][宋] 程颢，程颐. 二程集 [M]. 北京：中华书局，1981.

[12][宋] 欧阳修. 欧阳修集 [M]. 郑州：中州古籍出版社，

2010.

[13][宋]曾巩.曾巩集[M].北京：中华书局，1984.

[14][宋]苏轼.苏轼全集[M].上海：上海古籍出版社，2000.

[15][宋]张载.张载集[M].北京：中华书局，1978.

[16][宋]朱熹.朱子文集[M].北京：中华书局，1963.

[17][宋]朱熹.朱子语类汇校[M].黄士毅，编.徐时仪，杨艳，汇校.上海：上海古籍出版社，2014.

[18][宋]孟元老.东京梦华录[M].北京：中国商业出版社，1993.

[19][宋]吴自牧.梦粱录[M].北京：中华书局，1985.

[20][宋]严羽.沧浪诗话[M].北京：人民文学出版社，1983.

[21][宋]罗烨.新编醉翁谈录[M].沈阳：辽宁教育出版社，1998.

[22][宋]刘斧.青琐高议[M].施林良，校点.上海：上海古籍出版社，2012.

[23][宋]洪迈.夷坚志[M].何卓，点校.北京：中华书局，1981.

[24][明]胡应麟.少室山房笔丛[M].上海：上海书店出版社，2001.

[25][清]蒲松龄.聊斋志异（注释本）[M].武汉：崇文书局，2015.

[26][清]永瑢，等.四库全书总目[M].北京：中华书局，1965.

[27][清]纪昀.阅微草堂笔记[M].韩希明，译.北京：中华书局，2014.

[28][清]郭庆藩.庄子集释[M].王孝鱼，点校.北京：中华书局，2004.

[29]谭正璧.中国小说发达史[M].北京：光明书局，1935.

[30]冯友兰.中国哲学史[M].北京：中华书局，1947.

[31]刘开荣.唐代小说研究[M].北京：商务印书馆，1952.

[32]鲁迅.唐宋传奇集[M].北京：文学古籍刊行社，1956.

[33]鲁迅.中国小说史略[M].北京：人民文学出版社，1973.

[34]鲁迅.中国小说的历史变迁[M].北京：人民文学出版社，1973.

[35]鲁迅.而已集[M].北京：人民文学出版社，1973.

[36]钱锺书.管锥编[M].北京：中华书局，1979.

[37]张友鹤，选注.唐宋传奇选[M].北京：人民文学出版社，1979.

[38]赵景深.中国小说丛考[M].济南：齐鲁书社，1980.

[39]程毅中.古小说简目[M].北京：中华书局，1981.

[40]吴志达.唐人传奇[M].上海：上海古籍出版社，1981.

[41]汪辟疆，校录.唐人小说[M].上海：上海古籍出版社，1983.

[42]张立文.宋明理学研究[M].北京：中国人民大学出版社，1985.

[43]侯外庐，等主编.宋明理学史[M].北京：人民出版社，1987.

［44］杨义. 文化冲突与审美选择［M］. 北京：人民文学出版社，1988.

［45］方立天. 中国佛教与传统文化［M］. 上海：上海人民出版社，1988.

［46］梁启超. 老子哲学［M］.《饮冰室合集》本. 北京：中华书局，1989.

［47］马积高. 宋明理学与文学［M］. 长沙：湖南师范大学出版社，1989.

［48］汪耀进. 意象批评［M］. 成都：四川文艺出版社，1989.

［49］侯忠义. 中国文言小说史稿（上）［M］. 北京：北京大学出版社，1990.

［50］任继愈，主编. 中国道教史［M］. 上海：上海人民出版社，1990.

［51］程毅中. 唐代小说史话［M］. 北京：文化艺术出版社，1990.

［52］程千帆，吴新雷. 两宋文学史［M］. 上海：上海古籍出版社，1991.

［53］李剑国. 唐五代志怪传奇叙录［M］. 天津：南开大学出版社，1993.

［54］董乃斌. 中国古典小说的文体独立［M］. 北京：中国社会科学出版社，1994.

［55］石昌渝. 中国小说源流论［M］. 北京：生活・读书・新知三联书店，1994.

［56］吴志达. 中国文言小说史［M］. 济南：齐鲁书社，1994.

[57] 姜广辉. 理学与中国文化 [M]. 上海：上海人民出版社，1994.

[58] 李泽厚. 美的历程 [M]. 合肥：安徽文艺出版社，1994.

[59] 程毅中. 古体小说钞·宋元卷 [M]. 北京：中华书局，1995.

[60] 张毅. 宋代文学思想史 [M]. 修订本. 北京：中华书局，2006.

[61] 吕思勉. 理学纲要 [M]. 北京：东方出版社，1996.

[62] 宁稼雨. 中国文言小说总目提要 [M]. 济南：齐鲁书社，1996.

[63] 丁锡根，编著. 中国历代小说序跋集 [M]. 北京：人民文学出版社，1996.

[64](美) 蒲安迪. 中国叙事学 [M]. 北京：北京大学出版社，1996.

[65] 徐洪兴. 思想的转型——理学发生过程研究 [M]. 上海：上海人民出版社，1996.

[66] 孙望，常国武. 宋代文学史 [M]. 北京：人民文学出版社，1996.

[67] 章太炎. 国学概论 [M]. 上海：上海古籍出版社，1997.

[68] 李剑国. 宋代志怪传奇叙录 [M]. 天津：南开大学出版社，1997.

[69] 程国赋. 唐代小说嬗变研究 [M]. 广东：广东人民出版社，1997.

[70] 侯忠义. 隋唐五代小说史 [M]. 杭州：浙江古籍出版社，1997.

［71］萧相恺. 宋元小说史［M］. 杭州：浙江古籍出版社，1997.

［72］王水照. 宋代文学通论［M］. 郑州：河南大学出版社，1997.

［73］杨义. 中国古典小说史论［M］. 北京：人民文学出版社，1998.

［74］胡从经. 中国小说史学史长编［M］. 上海：上海文艺出版社，1998.

［75］薛洪勣. 传奇小说史［M］. 杭州：浙江古籍出版社，1998.

［76］许总. 宋明理学与中国文学［M］. 南昌：百花洲文艺出版社，1999.

［77］程毅中. 宋元小说研究［M］. 南京：江苏古籍出版社，1998.

［78］王月清. 中国佛教伦理研究［M］. 南京：南京大学出版社，1999.

［79］赵明政. 文言小说——文士的释怀与写心［M］. 桂林：广西师范大学出版社，1999.

［80］李剑国，辑校. 宋代传奇集［M］. 北京：中华书局，2001.

［81］张兵. 宋辽金元小说史［M］. 上海：复旦大学出版社，2001.

［82］关长龙. 两宋道学命运的历史考察［M］. 上海：学林出版社，2001.

[83] 卞孝萱. 唐传奇新探 [M]. 南京：江苏教育出版社，2001.

[84] 程国赋. 唐五代小说的文化阐释 [M]. 北京：人民文学出版社，2002.

[85] 方立天. 中国佛教哲学要义 [M]. 北京：中国人民大学出版社，2002.

[86] 程毅中. 唐代小说史 [M]. 北京：人民文学出版社，2003.

[87] 万晴川. 巫文化视野中的中国古代小说 [M]. 北京：中国社会科学出版社，2003.

[88] 王平. 中国古代小说叙事研究 [M]. 石家庄：河北人民出版社，2001.

[89] 石昌渝，主编. 中国古代小说总目 [M]. 太原：山西教育出版社，2004.

[90] 葛兆光. 中国思想史 [M]. 上海:复旦大学出版社，2001.

[91] 杨义. 中国古典小说史论 [M]. 新版图志本. 北京：中国社会科学出版社，2004.

[92] 胡大雷，曹鸿庆，黄文魁，选注. 唐宋小说选 [M]. 西安：太白文艺出版社，2004.

[93] 敏泽. 中国美学思想史 [M]. 长沙：湖南教育出版社，2004.

[94] 赵章超. 宋代文言小说研究 [M]. 重庆：重庆出版社，2004.

[95] 石麟. 传奇小说通论 [M]. 郑州：中州古籍出版社，2005.

[96] 朱恒夫. 宋明理学与古代小说 [M]. 上海：上海古籍出版社，2005.

[97] 陈来. 宋明理学 [M]. 第二版. 上海：华东师范大学出版社，2004.

[98] 陈国军. 明代志怪传奇小说研究 [M]. 天津：天津古籍出版社，2006.

[99] 陈文新. 文言小说审美发展史 [M]. 武汉：武汉大学出版社，2007.

[100] 李剑国. 唐前志怪小说辑释 [M]. 修订本. 上海：上海古籍出版社，2011.

学术期刊

[101] 郭齐. 宋代文化的研究之路 [J]. 中国典籍与文化，1992 (2).

[102] 程毅中. 宋人传奇拾零 [J]. 文学遗产，1995 (1).

[103] 蒋安全. 宋代道教文学刍论 [J]. 广西师范大学学报：哲学社会科学版，1995 (4).

[104] 王平. 论儒学价值观对古代小说的影响 [J]. 学习与探索，1996 (4).

[105] 蒋安全. 试论道教对宋代文学家的影响 [J]. 广西民族学院学报：哲学社会科学版，1997 (3).

[106] 李剑国. 文言小说的理论研究与基础研究——关于文言小说研究的几点看法 [J]. 文学遗产，1998 (2).

[107] 石昌渝. 宋元小说研究的新篇章 [J]. 文学遗产，1999(6).

[108] 段庸生. 劝惩与宋人传奇 [J]. 重庆师院学报：哲学社会科学版，2000(4).

[109] 赵维国. 论宋人小说的创作观念 [J]. 中州学刊，2001(6).

[110] 秦川. 论《青琐高议》和《绿窗新话》在小说史上的地位 [J]. 江西社会科学，2002(12).

[111] 宋东侠. 理学对宋代社会及妇女的影响 [J]. 青海社会科学，2002(1).

[112] 王立，郝明. 人际关系与唐代社会的豪侠精神 [J]. 山西大学学报：哲学社会科学版，2003(6).

[113] 舒红霞. 执著与背叛：宋代女性意识之觉醒 [J]. 大连大学学报，2003(1).

[114] 牟钟鉴. 儒、佛、道三教的结构与互补 [J]. 南京大学学报：哲学·人文科学·社会科学版，2003(6).

[115] 李剑国，韩瑞亚. 亡灵忆往：唐宋传奇的一种历史观照方式（上）[J]. 南开学报：哲学社会科学版，2004(3).

[116] 李剑国，韩瑞亚. 亡灵忆往：唐宋传奇的一种历史观照方式（下）[J]. 南开学报：哲学社会科学版，2004(4).

[117] 许军. 论宋代文言小说中女性形象演变的文学史意义 [J]. 云南社会科学，2004(1).

[118] 毛淑敏. 宋传奇的市民化特征 [J]. 河南师范大学学报：哲学社会科学版，2004(4).

[119] 冯勤.《青琐高议》的民俗信仰倾向探析 [J]. 宗教学研究，2004 (4).

[120] 冯勤.《青琐高议》的艺术形式及其在小说文体变革中的价值 [J]. 四川大学学报：哲学社会科学版，2005 (6).

[121] 李军均. 唐代小说观的演进和传奇小说文体的独立 [J]. 华中科技大学学报：社会科学版，2005 (6).

[122] 王巧玲. 宋代传奇的特点及原因分析 [J]. 牡丹江教育学院学报，2006 (6).

[123] 邓乔彬，昌庆志. 宋代文学的文化学研究 [J]. 学术研究，2008 (5).

[124] 何新岭. 宋代传奇小说女性形象的演变 [J]. 陕西理工学院学报：社会科学版，2009 (3).

[125] 何新岭. 宋代传奇小说"名妓"形象的演变 [J]. 广东技术师范学院学报，2009 (4).

[126] 李剑国.《夷坚志》与宋代盗贼 [J]. 南开学报：哲学社会科学版，2010 (5).

[127] 时娜. 20世纪80年代以来宋代传奇小说研究综述 [J]. 理论界，2012 (6).

[128] 罗争鸣. 宋代道教文学概况及若干思考 [J]. 哈尔滨工业大学学报：社会科学版，2012 (3).

[129] 李胜清. 文化的文学表达与文学的文化呈现 [J]. 大连理工大学学报：社会科学版，2012 (4).

[130] 何大海. "儒道同源"的若干考证 [J]. 学理论，2013 (20).

[131] 赵常淇. 二程的佛道思想 [J]. 学理论，2014 (14).

［132］王永智. 论儒、道、佛三教对中国传统核心道德价值观的维系与发展［J］. 西北大学学报：哲学社会科学版，2015（4）.

［133］陈自海. 论先秦儒、道、法之别——基于人学的视角［J］. 赤峰学院学报：汉文哲学社会科学版，2015（7）.

［134］胡大雷. 诸子百家的“立言”口号与文化精神［J］. 百色学院学报，2016（2）.

［135］李帮. 浅论唐代道教戒律对儒释道法的融摄［J］. 商丘师范学院学报，2016（7）.

学位论文

［136］赵章超. 宋代文言小说研究［D］. 成都：四川大学，2003.

［137］李军均. 唐宋传奇小说文体研究［D］. 上海：华东师范大学，2004.

［138］王亦妮.《青琐高议》与宋代传奇小说［D］. 兰州：西北师范大学，2004.

［139］关冰.《夷坚志》神鬼精怪世界的文化解读［D］. 银川：宁夏大学，2004.

［140］魏立艳. 佛教文化与宋传奇——以宋佛教文化儒化的影响为重点兼及其他［D］. 武汉：华中科技大学，2004.

［141］唐瑛. 宋代文言小说异类姻缘研究［D］. 成都：四川大学，2006.

［142］曹瑞娟. 三教融合与宋代文学主题的演变［D］. 曲阜：曲阜师范大学，2006.

［143］张玄. 宋传奇的叙事模式研究［D］. 成都：四川师范大学，2007.

［144］陈强. 宋传奇的理性特质——兼与唐传奇小说比较［D］. 延吉：延边大学，2008.

［145］于翔飞. 宋代佛教的儒释一贯思想［D］. 西安：陕西师范大学，2008.

［146］智宇晖. 宋传奇中的女性形象研究［D］. 漳州：漳州师范学院，2008.

［147］秦开凤. 宋代文化消费研究［D］. 西安：陕西师范大学，2009.

［148］肖海燕. 宋代庄学思想研究［D］. 武汉：华中师范大学，2009.

［149］于俊. 宋传奇人物形象塑造研究［D］. 大连：辽宁师范大学，2011.

［150］王珂珂. 论元明清戏曲对唐宋传奇的改编［D］. 苏州：苏州大学，2011.

［151］赵丽君. 宋传奇及其文化内涵研究——以《青琐高议》为例［D］. 重庆：重庆工商大学，2012.

［152］丁舒雅. 唐宋传奇中妓女形象比较研究［D］. 信阳：信阳师范学院，2012.

［153］李娜.《红楼梦》儒释道伦理思想研究［D］. 北京：中央民族大学，2013.

［154］马志红. 唐宋传奇艺术特征比较研究［D］. 哈尔滨：黑龙江大学，2013.

［155］王庆珍. 宋代传奇研究［D］. 哈尔滨：哈尔滨师范大学，2013.

［156］王鑫．唐五代笔记小说佛道内容研究［D］．兰州：兰州大学，2015.

［157］张映梅．唐初史学与文学研究——以唐“八史”为中心［D］．桂林：广西师范大学，2015.

［158］何倩．唐传奇中的女性形象解析［D］．合肥：安徽大学，2016.

［159］孙剑．明代传奇小说嬗变研究［D］．沈阳：沈阳师范大学，2016.

后　记

家门口是海南大学美丽的东坡湖。每当夕阳在山、倦鸟归林、湖面上波光粼粼的时候，我都喜欢临轩眺望，陷入邈远的沉思。在沉思之中，我能感受到生命的律动。

《宋代传奇与儒释道思想》终于付梓出书了！手捧这一本厚厚的文稿，我的心里是喜悦且沉甸甸的。喜悦者，乃是因为终于完成了一件生命之作，完成了一件最有意义的事情，那真是令人满心的雀跃啊！可回想这本书的整个写作过程，充满着艰辛和折磨，又怎不叫我感到沉甸甸的呢？正像禅宗所说，“如人饮水，冷暖自知”。人世间有太多的诱惑和纷纷扰扰，尘嚣从来不会停止它匆匆的脚步，保持一颗坚定而宁静的心，尤其重要。从每一个深夜的面壁苦思到清晨之际的豁然开朗，从白发暗生而至频添，我从没有丝毫埋怨和懊悔；相反，心中总是充满了一丝甜蜜和深深的感激。

这本书是在我的博士毕业论文基础上完成的。2014年9月，我怀着忐忑的心情踏入广西师范大学这座名校，蒙恩师王德明教授不弃，投入门下深造。在平时学习、科研、工作以及论文写作中，都得到了老师耐心细致的指点。犹记老师每一次面对面的指导，犹如春风化雨，润物无声。老师的教学和科研工作繁忙，但对我这个基础较差、年龄又较大的“笨徒弟”却从无丝毫的不耐烦，在我的作业、投稿以及论文初稿中留下了密密的批改痕迹。这次出书又承蒙老师赐序奖掖，真是不胜荣幸之至！“谁言寸草心，报得三春晖。”老师卓越的学识、慈悲的为人、豁达乐观的人生态度，永远都在指引着我继续前行的方向。深深感谢王德明教授对我的教育、指导之恩！师生之缘前定，学生终身以之。

在这本书写作期间，我曾多次请教过广西师范大学的文学院教授力之老师，力之老师对本书进行了认真细致的审读和修改。老师的渊博学识和循循善诱不仅给予我莫大的启迪和帮助，也让我对人生充满了感恩之心。胡大雷教授、杜海军教授、莫道才教授以及华南师范大学的马茂军教授也给本书写作赐予了许多宝贵意见。人生途中得遇这么多好的导师，真乃我之幸也！在此，谨向各位导师致以深深的谢意！

《海南大学学报》主编孙绍先教授关心、督促本书的修改出版，为之奔走劬劳；海南大学人文传播学院院长刘复生教授、副院长石晓岩教授将本书列入课题计划，给予出版资助；广西师范大学出版社社科分社运营总监伍丽云老师为本书安排出版事宜，责任编辑郭春艳、由丹老师悉心校阅本书书稿，皆付出了很多心血；在此一并表示感谢！

同时，我还要感谢我的家人，他们在我最需要帮助的时候给了我关怀、鼓励，还有帮助。我深深知道：他们是我生命中最有力的支撑，他们将与我风雨同行。

阅读与写作是一个疏瀹五脏、澡雪精神的脱胎换骨过程。在写作该书这一学术活动中，我分明感觉到心态更加平和了，步履更加坚实了，方向更加明确了。但愿今天、明天的生命在此基础上能得到更好的完善，滋生出更深远的意义，以期有一个全新的自我。

瞧，又到了夕阳在山、倦鸟归林、湖面上波光粼粼的时候了……

严孟春